rowohlt
POLARIS

KARI BRÆNNE

DER WALD WIRFT SCHWARZE SCHATTEN

Aus dem Norwegischen
von Anne Bubenzer
und Dagmar Lendt

Roman • Rowohlt Polaris

Die Originalausgabe erschien 2010 unter dem Titel
«Under de dype skyggene av løvtunge trær»
bei H. Aschehoug & Co. (W. Nygaard), Oslo, Norwegen.

Diese Übersetzung wurde mit finanzieller Unterstützung
von NORLA veröffentlicht.

1. Auflage Mai 2012

Redaktion Friederike Arnold
Umschlaggestaltung HAUPTMANN & KOMPANIE
Werbeagentur, Zürich (Foto: plainpicture/Millennium)
Foto der Autorin Tine Poppe
Satz Swift PostScript, InDesign,
bei Pinkuin Satz und Datentechnik, Berlin
Druck und Bindung CPI – Clausen & Bosse, Leck
Printed in Germany
ISBN 978 3 86252 023 7

Für jene, die gegangen sind

Erinnerst du dich? Es war so schön. Alles war so schön. Du und ich – auf dem Pfad. Unter den Bäumen. Ich vorweg, du hinter mir. Dieses Licht, die Sonne über der Heide, als wir ankamen. Aufschließen, eintreten. Nachsehen, ob alles in Ordnung, alles an seinem Platz ist. Ob jemand da gewesen ist.

Wie wir auf unserer Treppe vor der Hütte saßen. Sie gehörte nur uns. Ein Bier im Rucksack, fast noch kalt. Wie wir Essen kochten, in der kleinen Küchennische. Eine Puppenmahlzeit. Weißt du noch, wie schön es war, sich auf dem Bettsofa zusammenzurollen, eng umschlungen, um die Wärme zu halten. Ein schwacher Geruch nach Schimmel. Aber hauptsächlich nach Fichten, Kiefern. Moos und Heidekraut. Der Geruch der torfigen Erde. Und die Mücken, die uns um die Ohren summten. Manchmal bist du aufgestanden, hast nach ihnen geschlagen. Ich habe dann gelacht, aber nicht laut. Und am nächsten Morgen wachten wir auf, mit einem Stich auf der Wange und einem am Arm. Ich weiß noch, wie es gejuckt hat. Eine kleine rote Erhebung auf der hellen Haut am Unterarm. Wie Perlmutt war meine Haut. Du hast sie geliebt, erinnerst du dich? Du hast mich mit Küssen bedeckt, hast mich festgehalten. So fest. Und dann geriet alles ins Stocken. Du solltest mich jetzt mal sehen.

Am Morgen, wenn der Nebel im Morgengrauen über das Moor zog, war es immer am schönsten. Die Fenster beschlagen. Drinnen feucht, draußen kühl. Die fließende Sonne. Darüber thronte der Himmel, so blau, so klar. So still. In der Ruhe des Waldes aufzuwachen. Erinnerst du dich an die Lichtstreifen zwischen den Bäumen? An den kleinen Bach mit Quellwasser? Wir brauchten keinen Brunnen. Wir brauchten ihn nicht, aber du hast ihn trotzdem gebohrt. Tief. Es war nie richtig Wasser darin, nur Schlamm. Dunkles Moorwasser.

Weißt du noch, als wir die Kreuzotter entdeckten, die auf dem Pfad lag und sich sonnte? Du wolltest sie totschlagen. Du hattest Angst, sie könnte mich beißen. Du wolltest sie mit der Axt töten, sie mit einem Hieb in zwei Stücke teilen. Ich habe dich aufgehalten. Sie ist schön, habe ich gesagt. Sieh doch, wie schön sie ist.

Und wie man es plötzlich in den Beinen merkte, den steilen Pfad, den weiten Weg. Ein spätes Frühstück auf der Hügelkuppe, Kaffee aus der Thermoskanne. Und der folgende Abend, so lang und intensiv. Die Sonne sahen wir am längsten, wenn wir dort oben saßen. Wir hielten den goldenen Moment fest, ehe sie verschwand. Liebten uns vor dieser Aussicht, im Sonnenuntergang. Weißt du noch, wie du danach die Tannennadeln aus meinen Haaren gepflückt hast? Und mich noch einmal küsstest, auf den Mund. Weißt du noch, dass ich einen Mund hatte? Wenn wir zu lange warteten, war der Pfad schwer zu finden. Schwer, wenn wir warteten, bis alles zu Ende war. Dicht war die Dunkelheit. Es gab keinen Weg zurück. Hinaus und man verschwindet. Hinaus und alles ist vorbei.

Warum bin ich so allein? Warum kann ich nicht schlafen? Warum muss ich warten? Warten, suchen, sehnen. Was, wenn ich länger als hundert Jahre warten muss?

1

Der Kopfschmerz bohrt hinter Wilhelms grauen Schläfen, aber er widersteht dem Drang, sie mit den Fingern zu massieren. Er behält beide Hände am Steuer und konzentriert sich auf die Straße, die sich in sanften Kurven durch Pittsburghs bessere Gegenden windet, bis er den Garten in Squirrel Hill erreicht, den neuen Auftrag. Er stellt den Motor ab, zieht die Handbremse an.

Auf der anderen Straßenseite liegt der Hillside Cemetery. Er muss nicht hinsehen, er weiß, dass er dort ist, mit all seinen Grabsteinen und eingravierten Namen. Wieder spürt er den Druck hinter der Stirn und schließt die Augen für einen Moment, dann öffnet er die Tür und steigt aus.

«Come on, boy», sagt er zum Hund. Jack freut sich auf einen Spaziergang und springt schwanzwedelnd hinter ihm her.

Die Hitze steht wie eine Wand vor ihm. Der Wechsel vom klimatisierten, kühlen Auto in die Wärme ist ein Schock. Nach all den Jahren hat er sich immer noch nicht daran gewöhnt. Der Gartenbesitzer Mr. Hamilton erscheint auf der Außentreppe der großen Villa. Er begrüßt ihn mit ausgestreckter Hand.

«Nice to meet you», sagt er.

Wilhelm nickt und hält den Hund, der auf den Gartenbesitzer zuspringen will, am Halsband fest. Hamilton lässt den Hund an seiner Hand schnuppern, bevor er ihn streichelt.

«Ein Rhodesian Ridgeback?»

«Nur ein Straßenköter.»

«Nice dog.»

«Ich will ihn demnächst loswerden.»

«Ach, warum das?»

«Warum?»

Der Gartenbesitzer sieht ihn einen Moment an, dann schüttelt er leicht den Kopf und geht auf den Rasen.

«Also – was meinen Sie?», fragt er. «Kriegen Sie es hin, dass hier alles schön grün wird?»

Wilhelm blickt sich um. Ja, ein ordentliches Stück Arbeit, kein Zweifel. Überall trockene, gelbe Stellen und dazwischen harte Büschel von Quecken.

«No problem. Aber wir müssen den Garten natürlich vollkommen umgraben und neu anlegen.»

«Natürlich. Was halten Sie von einem Magnolienbaum am Eingang? Meine Frau mag so was.»

«Magnolie ist gut», sagt Wilhelm und bindet Jack an einen Zaunpfahl. Der Hund gibt ein fast unhörbares Winseln von sich, ehe er sich auf dem hellbraunen Gras zusammenrollt.

Der Gartenbesitzer führt Wilhelm über einen Steinplattenweg zum rückwärtigen Garten. Wie so oft warten die wirklichen Herausforderungen hinter dem hohen Zaun auf der Rückseite des Hauses, gut versteckt vor den Nachbarn. Wilhelm hat schon riesige Schrotthaufen gesehen, Ansammlungen kaputter Kühlschränke, ausrangierter Sofas und Autowracks. Aber so was stellt keine Schwierigkeit dar, so was kann man auf die Müllkippe bringen. Das größere Problem sind meist die verschiedenen Pflanzen, die sich in Sommern, in denen die Luft vor Hitze und Feuchtigkeit flimmert, über Jahrzehnte ungehindert ausbreiten können. Ein undurchdringliches Netz von Schösslingen und Wurzelwerk, das alle Kraft aus der Erde saugt. Erst wenn neue Eigentümer einziehen, so wie in diesem Fall, kommt alles ans Licht.

«What do you think?», fragt Hamilton.

Wilhelm seufzt. Dieser Garten gehört ohne Übertreibung zum Schlimmsten, was er je gesehen hat. Nicht genug damit, dass eine Ecke völlig von Giftefeu überwuchert ist. Die langen Ausläufer sind eine große Buche hinaufgeklettert und ranken außerdem in dichten Büscheln am Zaun, wo sie auf die Pforte zuwachsen. Ein echter Scheißjob, der größte Vorsicht erfordert, außerdem Ganzkörper-Schutzkleidung, die man hinterher nur noch wegwerfen kann, und einen großen Eimer Spritzmittel. Trotzdem, das ist Routine. Schlimmer ist das Sortiment an Pflanzen, mit denen der bisherige Besitzer den Garten vollgestopft hat. Er hat nicht nur genug Zucchini angebaut, um eine ganze Armee damit durchzufüttern. Er hat auch Bambus gepflanzt und irgendwann sowohl das Interesse daran als auch die Kontrolle darüber verloren. Der asiatische Dschungel bedeckt undurchdringlich mehr als die Hälfte des Gartens.

«You can see it from space», betont der Gartenbesitzer. «You can see that bamboo in fucking Google Earth. Pardon my language.»

«Oh yeah?», sagt Wilhelm und wirft einen schnellen Blick zum Himmel. Da ist nichts, natürlich nicht. Trotzdem läuft ihm ein sinnloser Schauer über den Rücken.

«Kriegen Sie den weg, was meinen Sie?»

«What?»

«Den Bambus», entgegnet Hamilton mit einem Anflug von Ungeduld in der Stimme.

«Of course. No problem at all.»

Wilhelm umfasst einen der dicken Stängel. Die sind nicht wie normales Holz, sondern hart wie Stein. Und sie stehen dicht an dicht. Wie lang die Wurzeln sind und wie tief sie in die Erde reichen, wissen nur die Götter.

«Kinderfreundlich», sagt Hamilton. «Das ist die Hauptsache. Der Garten hinter dem Haus soll ein Spielplatz werden. Wo wir sie rauslassen können, ohne uns Sorgen machen zu müssen. Wir bekommen ja bald noch eins.»

«Kid proof.»

«Exactly. Alle Pflanzen müssen entweder essbar oder völlig uninteressant für Kinder sein. Gleichzeitig ist es mir und meiner Frau wichtig, dass wir ständig alles im Blick haben können. Dass wir keine Angst haben müssen, sie könnten zu Schaden kommen. Kleine Kinder kommen auf alle möglichen Ideen, wissen Sie. Ich will auf keinen Fall, dass sie sich verlaufen oder in irgendeinem Gestrüpp festsitzen. Und sich zu Tode ängstigen.»

Wilhelm lässt sich auf einen Gartenstuhl sinken.

«Ist Ihnen schlecht?», fragt Hamilton.

Er wischt sich den Schweiß von der Stirn. «Certainly not», sagt er und steht wieder auf.

Als der Gartenbesitzer sich schließlich ins Auto setzt und wegfährt, lässt Wilhelm den Hund von der Leine. Jack springt freudig an ihm hoch. Wilhelm krault ihn hinter den Ohren, der Köter schmiegt den Kopf in seine Hand und sieht ihn mit seinen dunkelbraunen Augen auf diese bittende und unerträglich vertrauensvolle Art an.

«So geht's nicht weiter, weißt du. Geht einfach nicht.»

Er geht zu dem grünen Truck mit dem aufgemalten Schriftzug «Greenwood Landscaping Inc.». Der Hund tollt glücklich hinterher.

Wilhelm öffnet den Laderaum, lässt den Blick über die Ausrüstung wandern und überlegt, welche Waffe am effektivsten gegen den Bambus ist. Ob die kräftigste Heckenschere reicht oder ob er die Motorsäge nehmen muss. Die Stängel werden wahrscheinlich splittern und die Splitter wie Pfeile durch die Gegend schießen, denkt er. Danach wird es eine Mordsarbeit sein, die Wurzeln auszugraben.

Er lädt die Geräte aus und trägt sie hinauf zum Garten, als er merkt, dass noch jemand im Haus ist. Hinter den halb geschlossenen Jalousien erkennt er einen Frauenkopf vor einem flimmernden Fernseher. Sie hat langes blondes Haar, ein fast jungmädchenhaftes Profil. Er tritt näher ans Fenster und betrachtet sie durch die Lamellen. Sie ist hübsch, der Mund leuchtend rot, die Augen hell unter den langen Wimpern, und ihr Hals schlank und weiß. So weiß. Er spürt ein Ziehen. Dieses Ziehen. Es durchbohrt ihn vom Herz bis hinunter in den Magen.

Das Handy klingelt. Wilhelm zuckt zusammen, als wäre er bei etwas Verbotenem ertappt worden. Er nimmt das Gespräch an, ohne nachzusehen, wer es ist.

«Hello», sagt er.

«Hallo? Wilhelm?»

«Wer ist da?», fragt er. Mund und Kehle sind wie ausgetrocknet.

«Ich», sagt sie.

Die Stimme klingt so spröde, als wäre sie mehr tot als lebendig. Und er sieht sie vor sich. Er sieht *sie*.

«Erkennst du mich nicht? Ich bin es, Wilhelm», sagt sie. «Deine Mutter.»

«Ah», sagt er nach einer Weile. «Natürlich. Jetzt höre ich es.»

«Es ist so lange her», sagt sie mit dieser knittrigen Stimme. «Schrecklich lange. Kommst du gar nicht mehr nach Hause? Wollt ihr nie wieder zurückkommen?»

Sie holt Luft, wartet auf Antwort und fragt dann nach einer Weile: «Wie geht es euch?»

«Gut», lügt er wie üblich. «Uns geht es ganz gut.»

«Robin auch?»

Da ist ein lauernder, beinahe infamer Unterton in ihrer Stimme. Was will sie? Warum quält sie ihn?

«Robin auch», sagt er schwerfällig.

«Du hältst mich zum Narren, nicht?»

«Was soll das heißen?», bellt er wütend.

«Robin ist gar nicht *drüben*», sagt sie.

Er versucht sich zu zügeln. «Ach was», sagt er, so ruhig er kann.

«Er ist nicht bei dir, Wilhelm.»

«Natürlich ist er das.»

«Nein, ist er nicht. Ich habe ihn nämlich gesehen. Hier in Norwegen.»

«So, du hast ihn gesehen?», sagt er mit einem kleinen Lachen und setzt sich auf die Treppe vor dem Haus, von wo er Aussicht auf den Friedhof hat. Auf manchen Grabsteinen sind hinter beschlagenem Glas verblasste Fotos der Toten zu sehen. Von hier aus kann er das natürlich nicht erkennen. Aber er weiß es. Er ist schon öfter über den Friedhof gegangen und hat es gesehen. Bilder der Toten, aufgenommen in besseren Zeiten. Viele Jahre bevor sie starben. Hinterher rausgesucht und auf dem Grabstein befestigt. Ein abscheulicher Brauch.

«Es ist unfair, mir nicht zu erzählen, dass er hier ist», fährt sie eindringlich fort.

«Wo hast du ihn gesehen?»

«Ich habe ihn noch nicht getroffen. Nicht richtig.»

«Nicht richtig? Wie denn sonst?», entgegnet Wilhelm, zu laut.

«Schrei mich nicht an. Ich *werde* ihn treffen. Aber erst will ich ihm schreiben. Ich mache das auf jeden Fall, auch wenn er nie antwortet. Aber vielleicht antwortet er ja diesmal, jetzt, wo er hier ist.»

Wilhelm sieht die Briefe vor sich, die in regelmäßigen Abständen in seinem Postkasten landen. Mit norwegischen Briefmarken, mit der immer zittriger werdenden Handschrift, mit seinem Namen. Noch öfter mit dem Namen des Jungen. Die Briefe, die er hastig zusammenknüllt, in Fetzen reißt, in den Mülleimer wirft. Vergessen. Er starrt auf seine Finger, auf die schmutzigen Nägel. Es ist immer Erde unter seinen Nägeln. Er schrubbt sie ständig, hält sie kurz, aber die Trauerränder sind im Handumdrehen wieder da. Sie sind immer da.

«Ich fühle mich zurzeit nicht gut», sagt sie. «Mir ist schwindlig, und ich habe Angst, dass ich nicht mehr erlebe, wie …»

«Unsinn, Mutter.»

«Ich bin alt, Wilhelm. Weißt du, wie alt ich bin? Es gibt ein paar Dinge, die in Ordnung gebracht werden müssen. Das Haus. Die Sachen. Die Hütte.»

«Was für eine Hütte?»

«Die Hütte im Wald. Die Hütte. Du erinnerst dich doch wohl daran?»

«Die ist weg», sagt er schnell. «Abgebrannt.»

«Nein, ist sie nicht! Erinnerst du dich an Onkel Nils? In den letzten Jahren bevor er starb, hatten wir wieder Kontakt. Er ist durch den Wald gewandert, das muss vergangenes Jahr im Herbst gewesen sein. Ich kann nicht begreifen, warum er unbedingt so weit laufen wollte, der alte Mann. Aber jedenfalls war er dort. Und stell dir vor, sie steht noch!»

«Unmöglich», sagt Wilhelm. «Davon hat doch niemand gewusst.»

Seine Kehle ist trocken.

«Sie ist abgebrannt», sagt er wieder und schmückt die alte Lüge aus. «Ich habe dir doch erzählt, wie schnell sie in Flammen aufgegangen ist. Aber dass ich – *wir* es geschafft haben, das Feuer zu löschen, bevor es auf den Wald übergreifen konnte. Es war ein Schornsteinbrand.»

«Na ja. Ich war auch ein bisschen überrascht, als Nils sagte, er hätte sie gesehen. Ob er sich geirrt hat?»

Wilhelm kneift die Augen zusammen, presst den freien Daumen an die pochende Schläfe.

«Wilhelm, bist du noch da?»

«Ja.»

«Ich will, dass du nach Hause kommst.»

«So, willst du das.»

«Es gibt etwas, was ich dir sagen muss.»

«Was denn?»

«Da ist früher einmal was vorgefallen.»

«Wo?»

«Im Wald.»

Der Schweiß läuft ihm von der Stirn.

«Was ist da vorgefallen?», fragt er ruhig. Ganz ruhig.

«Kein Grund, sich aufzuregen. Ich kann dir das nicht am Telefon sagen. Das kann ich einfach nicht. Du musst kommen, Wilhelm. Du sollst die ganze Geschichte hören, bevor ich sterbe. Deine – eure Geschichte.»

«Was für eine Geschichte!?»

«Ich werde sie euch erzählen. Euch beiden.»

«Uns beiden? Von wem, zum Teufel, redest du?»

«Robin.»

«Aber er ist doch nicht da!»

Plötzlich sieht er den Jungen vor sich. Sein kleines Gesicht, vom Weinen verzerrt. Nein. Unmöglich. Weg, weggewischt. Für immer ausradiert.

«Du sollst nicht so schreien, sag ich. Kannst du nicht zu – meinem Geburtstag kommen?»

«Geburtstag?»

«Ich werde am sechsundzwanzigsten September fünfundachtzig.»

«Das ist ja schon in ein paar Tagen.»

«Dann können wir uns zusammensetzen und reden. Es gibt so viel, was ich gerne erzählen würde. Über die Hütte. Über andere Dinge.»

Er denkt angestrengt nach. Was will sie damit bezwecken? Sie konnte die Hütte doch nicht leiden. Sie hat die Stelle im Wald gehasst. Deshalb kam nie jemand dorthin. Dort war Frieden, dort war es sicher. Aber nun ist es nicht mehr sicher. Jemand kann kommen, jemand kann etwas sehen. Und was weiß sie? Kann Onkel Nils etwas gefunden haben? Etwas weitererzählt haben?

«Ich komme», sagt er.

«Was hast du gesagt?»

«Ich komme.»

«Du kommst nach Hause?»

«Das sage ich doch.»

«Oh, Wilhelm!»

Sie klingt glücklich. Merkwürdig glücklich. Er sitzt mit dem Telefon in den Händen da, noch lange nachdem er aufgelegt hat.

2

Sie atmet tief durch und lehnt sich auf dem Sofa zurück, ehe sie den Blick durch das Zimmer schweifen lässt. Die hellrote Tapete mit dem Rosenmuster, das dunkle Buffet mit den gedrechselten Beinen. Die alte Uhr auf dem Mahagonischrank. Die Kristallfiguren in der Spiegelvitrine. Die Blumenbilder. Die Gemälde. Der Esstisch mit den vier Stühlen. Dass er wirklich kommen und mit ihr zusammen am Tisch sitzen wird! Und das, wo sie schon seit Jahren keinen Besuch mehr hatte. Außer von Aslaug, natürlich. Aber die zählt ja nicht.

Evelyn nickt dem gelbgrünen Wellensittich im Käfig zu.

«Stell dir vor, Polly, er kommt. Endlich kommt er wieder nach Hause.»

Polly sieht sie an und nickt mit dem Kopf. Evelyn erhebt sich vom Sofa, geht zum Vogelbauer, müht sich mit zitternden Fingern, die kleine Futterschale herauszubekommen, und öffnet die Tüte mit den Körnern. Einige rieseln auf den Fußboden, aber das macht nichts. Es sind nicht die ersten.

Sie stellt den Futternapf wieder in den Käfig, löst die kleine Wasserflasche.

«Und dann auch noch zu meinem Geburtstag!»

Sie seufzt leicht, schlurft in die Küche und füllt frisches Wasser in die Flasche, schaut durch die Gardine hinaus, zur Pforte und die Straße entlang, ob sie Aslaug entdecken kann, die für gewöhnlich um diese Zeit vorbeikommt. So steht sie da und schaut eine ganze Weile. Aber niemand kommt den Berg hinauf. Keine dicke, atemlose Aslaug, die den Rollator vor sich herschiebt. Sie schlurft zurück in die Stube, befestigt die Wasserflasche am Käfig.

«Die wird Augen machen! Wo sie doch immer denkt, ich hätte niemanden außer ihr.»

Polly nickt, das kluge Vögelchen, bevor es den Schnabel unter die Flügel steckt und sich die Federn zurechtzupft.

Das Telefon klingelt. Evelyn hält mitten in der Bewegung inne und starrt den Apparat an. Kann es sein, dass er zurückruft? Aber warum sollte er? Will er vielleicht doch nicht kommen?

«Kommt nicht in Frage», sagt sie. «Nein, er muss kommen. Er muss einfach.»

Sie dreht dem Telefon den Rücken zu, wackelt hinaus in die Küche und verharrt regungslos, während es in der Stube klingelt und klingelt. Bis sie sich beinahe wünscht, sie wäre taub. Doch dann geht ihr ein Licht auf.

«Aslaug», sagt sie zu sich selbst. «Natürlich. Klatschsüchtig wie immer. Ganz wild darauf, über ihre Kinder zu reden, ihre Enkelkinder. Na, die wird jetzt was zu hören bekommen!»

Sie schlurft zurück in die Stube, so schnell sie kann. Reißt im selben Moment den Hörer hoch, als es aufhört zu klingeln.

«Ah, na ja», sagt sie und lässt sich auf einen Stuhl fallen. «Ich hatte sowieso keine Lust, mit ihr zu reden.»

Sie blickt aus dem Stubenfenster. Was für ein schönes Licht, orangefarbenes Abendlicht. Keine Sonnenstrahlen, natürlich. Die kommen ja nie hierher. Diese Seite von Ekeberg erreicht die Sonne nicht. Aber sie kann sehen, dass sie unten in der Stadt auf die hohen Häuser, die Dänemarkfähre scheint. Der Himmel darüber ist tief herbstblau und wunderschön. Links wird die Aussicht von einem Fliederbusch eingerahmt. Er ist größer denn je und beugt sich schwer über den weißen Gartenzaun. Jetzt hat er nur noch Blätter, die bald braun werden. Aber im Frühling kommen die Blüten wieder.

Denn alles kann sich ändern, nickt sie. Und Grün ist die Farbe der Hoffnung. Es wird immer wieder Frühling. Auch wenn erst der Winter kommen muss. Ein Winter, in dem der Flieder nackt dasteht, man sieht nur noch das Unterste, Innerste. Kahle Zweige, die versuchen, nach etwas zu greifen. Die sich in die leere Luft krallen, aber nie etwas anderes zu fassen bekommen als Wind und peitschenden Regen und den eiskalten Schnee.

«So, na», sagt sie und wischt sich eine Träne ab, dann schlägt sie die Zeitung auf und blättert zurück zu der Seite mit dem jungen Mann. Das große Anzeigenfoto vom Theater, das nur *sein* Gesicht zeigt, kein anderes.

«Jaja», nickt sie. «Schade, dass er seinen Namen nicht mehr benutzt, dass er sich einen Künstlernamen zugelegt hat.»

Sie hebt die Brille an, hält die Zeitung dichter vor die Augen. Selbstverständlich ist *er* das, aber ja doch. Obwohl sie ihn nicht mehr gesehen hat, seit er ganz klein war. Unmöglich, dass irgendjemand anderes als ein sehr enger Verwandter so aussieht. Übrigens hat sie ihn nicht nur in der Zeitung gesehen. Das erste Mal ist er ihr in dieser Fernsehserie aufgefallen. Sie handelte vom Krieg, ausgerechnet. Eine Szene im Winter, draußen im Wald. Da fing ihr Herz an zu rasen, sie bekam keine Luft mehr, musste sich am Sofa festklammern, so unglaublich war die Ähnlichkeit. Als wäre er wiederauferstanden. Der Körperbau. Das Gesicht. Die Farben. Dieselben dunklen Augen, dasselbe dunkle Haar. Die bronzefarbene Haut. Sogar dieselben Bewegungen, und das Lächeln! Kein anderer ist so attraktiv wie er. Oder du. Keiner. Und gäbe es trotzdem noch irgendeinen Zweifel, würde sie es rasch herausfinden. Sie hat ja eine Karte für die Vorstellung, hat sie schon vor langer Zeit gekauft, und morgen ist es schon so weit!

«Er ist ihm noch ähnlicher als Wilhelm. Viel ähnlicher.»

Polly legt den Kopf schräg.

«Und er weiß es nicht einmal. Sie wissen es nicht. Aber jetzt sollen sie erfahren, wo sie dieses Aussehen herhaben. Nach wem sie kommen. Ich kann es ja nicht einfach mit ins Grab nehmen.»

Sie blickt wieder zu dem Vogel hinüber.

«Ich habe vor langer Zeit versucht, es Wilhelm zu erzählen. Aber ich konnte nicht, verstehst du. Was passiert ist, was sie getan haben. Was ich …»

Ihre Stimme bricht.

«Genug jetzt», sagt sie und schluckt das Weinen hinunter, das ihr in die Kehle steigt. «Ich habe doch nur getan, was alle anderen auch getan hätten.»

Aber jetzt kommt er, jetzt kann sie es loswerden, sie wird alles von Anfang an erzählen.

«Wilhelm, mein Junge. Er kommt, weil ihm seine alte Mutter am Herzen liegt!»

Sie fühlt Freude, als sie das sagt. Als wäre da ein kleines, süßes Pralinenherz in ihr, eingepackt in rotes Cellophan. Dass er so lange nicht hier war, hat jedenfalls nichts mit *ihr* zu tun. Wenn Leute *so weit* wegziehen, wenn die Entfernung so groß ist, gibt es zwei Möglichkeiten – entweder, sie haben die ganze Zeit Heimweh und halten fast übertrieben engen Kontakt zur Heimat, oder aber sie schauen nicht ein einziges Mal zurück und fangen einfach ein völlig neues Leben an.

«Natürlich ist genau das mit Wilhelm und seiner kleinen Familie passiert», nickt sie. «Sie sind weggegangen und haben nie mehr zurückgeschaut.»

Denn warum hätten sie auch zurückschauen sollen? Bei den Berufen, die sie gewählt hatten, konnten sie ebenso gut in Amerika leben. Wilhelm als Gärtner, die blassblonde Elise als eine Art Künstlerin. In Amerika hatten sie alle Möglichkeiten, ja, und hier gab es nichts, was sie zurückgehalten hätte. Elise hatte ihres Wissens nicht einmal Familie. Ihre Mutter war wohl tot. Sie hatte nur einen Stiefvater. Aber der war ein Trunkenbold, der sich nichts aus ihr machte. Nein, *sie allein* war die engste

Vertraute. Obwohl, eigentlich konnte man das wohl kaum so nennen. Im letzten Jahr, bevor sie auswanderten, hatten sie keinen Kontakt mehr gehabt. Nicht nach dieser schrecklichen Geburtstagsfeier. Wilhelm war nicht einmal vorbeigekommen, um sich zu verabschieden, bevor sie wegfuhren. Nicht, dass sie es gewollt hätte. Sie hatte wirklich nicht das Bedürfnis gehabt, ihn nach dem katastrophalen Fest wiederzusehen. Aber mit der Zeit vermisste sie die Kinder natürlich doch.

«Sie haben dort drüben wohl Anschluss gefunden», seufzt sie. Obwohl es schon ein bisschen schwerfällt, sich vorzustellen, dass sie Wurzeln geschlagen haben, so oft, wie sie umgezogen sind. Sie öffnet das Buffet, nimmt den Schuhkarton mit den Ansichtskarten heraus, die im Laufe der Jahre gekommen sind. Postkarten mit Hochglanzfotos. Viel geschrieben hat er ja nicht, hat ihr nicht einmal jede neue Adresse mitgeteilt. Manchmal kamen ihre Briefe zurück. Aber dann, nach einer Weile, kam eine neue Karte aus einem anderen Ort. Lebenszeichen mit aufgedruckten «Holidays». *Happy* natürlich. Er wünschte ihr das, selbstverständlich. Denn er liebte sie, wie nur ein Sohn seine Mutter lieben kann. Sie *war* eine gute Mutter, und er hat sie lieb gehabt. Er *hat* sie lieb. Das hier ist der Beweis.

Dass er ihr nie einen ausführlichen Brief geschrieben hat, das hat sie schon ein wenig betrübt. Denn auf einer Postkarte kann man nicht viel mitteilen. Fotos hat er auch nie geschickt, obwohl sie darum gebeten hat. Lasst mich doch sehen, wie groß Robin geworden ist! Wie geht es ihm? Woran hat er Spaß? Ich möchte so gerne wissen, was ich ihm zum Geburtstag schenken kann! Mit der Zeit merkte sie, dass erst recht keine Antwort kam, wenn sie zu sehr drängte. Vielleicht war das Wilhelms Art zu protestieren, vielleicht spielte seine etwas schwierige Kindheit immer noch eine Rolle. Denn dass es manchmal schon ein wenig hart war, lässt sich nicht leugnen. Er ist ja kein einfaches Kind gewesen. Wie auch immer – es konnten Jahre vergehen, bis sie wieder etwas von ihm hörte, und dann von einem ganz anderen Ort.

Aber im Laufe der Jahre hat sich ein hübscher Stapel Postkarten angesammelt, immerhin. Und eines Tages, wenn Aslaug wieder behauptet, dass sie niemanden hat, wird sie die Karten hervorholen. Und wie nennst du das dann? *Mein* Sohn – lebt draußen in der großen Welt. *Mein* Sohn hat in New York und Chicago gewohnt! *Mein* Sohn hat gewohnt, wo die Häuser an den Wolken kratzen! So hohe Häuser hast du noch nie gesehen. Und was ist mit diesen phantastischen roten Bergen? *Mein* Sohn ist dort gewesen. *Er* hat sie gesehen. Und schau dir das an – diese Wüste, siehst du? Hier wachsen echte Kakteen! *Mein* Sohn hat dort gelebt. Und was sind schon norwegische Wasserfälle gegen *diesen* Wasserfall? Wenn das nicht Kontakt halten ist, dann weiß ich auch nicht.

Sie blättert durch die Karten, betrachtet die Stempel, das Datum, sortiert sie. New York City, 1978. Concord, New Hampshire, 1983. Chicago, 1987, San Diego, California, 1991, San Antonio, Texas, 1995. Las Cruses, New Mexico, 2002. Pittsburgh, Pennsylvania, 2007. Es wird übrigens nicht nötig sein, Aslaug irgendwas zu zeigen, denn das Wunderbare ist ja, dass er kommt. Und dann wird Aslaug *wirklich* Augen machen.

Sie öffnet den Käfig, lockt Polly auf ihren Finger.

«Sie wird ihn zu sehen bekommen – höchstpersönlich. Jaja.»

Polly klettert ihren Finger hinauf, bleibt kurz sitzen, nickt mit dem Kopf.

«Der junge Mann, stell dir vor, wenn wir ihn *auch* dazu bringen könnten, herzukommen? Zur selben Zeit? Das wäre doch was, du! Stell dir vor, wir könnten beide gleichzeitig treffen.»

Sie denkt nach. Kann sie das machen, ihm eine Einladung schicken: Würden Sie zu meiner Geburtstagsfeier kommen, ich werde fünfundachtzig? Nein, nicht schicken – sie geht ja ins

Theater, sie kann sie ihm persönlich überreichen! Denn es gibt doch so etwas wie Garderoben, in denen man die Schauspieler besuchen kann? Das hat sie jedenfalls im Film gesehen.

Sie muss kichern. Die Idee ist ja der pure Wahnsinn. Sie versucht, es vor sich zu sehen. Sie im Theater, in Gott weiß welchem Kleid. Na, das ist wohl egal, sie ist schon seit einer Ewigkeit keine Augenweide mehr. Aber trotzdem, wie sie vor dem jungen Schauspieler steht, mit ihrem Brief, der Einladung, wie sie ihn aus der Tasche zieht und ihm überreicht, ihm, der eine so unglaubliche Ähnlichkeit mit dem anderen hat, dass er, wenn es nicht so etwas wie Zeit gäbe, *tatsächlich* der andere wäre. Und wenn es nicht so etwas wie Zeit gäbe, wäre sie jung und schön, und alles könnte noch einmal von vorn beginnen. Sie mit dem Brief, den sie vor langer Zeit hätte schreiben sollen. Einen anderen Brief, mit einer ganz anderen Nachricht. Der *richtigen* Nachricht, die ihn dazu gebracht hätte, in die andere Richtung durch den Wald zu rennen, über die Grenze anstatt direkt in die Arme seiner Henker.

Sie seufzt schwer, spürt den Klumpen in sich. Den alten zähen Klumpen, der sie ausfüllen und alles schwarz machen wird, wenn sie nicht aufpasst. Sie versucht, einen Gedanken zu finden, der sie ablenken kann, aber es gelingt ihr nicht, etwas anderes vor sich zu sehen als den Waldsee. Den kleinen Weiher in der Nähe der Hütte. Wie sie hineinging, untertauchte und sich vorstellte, nie wieder an die Oberfläche zu kommen. Wie sie die Augen öffnete und auf den schlammigen Grund starrte und sich zwang, unten zu bleiben, bis sie so schlaff wie ein Lappen war. Sich vorstellte, dass sie den Mund öffnete, um Wasser in die Lungen zu saugen, sie ganz zu füllen, bis sie platzten. So, wie sie es verdiente. Sie schaffte es nicht. Kam am Ende immer wieder hoch, schnappte nach Luft, erleichtert und beschämt zugleich. Ich rette nicht mich, hatte sie da gedacht. Nur das Kind. Aber das war eine Lüge. Sie dachte nicht an das Kind.

Wollte es ja gar nicht haben. Das Kind war an allem schuld. Sie war es, die leben wollte. Es gibt immer Überlebende.

«Solange es Leben gibt, gibt es Hoffnung», murmelt sie. «Und es muss doch noch möglich sein, etwas wiedergutzumachen.»

Sie erhebt sich, schlurft in den Flur und steigt die Treppe ins Obergeschoss hinauf. Wilhelms ehemaliges Zimmer ist längst zu einem Nähzimmer geworden. Sie öffnet den Sekretär, zieht die oberste Schublade auf und findet das Schreibset, die Doppelkarten mit Blumensträußen darauf. Sie sucht eine schöne Karte mit Maiglöckchen, Leberblümchen und Buschwindröschen aus, hübsche Dinge, die zum Frühling gehören. Schreibt. Es ist nicht so wichtig, was genau, Hauptsache, die Adresse ist dabei, Telefonnummer, Datum und Uhrzeit der Feier. Er weiß ja, wer sie ist, auch wenn er sich vom Aussehen her vielleicht nicht mehr an sie erinnert. Er war ja noch so klein, als sie ihn zuletzt gesehen hat. Aber es wird ihm alles wieder einfallen, wenn er einen Blick auf den Umschlag wirft. Er wird ihre Handschrift von den früheren Briefen wiedererkennen. Sie steckt die Karte in den Umschlag und will ihn gerade zukleben, als sie innehält.

Selbst wenn es ihr gelingt, den Brief zu überreichen – welche Garantie hat sie, dass er auch wirklich kommt? Die jungen Leute heutzutage haben ja so viel um die Ohren. Vielleicht ist es nicht genug, dass er endlich seine Oma wiedersehen kann, nach so vielen Jahren. Ob sie etwas in den Umschlag hineintun soll? Ein kleines Geschenk, sodass er gar nicht anders kann, als zu kommen? Etwas Spannendes, das seine Neugier weckt? Hat sie so etwas?

Sie zieht die anderen Schubladen des Sekretärs auf. Kramt durch Packpapier, Geschenkpapier und Schleifen, Schreibsachen, Packschnur in verschiedenen Stärken, Gummibänder und Mottenkugeln, fest in Plastiktüten verpackt, trotzdem riechen sie stark. Öffnet die letzte Schublade und findet einen Haufen alter Schlüssel. Sie nimmt sie heraus, legt sie nebeneinander auf den Tisch und versucht sich zu erinnern, zu welchen Türen sie passen.

«Der war für die Haustür», nickt sie. Bevor sie das Schloss ausgewechselt hat. «Und das ist der Schlüssel zur Kellertür.»

Da ist auch ein Schlüssel für das Vorhängeschloss am anderen Keller. Dem Kohlenkeller – der nur von außen zugänglich ist. Dem Raum ohne Fenster, tief in der Erde, in dem sich nie jemand aufgehalten hat und der niemals für etwas anderes benutzt wurde als für Kohlen und Holz.

«Für nichts anderes», sagt sie und greift nach dem Ring mit den Ersatzschlüsseln fürs Haus, sieht sie durch, sie sind wohl komplett.

Da liegt auch noch ein anderes Bund, mit drei richtig alten Schlüsseln. Sie kennt sie gut. Sie gehören zu dem Hof, auf dem sie aufgewachsen ist, den sie vor langer Zeit einmal ihr Zuhause genannt hat. Der Vater hatte vergessen, sie ihr abzunehmen, ehe er sie vom Hof jagte. Ob sie wohl immer noch passen?

Jetzt liegen nur noch zwei Schlüssel auf dem Tisch. Den einen kennt sie. Er ist für den Verschlag im Flur. Die kleine Kammer mit den Wintermänteln, Wollpullovern und Stiefeln, in der Wilhelm ganz selten einmal eine kleine Weile verbringen musste, wenn er besonders ungezogen gewesen war.

Nur ein Schlüssel bleibt übrig. Sie nimmt ihn, dreht und wendet ihn, erkennt ihn aber nicht wieder. Er ist ziemlich klein, vermutlich für ein Vorhängeschloss. Er sieht neu aus und blank, als sei er niemals benutzt worden. Zu welcher Tür gehört er? Der kann doch nicht für die Hütte im Wald sein? Hat Wilhelm sie nicht repariert? Es ging sie ohnehin nichts an, sie wollte ja nichts damit zu tun haben, wollte nicht einmal etwas davon hören. Sie muss ihre Ohren verschlossen haben. Trotzdem ist es möglich, dass sie einen Schlüssel bekommen hat. Immerhin ist die Hütte noch auf ihren Namen eingetragen.

Sie dreht ihn noch einmal zwischen den Fingern, bevor sie ihn in den Umschlag legt. Danach sieht sie sich das Regal über dem Sekretär an, zieht den Ordner mit der Aufschrift «Wichtige Papiere» heraus. Sie weiß, was er enthält – die Eigentumsurkunde für das Haus, die Schuldverschreibung an die Bank, Versicherungspolicen. Sie blättert die Papiere durch und muss husten von all dem feinen Staub, der aufwirbelt. Viele Jahre ist es her, dass sie die Mappe durchgesehen hat. Aber jetzt wird es Zeit. Diese Dinge muss sie ja in Ordnung bringen, bevor Wilhelm kommt.

«Sieh an», murmelt sie und zieht ein zusammengefaltetes Blatt heraus. Sie faltet es auf. Die Karte ist so mürbe, dass Löcher in den Falzen sind. Aber es ist die richtige, ohne Zweifel. Sie legt das Blatt wieder zusammen, steckt es in den Brief für Robin und klebt den Umschlag zu.

«Man kann über mich sagen, was man will. Aber jedenfalls steckt eine gewisse Logik hinter dem, was ich tue», sagt sie. «Denn falls ich nicht selbst daran denken sollte, wird mich der Junge daran erinnern, was ich erzählen wollte, wenn er mich fragt, was das ist.»

3

Das Raumschiff vollführt einen Hopser, ehe es mit einem Krachen mitten auf einer riesigen Ebene aufsetzt.

«Gute Landung», sagt Luke Skywalker.

«So gut, dass wir jetzt ein Loch haben», sagt Wolf.

Luke dreht sich um und sieht nach. Wolf hat recht, im Karton ist ein großes Loch.

«Das reparieren wir später», sagt Luke.

«Na, hoffentlich müssen wir nicht schnell abhauen, weil uns jemand auf den Fersen ist.»

Luke setzt seinen Weltraumhelm auf, öffnet die Tür und stellt erst den einen, dann den anderen Fuß auf den Boden des Waldplaneten. Er springt hinaus und kommt mit vollem Gewicht auf.

«Normale Schwerkraft», seufzt er.

«Es wird bestimmt trotzdem eine tolle Expedition», sagt Wolf. «Mit dir ist es nämlich immer spannend, Luke.»

Luke schaut sich um. Auf der einen Seite der Ebene erhebt sich ein gewaltiger Vulkan. Vom Gipfel steigt Rauch auf.

«Dort wohnen die Monster», sagt Luke.

«Welche Monster?», fragt Wolf ängstlich.

«Die Lavamonster.»

«Sind die gefährlich?»

«O ja. Sie sind groß, schwarz und kochend heiß und haben lange Arme, mit denen sie uns fangen können. Wenn sie dich in die Finger kriegen, ziehen sie dich ins Innere des Vulkans und braten dich. Und dann wirst du ein Zombie.»

«Oh», sagt Wolf, und es hört sich an, als fürchtete er sich sehr.

«Aber das ist kein Problem für uns», sagt Luke, zieht sein Laserschwert aus dem Gürtel und schwingt es herum.

Er hat nämlich keine Angst. Er hat starke Muskeln und viel Kraft. Er ist blitzschnell, im Superturbo läuft er genauso schnell wie Sonic. Außerdem hat er gute Waffen, ein Laserschwert, das alles durchdringt, und eine Pistole, die mit Lichtgeschwindigkeit Laserpfeile abfeuert.

«Du brauchst keine Angst zu haben», sagt er zu Wolf und streichelt ihm über den Rücken.

Aber es kommt vor, dass Wolf sich doch fürchtet, obwohl er ein großes und gefährliches Tier ist, das seine Feinde über hunderttausend Meter wittern und sie mit seinen Zähnen in Stücke reißen kann, knurrend und mit gesträubtem Fell. Es ist gut, dass Wolf Luke hat und nicht allein auf der Welt ist.

«Die Lavamonster sind ja nicht so gefährlich wie die Dunklen Mächte», sagt Luke tröstend.

Die Dunklen Mächte sind nämlich das Gefährlichste, was es gibt. Zum Glück sind sie weit weg, auf ihrem Todesstern – Lichtjahre entfernt. Aber sie können trotzdem herkommen, denn sie hocken dort oben und starren durch ihre langen Teleskope in die Galaxie, und wenn sie einen erst finden, dann schicken sie ihre gigaschnellen Raketenraumschiffe los – mit den Klonen, den Androiden, Mr. Freeze und Darth Vader, der sich zwar anhört wie die Kaffeemaschine in der Küche, aber der Schlimmste von allen ist. Sie werden Lasermaschinengewehre und riesige Bazookas mitbringen, mit denen sie schwarze Löcher in die Erde und den Himmel schießen. Löcher, die einen verschlucken und zu einer kleinen Kugel zerquetschen, immer kleiner, bis man so klein wie eine Plastikperle ist, und dann kullert man weg und ist verschwunden. Und es ist, als ob man nie existiert hätte.

«Komm», sagt er zu Wolf, «wir müssen uns beeilen.»

Noch haben sie einen guten Vorsprung. Die Superbösewichte

wissen nämlich nicht, dass sich der Schatz hier auf dem Waldplaneten befindet. Wüssten sie es, wären sie schon längst hier gewesen. Aber Luke weiß es, denn er hat eine Karte.

Er holt die Karte hervor und faltet sie auf. Er hat sie eigenhändig gezeichnet, fein säuberlich mit einem spitzen Bleistift, und dann mit Filzstift ausgemalt. Auf der Karte ist ein Kreuz eingezeichnet, aber das ist nicht besonders genau platziert. Luke weiß nur, dass der Schatz tief drinnen in den dunklen Wäldern liegt, hinter einem Wasserfall und fünf flammenden Pforten, gut bewacht vom schrecklichsten aller Tiere, dem übermächtigen Komodowaran, von dem ein einziger Biss tödlich ist.

«Was meinst du?», sagt Luke und zeigt zu den Bäumen. «Ob das die Dunklen Wälder sind?»

«Sieht ganz danach aus», sagt Wolf.

Im Zickzackkurs laufen sie hinüber zum Wald und schleichen zwischen den Bäumen in den dichten grünen Dschungel. Sie hören die Schreie von Papageien und quakende Frösche. Aus Versehen tritt Luke auf eine Schlange, die ihm einen tödlichen Biss versetzen will, aber er erledigt sie blitzschnell mit seinem Laserschwert.

«Komm, Wolf», ruft er leise. «Jetzt ist es sicher.»

Wolf folgt ihm schnuppernd. «Ist es noch weit bis zum Schatz?»

Der Schatz ist ein magischer Totenkopf aus Diamanten mit enormen kosmischen Kräften. Der Held, der ihn findet und der Sonne so entgegenhält, dass sie hindurchscheinen kann, bekommt dermaßen viel Kraft, dass er die Macht über das gesamte Universum übernehmen kann. Darum ist es wahnsinnig wichtig, dass ihn die Dunklen Mächte nicht in die Finger bekommen, denn sonst wird die Galaxie ein schrecklicher Ort.

«Was soll ich machen, wenn ich erst die ganze Kraft habe?», sagt Luke.

«Wie wäre es, wenn du den Todesstern vernichtest?»

«Gute Idee, Wolf.»

Sie dringen immer tiefer in den Dschungel vor. Er scheint endlos zu sein. Luke entdeckt eine Kraft-Pflanze, deren kleine Blätter aussehen wie Klee. Er isst ein paar der sauren Blättchen und spürt, wie unglaublich stark er wird. Gleichzeitig merkt er, dass er Hunger hat. Richtig großen Superheldenhunger. Luke sieht sich um. Kein Wildschwein in Sicht. Und die Johannisbeeren und Pflaumen sind längst gepflückt.

«Komm, Wolf, wir müssen auf die Jagd gehen.»

Das beste Essen im gesamten Sonnensystem gibt es im Vulkan. Aber da ist es natürlich schrecklich gefährlich, weil es so gut wie unvermeidbar ist, mindestens einem Lavamonster zu begegnen.

Doch Luke ist ein mutiger Held. Sie laufen aus dem Wald, hinüber zu den Steinplatten, nähern sich dem Felsvorsprung und schleichen die Treppe hinauf, wo sie einen Spalt entdecken, der gerade groß genug ist, dass sie hindurchpassen.

«Sollen wir das wirklich wagen?», fragt Wolf.

«Wir wollen doch wohl nicht verhungern.»

Luke und Wolf kriechen in den Vulkan hinein. Wie befürchtet sind dort drinnen die Lavamonster, zwei Stück, eklig und gefährlich. Aber sie sehen ihn nicht. Das Lavamonstermännchen liegt auf dem Sofa, eine Sonnenbrille über den grausigen Augen. Das Weibchen geht auf und ab und spuckt Feuer. Wolf und Luke verstecken sich hinter der Bücherklippe und sind so leise wie zwei weiße Mäuse.

Die Lavamonster beginnen zu sprechen. Es geht hin und her, als würden sie sich gegenseitig beschießen. Luke versucht, nicht hinzuhören, aber er kann es nicht lassen. Jedes einzelne Wort bekommt er mit.

«Kannst du nicht einfach sagen, was los ist?», sagt das Weibchen zum Männchen.

«Wie, *los*?»

«Mit dir.»

«Was soll mit mir los sein?»

Das Lavamonstermännchen nimmt die Sonnenbrille ab. Das Weibchen starrt das Männchen lange an.

«Ich weiß nicht, wovon du sprichst, Liebling», sagt das Männchen und lächelt. Lukas hört, dass es lächelt, denn er weiß genau, wie das Männchen klingt, wenn es lächelt und es nicht ehrlich meint.

«Warum tust du das?», sagt das Weibchen.

«Was denn?»

Sie stöhnt.

«So grinsen. Wir wollten doch ein paar schöne Tage genießen. Du versuchst es ja nicht mal.»

Auf dem Bauch robbt Lukas ein Stück vorwärts und späht zwischen den Büchern im Regal hindurch. Sie sehen nicht fröhlich aus. Sie waren den ganzen Tag nicht fröhlich, und auch gestern nicht. Sie waren die ganze Zeit zwei ziemlich ätzende Lavamonster. Er legt die Hand auf den Boden und spürt ein schwaches Vibrieren. Wenn diese dummen Monster nicht bald aufhören, gibt es noch ein Erdbeben, und der Vulkan explodiert und speit Lava und Flammen. Vielleicht sollte er sie unschädlich machen, bevor es so weit kommt. Luke setzt den Schalldämpfer auf die Pistole und zielt. Er schießt so leise, dass sie es nicht hören. Pscht – bumm. Pscht – bumm. Aber sie sterben nicht, sie merken es nicht einmal. Die Laserpfeile dringen einfach in sie ein und verschwinden.

«Musst du immer so verdammt aalglatt sein?»

«Aalglatt?»

«Ich sehe doch, dass du spielst.»

Sie spricht jetzt leiser. Fast klingt es, als spräche sie mit sich selbst.

«Die ganze Zeit spielst du nur. Aber in dir ist trotzdem etwas, das du nicht verbergen kannst.»

«That really makes sense, honey. Gib mir einen Kuss.»

«Irgendwas hinter deinen Augen.»

«Must be that wild gypsy blood.»

«Das ist doch auch bloß eine Rolle, weißt du. Du hast genauso wenig Zigeunerblut in dir wie ich.»

«Da irrst du dich, mein Schatz.»

«Das Großbürgertum, Robert. Da hast du diese blöde Oberflächlichkeit gelernt. Kannst du nicht ein Mal nur du selbst sein?»

«Ist das jetzt die *tiefsinnige Unterhaltung*? Jon Fosse, komm, hör zu, hier findet gerade die tiefsinnige Unterhaltung statt.»

Das Männchen lacht, aber es klingt nicht echt. Lukas hört, dass es traurig ist. Papa ist sehr traurig, aber das hört Mama nicht. Weil Papa nicht will, dass sie es hört.

«Ein Mal nicht spielen. Einfach nur so sein, wie du wirklich bist.»

«So? Oder so?»

Papa schneidet Grimassen.

Mama beugt sich über den kleinen Koffer, trägt ihn hinaus in den Flur und kommt zurück.

«Du bist nicht lustig. Kein bisschen lustig.»

Lukas schleicht sich in die Küche, nimmt das Brot aus der Schublade und schneidet zwei dicke Scheiben ab. Er holt Milch und Himbeermarmelade aus dem Kühlschrank und nimmt sich viel mehr Marmelade, als er darf. Aber das kümmert ja gerade niemanden. Er legt seine Butterbrote auf einen Teller und schneidet ein Stück für Wolf ab.

«Da, Wolf, bitte schön, namm, namm.»

Lukas beißt ein großes Stück von seinem Brot ab. Doch obwohl er richtigen Heißhunger hat, bekommt er es kaum hinunter. Sein Hals ist ganz eng. Und seine Augen laufen über vor Tränen.

«Scheiße», sagt er, obwohl er weiß, dass es ein böses Wort ist.

Aber außer Wolf hört ihn keiner. Außerdem fluchen sie ja selbst, diese dummen Lavamonster, und das ist noch viel schlimmer.

Als Mama weiterspricht, hört er ihre Stimme, ob er will oder nicht.

«Warum, zum Teufel, kannst du nicht einfach sagen, wie schade du es findest, dass ich abreisen muss? Und dass wir dieses Wochenende nicht gemeinsam verbringen können?»

Papa antwortet nicht.

«Fällt es dir so schwer, *auszusprechen,* dass du traurig bist, weil ich nicht zur Premiere kommen kann?»

Sie hält inne, dann fährt sie fort: «Mir tut es auch leid. Aber was soll ich denn machen? Kannst du nicht irgendwas sagen? Vielleicht ist dir das alles ja auch scheißegal?»

Sie wartet. Papa ist stumm wie ein Fisch.

«In letzter Zeit bist du so merkwürdig, dass ich fast Angst habe, euch hier allein zu lassen.»

«Tatsächlich?»

«Ich frage mich manchmal, ob es sicher ist – für Lukas. Ob nicht am Ende noch etwas passiert.»

Eine ganze Weile herrscht Schweigen.

«Ich bin traurig, dass du nicht zur Premiere kommst», sagt Papa künstlich. «Und dass du in letzter Zeit so viel weg bist.»

«Ach, fahr zur Hölle.»

Mama weint. Wieder ist es eine Weile still, dann spricht Papa weiter: «Willst du das anbehalten?»

«Was?»

«Willst du dieses Kleid anbehalten?»

«Was ist denn verkehrt daran?»

«Takelst du dich für die so auf?»

«Wer, die?»

«Findest du ihn heiß?»

«Von wem sprichst du?»

«Von deinem neuen Boss. Versuchst du, dich hochzuschlafen?»

«Robert, was in aller Welt ist eigentlich los mit dir?»

«Du wolltest es doch so *echt.*»

Wieder schneidet er eine Grimasse und sagt mit seiner künstlichen Komikerstimme: «Ich bin es, der eifersüchtige Ehemann!»

«Musst du eigentlich immer auf der Bühne stehen?»

«Die ganze Welt ist eine Bühne, Anna, auf der Männer und Frauen nur kleine Figuren sind.»

«Du kannst mich mal, Robert, echt, du kannst mich.»

Lukas schiebt den Teller mit den Butterbroten weg.

«Komm, Wolf», sagt Lukas, «wir hauen ab. Zurück in den Wald.»

«Da kommt mein Taxi», sagt Mama im Wohnzimmer.

Vom Küchenfenster aus sieht Lukas den Wagen, der vor dem Tor angehalten hat.

«Lukas!», ruft Mama.

Er hört, wie sie die Treppe hinauf und in sein Zimmer geht. Lukas nimmt Wolf unter den Arm, schleicht gebückt aus der Küche, aus dem Haus, zurück in die Dunklen Wälder. Dort können sie sich im Laub vergraben, sich unter Bäumen oder in einer großen Höhle verstecken. Er legt sich unter den Johannisbeerstrauch und atmet in die Erde. Kneift die Augen zusammen.

«Lukas? Lukas!»

Lukas blinzelt durch das Blattwerk hinauf zum Haus. Mama steht jetzt auf der Veranda. Sie lässt den Blick über den Garten schweifen. Lukas duckt sich zwischen ein paar Zweigen. Nun kann ihn keiner finden.

«Ich muss jetzt fahren! Willst du Mama nicht auf Wiedersehen sagen?»

Eine, die einfach wegfährt, kann ihn mal gernhaben. Sie streitet und fährt weg. Nach einer Weile kommt sie mit ihrem Koffer aus dem Haus. Papa steht in der Tür.

«Dann gib ihm einen Kuss von mir», sagt sie.

Aber sie umarmen sich nicht wie sonst immer, wenn sie abfährt. Sie küssen sich nicht. Papa hebt die Hand, irgendwie abwesend, und Mama steigt in das Taxi. Sie zieht die Tür hinter sich zu, dann fährt der Wagen die Straße hinunter und verschwindet hinter der Kurve.

Lukas schaut sich um, betrachtet die magischen Bäume in diesem endlosen, verzauberten Wald. Sie schimmern nicht mehr. Es leben auch keine giftigen Frösche oder Schlangen darin.

Hier ist nichts weiter als dummes Gebüsch im Garten. Sein Blick wandert hinüber zu der kleinen Vertiefung in dem Haufen aus Blättern, Ästen und Zweigen. Jeder kann sehen, dass es keine Höhle ist. Er schleudert Wolf in den Dreck, wo er mit weit offenem Maul und lang heraushängender hellroter Filzzunge liegen bleibt. Lukas merkt es genau. Er ist nicht mehr stark. Die kosmischen Kräfte sind auf und davon. Er sammelt seinen Kuschelhund wieder auf und drückt ihn an sich.

Da knackt es im Geäst, und einen Moment lang hofft er, es ist der Komodowaran. Aber er weiß ja, dass es bloß Papa ist.

«Hier steckst du also. Komm raus, komm schon.»

Aber Lukas rührt sich nicht. Unbeweglich, mit dem Gesicht nach unten, liegt er da und starrt in den Haufen nackter Äste, die im vergangenen Jahr von der Hecke abgeschnitten wurden. In die braunen Blätter, die sich langsam auflösen. Ein Käfer mit einem dunkel glänzenden Panzer kriecht dort unten hinein.

Papa tätschelt seinen Kopf.

«Mein Kleiner. Bist du traurig?»

«Ja», weint Lukas in die Zweige.

«Ich auch.»

«Du bist dumm.»

«Das bin ich wohl.»

Papa holt Luft.

«Vielleicht sollten wir beide etwas Schönes unternehmen.»

«Es gibt nichts Schönes mehr», sagt Lukas.

«Was sagst du zu einem kleinen Ausflug? Wir könnten am Wochenende irgendwohin fahren.»

«Wir fahren doch sowieso am Wochenende weg. Nach Schweden mit Mama.»

«Mama muss arbeiten.»

«Warum muss sie immer arbeiten?»

«Sie hat einen neuen Job, und da kann sie nicht nein sagen. Aber wir denken uns was anderes aus. Wir können in den Vergnügungspark fahren.»

«Ich will nicht in den Vergnügungspark.»

«Vielleicht nach Bygdøy.»

«Dann will ich baden gehen.»

«Das geht nicht mehr. Es ist zu kalt.»

«Dann will ich nach Afrika. Ich will ein wilder Mann in Afrika sein. Und nie wieder nach Hause kommen.»

«Das könnte schwierig werden.»

«Dann will ich gar nichts.»

Papa seufzt. Lukas sieht genau, dass er auch traurig ist.

«Okay», sagt Lukas. «Machen wir eben einen Ausflug. Aber es muss eine Entdeckungsreise sein.»

«Eine Entdeckungsreise?»

Lukas richtet sich auf. «Machen wir das?»

«Wir können am Fluss entlangwandern.»

«Och Mann, das tun wir doch andauernd. Ich will eine echte Entdeckungsreise machen. Irgendwohin, wo wir noch nie gewesen sind! Und dann können wir nach einem Schatz suchen. Ja? Bitte!»

«Tja, das lässt sich wohl machen.»

«Versprich es mir!»

«Okay, ich verspreche es. Wir fahren irgendwohin, wo wir noch nie gewesen sind.»

«Jetzt gleich?»

«Nein, das geht nicht. Ich habe heute Abend Premiere, weißt du.»

«Dann morgen?»

«Wir fahren am Samstag und können bis Montag bleiben.»

«Es muss eine echte Entdeckungsreise sein! Ich will auf eine richtig echte Expedition.»

«In Ordnung. Abgemacht. Eine richtig echte Expedition.»

4

Traumloser Schlaf und Bilder der vergangenen Nacht: eine hell erleuchtete Bühne, und der Vorhang fällt. Tosender Applaus, Blumen werden überreicht, Ansprachen und Gläser mit Blubberwasser. Viele Gläser, viel zu viele. Zu beiden Seiten bodenloses Dunkel und dann: eine Bar. Dahinter eine beleuchtete Wand, die rot zwischen den Flaschen hindurchscheint. Wunderschön. Abstand halten zur Dunkelheit, Abstand halten. Die Rosen ließen die Köpfe hängen, doch das Ensemble blühte noch immer – abgesehen von ihm, der mitten in der Menge saß. Er hatte das Gefühl, sie alle durch Wasser wahrzunehmen. Sie schienen sich in einem anderen Element zu befinden.

Ophelia hatte einen Lachkrampf, sie schüttelte ihr helles Haar. Das Gespenst sagte etwas Geistreiches und grinste durch die Reste der grauweißen Schminke. Rosenkranz und Güldenstern knufften sich gut gelaunt in die Seite, während sich König Claudius mit dem Regisseur unterhielt. Die Blicke glitten schnell an ihm vorüber, als wäre er nicht da. War er noch da? Doch, das war er. Er öffnete den Mund und sang ausgerechnet Bellmann: «Gott des Schlafes, Morpheus, komm! Kerze schmolz und sacht verglomm», und erhob das Glas zu den Flaschen.

Ein paar blonde Mädchen an der Bar zwängten sich lächelnd neben ihn. «Du bist doch dieser schwedische Schauspieler, oder? Ich hab dich im Fernsehen gesehen.» Vorgestreckte Brüste, ein Dekolleté. Eine Tiefe, um darin zu versinken, ein Spiegel. In diesem Spiegel sah er gut aus, sexy und attraktiv. Und trotzdem herrschte dort Leere. In den Augen, im Blick war niemand. Niemand, der ihn interessierte. Er war, ist allein. Anna, ich halte das nicht aus. Komm zu mir. Komm.

Noch einen Tequila, dann stolperte er hinaus in die Dunkelheit. Blieb stehen und starrte zur letzten Tram hinüber, die an der Haltestelle auf der anderen Straßenseite hielt. Ein paar Jugendliche feierten im hinteren Wagen eine Party und hoben ihre Bierflaschen zum Gruß. Dann fuhren sie davon. Horatio kam aus dem Gebäude und bot ihm eine Zigarette an. Sie rauchten schweigend. Und er fand es merkwürdig, dass er an die anderen mit ihren Rollennamen dachte.

Die Königin kam als Nächste, elegant wie immer, in einen schwarzen Mantel mit weißem Pelzbesatz gehüllt. Sie rauchte Zigarillos, sie trug Handschuhe. Und mit ihrem bleichen, erhabenen Gesicht sah sie ihn auf eine Weise ernst an, wie sie es auch auf der Bühne getan hatte. Kein Schauspiel, sondern aufrichtige Besorgnis.

«Das war nur eine kleine Kunstpause», sagte er. «Wird nicht wieder vorkommen.»

Woher will er wissen, dass es nicht wieder vorkommt?

Der Klingelton des Handys, dieses verdammte *Stairway to Heaven*, reißt ihn aus dem Halbschlaf, hinein in einen sonnigen Morgen. Viel zu viel Sonne. Sie scheint ihm direkt in die Augen, als er sich umdreht und verschwitzt nach dem Telefon tastet.

«Hallo», ruft er heiser, als er es endlich gefunden hat. «Wer ist da?»

«Ich bin's.»

«Anna!»

Robert setzt sich auf, reibt sich die Augen. Sein Kopf ist so schwer. Er trinkt immer mehr, verträgt aber immer weniger. Ab jetzt wird er kürzertreten. Schön langsam kürzertreten. Alles wird gut. Er wird wieder ganz der Alte.

«Wie geht es euch?», fragt sie. Ihre Stimme klingt gepresst.

«Gut», sagt Robert und schaut zur Uhr auf dem Nachttisch. Es ist halb zwölf.

«Und Lukas?»

Er schwingt die Beine aus dem Bett, steht unsicher auf und torkelt ins Zimmer seines Sohnes. Das Bett ist leer. Auf dem Tisch steht ein Lego-Raumschiff mit kleinen bewaffneten Sternenkriegern darum herum, erstarrt in der Schlacht, aber keine Spur von dem Jungen.

«Kann ich mit ihm sprechen?»

«Moment.»

«Weißt du nicht, wo er ist?»

«Doch, doch.»

Er geht die Treppe hinunter und wirft einen Blick in die Küche. Alles sauber und ordentlich. Das Wohnzimmer: verlassen und still. Der Fernsehapparat und die Spielkonsole sind ausgeschaltet. Robert öffnet die Terrassentür und späht hinaus in den Garten. Hält das Telefon zu und ruft.

«Lukas!»

«Kannst du ihn nicht finden?», fragt Anna am anderen Ende.

«Er ist hier, ganz in der Nähe.»

«Warst du noch gar nicht auf?»

«Doch, doch. Kann ich dich zurückrufen?»

Er legt auf, zieht sich Hose und T-Shirt an und geht nach draußen.

«Lukas?»

Auf der Wiese ist er nicht. Auch nicht im Gebüsch unten im Garten. Sein Spielzeug liegt fein säuberlich im Schuppen. Robert umrundet das Haus, geht entlang der Hecke an den Reihenhäusern vorbei und schaut in die Gärten der Nachbarn, dann geht er in das Wäldchen, das sich zwischen der Reihenhaussiedlung und der Schule erstreckt. Das Wäldchen, in dem im vergangenen Jahr ein paar kleine Jungen von einem unbekannten Mann angefasst worden sind. Erst war er freundlich, dann hat er die Kinder bedroht und sie gezwungen, ihre Hosen herunterzulassen. Einer der Jungen ist kurz darauf weggezogen. Die Familie hielt es nicht mehr aus, hier zu wohnen. Das Ereignis hatte den kleinen Jungen verändert. Und der Mann wurde nicht gefasst.

Robert irrt durch das Wäldchen, schaut zwischen die Büsche, und in seinem Kopf entstehen schreckliche Bilder.

«Lukas! Lukas!»

Jetzt bloß keine Panik. Klaren Kopf bewahren. Hat er an alles gedacht? Lukas' Freunde! Natürlich. Robert läuft zurück zum Haus und durchwühlt auf der Suche nach den Telefonnummern das Chaos auf dem Schreibtisch. Er hebt den Hörer ab, wählt eine Nummer.

«Papa?»

Robert dreht sich um. Lukas schaut zwischen den Mänteln im Garderobenschrank hervor.

«Was zum Teufel machst du da?», schreit Robert.

«Sei doch nicht so böse, Papa.»

«Bist du schon lange da drin?»

«Seit sechshundert Jahren. Wir haben gespielt, dass du Darth Vader bist.»

«Wir? Ist da außer dir noch jemand drin?»

«Na, Wolf natürlich», sagt Lukas und hält ihm den braunschwarzen Kuschelhund hin. «Sonst niemand. Erst haben wir dich oben im Schlafzimmer ausspioniert. Wir haben gespielt, du wärst tot. Aber dann bist du von den Toten erwacht und warst plötzlich richtig gefährlich. Super Versteck, oder?»

«Na klar», seufzt Robert.

«Fahren wir bald?»

«Wohin?»

«Wir wollten doch auf Entdeckungsreise gehen!»

«Übermorgen. Wir fahren erst übermorgen.»

«Das hast du gestern auch schon gesagt!»

«Habe ich das?»

«Du bringst immer alles durcheinander. Kann ich einen Hund haben?»

«Was?»

«Ich will einen Hund!»

Robert wird laut. «Du bekommst keinen Hund, okay! Geh jetzt spielen!»

Er legt sich aufs Sofa und schließt die Augen. Eine Entdeckungsreise. Heilige Scheiße, wie hat er nur so etwas versprechen können? Aus der Nummer kommt er wohl nicht mehr raus. Der Junge hat ein Gedächtnis wie ein Elefant und wird ihm die Entdeckungsreise bis zum Sankt-Nimmerleins-Tag vorhalten. Zum Glück hat er ihm keinen Hund versprochen.

Wenn Anna bloß hier wäre. Mist, dass sie es nicht geschafft haben zu reden. Mist, dass er es nicht geschafft hat, den Mund aufzumachen, dass er sich so danebenbenommen hat, dass sie auch noch diesen verdammten Streit hatten, bevor sie fuhr. Mist, dass sie fahren musste. Natürlich musste sie fahren. Dieser tolle Designerjob ist schließlich ihr Traumjob. Jahrelang hat sie sich genau so eine Stelle gewünscht und hart dafür gearbeitet. Es wäre dumm gewesen, sie abzulehnen, wo sie doch ohnehin bald zurück nach Stockholm ziehen. Zum Glück. Bald sind sie wieder jeden Tag zusammen. Aber erst muss er noch dieses verdammte Engagement überstehen. Wenn ihm das bloß nicht das Genick bricht.

Wäre sie während der Proben hier gewesen, hätte er ihr davon erzählen, es ihr demonstrieren können. Er hätte die unorthodoxen Regiemethoden dieses angeblich so genialen Regisseurs karikieren können. Psychodrama und Tiefenmeditation, Psychoterror und Method-Acting, in einer völlig kranken Mischung. Er hätte den Ablauf von Anfang an bis ins kleinste Detail beschreiben können und vielleicht sogar darüber gelacht. Sie hätten gemeinsam lachen können. Aber unter den gegebenen Umständen war das nicht möglich. Sie haben nur oberflächliche Gespräche geführt. Er will sie ja auch nicht beunruhigen. Ja, klar, uns geht es gut. Uns geht es total gut. Er kann sie doch nicht mit der Tatsache behelligen, dass er kurz vor dem Zusammenbruch steht. Er seufzt schwer bei der Erinnerung an die gestrige Premiere. An den Moment, als er völlig aus der Rolle fiel.

In seinem schwarz-weißen Kostüm stand er in der Mitte der Bühne. Das Licht war auf ihn gerichtet, die Augen aller. Jede noch so kleine Geste, jede Regung in seinem Gesicht war im vollbesetzten Zuschauerraum sichtbar. Bis jetzt war alles gut gegangen. Nichts auszusetzen. Er hatte den Geist getroffen. *Räch' seinen schnöden unerhörten Mord! Mord?* Der Dialog mit dem König: *Wie, hängen stets noch Wolken über euch? Nicht doch, mein Fürst, ich habe zu viel Sonne.* Mit Ophelia: *Seid Ihr tugendhaft? Seid Ihr schön?* Und Güldenstern: *Ihr wollt auf mir spielen.* Er hatte Polonius umgebracht, der sich hinter der Tapete versteckte: *Eine Ratte!*, als er sich plötzlich nicht mehr an seinen Text erinnerte. Schlimmer noch. Er stand in der Mitte der Bühne, den Degen in der Hand, und obwohl sich alle Augen auf ihn richteten, war alles weg. Als wäre es nie da gewesen. Nie einstudiert. Als hätte jemand einen Schalter umgelegt.

Wo war er?

Was hatte er hier zu suchen?

Die Souffleuse sagte etwas und wartete. Wiederholte den Text. Er sah sie an. Sprach sie mit *ihm*? Er vernahm die Worte, erkannte sie wieder, aber sie ergaben keinen Sinn. Er öffnete den Mund, ihm entfuhr ein kleines heiseres Lachen, das sich nicht anhörte wie sein eigenes, sondern wie von einem Tier in ihm, einem fiesen kleinen Tier. Die Frau auf der anderen Seite der Bühne sah ihn an. Eine stattliche Frau in einem eleganten Kleid und teuren Schuhen. Ihre Haut weiß gepudert wie Porzellan, ihre Augen schwarz umrandet. Tiefrote Lippen. Sie sah besorgt aus, beinahe verzweifelt. Ihr Blick flackerte. Sie erwartete etwas von ihm, das wusste er. Sie hatte ihre Replik gesagt: *Dies ist bloß Eures Hirnes Ausgeburt; in dieser wesenlosen Schöpfung ist der Wahnsinn sehr geübt.*

Wahnsinn? War es das? Sein Mund war trocken, er schluckte und blickte sich um. Der Saal war doch leer? Außer ihm und der Frau dort drüben war niemand hier. Kannte er sie? Sie standen mitten im Raum, im gleißenden Licht. Vom Alter her hätte sie seine Mutter sein können. War sie es? Seine Mutter?

Er schaute zu Boden und entdeckte, dass sich dort eine kleine Pfütze aus Blut gebildet hatte. Es tropfte vom Degen. Und er verspürte eine tiefe Angst und den Drang, fortzulaufen. Wollte geradewegs durch die vierte Wand, fort von den grellen Scheinwerfern und hinaus in die Welt, auf die Straße, unter den abendblauen Herbsthimmel, in den Park und dann im Schatten der großen Bäume verschwinden. Es fühlte sich wie eine Ewigkeit an, aber vielleicht vergingen nur Sekunden, bis er wieder anwesend war.

Der Wahnsinn? Mein Puls hält ordentlich wie Eurer Takt, spielt ebenso gesunde Melodien; es ist kein Wahnwitz, was ich vorgebracht. Bringt mich zur Prüfung, und ich wiederhole die Sach' Euch Wort für Wort, wovon der Wahnwitz abspringen würde.

Später, und nach einigen Gläsern, hatte die Angst sich gelegt und der Zwischenfall war beinahe vergessen. Keiner erinnerte ihn daran, abgesehen von diesem einen Totengräber, der ihn mit «Blackout, was?» in die Seite knuffte. Er hatte sein strahlendstes Lächeln aufgesetzt. «Nicht die Spur. Ich mache es gern spannend.» Über den Zwischenfall während der Probe, der viel erschütternder gewesen war, verlor glücklicherweise niemand ein Wort. Schließlich feierte man die Premiere.

Er stemmt sich aus dem Sofa, geht in die Küche und nimmt sich ein Glas Wasser, trinkt es in einem Zug und gleich noch ein zweites und denkt, wie schon so oft, seit der Regisseur angerufen und ihm die Rolle angeboten hat, dass ein Fehler passiert sein muss. Das Theaterensemble verfügt haufenweise über Schauspieler, die diese Rolle ausfüllen könnten. Er ist nicht der *Typ*. Einer wie er macht sich gut in Actionfilmen, Krimiserien und romantischen Komödien, als Schurke, Flegel und als jugendlicher Liebhaber. Natürlich hat er auch schon auf der Bühne gestanden, aber meistens für leichtere Produktionen. Lustspiele, Verwechslungskomödien und Musicals. *Mamma Mia*, *Chicago* und *Ladykillers*. In Ausnahmefällen hat er Tennessee Williams gespielt und nur ein einziges Mal Strindberg, den Jean in *Fräulein Julie*. Und das war ein Fiasko. Niemals Shakespeare, niemals Ibsen. Er ist ein Bruder Leichtfuß, ein Entertainer, gehört zu der Kategorie Schauspieler, die in Fernsehzeitschriften auftauchen, bereitwillig für die Regenbogenpresse posieren und sich zum ‹Sexiest Man of the Year› küren lassen. Er ist einer, der vollkommen mühelos die Aufmerksamkeit der Journalisten auf sich zieht, vor allem die der weiblichen. Wegen seines südländischen Aussehens, diesem leicht verwegenen Look. Goldbrauner Teint, dunkles Haar, weiße Zähne und glitzernde Augen. Ein Latino-Blick, der alles, was er sieht, verschlingt, und sich gerade noch zu beherrschen weiß, ehe er sich abwendet. Lächelnd, verspielt, forsch. Er hat keine Hintergedanken dabei, aber er beherrscht dieses Spiel. Und er überlässt es ihnen, sich Dinge auszumalen. Manchmal bringt ihm das auch eine Rolle ein. Aber dass er einmal den Hamlet bekommen würde, war unvorstellbar – obwohl er ein Profi ist und normalerweise alles, was auf der Bühne verlangt wird, im Repertoire hat. Neben seinem Charme und dem außergewöhnlichen Talent, Repliken so abzuliefern, dass sie frecher, lustiger und intelligenter erscheinen, als sie eigentlich sind, hat er eine Regie und eine Choreographie im Kopf, die häufig weitreichender sind als die des Regisseurs. Er legt ein Selbstbewusstsein an den Tag, das sich sogar in der Betonung der einzelnen Silben niederschlägt, in jeder noch so kleinen Regung bis hin zu den Augenbrauen.

Noch nie hat er so hart an einer Rolle gearbeitet, sich noch nie so bemüht und sich trotzdem noch nie so wenig wert gefühlt. Er hat so sehr nach dem Charakter gesucht, tief drinnen in seinem eigenen undefinierbaren Sumpf, und als er ihn endlich fand, war dafür etwas anderes verschwunden. Es riss ihn dermaßen mit, dass er kaum noch in der Lage war, zwischen sich und der Rolle zu unterscheiden. Da war nur noch sein eigenes nacktes und jämmerliches Ich – aller Ausstrahlung, Selbstbeherrschung und jeglichen Charmes beraubt, auf dem seine Rollen normalerweise basierten. Nicht mehr imstande zu sehen, was er *eigentlich* tat. Als wäre er nicht mehr Herr seiner selbst. Als hätte jemand anders die Kontrolle übernommen.

Wieder klingelt das Telefon.

«Ist alles in Ordnung?», fragt sie. «Hast du Lukas gefunden?»

«Er hatte sich versteckt. Aber jetzt ist er hier. Ich kann ihn sehen, er spielt draußen auf der Wiese, läuft im Kreis herum, mit einem Stock in der einen und dem Hund in der anderen Hand.»

«Und du?», sagt sie.

«Ich?», sagt er.

«Geht es dir gut?»

«Ja, klar.»

«Es sollte dir gutgehen. Du hast ja wohl im Internet nachgeschaut», sagt sie. «Sie sind phantastisch.»

«Was denn?»

«Na, die Kritiken! *Dagbladet, Aftenposten, Dagsavisen.* Sogar *Dagens Nyheter* war da. Du hast noch nie so gute Kritiken bekommen. So eindeutige.»

«Die Vorstellung war nicht gut.»

«Sie sind euphorisch, Robert.»

«Es war schlecht. Ich war schrecklich.»

«Du bist der beste Hamlet, den sie je gesehen haben. *Du* bist die Vorstellung, Robert.»

«Hörst du mir nicht zu? Der Hamlet ist nicht gut!»

Er bemerkt, dass er viel zu laut spricht.

«Robert, was ist los mit dir?»

«Nichts.»

«Du weinst doch nicht etwa?»

«Weinen? Ich?», sagt er und lacht gezwungen, ehe er schwer schluckt und sich über die Augen wischt. Gut, dass sie ihn nicht sehen kann.

Er muss wieder er selbst werden, der mit dem smarten Humor und den lustigen Gesichtern, der sie so zum Lachen bringt, dass sie nicht aufhören kann. Der, den sie begehrt. Er muss den Zweifel besiegen, der sich in ihre Stimme geschlichen hat. Es ist nichts. Alles ist in Ordnung. Er muss sich konzentrieren. Auf sie.

«Wie war es?», fragt er.

«Wie war was?», fragt sie zurück.

«Stockholm. Die Konferenzen. Die Arbeit.»

«Gut», sagt sie. «Hat alles gut geklappt. Ihnen hat das neue Coverdesign gefallen.»

«Wie schön», sagt er.

Einen Moment herrscht Schweigen.

«Ist irgendwas passiert, seit ich weg bin?», fragt sie.

«Passiert?», sagt er und gibt einen kleinen Lacher dazu. Das kann er noch immer gut.

«Ich merke doch, dass irgendwas mit dir ist. Dass du nicht mehr du selbst bist.»

Jetzt hat er die Chance, jetzt kann er es ihr erzählen.

«Ich habe es am Wochenende gemerkt, als wir zusammen waren», sagt sie. «Hab immer wieder versucht, mit dir zu reden, aber dann … Warum werde ich das Gefühl nicht los, dass du eine Rolle spielst?»

«Ich weiß nicht, warum du fühlst, wie du fühlst, Liebling.»

Unsinn. Natürlich weiß er es. Er hat immer eine Rolle gespielt, schon von Kindesbeinen an. Der kleine Junge mit dem dunklen Teint, das Maskottchen der Wohlstandsfamilie auf Östermalm. Eltern adeliger Abstammung und tonnenweise klassische Bildung. Aber er war nicht ihr eigener Spross, lediglich adoptiert. Dieses Etikett wurde er nicht los, es haftete bilderbuchmäßig an ihm: ein Findelkind, verschickt mit einem Schild um den Hals, darauf eine Nummer. Die weißblonden Geschwister hatten ihn schon beizeiten spüren lassen, dass er eigentlich nicht zu ihnen gehörte. Vielleicht hatte er deshalb schon als Kind immer das Gefühl gehabt, sich seinen Platz in der Familie verdienen zu müssen. Als könnte er ihn verlieren und in sein altes Zuhause zurückgeschickt werden. Vielleicht war er deshalb mit der Zeit der kleine Entertainer der Familie geworden. Er machte seine Sache gut, schaffte es, die Rolle seinem Alter anzugleichen, sodass er niedlich blieb, obwohl er größer wurde. Sein Aussehen trug dazu bei, er sah Gott sei Dank gut aus.

Er hat ein phantastisches Durchhaltevermögen an den Tag gelegt, hat die Maske bis jetzt gehalten, bis dieser gottverdammte Regisseur sie ihm heruntergerissen hat. Was bleibt, wenn er mit einem Mal versagt? Er fühlt sich so leer. Möglicherweise ist er in Wirklichkeit genau das: eine Hülle ohne Kern.

«Robert, bist du noch dran?»

«Ja.»

Wieder spürt er, wie sich ihm die Kehle zuschnürt, will am liebsten auflegen, aber das geht natürlich nicht. Das würde sie nur missverstehen. Er greift nach seiner Jacke, die über einem Stuhl hängt, öffnet die Tür und geht hinaus auf die Veranda. Er starrt in den Garten, wo Lukas noch immer auf der Wiese spielt und mit dem Stock gegen unsichtbare Feinde kämpft.

«Du bist so abwesend», sagt sie und wartet einen Moment, ehe sie fortfährt: «Hast du jemanden kennengelernt?»

«Jemanden kennengelernt? Wen denn?»

Ihre Stimme wird hart. «Du weißt, was ich meine, Robert. Eine Frau.»

«Nein.»

«Ich merke doch, dass etwas nicht in Ordnung ist. Warum sagst du mir nicht einfach die Wahrheit?»

Sie glaubt, er sei untreu. Er *muss* es ihr erzählen.

«Okay», sagt er und holt tief Luft. «Gestern ist etwas passiert. Auf der Premiere. Aber nicht, was du denkst. Das – also, ich habe es selbst nicht richtig kapiert. Die Proben waren wirklich hart. Du glaubst gar nicht, wie hart.»

«Was ist denn passiert?», fragt sie.

Kann er ihr wirklich sagen, dass ihm eine Sicherung durchgebrannt ist? Vielleicht ist er sogar bereits verrückt. Niemand will mit einem Verrückten zusammen sein. Er steckt eine Hand in die Tasche und tastet mit den Fingern nach einer Zigarette. Hatte er nicht gestern noch eine Schachtel Zigaretten? Aber er findet nur ein zusammengefaltetes Papier. Er zieht es hervor, betrachtet es. Es ist ein alter Briefumschlag, mit zitternder Hand beschriftet. Einen Augenblick guckt er ihn verständnislos an, dann erinnert er sich an diesen bizarren Zwischenfall auf der Premierenparty.

«Was ist passiert?», fragt Anna erneut. Sie ist ungeduldig. «Jetzt sag schon!»

«Also, wie gesagt, da ist etwas Komisches passiert», beginnt er so munter wie nach einem Wetterumschwung. Das ist die Rettung. Er merkt, dass er wieder fröhlich klingt. «Da kam jemand auf der Party vorbei.»

«Welcher Party?»

«Auf der Premierenfeier.»

«Wer war denn dort?»

«Lebensgefährten und Ehefrauen. You know.»

«Ich hätte bei dir sein sollen.»

«Vergiss es», sagt er leichthin. «Du kannst dir die Vorstellung ein anderes Mal ansehen.»

«Und wer ist vorbeigekommen?»

«Eine Frau.»

«Ich wusste es doch. Du hast eine andere.»

Er lacht. Diesmal ist sein Lachen echt. «Ja, ich habe eine Frau.»

«Verdammt noch mal, Robert.»

«Ich habe dich.»

«Mach dich nicht über mich lustig.»

Er hört, dass sie weint.

«Ich wusste, dass es irgendwann so kommen würde. Sie laufen dir ja die ganze Zeit in Scharen nach.»

«Du irrst dich, my love. Es war eine alte Frau.»

«Wie alt?»

«Uralt. Über achtzig.»

«Soso.»

«Ehrlich. Am schlimmsten war, dass sie geglaubt hat, sie würde mich kennen.»

«Du hast ein bekanntes Gesicht. Die Leute glauben, dass sie dich kennen, weil sie dich im Fernsehen gesehen haben.»

«Das stimmt. Aber diese Frau hat überhaupt nicht lockergelassen. Sie hat sich buchstäblich an mir festgekrallt. Sie hat fest meine Hände umklammert. Und dann hat sie mir ewig in die Augen gestarrt. Das war total unangenehm.»

«Wie traurig.»

«Für sie oder für mich?»

«Sie natürlich», sagt Anna mit vorwurfsvoller Stimme.

«Klar», sagt er und sieht die alte Frau vor sich. Ihr haftete etwas Graues und Verstaubtes an, als hätte sie die letzten zwanzig Jahre in einer Abstellkammer verbracht, weggeräumt mit all den anderen unbrauchbaren Gegenständen. Aber ihr Blick war lebendig. Die ganze Zeit hatte es so ausgesehen, als würde sie jeden Moment in Tränen ausbrechen.

«Sie hat mir einen Umschlag überreicht. Einen Brief.»

«Und was stand drin?»

«Ich mache doch nicht die Post anderer Leute auf. Der Brief war nicht an mich.»

«An wen denn dann?»

«‹An meinen allerliebsten Robin›. In krakeliger Schreibschrift.»

«Die Arme. Und dann ist sie gegangen?», sagt Anna.

«Ja. Dann war sie weg.»

Er bereut beinahe, dass er ihr nicht einfach zugestimmt und so getan hat, als sei er der, den sie in ihm sah, denn in der Art, wie sie ging, lag etwas unendlich Trauriges und Einsames. Ihre kleinen schlurfenden Schritte und dieser krumme Rücken. Er hatte ihr nachgeblickt, bis sie außer Sichtweite war.

«So viel zu meinem Damenbesuch.»

«Das muss ein harter Schlag gewesen sein», lacht sie am anderen Ende.

«Ich vermisse dich, Anna.»

«Ich dich auch.»

«Tschüs, dann.»

Er geht zurück zum Sofa, lässt sich fallen und schließt die Augen.

Anna. Dieser weiche Nacken, dieses rotblonde Haar. Deine Arme, um mich gelegt. Nur noch ein paar Monate, dann sind wir in Stockholm. Zusammen. Die ganze Zeit.

Er blickt sich im Wohnzimmer des gemieteten Reihenhauses um. Ihm wird nichts fehlen, schließlich kennt er hier keinen, jedenfalls nicht so gut, dass man sich grüßt. Es ist wie in Schweden, man muss Leute kennen, um sie grüßen zu können, und deshalb bleibt man allein. Nur um den kleinen Garten ist es ein wenig schade. Er hat sich nie zuvor mit Gartenarbeit beschäftigt, aber es macht ihm Freude, dort draußen herumzuwerkeln.

Dem Garten ist das scheinbar auch gut bekommen, überall wachsen Blumen, Beeren und Pflaumen. Es sieht viel schöner aus als bei ihrem Einzug, grüner. Er könnte wetten, dass Lukas den Garten ebenfalls vermissen wird, so gerne, wie er draußen spielt. In Östermalm wird er dazu nicht oft Gelegenheit haben.

Plötzlich steht Lukas neben ihm.

«Papa, was ist das?» Er hat den Umschlag vom Tisch genommen und wedelt damit.

«Ein Brief», sagt Robert.

«Willst du ihn nicht aufmachen?»

«Nein, er ist nicht an mich.»

«Ist er an mich?»

«Nein.»

«Und warum hast du ihn dann?»

«Gute Frage.»

«Ich will gucken, was drin ist.»

«Okay», sagt Robert. Er gibt sofort nach, obwohl er genau weiß, wie dumm Inkonsequenz ist. Die Quittung dafür wird er später bekommen. Doch er ist selbst ein wenig neugierig. Es ist ja ohnehin nicht möglich, diesen Brief dem richtigen Empfänger zukommen zu lassen, denn es steht kein Nachname auf dem Umschlag.

«Kannst du ihn vorlesen?», fragt Lukas.

Er liest:

Lieber Robin!
Wenn du dies liest, sind wir uns endlich wiederbegegnet. Nun, du erinnerst dich sicher nicht an mich. Du warst ja noch so klein, als ich dich zum letzten Mal gesehen habe! Aber jetzt seid ihr beide bald hier! Stell dir vor, dein Vater kommt am 26. Und das nach so langer Zeit. Dreißig Jahre ist es her. Was hältst du davon, an diesem Tag ebenfalls zu kommen? Um 13.00 Uhr bei mir. Es ist mein Geburtstag, weißt du! Die Adresse lautet Ribbunggaten 8, das ist in Gamlebyen.

Aber das weißt du sicher noch aus den Briefen. Ach, ich habe so viel zu erzählen, und dir geht es sicher genauso, mein Junge.
Deine Omi

«Mensch, Papa, das ist ja toll! Gehen wir hin?»

«Nein.»

«Aber du bist doch eingeladen!»

«Der Brief ist nicht an mich, mein Schatz.»

Er seufzt, faltet das Blatt schnell zusammen und steckt es zurück in den Umschlag. Wieder sieht er die alte Frau vor sich und bereut, was er getan hat. Es gibt eben gute Gründe, warum man die Post anderer Leute nicht lesen soll.

«Guck mal, Papa.»

Lukas hat noch etwas anderes im Umschlag gefunden.

«Ein Schlüssel! Eine Karte!»

Robert faltet die Karte auf. Sie ist alt und an den Ecken verschlissen, in den Falzen sind Löcher. Er betrachtet die Ortsnamen. Gravberget, Brennknuvlen, Gråbeinkjølen, Svartbekken, Stenmyren, Höljberget, Riddarfallet. Scheint ein Waldgebiet an der Grenze zu Schweden zu sein.

«Eine Schatzkarte! Und da liegt der Schatz!», ruft Lukas und zeigt auf ein kleines Kreuz.

Über die Karte zieht sich ein gewundener Bleistiftstrich. Wahrscheinlich stellt er den Pfad dar, der vom Waldweg zum Kreuz führt.

«Es gibt solche Schätze nicht, Lukas. Nur in Märchen.»

Lukas winkt mit dem Schlüssel. «Und was ist das? Ist der etwa nicht für eine Schatztruhe?»

Robert muss lachen. «Das ist eine schöne Vorstellung.»

«Können wir hinfahren?»

«Nein.»

«Warum nicht?»

«Darum.»

«Das ist keine Antwort. Warum können wir nicht hin?»

Robert seufzt. Spürt, wie müde er ist, wie schwach. Dass er nicht in der Lage ist, Widerstand zu leisten. Er schafft es nicht einmal, gute Argumente gegen so eine Schnapsidee zu finden. Er braucht Schlaf, daran liegt es. Einfach hinlegen und schlafen. Und hoffentlich nicht von Albträumen aufwachen.

«Wohin fahren wir denn dann? Wohin willst du denn?»

Lukas steht breitbeinig und mit verschränkten Armen vor ihm. Die Unterlippe bereits trotzig nach vorn geschoben.

Robert weiß keine Antwort. Er hat die versprochene Entdeckungsreise noch nicht geplant.

«Wir machen eine Entdeckungsreise. Du hast es versprochen.»

«Ja, klar.»

«Und man soll halten, was man verspricht.»

Robert seufzt.

«Da ist bestimmt ein Schatz. Genau wie in Indiana Jones.»

«Das bezweifle ich.»

«Wir nehmen unser Zelt mit!»

«Ja, ja – hör auf, mich zu nerven.»

«Ja!?»

«Lass mich jetzt ausruhen.»

«Du hast ja gesagt.»

«Geh raus spielen, dann denke ich ein bisschen drüber nach.»

Lukas geht in den Garten. Robert schließt die Augen, entspannt sich. Vielleicht wäre ein Ausflug in den Wald keine schlechte Idee. Vielleicht braucht er genau das: ein bisschen Abstand von der Stadt und so weit wie möglich weg vom Theater. Ein bisschen Abwechslung. Fichten und Vogelgezwitscher. Blaubeerbüsche und murmelnde Bäche. Die Ruhe des Waldes.

Erinnerst du dich an unsere Sommer? Wie lang sie waren. Der Sommer war unendlich. Wir liefen barfuß und leicht bekleidet um die Hütte. In den Nächten war es warm, es konnte heiß werden. Heiß unter dem Dach, heiß in den Köpfen. Deine Hände auf meinem Körper. Du hast diesen Körper geliebt, du konntest nie genug bekommen.

Weißt du noch, wie wir im See baden gingen? Nackt, nur wir beide. Und der schiefergraue Kranich, der auf der anderen Seite stand. Du meintest, er würde glotzen, mich mit seinen gelben Augen anglotzen. Du hast mit den Armen gewedelt und ihn angeschrien. Er hat die Flügel ausgebreitet. Wie groß sie waren, als er sich in die Luft schwang. Später habe ich den Vogel vermisst, der so still auf uns aufgepasst hat.

Weißt du noch, wie du mich nassgespritzt hast, und ich habe zurückgespritzt, und du hast mich untergetaucht. Der Griff um meinen Nacken war ein bisschen zu fest und dauerte eine Idee zu lange, und als ich wieder auftauchte und nach Luft rang, hast du gesagt: Nimm dich vor dem See der Toten in Acht, mein Kind. Nimm dich in Acht. Und ich habe bloß gelacht.

Erinnerst du dich an den Geschmack der Wildhimbeeren? Und die unreifen Blaubeeren – weißt du noch, wie hart und grün und sauer sie waren? Der Geschmack von Waldsauerklee, Süßholz, einem Grashalm zwischen den Zähnen und Harz auf der Hand, weißt du noch? Erinnerst du dich an die perlmuttfarbene Eule mit den runden Augen in unserer Fichte? Manchmal sehe ich die Eule noch, ihre Ururenkel. Aber obwohl sie alles sieht, wenn sie auf ihre nächtlichen Beutezüge geht, sieht sie mich nicht. Und sie blinzelt und erspäht die Spitzmaus tief unten in der Dunkelheit, die kleine Maus, die unter einer Wurzel hervorlugt und zwischen den Preiselbeersträuchern verschwindet. Seidenweich und mit grauem Fell. Mit Flöhen im Fell, leckeren kleinen

Flöhchen, mit leckerem Blut. Klein und knusprig. Wenn ich noch essen könnte, würde ich so eine kleine knusprige Maus verspeisen. Aber nichts pikt, brennt oder juckt, nichts schmeckt oder riecht mehr.

5

Es ist Nacht, aber er kann nicht schlafen. Er dreht sich noch einmal auf die andere Seite, bleibt eine Weile liegen, dann schiebt er die weißen Laken zurück und setzt sich auf. Wilhelm macht Licht, steigt aus dem Hotelbett, zieht sich Hose und Hemd an und verstaut die Waffe an ihrem Platz, bevor er die dunkle Jacke überzieht. Er greift nach Schlüssel, Handy und Brieftasche, steckt alles in die Innentasche und geht aus dem Zimmer. Das Klicken der Tür, die hinter ihm zufällt, hallt in dem sonst so stillen Flur wider. Bis auf ein paar Wandvasen mit Plastikblumen ist der Flur leer. Die Türen reihen sich in regelmäßigem Abstand aneinander. Sie unterscheiden sich nur durch die Zimmernummern aus Messing in absteigender Folge, 1642, 1640, 1638. Als er an einer der Türen vorbeigeht, hört er ein gedämpftes Kichern. Er hat das Bild einer Frau vor Augen, die auf einem Bett herumkriecht, in transparenter Unterwäsche, rot.

Er fährt mit dem Lift zum Pool ins Untergeschoss. Das Licht ist noch an, aber die kleine Schwimmhalle ist leer. Er setzt sich auf einen der weißen Plastikstühle und betrachtet das blaugrüne Wasser. Es ist still. Außer einem quietschbunten Schwimmring, der am einen Ende des Beckens auf dem Wasser schaukelt und sachte gegen die Kante stößt, bewegt sich nichts. Am Beckenrand hat jemand ein Paar hellgrüne Flipflops vergessen, verziert mit Gänseblümchen aus Plastik. Er steht auf, geht zurück zum Lift, fährt eine Etage nach oben und betritt die Bar. Der Barkeeper wischt gerade den Tresen ab.

«Sorry, we're closing.»

Wilhelm macht kehrt, geht an der Rezeption vorbei, durch

die Drehtür am Eingang. Ein schwarzer Portier in Livree steht unter dem Baldachin.

«Good night, Sir», sagt er.

Wilhelm bleibt einen Moment auf dem Bürgersteig stehen und blickt die nachtdunkle Straße hinunter. Ein Rettungswagen rast mit heulenden Sirenen vorbei. Er tritt rasch wieder unter den Baldachin zurück, lehnt sich gegen einen der Pfosten und kneift die Augen zusammen, flucht leise.

«Is everything all right, Sir?»

Er blickt auf, der Portier steht neben ihm, die Hand auf seinem Arm.

«Get your hands off me.»

Der Portier weicht mit erschrockenem Blick zurück. «I'm so sorry, Sir.»

Wilhelm nickt, wischt sich über den Ärmel und geht die Straße hinunter. Nur noch eine Nacht, dann ist er weg aus dieser beschissenen Stadt.

Gelbe Taxis jagen über den Hügel und rasen in südlicher Richtung davon. Die Autoscheinwerfer huschen vorüber und verschmelzen mit dem Licht der Straßenlaternen. Er kommt an einem offenen Deli vorbei. Drinnen nur bleiches, grünliches Licht, aber die Obstauslage draußen hebt sich grell gegen die schwarze Nacht ab. Perfekte Apfelsinen, Äpfel und Bananen. Perfekt aufgebaut, leuchtend gelb, grün und orange.

Er geht auf den Zebrastreifen zu, eine Frau kommt ihm entgegen. Üppiges blondes Haar, schöne Kurven, rote Lippen. Er begegnet ihrem Blick. Ihre Augen weiten sich ängstlich. Wilhelm sieht zu Boden, geht weiter, starrt auf den Bürgersteig, Quadrate aus Beton. Hier und da dunkle Kaugummiflecken.

An der Ecke 64th Street bleibt er vor einer Bar stehen. Die Tür ist zu, aber das Neonschild im Fenster blinkt *Yes we're open*. Er zieht die Tür auf, tritt ein. Zwei Männer am Tresen blicken von ihren Drinks auf, nicken ihm einladend zu. Er weicht zurück, dann dreht er sich um, ohne Hast. Als hätte er ohnehin vorgehabt, wieder zu gehen, weiterzulaufen. Mit gleichmäßigen, ruhigen Schritten.

Er biegt am Lincoln Center ab und betritt den Park. Die mächtigen Baumkronen ragen weit in den Himmel und halten die Dunkelheit unter sich fest, in tiefen Schatten. Ab und zu fällt der Schein einer Straßenlaterne auf die sachte fächelnden Blätter und taucht sie in ein kränkliches Knallgrün.

Obwohl es still und einsam ist, hat er nichts zu befürchten. Er hat so regelmäßig geübt, dass er reflexartig reagieren würde, falls ihn jemand angreifen sollte. Er bleibt außer Atem im Schatten einiger Büsche stehen, wischt sich den Schweiß ab. Lange her, dass er spazieren gegangen ist. Lange her seit der letzten Wanderung.

Er hört Vögel in den Wipfeln. Vögel, die nur nachts singen, oder die man tagsüber einfach nicht hört, wenn ihre Stimmen im Verkehrslärm untergehen. Die Hitze des Tages liegt immer noch in der Luft, zeichnet sich als feuchter Dunst in der Dunkelheit ab. Tau lässt sich in blanken kleinen Perlen auf Grashalmen und Blättern nieder.

Ein Obdachloser kommt den Weg entlang, mit seinen Habseligkeiten in einem Einkaufswagen. Wilhelm beobachtet ihn von dort, wo er steht, verborgen in der Dunkelheit. Der Obdachlose nähert sich. Die Räder des Wagens quietschen, er eiert den Weg hinunter auf ihn zu. Wilhelm zieht sich langsam zurück, tief in die Schatten hinein. Der schwarze Mann kommt immer näher, zerrt an dem Wagen, der auf die Grabenkante zusteuert, dann bleibt er plötzlich stehen. Der Penner starrt ihn direkt an, begegnet seinem Blick, zeigt aber keinerlei Reaktion. Die schwarzen Augen glotzen ins Leere, auf einen Punkt, der hinter Wilhelm zu liegen scheint, direkt durch ihn hindurch. Als wäre er ein Teil der Vegetation oder als hätte die Dunkelheit ihn bereits absorbiert. Der Mann zieht den Einkaufswagen aus dem

Graben, richtet ihn wieder auf, dreht sich um und schlurft weiter in den Park hinein. Wilhelm atmet tief durch und schlägt die entgegengesetzte Richtung ein.

Lange her, seit er zuletzt hier war. Er ist nicht mehr in Manhattan gewesen, seit er in dieses Land gekommen ist. Damals hatte er sich eine Einzimmerwohnung in der vierzehnten Straße gemietet. Eine heruntergekommene Bude, spärlich möbliert. Ein Bett. Ein Tisch. Ein Stuhl. Eine Kochplatte. In der einen Ecke ein Kühlschrank, in der anderen ein Waschbecken. Ein Fenster zum Luftschacht, was den Raum in trübgraues Licht tauchte. Sechs Stockwerke senkrecht abwärts. Unten nichts als grauer Beton. Ein Brunnen, gefüllt mit Luft. Ein viereckiges Loch. In den anderen Fenstern war nie ein Mensch zu sehen, nur ab und zu ein Schatten hinter einer weißen Gardine, ein seltenes Mal eine Hand, die den Vorhang ein wenig zur Seite zog.

Er hätte aus dem Fenster fallen können. Unbemerkt. Er hätte nur darauf achten müssen, auf dem Weg abwärts die Klappe zu halten. Er hätte sechs Stockwerke tief fallen und sich jeden einzelnen Knochen im Leib brechen können. Aber er war nicht gefallen. Er hatte das alte Fenster kaum einen Spalt aufbekommen. Und als es ihm doch irgendwann gelang, es ganz zu öffnen, erschien es ihm trotzdem unmöglich. Immerhin hatte er es schon so weit geschafft. Hatte es geschafft, hierherzukommen. Ohne Probleme, weder bei der Einreise noch bei der Jobsuche. In dieser Stadt kann man so lange unsichtbar sein, wie man will. Wenn man vorsichtig ist und nicht durch kleine Vergehen auf sich aufmerksam macht, wie falsch parken, ohne Bezahlen durch die U-Bahn-Sperre gehen oder einen Beamten reizen, kann man ungehindert größere begehen, wie ohne Arbeitserlaubnis zu jobben.

Er bekam Arbeit unten im Hafen, nannte sich Bill. Er hätte genauso gut Tom oder John sein können. Es musste Millionen von Bills und Toms und Johns in dieser Stadt geben. Er war für sich geblieben, hatte nicht mehr gesagt als unbedingt nötig. Die anderen hielten ihn für einen Osteuropäer, vielleicht einen Flüchtling. Er ließ sie in dem Glauben, und sie ließen ihn in Ruhe. Meistens saß er unten im Hafen mit seinem Lunch und schaute hinaus auf den breiten Strom. Bei klarem Wetter konnte er Liberty Island sehen und die Freiheitsstatue, und weiter hinten das Meer. Er dachte an das, was auf der anderen Seite des Ozeans war. Und was nicht da war. Konnte nicht lange so dasitzen. Konnte sich keine Sentimentalität erlauben, verdiente es nicht. Er hätte gern den Kopf in den Nacken gelegt, hinaufgesehen zu den Wolken, die vorbeitrieben, leicht und weiß an einem knallblauen Himmel. Hätte gern versucht, sich vorzustellen, wie es dort oben war, ob man sich darin auflösen konnte. Zu Wasserdampf werden, zu Rauch, zu nichts.

Manchmal ging er zur Lower East Side hinunter, durch Alphabet City, bis zum East River. Nirgends war es öder als dort in der South Street unter den Brücken. Leute waren dort hingefahren, um Dinge loszuwerden, die sie nicht mehr haben wollten: einen ausrangierten Herd voller eingebrannter Essensreste, ein durchgesessenes Sofa, fleckenübersät, nachdem es als Schlafplatz für herrenlose Hunde gedient hatte. Halb zerrissene Pappkartons, aus denen abgelegte Kleider quollen. Hier war der Ort, wo gestohlene Autos ihre Fahrt beendeten. Mit offenen Türen und Motorhauben, ausgeplündert, aller verwertbaren Teile beraubt. Dann setzte er sich auf den Bordstein und blickte auf den vorüberströmenden Fluss hinaus. Sah zu, wie die Müllfähre Richtung Staten Island tuckerte, eingehüllt in eine Wolke von Möwen. Aber Stille fand er dort nicht. Der Verkehr raste über ihm und hinter ihm vorbei. Ein brüllender Schwarm. Ein Dröhnen und Wummern, das von den Metallplatten auf der Manhattan Bridge herrührte. Wenn jemand hier auf ihn warten würde, hinter einem der dicken Pfeiler, oder ihn aus dem nächsten Autowrack heraus beobachten, auf ihn zugehen, ein Messer ziehen, ihn abstechen und in den kalten Fluss werfen würde – niemand würde es je erfahren. Er war ja bereits verschwunden. Und vielleicht gab es ihn gar nicht mehr. Nicht wirklich.

Aber trotz aller Geschichten über die Gegend am East River erlebte er nie etwas Gefährliches. Dort, wo er beinahe darauf hoffte, dass etwas passierte, tauchte nie irgendein Räuber oder verzweifelter Junkie auf. Trotzdem war sein Selbsterhaltungstrieb stark genug, dass er eines Tages zu einem Waffenhändler in der 14th Street ging und eine Beretta kaufte. Nicht zu leicht, nicht zu schwer. Aber sie lag gut in der Hand.

An einem heißen Sommertag war er an der Grand Central Station in den Zug gestiegen und Richtung Norden gefahren, am Hudson River entlang, vorbei an Peekskill, Cold Spring und Poughkeepsie, bis zur Endstation in den Catskill Mountains. Er hatte das Städtchen durchquert und war in den Wald gegangen. Den Wanderweg hatte er verlassen. Es war niemand zu sehen gewesen.

Der Wald hatte keine Ähnlichkeit mit den norwegischen Nadelwäldern. Er war merkwürdig und fremdartig, mit unbekannten Baumarten, Büschen und Blumen. Es roch hier auch ganz anders. Das war nicht der frische, leicht herbe Waldduft, den er von Norwegen gewohnt war, sondern ein süßlicher und in der Hitze fast Übelkeit erregender Geruch.

Nach einer Weile erreichte er eine Lichtung. Dort hatte er die Beretta aus der Tasche gezogen, auf die Bäume um sich herum gezielt und geschossen. Damals war nichts anderes zu hören gewesen als scharfes Knallen. Erst lange danach dröhnten die Schüsse in seinem Kopf und übertönten alles andere. Vögel flogen auf, verschwanden in Scharen. Aber die Bäume standen noch genauso unerschüttert da.

Es dauerte nur ein Jahr, bis er beschloss, weiterzuziehen. New York, das war zu viel Verkehr, zu viel Unruhe, zu viele Menschen. Die Blicke, die über ihn hinwegglitten, waren glasartig. Er wurde das Gefühl von Gefahr nie los. Vielleicht wurde es dadurch verstärkt, dass er niemanden kannte, dass er keinen Namen hatte und dass es niemanden interessierte, ob er tatsächlich vom Erdboden verschwand.

Das Erschreckendste war allerdings, dass er eines Tages einem alten Schulfreund begegnete. Einem Kumpel aus der Mittelschule, der plötzlich vor ihm stand, mitten auf dem Union Square. Nein, Wilhelm, alter Gauner, hier hast du dich also versteckt? Er hatte den Kopf geschüttelt, war ohne ein Wort zurückgewichen, dann hatte er sich umgedreht und war die Straße hinuntergelaufen. War so schnell gerannt, dass die Leute zur Seite springen mussten, während er den Freund von früher immer noch hinter sich rufen hörte. Bis die Stimme schließlich vom Verkehrslärm und von der Menschenmenge verschluckt wurde. Danach hatte er schweißgebadet und atemlos in einem Hauseingang gestanden. Und ihm war bewusst geworden, dass er einen Ort gewählt hatte, an dem man ihn leicht finden konnte. Es war nicht auszuschließen, dass er in der Weltmetropole auf weitere Bekannte stieß. Wenn er das vermeiden wollte, musste er weiter ins Land hinein.

Er verlässt den Park am Columbus Circle, geht über die große Ampelkreuzung und weiter in südlicher Richtung auf das dreckige Herz der Stadt zu, den Times Square. Dieser Ort hatte ihn oft angezogen. Das Anrüchige, Dunkle und Schäbige. Die Pornoläden mit den Sexheften, Klamotten und Apparaten. Die 24-Stunden-Kinos, in denen die Klappsessel trotz Kleenex-Schachteln in den Sitzreihen fleckig von Sperma waren. Er hatte nach Zerstreuung gesucht, nach Gesellschaft. Hatte sich eine Frau gekauft, wenn der Druck zu groß wurde. Sie standen reihenweise Schlange, er brauchte nur zu wählen. Gelbe, weiße, schwarze, goldbraune. Er hätte auch jetzt nichts dagegen gehabt.

Er biegt auf den Broadway, bleibt stehen und sieht sich um. Er erkennt ihn beinahe nicht wieder. Die Ecke, die er als heruntergekommen in Erinnerung hat, scheint eine Art Vergnügungsmeile geworden zu sein. Kein Pornokino zu sehen, keine einzige Prostituierte. Dafür enorme Anzeigetafeln mit Reklamespots, die sich gegenseitig übertrumpfen. Eine Neonhölle auf Speed, mit überteuerten Geschäften. Das Einzige, was noch entfernt an die Schäbigkeit von früher erinnert, ist eine Frau in seinem Alter, die nur mit Cowboyhut und Unterwäsche bekleidet dasteht und auf einer Wandergitarre spielt. Und obwohl es schon nach elf Uhr abends ist, wimmelt es von Leuten, es herrscht so ein Gedränge, dass sie gegen das ungeschriebene New Yorker Gesetz verstoßen und ihn anrempeln. Reflexartig steckt er die Hand unter die Jacke, versichert sich, dass alles noch an seinem Platz ist, und zieht sich eilig in die nächste Seitenstraße zurück. Erst einige Blocks weiter bleibt er vor einem Laden stehen, der Haustiere verkauft. Im Schaufenster liegen lebendige Welpen, zusammengerollt, schlafend, vier oder fünf verschiedene Rassen. Er betrachtet sie. Zwei von ihnen werden wach, drehen sich zueinander. Sie kämpfen spielerisch mit weichen Pfoten, tollen herum. Er spürt die Zärtlichkeit, die er Hunden vorbehält. Spürt einen dumpfen Schmerz im Magen bei dem Gedanken an den Köter zu Hause. Er hätte kurzen Prozess mit ihm machen sollen, so wie er es immer tut. Aber er hat es nicht gekonnt. Wird er etwa weich? Das ist jetzt nicht der richtige Zeitpunkt, um darüber nachzudenken. Eins nach dem anderen. Eines Tages. Erst muss er sein Vorhaben hinter sich bringen. Get it over with. Die verdammte Hütte loswerden. Sie niederbrennen.

Nur wenige Stunden später ist er unterwegs zum John F. Kennedy Airport, im Fond eines dunkelgrünen Sedan mit weißen Ledersitzen. Rast über die achtspurige Autobahn durch die Vorstadtwüste von Queens. Er hatte Manhattan Car Service angerufen, in der Hoffnung, einen vernünftigen Fahrer zu bekommen. Aber nein, der Typ ist offenbar Einwanderer, ein Sikh mit Turban.

Er hätte in der Stadt warten, noch eine Weile bleiben können. Die Maschine geht erst in vier Stunden. Er hätte die Nummer auf dem Flyer anrufen können, dem aus der Bar, in der er den Abend beendet hat. Hätte sich ein Mädchen aufs Zimmer bestellen und ihr sagen können, dass sie sich ausziehen und die Beine breitmachen soll. Aber er wollte es nicht auf die Art haben. Er wollte sie selbst finden, wollte sehen, was er kauft. Sichergehen, dass er nur das bekommt, wofür er bezahlt, und nicht noch was dazu. Dass sie solide und erfahren ist und was auf den Rippen hat. Alle Illusionen längst abgelegt, alle Träume weg. Nur was zum Reinstecken und wieder Rausziehen. Sich eine Schwarze zu bestellen ist auch keine Garantie. Schwarze Augen können diesen blauen Blick haben. Diesen Ausdruck. Daran hat er sich schon einmal die Finger verbrannt.

Ist jetzt schon eine Weile her. Damals wohnte er noch in New Mexico. Er hatte eine von diesen Nummern angerufen und wie immer eine Schwarze bestellt, mit Fleisch auf den Rippen. Bislang hatte das immer funktioniert. Er hatte sie an der verabredeten Stelle aufgegabelt, einem Pub in der Stadt, war mit ihr die Landstraße hinuntergefahren, nachdem er sie mit ein paar Drinks abgefüllt hatte. Es war schon tief in der Nacht. Sternenklar, kühl. Sie waren durch die öde Wüstenlandschaft gefahren. Als wären sie auf einem anderen Planeten, irgendwo draußen im Weltraum. Über ihnen die Sterne. So viele, so deutlich. Fast hörbar. Sie zitterten.

Wie kalt es an solchen Orten nachts wird. Sie war dünn angezogen, saß neben ihm im Auto und fror. Er sah das Neonschild des Motels, hoch oben an einer Stange, lange bevor sie dort waren. Das Motel stand mitten in der Wüste, weit draußen, wo es nichts anderes gab als Steine und Sand, Kakteen und Klapperschlangen. Nur ein einsamer Typ an der Rezeption. Er hatte es erst gesehen, als sie sich hinlegte, als sie dort auf dem Bett lag, den Minirock hochgezogen und den Slip um die Knie. Erst als sie dalag und ihm ihre dicke rosa Möse in dem wabbeligen Negerfett entgegenstreckte. Vorher hatte er sie nicht so genau angesehen. Bemerkte erst jetzt ihren Blick. Darin liegt es nämlich, das Hellblaue. Diese kranke Mischung aus Anklage, Unschuld und Angst. In dem Moment machte es Klick bei ihm.

Er sagte: «Was zum Teufel versuchst du mir vorzumachen?»

«Sir?», sagte sie nur und starrte ihn an.

«Versuchst du mir vorzumachen, du hättest nichts getan? Willst du mir das sagen?»

«I didn't say anything, Sir.»

«Shut up!»

Und dann schlug er zu, hart. Sie rollte herum, fiel aus dem Bett und auf den Boden, fing an zu weinen. Er sah nicht mehr das dicke schwarze Mädchen, er sah nur *sie*.

«Du machst die Beine doch für jeden breit. Wie viele hattest du heute schon in deiner Fotze?»

Sie trieb es mit jedem. Mit allen, die ins Haus kamen, die vorbeikamen. Mit dem Postboten, dem Nachbarn, dem Klempner, dem Professor, den bärtigen Studenten aus der Schule. Ließ sie rein und fickte mit ihnen. Schlief mit ihnen, während er weg war, während er zur Arbeit war, während der Kleine auf dem Fußboden herumkrabbelte. Natürlich tat sie es. Ist es nicht Zeit, das zu beenden, ist es nicht höchste Zeit?

Er öffnete nicht seine Hose, sondern die Tasche. Griff zur Beretta. Das war der Moment, in dem sie anfing zu schreien. Jaulte mit dieser Stimme los, zwei Oktaven höher als normal, mit diesem verdammten Niggerwinseln. Als würde das was helfen.

«You bastard! You fucking bastard!»

Er hatte den Hahn gespannt, und sie hatte das kurze Klicken gehört. Und da wurde sie still, die Tränen liefen und liefen, und er sah, dass ihr schwarzes Gesicht blass war. Er hätte abdrücken können, denn wen kümmerte schon eine tote Negerschlampe, und vor allem in dieser Gegend. Aber er hat es nicht getan. Er ist ja hier. Jetzt.

Es war nicht schwer, sie loszuwerden, obwohl sie mitten in der Wüste waren. Sie fragte nicht nach dem Geld, wollte es nicht mal haben, als er ihr die Scheine in die Hand drückte. Sie ließ sie einfach fallen, als wären sie infektiös, riss die Tür auf, stolperte raus auf die verlassene Landstraße, in die Dunkelheit, auf ihren fetten Beinen und den albernen roten Pumps. Schrie ein letztes Mal: «You fucking bastard!»

Damals zog er daraus die Lehre, sie nie unbesehen zu kaufen. Deswegen hatte er es auch jetzt nicht getan, obwohl er es mächtig nötig hatte. New York ist verändert. Man findet die Dinge nicht mehr dort, wo man sie sonst immer gefunden hat. Er spürt, wie die Waffe an der Brust drückt, und flucht leise. Beugt sich zum Fahrer vor.

«Make a quick stop, will you?»

«Can't make any stop here, Sir.»

«Just make a right at the first intersection.»

Der Fahrer nimmt die nächste Ausfahrt, stoppt an einer Bushaltestelle. Wilhelm öffnet die Autotür, geht zur Rückseite des Taxis und zieht die Waffe aus der Jacke. Der Fahrer starrt ihn erschrocken im Rückspiegel an.

«Open it», ruft Wilhelm.

Der Fahrer nickt stumm, öffnet den Kofferraum. Wilhelm hebt den Koffer heraus, öffnet die Schachtel, legt die Waffe hinein, schließt die Schachtel wieder, legt sie in den Koffer und klappt den Deckel zu. Alles in Ordnung. Er hat sich auf der Website der Fluggesellschaft informiert. Im Handgepäck darf man nicht einmal eine gewöhnliche Dose Rasierschaum mitführen. Aber im Gepäck, das eingecheckt wird, kann man bis zu fünf Schusswaffen und fünf Kilo Munition mitnehmen, solange sich alles in einem verschlossenen Hardcase befindet.

Er steigt wieder ins Auto, der Fahrer wendet und fährt zurück auf die Autobahn. Der Verkehr rast auf acht Spuren dahin, wie wilde Tiere, Raubtiere mit viel zu hoher Geschwindigkeit. Bis er sich plötzlich staut, zähflüssig wird.

«Probably just an accident», sagt der Turbanchauffeur und sieht ihn nervös im Spiegel an.

Wilhelm nickt und lehnt sich zurück, schaut aus dem Fenster. Langsam, Stück für Stück, passieren sie einen der riesigen Friedhöfe von Queens. Er seufzt, schluckt. Der Friedhof erstreckt sich, so weit das Auge reicht, bis zum Horizont, der in der letzten Herbsthitze flimmert. Zitternde Grabmale, halb unsichtbar im Dunst. Ob es stimmt, dass die Toten in dieser Stadt stehend begraben werden, damit sie alle Platz haben? Wenigstens haben sie ein Grab. Er schluckt schwer, schließt die brennenden Augen.

6

Die Straßenbahn verlässt die Haltestelle St. Hallvards Plass. Evelyn erhebt sich vom Sitz und schafft es mit viel Mühe, den Einkaufstrolley mit den klirrenden Flaschen an die Tür zu manövrieren. Sie meint, einen Blick aufzufangen, eine Frau starrt sie an. Evelyn starrt wütend zurück. Hältst du mich für eine Säuferin, oder was? Endlich stoppt die Tram am Oslo Hospital, die Tür geht auf. Sie bugsiert den Trolley hinaus, und die Tür schließt sich hinter ihr.

Evelyn zieht den Einkaufsroller die Konows Gate hinauf und ist schon richtig geschafft. Wenn sie gewusst hätte, dass es so anstrengend ist, die Getränke im Vinmonopolet zu besorgen, hätte sie es sein lassen. Aber wenn sie schon so seltenen Besuch bekommt, muss sie natürlich Wein anbieten. Und die alte Verkaufsstelle gibt es ja schon seit Jahren nicht mehr.

Es ist lange her, seit sie unten in der Stadt war, das hat sie gleich gemerkt. Sie hatte keine Ahnung, dass Grønland *so* exotisch geworden ist. Überall nur dunkelhäutige Menschen. Aber schließlich hat sie das neue Vinmonopolet gefunden, mitten in einem schrecklichen, an eine Moschee erinnernden Einkaufszentrum. Und damit nicht genug, als sie endlich in dem Spirituosenladen stand, war da auch noch Selbstbedienung! Darauf war sie nicht vorbereitet. Früher wartete man, bis man an der Reihe war, stand in der Schlange und hatte Zeit zu überlegen, bis man an den Verkaufstresen trat und seine Wünsche vorbrachte. Damals hatten sie immer dieselben Sachen. Da konnte sie sicher sein, dass sie einen Dienheimer Riesling bekam, wenn sie einen verlangte.

Es war ein großes Geschäft mit unvorstellbar vielen Flaschen. Sie war lange herumgeirrt, hatte sich ein Etikett nach dem anderen angesehen und war immer ratloser geworden. Bis ihr schließlich ein junger Mann zu Hilfe kam, ein Milchgesicht von einem Verkäufer, und sie fragte, ob er sie beraten dürfe. «Beraten?», hatte sie erwidert und ihn angestarrt. Denn mittlerweile war sie so durcheinander, dass sie kaum mehr wusste, weshalb sie hier war. Schließlich hatte sie ihren Wunsch stotternd hervorgebracht. Und man stelle sich vor, sie führten ihn nicht mehr.

Der Verkäufer hatte sie zu einem Regal mit australischen Weinen gezogen und gesagt, das sei dieselbe Rebsorte, nur noch besser, fruchtiger und mit mehr Süße. Verschonen Sie mich bloß damit, hätte sie am liebsten gesagt, ich will doch keinen Känguruwein. Aber sie konnte ja nicht mit leeren Händen wieder gehen, also hatte sie schließlich eingewilligt, dass er ihr zwei Flaschen in den Korb legte. Sie seufzt und blickt resigniert auf den Einkaufstrolley. Hoffentlich mögen sie den. Hoffentlich ist das ein ordentlicher Wein und nicht irgend so eine schreckliche Kängurupisse.

Zum Glück hat sie auch noch eine Flasche Kognak gleich neben der Kasse gefunden, und mit Kognak kann man ja nichts falsch machen. Die Flasche war allerdings unverschämt teuer, es hat ihr fast den Atem verschlagen, als sie bezahlen sollte, aber sie hat sie trotzdem genommen. Denn für ihren Sohn und ihren Enkel ist das Beste gerade gut genug. Versteht sich doch von selbst, dass sie einen Kaffee mit Schuss bekommen.

Jetzt muss sie nur noch in den Blumenladen und zum Supermarkt. Na ja, was heißt *nur*. Sie hebt den Einkaufstrolley ein wenig an. Er ist schon schwer genug. Aber wenn sie jetzt nach Hause geht, weiß sie nicht, ob sie es schafft, noch einmal aus dem Haus zu gehen. Nein, sie will alle Einkäufe auf einmal erledigen. Zum Glück steht eine Bank gegenüber von Bunnpris.

Da wird sie sich ein bisschen ausruhen, bevor sie in den Laden geht. Sie zockelt langsam die Straße hinauf, den Blick auf den Boden gerichtet.

Ihr ist gar nicht bewusst gewesen, wie gern sie sich früher die Umgebung angesehen hat. Die Häuser, die Gardinen vor den Fenstern, die Blumenkästen, die Kätzchen und Hunde. Die Gärten mit den Obstbäumen. Die knallroten Äpfel bei Pedersen. Ob die Bäume am Hang schon gelb und orange leuchteten oder ob nur die Baumspitzen ein bisschen gelblich waren. Jetzt muss sie stehenbleiben, wenn sie etwas betrachten will. Denn solange sie in Bewegung ist, muss sie wegen der Unebenheiten ständig auf den Bürgersteig schauen. Das kleinste Hindernis vor den schlurfenden Füßen könnte sie zu Fall bringen. Und wenn sie fällt, kommt sie aus eigener Kraft nicht mehr hoch. Dann liegt sie da und strampelt mit Armen und Beinen wie ein Käfer. Zum Glück ist bisher immer jemand gekommen und hat sie gefunden. Aber eines Tages kommt vielleicht niemand. Dann bleibt sie liegen, und was, wenn dann Frost herrscht? Oder wenn sie sich etwas bricht?

Wie schön wäre es, wenn Wilhelm mit ihr einen Spaziergang machen würde. Wenn er sie sicher untergehakt hätte, sodass sie beim Gehen den Blick schweifen lassen könnte, so wie früher. Vielleicht könnten sie sogar einen Ausflug in den Park machen oder nach Bygdøy, so wie damals, als er noch klein war. Und sie könnte den Vorübergehenden zunicken, lächeln. Seht her, das ist mein Sohn. Er ist endlich wieder nach Hause gekommen. Zurückgekommen aus Amerika! Ist er nicht toll?

Schnaufend sinkt sie auf die Bank gegenüber von Bunnpris, hört, wie es in ihrem Brustkorb pfeift. Aber sie sitzt kaum eine Minute, als sie zu ihrem großen Schreck das Schild entdeckt: *Das Seniorenzentrum hat geöffnet.* Du liebe Güte, sie muss hier weg, bevor jemand sie sieht und versucht, sie da hinzuschleppen. Jemand, das heißt natürlich Aslaug. Und wenn man vom

Teufel spricht, ist er nicht weit. Denn gerade als sie hinüber zum Supermarkt gehen will, sieht sie Aslaug die Straße heraufkommen, wackelnd wie eine Gans hinter ihrem Rollator. Evelyn steuert hastig auf Bunnpris zu. Aber Aslaug hat sie schon entdeckt.

«Evelyn!», ruft sie. «Evelyyyn!»

Evelyn tut so, als hätte sie nichts gehört, und schlurft, so schnell sie kann, durch die Tür, greift sich einen Einkaufswagen, zieht daran und entdeckt, was eigentlich keine Überraschung mehr ist: dass er an den nächsten Wagen gekettet ist und der wiederum an den nächsten. Sie steht da und zerrt trotzdem daran, aber es ist zwecklos. Und schon steht Aslaug neben ihr.

«Aber meine Liebe», sagt sie auf diese besserwisserische Art, «weißt du nicht, dass du einen Zehner brauchst, um ihn loszumachen?»

«Selbstverständlich weiß ich das», blafft Evelyn zurück.

«Sieh mal, so», sagt Aslaug, die bereits die Geldbörse gezückt hat und ein Zehnkronenstück herauskramt.

«Also, dann leg ihn schon ein.»

Aslaugs dicke Finger umklammern den Zehner.

«Willst du nicht vorher ins Seniorenzentrum mitkommen?»

«Tut mir leid, keine Zeit.»

«Nicht mal für eine frischgebackene Waffel?»

«Ich habe keine Zeit für so einen Unsinn!»

«Also weißt du», sagt Aslaug.

Evelyn holt tief Luft. Nein, sie wird nichts verraten. Aslaug würde alles kaputtmachen, würde sich in ihre Pläne einmischen, hätte zu allem einen Kommentar. Außerdem würde sie jedem, der ihr über den Weg läuft, davon erzählen. Und doch – eigentlich hat sie sich auf diesen kleinen Triumph gefreut. Es ihr unter die Nase zu reiben. Dass sie *auch* jemanden hat. Und dass sie kommen werden.

«Was ist denn los mit dir, Evelyn?», fragt Aslaug.

«Ich bekomme Besuch.»

Aslaug starrt sie an. Dieser ungläubige Blick ist nicht auszuhalten.

«*Du* kriegst Besuch?»

«Ja, stell dir vor», sagt Evelyn trotzig und richtet sich auf, sieht ihr fest in die Augen, ohne zu blinzeln.

«Und von wem, wenn ich fragen darf?»

«Wilhelm.»

«Wilhelm? Das ist ja wunderbar!»

Aslaugs Gesicht zerfließt zu einem Lächeln. Evelyn schafft es nicht, zurückzulächeln. Ihr scheint jetzt schon alles verloren. Verloren, weil das Geheimnis gelüftet, die Magie gebrochen ist.

«Er kommt morgen.»

«Na, dann kann ich mir denken, dass du noch genug zu tun hast», sagt Aslaug. Sie legt den Zehner in das Schloss des Einkaufswagens, zieht ihn heraus und schiebt ihn zu ihr hin. «Da hast du sicher viel zu besorgen. Ich helfe dir beim Einkaufen.»

«Nein danke.»

«Kräftige, erwachsene Männer wollen ordentlich was zu beißen haben. *Meine* Söhne …»

«Ja, ja!»

«Du musst für jeden Tag ein ganzes Brot rechnen. Und er wird wahrscheinlich mindestens vier Kartoffeln zu Mittag essen. Kauf anderthalb Kilo, die reichen für drei Tage.»

Evelyn sieht Aslaug direkt in die Augen. «Ich will keine Kartoffeln.»

«Du willst keine Kartoffeln einkaufen?», ruft Aslaug bestürzt.

«Es gibt Schnittchen», knurrt Evelyn.

«So, na», sagt Aslaug.

Evelyn entgeht nicht, dass Aslaug heimlich die Augen verdreht.

«Na ja, warum nicht. Schnittchen sind ja … leichte Kost.»

«Genau!»

«Aber wie willst du das alles transportieren?»

Evelyn dreht sich wortlos um und geht, so schnell sie kann, mit dem Einkaufswagen in den Laden. An der Fleischtheke bleibt sie schließlich stehen und verschnauft. Wirft einen Blick zurück. Gott sei Dank, offenbar hat sie es geschafft, sie abzuschütteln.

Was ist denn verkehrt an Schnittchen? Wer hat gesagt, dass ein Abendessen unbedingt warm sein muss? Sie wendet sich der Fleischauslage zu. Und was für ein Glück, da liegt doch das Roastbeef direkt vor ihrer Nase. Sie nimmt zwei Pakete, legt sie in den Wagen. Geht weiter, findet den Räucherlachs. Sie wiegt die Packung in der Hand. Den wird er wohl mögen. Oder? Was isst Wilhelm eigentlich gerne? Sie erinnert sich nicht. Weiß nur noch, was er *nicht* mochte. Haferschleim und Grützwurst. Er weigerte sich, die gebratenen Heringe zu essen. Aber er *musste* es. Alle müssen das. Er durfte nicht eher vom Tisch aufstehen, bis der letzte Krümel aufgegessen war.

Aber jetzt soll er bekommen, was ihm schmeckt. Und weil sie nicht genau weiß, was das ist, muss sie viele verschiedene Sachen kaufen, von allem etwas. Sie entdeckt einen großen Becher tafelfertiger Krabben. Zitrone, Butter, Mayonnaise und Petersilie in einem Topf. Das hat sie vorher noch nie gekauft, aber jetzt lässt sie sich nicht lumpen. Sie legt zwei vorgeschnittene Brotlaibe in den Wagen. Zwei Brote! Was für eine unvorstellbare Menge!

Am Ende des Regals sind schöne, imposante Turmkuchen aufgestellt. Kann es sein, dass schon Konfirmationszeit ist?

Blitzartig sieht sie Wilhelms Konfirmation vor sich. Da gab es keinen Turmkuchen. Es gab überhaupt keinen Kuchen. Denn er war ungezogen gewesen, hatte irgendetwas angestellt. Sie weiß nicht mehr genau, was. Aber es muss etwas Schlimmes gewesen sein, denn sie hatte ihm auch das Geschenk gestrichen. *Daran* erinnert sie sich. Sie hatte beschlossen, ihm den Geldumschlag nicht zu geben, sondern sich davon einen neuen Hut und ein hübsches Kleid zu kaufen. Ach was. Sie schüttelt den Kopf, schüttelt es weg. Jetzt wird alles gut. Und besser spät als nie! Sie stützt sich auf den Einkaufswagen und sieht Wilhelm vor sich, als er klein war. Was für kurze Beinchen er hatte und so runde Ärmchen. Sie kann beinahe spüren, wie schön es war, ihn anzufassen. Ihn auf den Schoß zu heben, in den Armen zu wiegen. Sanft. Sie streckt sich nach einer der Kuchenschachteln, bugsiert sie in den Einkaufswagen. Selbstverständlich sollst du einen Turmkuchen bekommen, mein Junge.

Als sie aus dem Laden kommt, mit dem proppenvollen Einkaufstrolley und dem riesigen Kuchen, dauert es nicht lange, bis sie es merkt. Sie ist jetzt schon erschöpft, noch bevor sie den Aufstieg begonnen hat. Den langen, endlosen Weg bergauf, der am Ende steil ansteigt. Sie schleppt sich an der Schlange der Taxis vorbei, die vor dem Einkaufszentrum parken. Einer der Taxifahrer sieht sie fragend an. Sie schüttelt den Kopf. Kommt nicht in Frage! Wenn sie eins nicht tun wird, dann eine Unsumme für so eine kurze Fahrt auszugeben. Außerdem kann man denen ja nicht trauen, diesen Negern und Mohammedanern. Nachher fährt er mit ihr noch durch die halbe Stadt, bevor er sie endlich zu Hause absetzt.

Aber wen könnte sie um Hilfe bitten? Wie immer gibt es nur eine einzige Antwort auf die Frage.

«Aslaug», zischt sie. Aber was hilft es. Sie wird wohl zu Kreuze kriechen müssen.

Die größte Hürde ist natürlich, dass Aslaug schon ins Seniorenzentrum verschwunden ist. Sie überquert die Straße, zieht den Einkaufstrolley ins Gebäude, den Gang entlang und zur Glastür, schaut hinein. Ja, da sitzen sie alle zusammen. Die ganzen alten Witwen. Ingeborg, Henny, Borghild, Oddny und Kirsten. Sitzen da und tratschen. Und als selbsternannter, laut schnatternder Mittelpunkt: Aslaug natürlich.

Eine junge Frau, eine der Betreuerinnen, kommt auf sie zu. Als die Glastür aufgleitet, weht ihr der Duft von frischgebackenen Waffeln und Kaffee entgegen.

«Guten Tag», sagt die Frau.

«Tag», knurrt Evelyn.

Die Frau hält ihr die Tür auf, wartet.

«Möchten Sie nicht hereinkommen?»

Evelyn schüttelt verbissen den Kopf. Ganz sicher nicht. Sie wird ganz sicher nicht den Gang nach Canossa machen, quer durch den Raum hinüber zu ihrer Freundin. Wenn man sie denn überhaupt als solche bezeichnen kann, wie sie da sitzt und tratscht. Über sie, natürlich. Und dass ihr Sohn *endlich* wieder nach Hause kommt. Evelyn dreht sich abrupt um, schlurft hinaus, so schnell sie kann mit dem Einkaufstrolley und dem Turmkuchen, bevor die da drinnen sie entdecken. Draußen auf dem Bürgersteig bleibt sie stehen, muss verschnaufen.

Sie blickt den Hügel hinauf, der erst sanft ansteigt und dann immer steiler wird. Sie beugt sich vor, krümmt den Rücken und wackelt los. Doch. Es wird gehen. Es *muss*.

7

Es ist ein schöner Tag auf dem Waldplaneten. Der Himmel ist klar und die Sonne scheint. Die Superfieslinge sind weit weg, irgendwo draußen im Weltraum auf ihrem Todesstern, von wo sie auf andere Planeten schießen. Es ist windig. Die Zweige des größten Baums bewegen sich so sehr, dass die gelben Blätter herunterwirbeln. Die Blätter sind echtes Gold, das vom Himmel fällt. Man muss sie auffangen, bevor sie den Boden berühren, denn sonst werden sie zu Erde. Lukas läuft über die große Wiese und fängt die Goldstücke. Schnell hat er beide Hände voll.

«Guck mal, Papa! Guck doch mal!»

Aber Papa hört ihn nicht, er kniet mit einem Spaten in der Hand vor einem Blumenbeet und gräbt Löcher.

«Wann fahren wir denn? Jetzt sag doch mal, Papa!»

Papa antwortet nicht. Er gräbt und gräbt.

«Was willst du denn hier begraben?»

«Begraben?», fragt Papa und schaut zu ihm auf, als hätte er ihn erst jetzt bemerkt. «Ich setze Zwiebeln.»

«Zwiebeln?» Lukas lacht. «Und da setzt du dich drauf?»

Papa lacht nicht. «Daraus werden Blumen. Tulpen, Krokusse, Osterglocken.»

«Und wann?»

«Im Frühling.»

«Aber dann wohnen wir doch gar nicht mehr hier, Papa.»

«Ja, das stimmt.»

«Aber warum tust du das dann? Das ist ganz schön dumm, Papa. Wir sehen sie ja nicht einmal! Wir werden die schönen Blumen nicht sehen!»

Papa sieht ihn still an. Auf diese unerträgliche Art.

«Bestimmt wird das sehr schön, Papa!», sagt Lukas und macht kehrt. Er läuft ins Haus, durchs Wohnzimmer zum Schreibtisch und schaltet den Monitor und die Xbox an. Er legt die CD ein, Lego Star Wars, und verschwindet in der anderen Welt. Er ist Obi-Wan, er hat ein Laserschwert, er kann hoch springen, er schlägt den Bösewichten, die ihn erschießen wollen, die Köpfe ab. Er sammelt Herzen, Goldmünzen und Punkte. Er hat schnell viele Punkte zusammen, denn er ist gut in diesem Spiel. Supergut. Er erreicht den nächsten, dann den übernächsten Level. Er schwingt sein Laserschwert. Da! Und da! Und so! Punkte, Punkte, Punkte!

Lukas legt die Steuerkonsole weg und läuft schnell wieder nach draußen.

«Papa! Mir ist so langweilig!»

Papa antwortet nicht.

«Können wir zusammen Fußball spielen?»

«Ich muss das hier erst fertig machen.»

Lukas schaut ihm eine Weile zu.

«Und wann bist du fertig?»

«In ein paar Stunden.»

«Aber wir wollten doch heute wegfahren!»

«Wir wollten morgen wegfahren.»

«Wir machen bestimmt überhaupt gar nie eine Entdeckungsreise!»

Papa seufzt und schaut ihn wieder an. Lukas läuft zurück zum Haus, geht in sein Zimmer und holt Wolf.

«Komm.»

Lukas und Wolf schleichen hinunter ins Erdgeschoss und sehen sich um. Heute keine Lavamonster in Sicht. Sie huschen in die Küche, Lukas öffnet den Schrank und nimmt eine Packung Schokoladenkekse heraus.

«Darfst du das?», fragt Wolf. Er macht sich immer so viele Sorgen.

«Nein», sagt Lukas. «Aber weil Papa so dumm ist, bekommt er keine ab.»

Lukas und Wolf essen Kekse. Jeder drei.

«Jetzt müssen wir die restlichen verstecken», sagt Lukas. «Wir gehen nämlich auf Entdeckungsreise.»

«Und wohin?»

«Wenn man eine Entdeckungsreise macht, weiß man nicht, wo man landet. Was brauchen wir?»

Lukas schaut in die Küchenschublade. Er findet ein langes und spitzes Messer – das Papa zum Fischeausnehmen benutzt. Er darf es nicht anrühren, das weiß er. Aber Papa ist selbst schuld, so dumm, wie er sich heute benimmt. Außerdem ist das Messer nicht gefährlich, wenn es in einer Scheide steckt. Lukas befestigt das Futteral an seinem Gürtel. Sie durchqueren das Wohnzimmer, schauen aus dem Fenster. Papa gräbt und gräbt, als gäbe es nichts anderes auf der Welt als diese blöden Blumenzwiebeln. Vorsichtig schließt Lukas die Terrassentür und geht in die Diele. Er macht die Haustür auf, schleicht am Briefkasten vorbei und weiter die Hecke entlang.

«Wo gehen wir hin?», flüstert Wolf.

«Du wirst schon sehen.»

«Aber nicht in den Wald, oder?»

«Warum nicht?»

«Das dürfen wir nicht. Außerdem ist es gefährlich.»

«Komm schon», sagt Lukas und klemmt sich Wolf unter den Arm. Er überquert die Straße, läuft hinüber zum Spielplatz und weiter auf dem Trampelpfad durch den Wald.

Die Schule ist jetzt geschlossen. Es sind Herbstferien, und außer hinten beim Hort ist niemand zu sehen. Er hört die Stimmen der Kinder. Das Wäldchen liegt verlassen da. Aber es ist sehr schön dort. Die Bäume stehen so dicht, dass man die Häuser dahinter nicht sehen kann. Auch nicht den Spielplatz, die Straße oder die Schule. Inzwischen spielen hier nur noch selten Kinder. Jetzt sind der Schulhof und der Spielplatz vom Hort eingezäunt. Seit der böse Mann im vergangenen Jahr hier war, ist das Spielen im Wald verboten.

«Der Taschenmann.» Wolf schaudert.

«Sei kein Angsthase», sagt Lukas.

«Ich habe keine Angst», sagt Wolf bibbernd.

«Ich auch nicht.»

«Er könnte wiederkommen. Die Polizei hat ihn nämlich nicht gefunden, hat dein Papa gesagt. Er könnte jetzt hier sein.»

Lukas sieht sich um, kann aber niemanden entdecken. Zwar überblickt er von hier aus nicht den ganzen Wald, es könnte jemand hinter einem Baum dort drüben stehen, es könnte sich jemand im Gebüsch verstecken. Oder hinter der kaputten Skater-Rampe.

«Er hat den Jungs an den Pillermann gefasst», sagt Wolf.

«Ich weiß», sagt Lukas.

«Und sie mussten seinen Pillermann anfassen. Dann hat er sie in seine riesigen Hosentaschen gesteckt und ist mit ihnen davongelaufen. Und sie mussten in der Tasche liegen, und die hatte ein Loch, sodass sein riesiger Männerpimmel ganz dicht an ihnen dran war.»

Lukas wird es übel, als er daran denkt.

«Pfui Teufel.»

Aber er will sich nicht fürchten. Luke Skywalker fürchtet sich vor nichts.

«Weißt du was», sagt er, «wir schnappen ihn uns! Und dann killen wir ihn!»

Er zieht das Messer und schwenkt es.

«Hiermit schlitzen wir ihn auf! Reißen ihm alle Gedärme raus, alle Innereien!»

«Und das Herz!»

«Und das grillen wir dann am Spieß!»

Auf dem Boden findet Lukas ein liegengebliebenes Springseil.

Wenn das kein Glück ist! Er wickelt sich das Ende um die Hand und lässt es durch die Luft sausen. Er ist Indiana Jones mit seiner Peitsche. Außerdem hat er das Messer. Er ist gut bewaffnet.

«Komm», sagt er zu Wolf, «wir suchen den Taschenmann.»

Sie schleichen sich in den Dschungel, leise, sie sind auf der Hut. Plötzlich meint Lukas, ein Geräusch gehört zu haben. Er bleibt stehen, hält den Atem an, wartet, horcht. Nein, alles ist still. Kein Laut im Gebüsch. Aber er spürt, dass jemand in der Nähe ist. Vielleicht die Eingeborenen, die Helfer des Taschenmanns, die sie gefangen nehmen oder – schlimmer noch! – sie umbringen wollen? Es dauert nicht lange, da saust der erste Pfeil heran. Luke und Wolf werfen sich zu Boden. Ein Pfeilregen trifft den Baum hinter ihnen.

«Giftpfeile», sagt Indy-Luke.

«Ach du Schande», sagt Wolf.

«Keine Angst, Wolf, ich krieg sie alle!»

Mit Gebrüll wirft er sich den Feinden entgegen. Wie verrückt schlägt er mit der Peitsche nach ihnen.

«Nimm das! Und dies!»

Die eingeborenen Angreifer fallen um wie die Fliegen und bleiben mausetot am Boden liegen. Indy-Luke geht zu ihnen, versetzt ihnen einen Tritt. Sie liegen mit rausgestreckter Zunge und starrem Blick da.

«Komm», sagt er.

Gemeinsam pirschen sie tiefer in den Dschungel.

Irgendwo hier ist ein riesiges Schloss. Dort wohnt der Taschenmann mit seinem Hofstaat. Er besitzt drei Kronen und herrscht über mindestens hundert Kinder aus der ganzen weiten Welt, die er in seiner Tasche an diesen versteckten Ort entführt hat. Die Kinder müssen die harte Arbeit im Schloss verrichten. Sie müssen Erde hacken und Steine schleppen. Sie müssen Kartoffeln schälen und Fisch ausnehmen. Und wenn der Taschenmann pfeift, müssen sie augenblicklich zu ihm kommen, um ihm seine Stinksocken auszuziehen oder ihm mit Palmblättern Luft zuzuwedeln.

Am schlimmsten aber ist, dass sie in einer langen Schlange vor ihm anstehen müssen, um etwas zu essen zu bekommen. Und wenn sie endlich an der Reihe sind, müssen sie seinen Pillermann anfassen. Das ist so widerlich, dass man am liebsten brechen würde. Und manchmal müssen sie wirklich brechen und werden dafür mit Peitschenhieben auf den Rücken bestraft.

Aber Luke wird sie befreien. Luke Skywalker Indiana Jones und der furchteinflößende Wolf werden sie aus ihrem Gefängnis erlösen. Denn Luke wird den Taschenmann fangen. Mit dem Lasso wird er ihn fangen, sodass er zu Boden geht und nicht mehr fortlaufen kann. Und dann wird er sein Schwert zücken und ihm den Kopf abschlagen, dass das Blut nur so aus dem ekelhaften Halsstumpen spritzt.

Langsam schleichen sie weiter, und da sind sie schon – eine lange Schlange trauriger Kinder, dünn und in Lumpen gekleidet. Aber wo ist der Taschenmann? Vorsichtig zieht Luke das Messer aus der Scheide und hält die Luft an. Wartet. Horcht. Plötzlich knackt es hinter ihm im Unterholz. Lukas erstarrt vor Schreck. Der Taschenmann ist wirklich hier! Lukas schreit. Eine schwere Hand fällt auf seine Schulter, und eine Stimme ruft: «Was in drei Teufels Namen hast du hier zu suchen?»

Lukas bricht zusammen. Papa steht über ihm, außer sich vor Wut. Mit wildem Blick stiert er ihm ins Gesicht.

«Ich habe dir doch gesagt, dass du hier nicht hindarfst! Was machst du hier, verdammt noch mal?»

Papas Stimme ist hoch und klingt seltsam. Anders. Fast pfeifend vor Wut. Er entdeckt das Messer und reißt es Lukas aus der Hand.

«Bist du total verrückt geworden?! Weißt du, wie gefährlich das Ding ist?»

Lukas fängt an zu weinen. Papa nimmt ihm das Futteral ab

und steckt das Messer wieder hinein. Dann zieht er ihn hoch und schüttelt ihn.

«Warum gehst du hierher, wenn ich es dir doch verboten habe?»

«Weiß nicht», hickst Lukas.

Papa lässt sich neben ihm auf die Erde fallen. Nach einer Weile legt er seine Hand auf Lukas' Kopf, tätschelt ihn.

«Entschuldige, Lukas. Verzeih, dass ich so böse geworden bin. Aber ich habe Angst gehabt, verstehst du? Ich habe solche Angst, dass dir etwas passieren könnte.»

«Du hast mich erschreckt», schnieft Lukas.

«Es tut mir leid», sagt Papa.

«Du wolltest ja nicht mit mir spielen.»

«Ich kann *jetzt* mit dir spielen.»

Sie rappeln sich auf, und Papa befestigt das Messer an seinem Gürtel. Er sieht streng aus und presst die Lippen aufeinander.

«Ich nehme es nie mehr wieder», sagt Lukas.

«Das ist auch besser so. Denn wenn du es doch tust, werfe ich deine Xbox in den Müll.»

Papa greift nach Lukas' Hand. Sie spazieren heimwärts, durch das Wäldchen, vorbei an dem Spielplatz und der Schule. Papas Hand ist warm und sicher.

«Aber wir fahren doch morgen, oder?», sagt Lukas.

«Ja.»

«Auf Entdeckungsreise? Mit der alten Karte?»

«Na klar.»

«Und mit dem Zelt?»

«Ja.»

«Fahren wir ganz früh?»

«Wir fahren, wenn wir so weit sind.»

8

Ein Raum im Dunkel. Ein Aufblitzen, ein grelles Licht, Sturzbäche von Blut. Er schreit. Schreit, bis sein Hals trocken ist, und dann hört das Geräusch auf. Er hat etwas im Mund, in der Nase, er bekommt keine Luft, als ob er erstickt.

Mit einem Ruck setzt sich Robert im Bett auf. Starr vor Angst, atemlos. Im Zimmer ist es finster. Er tastet nach der Nachttischlampe, schaltet sie ein.

«Alles ist gut», sagt er zu sich selbst. «Alles ist gut.»

Aber die Angst sitzt ihm in den Gliedern. Er friert und ist nassgeschwitzt, und sein Mund ist so trocken, als hätte er wirklich geschrien. Außerhalb des Lichtkegels der Nachttischlampe ist es dunkel. Still. Als wäre jemand hier, als wäre jemand hinter ihm her, der mit angehaltenem Atem hinter der Tür steht. Irgendjemand ist durchs Fenster eingestiegen, hat sich zu Lukas hineingeschlichen, hat ihn geschlagen und seinen kleinen Schädel zertrümmert.

«Lukas? Lukas!»

Er läuft hinaus auf den Flur, öffnet die Tür zum Kinderzimmer und stürzt an Lukas' Bett. Er ist da. Er schläft. Sein Kopf ist heil. Auf seiner Stirn steht leichter Schweiß, und das dunkle Haar lockt sich an den Schläfen, aber er atmet friedlich, mit seinem geliebten Stoffhund im Arm. Robert streicht ihm über den Kopf und breitet die Decke über ihn.

«Mein Kleiner», sagt er.

Lukas gibt einen zufriedenen Laut von sich und dreht sich zur Wand. Er schläft so tief. Robert streicht ihm noch einmal über das Haar, dann steht er auf und kontrolliert, ob das Fenster richtig verschlossen ist. Er geht aus dem Zimmer, hinunter ins

Erdgeschoss, durchs Wohnzimmer in den Flur und überprüft die Alarmanlage. Doch, sie ist eingeschaltet. Niemand kann ein Fenster einschlagen oder die Haustür öffnen, ohne dass der Alarm losheult.

Er geht in die Küche, schenkt sich ein Glas Milch ein und trinkt. Dann greift er zum Telefon, um Anna anzurufen. Er hält es eine Weile in der Hand und überlegt, was er sagen könnte: Hier ist alles in Ordnung. Uns geht es gut. Ist bei dir auch alles okay? Kannst du nicht eine Runde durch die Wohnung gehen und nachschauen, ob wirklich alle Türen zu und abgeschlossen sind? Aber er kann sie unmöglich jetzt anrufen, es ist viel zu spät.

Ihm fällt ein, dass er ihr nichts von dem Ausflug erzählt hat. Sie hat ein Recht darauf zu wissen, wo sie sind, damit sie ihn erreichen kann. Damit er sie erreichen kann, wenn etwas passiert. Es kann nichts passieren. Sie machen ja nur einen kleinen Ausflug in den Wald.

Robert geht zurück ins Schlafzimmer. Löscht das Licht, legt sich ins Bett und schließt die Augen. Eine Weile liegt er so da, aber er spürt, dass sein Körper steif ist und sich weigert zu gehorchen, auch wenn er ihm befiehlt, sich zu entspannen und eins zu werden mit der Matratze. Er weigert sich, zu versinken und das wache Bewusstsein aufzugeben. Er rollt sich auf Annas Bettseite, drückt ihre Decke an sich und versucht, ihren Duft im Bettzeug zu riechen. Er versucht, sich vorzustellen, dass die Decke ihr Körper ist und dass er sie im Arm hält.

Aber er verschwindet nicht, er ist immer noch da. Und selbst wenn es ihm gelingen sollte, einzuschlafen, würde er – wie so häufig in letzter Zeit – wiederkommen. Dieser abstrakte Albtraum, die Furcht in konzentrierter Form, wird lebendig, sobald er einschläft. Wo kommt das her? Er hat so etwas noch nie erlebt. Zweifellos hat es mit der Theaterinszenierung begonnen. Der verdammte Regisseur hat Schuld.

Er steht wieder auf, geht ins Bad, dreht den Wasserhahn an

der Badewanne auf und lässt Wasser ein. Dann geht er runter in die Küche, nimmt sich eine Flasche Rotwein und öffnet sie. Er schenkt sich ein Glas ein und trinkt es in einem Zug aus. Schenkt noch einmal nach, geht zurück ins Bad und legt sich in das warme Wasser. Jetzt wird er sich beruhigen. Schläfrig werden. Wird an etwas Schönes denken. An den Sommer, als sie in Italien waren. An den Strand mit den orangefarbenen Sonnenschirmen und den weißen Liegestühlen. An das unendliche Meer und den weißen Sandstrand, der länger war, als das Auge reichte. Von einem Badeort zum nächsten waren sie in der Brandung entlangspaziert, während die sanften Wellen ihre Füße umspülten. Milde Winde. Ein Glas Weißwein auf dem Balkon in den Abendstunden. Prosecco. Hellroter Sonnenuntergang. Orange. Er hatte Lukas das Schnorcheln beigebracht. Am Ende der Steinmole hatten sie Krebse, Tritonshörner und kleine Fische beobachtet.

Er versucht, an diese Fische zu denken, versucht, Lukas' stolzes Gesicht vor sich zu sehen, als er einen davon in seinem Kescher gefangen hatte. Aber das Bild ist unscharf.

Denn wie so häufig in letzter Zeit ist er, sobald er die Augen schließt, wieder auf der Probebühne. Diese pechschwarze Schachtel, die Gesichter der anderen Schauspieler. Das Gesicht des Regisseurs. Tag für Tag dieselben zwölf Gesichter, acht Wochen lang.

Der Keim der Unruhe war sofort gesät worden. Es fing schon bei der ersten Probe an. Er kannte ja keinen der Kollegen. Und da sich der Regisseur entschlossen hatte, ihm, diesem Schauspieler-Leichtgewicht aus Schweden, vor den festen Ensemblemitgliedern den Vorzug und die Titelrolle zu geben, musste es zu Spannungen kommen. Hätten sie die Möglichkeit gehabt, von Anfang an eine Gemeinschaft zu werden, hätte er sich sicherer gefühlt, und alles wäre viel besser gelaufen. Aber für Smalltalk war keine Zeit. Es ging gleich in die Vollen, ohne Umwege in die

Spaltung und die Unsicherheit. Vermutlich war das der eigentliche Masterplan des Regisseurs, um aus dem Stück, das auf einer tieferen psychologischen Ebene funktionieren sollte, einen authentischen Unterton hervorzukitzeln. Im Grunde war die Sache so durchsichtig, dass sich das niemand zu Herzen hätte nehmen sollen, am wenigsten er. Trotzdem traf es ihn direkt in den Magen. Vielleicht, weil man nie wirklich darauf vorbereitet ist, dass jemand tatsächlich genau dort zuschlägt, wo man am verwundbarsten ist, oder bei einem die primitivsten Knöpfe drückt. Dass jemand an die Seiten der eigenen Persönlichkeit appelliert, gegen die man kämpft und die man versucht zu verdrängen. Dass ein erwachsener Mensch es anderen Erwachsenen gegenüber fertigbringt, sie von Angesicht zu Angesicht miteinander zu vergleichen, sie in eine Konkurrenzsituation zu zwingen, und sie gleichzeitig herablassend und respektlos behandelt. Er schürt noch mehr Angst und Unruhe, indem er an Dinge rührt, die vorher nicht da waren. Versucht, Dinge aus dem Unterbewusstsein auszugraben, als ob die Gespenster der Vergangenheit dem toten König Leben spenden könnten.

«Seht euch diesen Raum an», war das Erste, was der Regisseur zu ihnen gesagt hatte.

Die Schauspieler sahen sich in dem großen schwarzen und leeren Raum um.

«Was seht ihr?»

Lange standen sie einfach nur da und schauten sich um. Es gab nichts zu sehen.

«Nichts», sagte schließlich einer von ihnen.

«Ja, da ist nichts», sagte ein anderer.

«Nichts?», spuckte er den beiden, die sich der Unwissenheit schuldig gemacht hatten, vor die Füße. «Und ihr schimpft euch Schauspieler? Kann hier denn keiner etwas sehen?»

Sie wechselten einen Blick, bevor sie sich noch einmal in dem nackten Raum umsahen.

«Da sind natürlich die Scheinwerfer», sagte Robert. «Und die Befestigungshaken an den Wänden und Unebenheiten im Boden. Und hier sind die Markierungen, wo sich die Bühne dreht.»

«Endlich!», schrie der Regisseur. «Ich dachte schon, ich wäre unter lauter Blinden!»

Die anderen warfen Robert wütende Blicke zu.

«Und was ist das Charakteristische daran?», fuhr der Regisseur fort.

«Es ist übermalt», sagte er schnell. «Alles ist schwarz.»

«Richtig! Alles ist schwarz angemalt!», predigte der Regisseur und machte eine ausschweifende Handbewegung, bevor er sehr langsam fortfuhr: «Der nackte, schwarze Raum. Woran erinnert euch das?»

Sie standen still, sahen sich um.

«Ihr armen kleinen Blinden, die ihr schon viel zu lange in dieser Dunkelheit verharrt. Seht ihr nicht, dass es ein Loch ist, das euch im Laufe der Zeit ersticken wird. Seht ihr nicht, dass es das Innere einer Zelle ist? Seht ihr nicht, dass es ein Sarg ist? Ein Grab? Ihr seid unter der Erde, lebendig begraben. *Das* ist das Theater.»

Und dann wandte er sich an Robert und gab folgendes melodramatisches Statement von sich: «Dies ist der Raum des Todes, der Leidenschaft und des Irrsinns, mein lieber Hamlet.»

Es war zum Lachen, aber er lachte nicht.

«Dies ist das Gefängnis, dein inneres Gefängnis. Das Abbild deiner inneren unendlichen Leere.»

Dann drehte sich der Regisseur wieder zu den restlichen Akteuren und betonte jedes einzelne Wort: «Ihr armen, leeren Menschen. Niemand ist leerer als ihr, die ihr einen Text braucht, um erfüllt zu sein. Niemand ist leerer als ihr, die ihr nicht existiert ohne einen Dramatiker oder einen Regisseur, der euch in Bewegung bringt.»

Niemand protestierte oder hinterfragte diese salbadernden

Floskeln. Niemand lachte. Niemand hob auch nur eine Augenbraue. Es gab nicht den kleinsten Seitenblick. Die Kollegen starrten den Regisseur respektvoll an. Zu viel Scheißrespekt. Noch dazu vor einem Hotshot wie ihm. Einem zum Genie erklärten Dänen, der grenzensprengende Inszenierungen auf den wichtigsten Bühnen Europas verbrochen hatte.

Bereits am Ende des ersten Probentages und nach überstandener Leseprobe verlangte er, dass sie bis zum nächsten Tag ihren Text können sollten. Vierundzwanzig Stunden für diese enorme Textmenge. Alle nickten gehorsam. Halleluja. Amen. Robert bildete keine Ausnahme. Anarchie fürchtet das Theater am meisten, dass die Schauspieler gegen ihren Käpt'n meutern, dass sie ihrem eigenen Willen folgen. Er blieb die ganze Nacht auf und lernte seine Rolle. Am nächsten Tag bei der Probe war er völlig fertig und hatte dunkle Ringe unter den Augen. Ihnen den Nachtschlaf zu rauben war ein glänzender Auftakt für weiteren Psychoterror.

Der Regisseur nahm wieder den Raum als Ausgangspunkt. Offensichtlich hatte er an diesem Thema einen Narren gefressen, er kam immer wieder darauf zurück. Das wirkte vertrauenswürdig, war es aber nicht.

Räume waren Tatorte, an denen sich Dinge ereignet hatten. Wo Dinge geschehen würden. Es ging um den konkreten Raum, in dem sie sich befanden, aber auch um die Räume ihrer Erinnerungen. Die Räume, die man vergessen und im Unterbewusstsein begraben hatte, um den Ort der bedeutsamen Erinnerungen. Der Raum bildete den Rahmen, Räume entstanden in anderen Räumen, in den Verstecken des Gehirns. Aber die imaginären Räume – die Räume, die man sich vorstellen musste, um eine Nähe und Aktualität im Verhältnis zum Text zu schaffen – waren ebenfalls ein Teil dessen. Der Regisseur setzte die stärksten Mittel ein, um sie hervorzulocken.

«Dieser Raum», sagte er, die Augen auf Robert geheftet, «ist

Guantánamo. Du bist gefangen. Und du kommst nie wieder frei. Du wirst für alle Ewigkeit gefesselt sein, in einem orangefarbenen Overall. Mit verbundenen Augen, kniend. Deine Hände und Füße sind gefesselt, du wirst nur Dreck zu fressen kriegen, du wirst dich nicht waschen, nicht auf eine richtige Toilette gehen dürfen. Du darfst nicht deinen eigenen Gott anbeten. Dein Gott ist ein Gott, den wir verachten. Auf den wir pissen, von dem wir Karikaturen zeichnen! Seht Robert an, alle!»

Alle drehten sich um und sahen ihn an. Er fühlte sich unwohl, versuchte aber, wieder er selbst zu sein, indem er sein charmantestes Zeitschriften-Lächeln aufsetzte. Das Liebhaberlächeln.

«Gut, Robert. Du wirst alle Herzen für dich gewinnen. Du hast die volle Kontrolle. Seht ihn euch an. Seht hin. Er denkt, er hat die volle Kontrolle. Mit seinem Lächeln glaubt er alles wieder ausbügeln zu können. Wer kann so einem denn glauben? Hm? Erscheinen seine Rachephantasien nicht lächerlich? Wird er selbst daran glauben? Wird er, dieser durch und durch oberflächliche Mann, das schaffen? Wirst du dein inneres Guantánamo verlassen können?»

Robert spürte, wie sein Blick zu flackern begann.

«Entschuldigung», sagte der Regisseur mit einem Lächeln. «Da muss ich wohl einen wunden Punkt getroffen haben.»

Er räusperte sich, dann fuhr er fort, während sein Blick vom einen zum anderen glitt und sie alle schrumpfen zu lassen schien.

«Meine lieben Freunde. Ich werde diese Punkte finden. Jeden einzelnen. Niemand wird diesem Grab entkommen, diesem Schlachthaus, das in unserem Stück der Tatort ist. There is something rotten in the state of Denmark. Wir werden andere Wege beschreiten als die euch vertrauten. Werden uns tiefer und tiefer in die Materie hineinarbeiten, wie Würmer in eine Leiche. Werden die Wunden finden, die nie verheilt sind. Unserem eigenen Schmerz begegnen. Nur dort kann richtiges Theater entstehen. Nur dort können wir uns dem Göttlichen annähern. Denn dort wollen wir hin, wir wollen berühren, was in dem Ganzen steckt. Die Kunst. Ihr seid nur die kleinen Akteure. Aber ihr habt das Privileg, mit dem besten Bühnentext der Welt zu arbeiten. Im Laufe der kommenden Wochen werde ich euch Leben einhauchen. Ihr werdet zu Fleisch und Blut in dem Schrei, der einst unterbrochen wurde. Ihr werdet in einem wirklichen Schrei wiedergeboren werden. Ihr werdet die Geburt, den Tod und den Irrsinn in euch selbst finden und ihn über die Rampe bringen. Ihr werdet Gott in die Augen sehen und seinem flammenden Blick begegnen.»

Spätestens zu diesem Zeitpunkt hätte er gehen sollen, denkt Robert jetzt. Hätte kapieren müssen, wohin sich das alles entwickeln würde. Aber er war ein eingebildeter Idiot und fühlte sich natürlich geschmeichelt, dass er diese Rolle bekommen hatte. Es war nicht zuletzt ‹der große Test›, ob er wirklich das Zeug zum Schauspieler hatte oder ob er nur ein unseriöser Leinwandcharmeur war. Obendrein hatte er ja alle festen Ensemblemitglieder ausgestochen. Dieses Kribbeln gefiel ihm dabei wohl am besten. Wenn er jetzt einen Rückzieher machte, war fraglich, ob er jemals wieder ein vergleichbares Angebot bekommen würde, so viel stand fest. Trotzdem. Das kann es unmöglich wert sein. Etwas ist in ihm ausgelöst worden, das er nicht mehr kontrollieren kann. Vierzig Vorstellungen. Wie soll er das überstehen?

Er muss sein Gleichgewicht wiederfinden. Sich ausbalancieren. Er muss sich ausruhen, schlafen. Tief und fest. Er schenkt sich ein weiteres Glas Wein ein und kippt es hinunter, dann stemmt er sich aus dem Wasser, zieht den Bademantel über, sieht in den Spiegel und streicht seine Haare zu einer schönen schwarzen Welle zurück.

Sterben, Schlafen! Vielleicht auch träumen! Ja, da liegt's: Was in dem

Schlaf für Träume kommen mögen, wenn wir den Drang des Ird'schen abgeschüttelt.

Er sieht normal aus. Er sieht aus wie immer.

«Kein Problem. Alles kein Problem.»

Er lächelt das Gesicht im Spiegel an. Nichts verkehrt mit ihm. Eine Haarsträhne fällt ihm zwischen die Augen. Die Locke eines Irren. Für einen Moment überkommt ihn Zorn bei dem Anblick. Die Lust, die Faust in den Spiegel zu rammen, zu sehen, wie sie von Glassplittern und Blut bedeckt ist. Aber er lässt es sein. Er behält sich unter Kontrolle und weiß trotzdem: Eines Abends wird es schiefgehen. Er wird einen Zusammenbruch erleiden. So ähnlich wie bei der Probe, als er kurz davor war, Polonius wirklich umzubringen. Es wird passieren.

Vielleicht schlägt bei ihm tatsächlich das Zigeunerblut durch, und vergessene Erinnerungen drängen an die Oberfläche. Alles, was geschehen ist, bevor er vier Jahre alt war und adoptiert wurde. Etwas Unterschwelliges, was er von seinen Roma-Eltern geerbt hat. Diese schrecklichen Menschen haben ihn auf mittelalterliche Art und Weise einfach verlassen und im Wald ausgesetzt. Schlechtes Erbgut. Schmerzliche Erlebnisse, an die er sich zwar nicht erinnert, die aber die ganze Zeit da gewesen sein müssen; wohlverpackt wie die Samenkapseln einer Blume, die nur in ungewöhnlich hohen Temperaturen sprießen. Die Pflanze, die nur durch einen Waldbrand gedeiht. Wenn es so weit ist, kann sie nichts mehr davon abhalten, zu sprießen und zu erblühen. Nichts kann sie davon abhalten, sich zu verbreiten. Und plötzlich ist sie da – überall – und bedeckt für einen kurzen Sommer alle Wiesen mit ihren rotvioletten Blüten. Dann verwelkt sie, und die Samen ruhen in der Erde und warten auf den nächsten Brand. Vielleicht ist genau das passiert. Er war hoher Temperatur ausgesetzt, die Samen haben gekeimt, und das Schreckliche, das in ihm verborgen lag, begann zu sprießen.

Weißt du noch, wie der Sommer riecht? Der Duft von Gagel, Waldgeißblatt und Wacholder. Der Duft der blühenden Heide im Sonnenschein. Auch der Donner hatte einen Geruch. Der Druck in der Luft, die Farbe des Himmels. Der Geruch von Erde während eines Platzregens. Der Duft von Fichtenreisig danach.

Erinnerst du dich noch an das Drosselweibchen, das nach dem Gewitter hin und her flog und schrie? In der Nacht war sein Nest dem Wind zum Opfer gefallen. Die Küken lagen mit geschlossenen Schnäbeln und eingedrehten Krallen auf der Erde verteilt. Sie waren tot, kalt und grau, mit dünnem Flaum auf den mageren Körpern. Schreiend bewacht von der Mutter, bis es dunkel wurde. Da flog sie über die Hügel davon.

Erinnerst du dich noch an die Überschwemmung? Im Laufe einer Nacht hatte der Regen den Fluss über die Ufer treten lassen. Eine Füchsin kämpfte sich japsend aus ihrem Bau und durch das schäumende Schlammwasser. Ihre Jungen schafften es nicht. Sie wurden vom Strom erfasst und unter Wasser gezogen. Sie erwischte eins, schleppte es an Land und saß drei volle Tage bei ihrem toten Welpen. Und obwohl die Schnauze offen stand und sein Blick starr war, stieß sie ihr Junges immer wieder mit der Pfote an, um es zum Leben zu erwecken. Nachts rollte sie sich um das Kleine, um es zu wärmen. Schließlich erhob sie sich jaulend und verschwand gen Westen im Gebüsch.

9

Der Kopfschmerz sticht zu, und einen Moment lang ist ihm, als würde er ohnmächtig. Wilhelm atmet ein und saugt die kühle Kabinenluft tief in die Lungen. Ruhig jetzt. Ruhig. Er öffnet die Augen und blickt aus dem kleinen Fenster, blickt hinab auf die Erde. Vorläufig sieht man nur Wald. Zehntausend Meter bis nach unten. Was für ein Sog, was für ein Fall. Selbstverständlich fällt man nicht. Er reibt sich die Schläfen.

«Your dinner, Sir.»

Er klappt den Tisch vor sich herunter und nimmt das Tablett entgegen.

«What would you like to drink?»

Die junge Stewardess hat einen merkwürdigen Akzent. Kantig, singend. Nordisch, that is. Lange her, dass er solch einen Akzent gehört hat. Die meisten Amerikaner finden das charmant. Er nicht. Was die lippenstiftbemalte Klappe von sich gibt, klingt hässlich.

«A beer, please.»

Sie reicht ihm ein Budweiser, geht weiter. Er wickelt das Besteck aus der Serviette, öffnet die glühend heiße Folie. Die Mahlzeit ist eine Art klumpiges Risotto mit einem bleichen Hähnchenschenkel am Rand. Während er isst, konzentriert er sich darauf, die Ellbogen nahe am Körper zu halten. Sein Sitznachbar, ein fetter Kerl im Anzug, schläft bereits, obwohl sie kaum weiter gekommen sein können als bis Maine. Better keep it that way. In den ersten zehn Minuten des Fluges hatte der Fleischberg hartnäckig versucht, ihn in eine Unterhaltung zu verwickeln. Es war mühsam genug, ihn zum Schweigen zu bringen.

Er blickt wieder hinaus auf den Wald dort unten. Schön anzusehen von hier oben, sauber und gradlinig. Man könnte fast glauben, Menschen hätten ihn angelegt, hätten ihn geplant und in Reihen angepflanzt. Die Baumkronen sehen aus, als hätte sie jemand aufgestellt, wie Blumen in einem Beet, Büsche in einem Garten. Gelbe Bäume wie Einzelgewächse auf verteilten Stielen. Nicht so wild wuchernd wie in Wirklichkeit. Der endlose Wald, der immer tiefer wird, wenn man davorsteht und hineinblickt. In dem man sich zwangsläufig verirren muss, wenn man keine Karte hat. Er hebt den Blick. Der Himmel ist schon golden. Weit entfernt sieht er ein anderes Passagierflugzeug, kleiner als eine Fliege. Das silberfarbene Metall glänzt.

Er packt den kleinen Kuchen aus und hält die Tasse hin, für Kaffee. Lehnt sich zurück. Seine Beine sind schon ganz steif. Er sieht auf die Uhr. Noch sechs Stunden im Sessel, bevor sie auf Island zwischenlanden und er sich die Beine vertreten kann. Aber er kommt immer näher. Dinge verändern sich in dreißig Jahren. Alles hat sich verändert. Das Leben ist jetzt anders. Wieder anders. Wenn man woanders hingeht, verändert man sich.

Er wird nicht dort bleiben, natürlich nicht. Sondern wieder nach Hause zurückkehren, sobald er alles erledigt hat, und nie mehr einen Gedanken daran verschwenden. Nach Hause? Oder weiter. Was für ein herrliches Land, in dem man einfach immer weiterziehen kann. Man setzt sich ins Auto und fängt von vorn an, ein Mal, zwei Mal, sooft man will. Ein herrliches Land voller Möglichkeiten. Alle zwei Jahre ein neuer Bundesstaat. Eine neue Stadt, a new beginning. A new name. New York, New Hampshire, New Mexico.

Mehr als zwanzig Jahre lang ist er immer weiter weggezogen, bis nichts mehr an Vertrautes erinnerte. An das, woher er ursprünglich kam. Es wurde offener, freier und fremder, mit jedem einzelnen Schritt. Bis er unten in Las Cruses, New Mexico, unter dem endlosen Himmel saß und das trockene Gras anstarrte, die Kakteen, die nackten Felsblöcke mit den struppigen Yuccapalmen. Die Berge in der Ferne, wo es nichts als Klapperschlangen gab. Die endlose Landstraße durch die sonnenverbrannte Landschaft, der Imbiss, der Supermarkt, die Kneipe oder die Drive-in-Bank. So verstreut, wie nur amerikanische Städte sein können.

Es war beinahe der ultimative Ort. Nichts lud zum Bleiben ein, außer dem spektakulären Sonnenuntergang, brutal in seiner orange-roten Schönheit. Wenn es ihm nicht fast unmöglich gewesen wäre, dort unten seinen Job auszuüben, wäre er geblieben. Denn er war das Umherziehen schon leid. Aber der karge, kalkige Boden, die brennende Hitze, die eiskalten Wüstennächte und die regelmäßigen Staubstürme waren nichts für Pflanzen. Er hatte nie begriffen, was nötig war, um sie zum Wachsen zu bringen. Fand die Zauberformel nicht. Er konnte sich nicht darauf verlassen, dass irgendetwas spross, bis auf das trockene Gestrüpp und das gelbe Wüstengras, das ohnehin schon dort wuchs und das sich, ganz gleich, was er unternahm, in dichten Büscheln aus der mageren Erde presste.

Die Kunden waren nie zufrieden. Sie wollten dasselbe wie die Leute andernorts: grünen Rasen und üppige Pflanzen, all das, was fetten, saftigen Boden braucht. Große Bäume, die das Klima nicht vertrugen, auch nicht, wenn man sich intensiv um sie kümmerte. Trotz ausgiebiger Bewässerung, Düngung und kostspieliger Lastwagenladungen Erde aus dem Norden waren so viele Pflanzen einfach vor seinen Augen verdorrt. Die Rasenflächen vergilbten und vertrockneten. Und dann die verzweifelten Notlösungen, damit es trotzdem gut aussah. Er war so weit gegangen, die Pflanzen mit grün gefärbtem Wasser zu gießen und künstliche Blumen und Büsche dazwischen zu setzen. Ewige Seidenblüten tragende Kirschbäume im Eingangsbereich. Falsche Blumenranken an den Mauern. Blumen in etwas zu kräftigen Farben, die den feinen hellbraunen Staub anzogen, der unmerklich durch die Luft flog, sobald nur ein leichter Wind aufkam. Eine dünne Schicht, die sich wie helle Schatten auf die Seidenblumen legte. Enttäuschte Schmetterlinge. Unzufriedene Gartenbesitzer. Davon konnte man nicht leben.

Wie so viele Male zuvor hatte er seine beiden örtlichen Hilfskräfte entlassen, den Truck und den Anhänger vollgeladen und war aufgebrochen, diesmal Richtung Mittlerer Westen. Ohne sich umzudrehen, ohne auch nur einen Blick zurückzuwerfen. Es gab nichts, was einen Blick zurück gelohnt hätte. Keine feste Beziehung. Nie mehr. Das Einzige, was es ihm manchmal ein wenig schwergemacht hat, waren die Hunde. Die Augen, die zu ihm aufblicken, der aufmerksame oder bettelnde Blick, der wedelnde Schwanz, das weiche Fell. Austauschbares Fell, austauschbare Blicke. Alle Köter sind gleich. Wenn man sie nach Anleitung dressiert, treten all die wünschenswerten Züge hervor, das ‹Menschliche›: Hingabe, Geduld, Zuverlässigkeit, Beschützerdrang, Nachsicht und Gehorsam, und vor allem – der ewige Glaube an *ihn*, den Besitzer. All das, was für ein Tier unnatürlich ist und was nur durch gezielte Zucht erreicht wird. Trotzdem hatten alle etwas Individuelles an sich. Eine Eigenart, die beinahe nicht zu ertragen ist.

Der Labrador, den er in Michigan hatte, war ein bisschen zu dick. Wie er hinter ihm herzockelte, wenn sie spazieren gingen, schnaufend, um Schritt zu halten. Der Collie damals in Boston – er badete so gern, bei der ersten Gelegenheit im Frühling sprang er in den Fluss. Wie er sich nach dem Schwimmen immer schüttelte, so zitternd, ganz seltsam. Der Foxterrier in Concord, der immer an seinen Schuhen kaute, obwohl er wusste, dass es verboten war. Wie er sich zusammengekauert und ihn angestarrt hatte, in Erwartung der Strafe. Er konnte ihn nicht schlagen. Nicht zu vergessen der Pointer in San Diego, der immer den Kopf auf seinen Schoß legte, sobald er sich an den Tisch setzte. Demütig, aber zugleich ein bisschen lauernd, während er ihn mit *dem* Blick ansah.

Jack, der magere, an einen Dingo erinnernde Mischling, der verspielter als irgendeiner der anderen Hunde ist. Verschmust und ausgelassen. Bellt wenig, fast nie, hat aber eine eigenwillige Art zu winseln, wenn er rauswill. Er kann dieses Winseln beinahe hören, hier, zwanzigtausend Fuß über dem Erdboden. Nicht zu ändern. Nicht daran denken. Man muss das Band durchtrennen, bevor es zu eng wird.

Nach New Mexico hat er es sich leichter gemacht. Er suchte sich einen Staat aus, in dem wirklich etwas wächst. Eine Stadt mit vielen potenziellen Kunden in Gegenden mit großen Gärten. Lange Sommer, hohe Temperaturen, regelmäßig Regen. Pittsburgh, Pennsylvania – ein Treibhaus im Sommer, die Luft flimmert vor Hitze und Feuchtigkeit. Nach den Jahren in der Wüste kann er das wirklich genießen.

Trotzdem – es ist, als würde alles zu schnell wachsen. Die Pflanzen in Schach zu halten ist eine anspruchsvolle Aufgabe. Er kann den Rasenmäher, die Baumscheren und Heckenschneider gar nicht oft genug einsetzen. Immer gibt es etwas zu schneiden, zu trimmen, auszugraben, auszudünnen. Etwas zu spritzen, zu jäten, auszupflanzen und aufzubinden. Nie muss er den alten Trick anwenden und ein bisschen weniger trimmen als nötig, damit sie ihn nach kurzer Zeit wieder anrufen. Er schneidet tatsächlich so viel ab, dass die ahnungslosen Gartenbesitzer glauben, er bringt ihre Pflanzen um, wo doch das Gegenteil der Fall ist. Durch das Beschneiden werden die Pflanzen nur noch kräftiger. Dichter und üppiger. Schwer von Früchten und Blüten.

Gleichzeitig hat das kräftige Wachstum beinahe etwas Perverses. Wie das Grün im Frühling hervorschießt. Nicht zaghaft und vorsichtig wie im norwegischen Frühling, wo die Triebe ängstlich herausschauen und langsam in die Höhe wachsen, aus Furcht vor weiterem Frost. In Pennsylvania passiert das über Nacht, innerhalb von Stunden, auf eine schamlose, vulgäre Weise. Die Blätter können gar nicht schnell genug groß werden. Und wenn es erst einmal begonnen hat, geht es den ganzen Sommer über so weiter, in einer explosionsartigen Geschwindigkeit bricht das Grün überall hervor, üppig wuchernd, bedeckt alle Flächen, kriecht jedem Lichtschimmer entgegen. Wächst aneinander hoch, sich gegenseitig umschlingend, sich umwickelnd mit immer neuen Trieben, neuen Zweigen, Blättern, Wurzeln.

Das Unkraut ist, wenig überraschend, schlimmer als alles, was er je erlebt hat. Er muss mit den durchtriebensten Gewächsen fertigwerden. Am schlimmsten ist natürlich der Giftefeu. Er hat nicht lange gebraucht, um die auf den ersten Blick bescheidene Pflanze mit ihren unscheinbaren, dreifiedrigen Blättern zu erkennen. Sich ein Mal daran zu verbrennen hat gereicht. Die nordische Brennnessel seiner Kindheit löste einen leicht quaddeligen Ausschlag aus, der innerhalb weniger Stunden wieder verschwand, aber vom Giftefeu bekam er große brennende Blasen und nässende Wunden. Ein kontinuierlicher, flammender Schmerz, der drei bis vier Wochen anhielt, bevor die Haut endlich langsam abheilte.

Der Giftefeu scheint zurzeit überall aufzutauchen. Mit seinen rankenden Stängeln, die ebenso gern flach über den Boden kriechen wie an Bäumen und Mauern hochklettern, nimmt er ständig neue Gegenden in Besitz. Er kommt aus dem Frick Park in die Gärten hineingekrochen oder sät sich mit Hilfe der Bienen aus, die die kleinen, unschuldsweißen Blüten lieben. Den auszurotten ist kein Kinderspiel. Man muss die volle Schutzausrüstung anlegen, bevor man ihn ausreißen kann. Unmöglich, den Mist zu verbrennen. Der Rauch ist mindestens ebenso giftig wie die Pflanze selbst. Jetzt spritzt er immer erst, ehe er ihn ausrupft. Vergiftet ihn mit einem Mittel, unter dem sich die Pflanze zusammenkrümmt, einrollt und das sie wegätzt.

Er blickt wieder aus dem kleinen Fenster. Endlich Küste, weiße Wellen rollen an einen Strand. Dahinter das Meer. Sauber. Schön und blau. Früher, vor langer Zeit, hat er den Wald gemocht. Ihren Wald. Die Hütte darin. Er war vierzehn, als er das erste Mal dort war. Mutter hatte ihn mit hinauf in die Hedmark genommen, zur Beerdigung ihres Vaters. Er hat nie verstanden, was sie dort zu suchen hatten. Wieso sie überhaupt zu dieser Beerdigung mussten. Er hatte seinen Großvater nie kennengelernt. Weil er ein Bastard war, weil er keinen Vater hatte. Aber vor allem, weil – obwohl Mutter nie darüber gesprochen hatte – es wohl stimmte, was die anderen Kinder über ihn sagten: dass er ein verdammtes Deutschenkind war.

Damals sah er zum ersten Mal, woher seine Mutter stammte. Der Hof, auf dem sie aufgewachsen war, erschien noch größer, als er ihn sich vorgestellt hatte. Hektar um Hektar Wald und Ackerland. Große und kleine Gebäude. Ein riesiges schneeweißes Wohnhaus mit zahllosen Zimmern.

Die Beerdigung war pompös, fast ein Staatsbegräbnis. Die Kirche war zum Bersten voll. Anscheinend waren die Bewohner aus der ganzen Umgebung da, saßen zusammengedrängt in den harten Bankreihen. Er hatte in der dritten Reihe gesessen, zusammen mit Mutter. Vor ihm seine neuerworbenen Verwandten: Großmutter, Tanten und Onkel, Vettern und Cousinen. Der Pfarrer sprach vom Großvater als dem großen Sohn der Landgemeinde. Anschließend sprach der Bürgermeister über den Waldbesitzer Ødegaard. Den Gemeinderat Ødegaard. Den Sägewerksbesitzer Ødegaard.

Hinterher durfte er seine Verwandten kennenlernen. Sie starrten ihn an, obwohl sie vorgaben, es nicht zu tun. Sie musterten ihn stumm von oben bis unten. Tuschelten in den Ecken.

Sogar Großmutter, die zu den anderen Enkelkindern so herzlich war, behandelte ihn kühl.

Nur einer ging durch den Raum auf ihn zu und streckte ihm die Hand entgegen. Das war Mutters jüngster Bruder Nils. Er hatte wohl nichts gegen Deutschenkinder. Er war sogar sehr nett.

Der Leichenschmaus war überbordend. Mindestens hundert Gäste saßen zu Tisch. Es war zweifellos das leckerste Essen, das er jemals gekostet hatte. Es gab eine Art Elchgulasch. Viel zu trinken. So viel Limonade, wie er nur wollte. Und die Erwachsenen bekamen Schnaps und Bier. Das sei ein Fest nach *seinem* Geschmack, hieß es. Es dauerte bis tief in die Nacht.

Am Tag darauf hatte Mutter einen Spaziergang in den Wald vorgeschlagen. Es war ein schöner Tag, Spätherbst und klares Wetter. Kühl und frisch. Mit Reif bedeckte Blätter segelten langsam von den Bäumen herab. Flechten und Moos knisterten gefroren unter den Wanderstiefeln. Der gewundene Pfad war fast zugewachsen, und mehrmals dachte er, dass sie sich vielleicht verlaufen hätten. Er blieb stehen und fragte, ob das *wirklich* der richtige Weg sein könne. Mutter wurde ärgerlich, geradezu böse. Er dachte, sie würde ihn schlagen, obwohl er inzwischen größer war als sie. Zu groß für Schläge.

«So, du glaubst also, ich wüsste den Weg nicht, Junge? Hundert Mal bin ich den gegangen. Außerdem habe ich diese Karte!»

Er fragte, wohin sie wollten, was da im Wald war.

«Das wirst du schon sehen», sagte sie. «Ich werde es dir erzählen. Du sollst alles erfahren.»

Aber als sie schließlich vor dem Ziel ihrer Wanderung standen – einer alten, heruntergekommenen Hütte –, wollte sie doch nichts erzählen. Sie zog an der Tür, bis sie sich öffnete, und sah hinein. Er ging zu ihr. Er wollte auch hineinsehen, aber da stieß sie die Tür heftig wieder zu. Und stand da, ganz weiß im Gesicht, während ihr die Tränen herabliefen.

So hatte er sie noch nie gesehen. Und es erschreckte ihn viel mehr, als wenn sie ihn angeschrien oder geschlagen hätte. Das hier war anders. Als wäre sie eine Fremde. Er streckte vorsichtig eine Hand aus, um sie zu trösten, aber sie schluchzte nur und stieß ihn weg, wankte fort von ihm, einen kleinen Abhang hinunter und durch eine Schonung. Er rief ihr nach. Als sie nicht antwortete, lief er ihr hinterher. An einem Weiher blieb sie stehen. Zog sich die Kleider aus und watete ins Wasser. Es war eiskalt, aber sie schien es nicht einmal zu bemerken.

Er hatte am Ufer gestanden, hatte ihr zugesehen, wie sie nackt ins kalte Wasser eintauchte und zur Mitte des Weihers schwamm, ehe sie sich auf den Bauch drehte und mit dem Gesicht nach unten liegenblieb. Der bleiche Körper trieb ganz still in dem grauen Wasser. Ihr blondes Haar schwamm ausgebreitet auf der Oberfläche. Er hatte am Ufer gestanden, sie angestarrt, geschrien: «Mutter! Mutter!»

Aber sie blieb einfach liegen, wie eine Tote, eine Ertrunkene. Er streifte die Schuhe ab, riss sich die Kleider vom Leib und watete hinaus, um sie zu retten. Das Wasser war so kalt, dass seine Beine ganz steif wurden, blauweiß. Er konnte sich fast nicht bewegen. Aber er warf sich trotzdem hinein. Endlich hob sie den Kopf wieder aus dem Wasser und rang nach Luft. Keuchte. Dann schwamm sie zurück, auf ihn zu, und stieg an Land. Sie sagte nichts, bemerkte nicht einmal, dass er da stand, genau wie sie nackt, zitternd und nass. Rasch zog sie ihre Kleider wieder an. Blaugefroren und schlotternd. Sie wirkte nicht mehr verzweifelt, sondern wütend, und starrte zornig vor sich hin, als wäre er gar nicht da, während sie die Schuhe anzog und davonmarschierte. Den ganzen langen Weg zurück zum Hof schritt sie weit aus, ließ ihn hinter sich.

Er hätte sie am liebsten gefragt, was los war. Was sie in der Hütte gesehen hatte. Aber er konnte sie nicht einfach fragen. So ein Verhältnis hatten sie nicht.

Am nächsten Morgen war er früh aufgewacht, hatte sich angezogen, heimlich die Karte aus ihrer Jackentasche genommen und sich vom Hof geschlichen. Er war den langen Weg noch einmal gegangen und hatte sich unterwegs nur einmal kurz verlaufen, ehe er die alte Hütte wiederfand, die so gut versteckt lag.

Als er schließlich vor der geschlossenen Tür stand, hatte er Angst bekommen. Vielleicht verbarg sich da drin etwas Schreckliches. Etwas Abscheuliches und Groteskes, das ihm nie mehr aus dem Kopf gehen würde. Trotzdem zog er so fest an der Tür, dass er sie aufbekam. Er trat ein, vorsichtig und zögernd, mit klopfendem Herzen. Die Augen gewöhnten sich schnell an die Dunkelheit. Er sah eine Feuerstelle mitten im Raum, zwei klobige Holzstühle und einen kleinen Tisch, alles eindeutig selbstgezimmert. An der einen Wand stand eine Liege mit alten Wolldecken darauf. An einem Haken über dem Bett hingen einige geflickte Kleidungsstücke. Auf dem Fußboden stand ein seltsames Paar Schuhe aus geflochtener Birkenrinde. Über dem einen Stuhl hing eine Strickjacke. Er nahm sie hoch. Abgesehen davon, dass sie muffig roch, sah sie fast neu aus. Er hängte sie vorsichtig zurück und ging langsam zur Stirnwand hinüber, in der ein kleines Guckloch war, das als Fenster diente. Darunter war die Küchenecke mit einigen einfachen Gerätschaften. Schüssel, Becher, Löffel und Gabel, alles aus Holz geschnitzt. In einem Trog auf dem Fußboden lag etwas, das einmal etwas Essbares gewesen sein mochte, vielleicht Kartoffeln, aber nun waren es nur noch dunkle, verschrumpelte Klumpen. In einem zerfledderten Schuhkarton unter dem Bett fand er ein gutes Messer, es war nur ganz wenig rostig. Er fand auch einen Hammer, eine Axt und eine Säge.

Nichts in diesem Raum war erschreckend. Im Gegenteil, er fand es gemütlich. Es gefiel ihm hier drinnen. Es war, als sei er endlich an einen Ort gekommen, wo er hingehörte.

In den Sommern, die folgten, durfte er allein hinauf in die

Hedmark fahren. Es war anscheinend in Ordnung, den Hof zu besuchen, jetzt, wo Großvater tot war. Nicht, dass die Verwandten ihn begeistert empfangen hätten. Er wurde immer noch schief angesehen. Aber er fuhr auch nicht hin, um sie zu besuchen. Er fuhr hin, um zu der Hütte im Wald zu kommen. Sonst benutzte sie ja niemand. Keiner kümmerte sich darum. Falls überhaupt irgendwelche Leute davon wussten, gingen sie nie dorthin. Nur er. Die Hütte lag so gut versteckt hinter Bäumen und Büschen. Sie war eine geheime Insel in Großvaters tiefen Wäldern und direkt an der Grenze zu Schweden. Er durfte sich Werkzeug von Onkel Nils borgen, bekam Material, das übrig war: Planken und Bretter, ein paar alte Fenster. Durfte sich Mörtel und Ziegelsteine nehmen. Der Onkel kam nie mit hinauf, er hatte genug unten im Sägewerk zu tun. Aber Wilhelm schaffte es allein. Er trug die Sachen hinauf, zimmerte und hämmerte, bis die verfallene Kate mehr und mehr einer richtigen Hütte glich. Er nutzte das Wissen aus dem Werkunterricht und brachte sich selbst Neues bei.

Mutter wollte nicht mitkommen. Sie konnte diesen Platz dort im Wald nicht ertragen. Aber sie hatte nichts dagegen, dass er einen Teil seiner langen Schulferien dort oben verbrachte. Es war schön für sie, ihn eine Weile los zu sein. Er jedenfalls fand es schön, dass er von ihr weg war.

Aber etwas musste an diesem Ort passiert sein, lange vor seiner Zeit. Mutter hätte ihn nicht dorthin mitnehmen sollen. Dann wäre er nie zusammen mit Elise hingegangen. Und er wäre *jetzt* nicht auf dem Weg zurück dorthin.

Die Kabinenbeleuchtung wird gedimmt. Er schaut aus dem kleinen Fenster. Draußen ist es genauso dunkel wie drinnen. Die Stewardess reicht ihm eine Decke, die er sich umlegt. Er sieht zu seinem Sitznachbarn hinüber. Der Fleischberg schnarcht mit offenem Mund. Er hat sich noch weiter ausgebreitet, sein

Arm beansprucht die ganze Armlehne, sein enormer Schenkel berührt beinahe Wilhelms. Es juckt ihm in den Fingern, den Fetten zu boxen, aber stattdessen drückt er sich an die kühle Wand neben dem Fenster. Kurz bevor er die Augen schließt, merkt er, dass der Kopfschmerz wieder zusticht. Sofort taucht sie auf, wie sie es so oft tut. Obwohl es Ewigkeiten her ist, dass er beschlossen hat, sie zu vergessen. Da ist sie, so, wie er sie zum allerersten Mal gesehen hat. In jenem Sommer auf dem Friedhof.

Sie war ihm sofort aufgefallen. Gleich am ersten Tag, als die Saisonarbeiter kamen, die von den einheimischen jungen Männern schon sehnsüchtig erwartet wurden. Nicht so sehr, weil die Arbeit dann auf etliche Schultern mehr verteilt werden konnte, sondern weil meistens auch ein paar Frauen dabei waren. Und diesmal war es ein besonders gutes Jahr. Der Arbeitstrupp bestand aus einer ganzen Reihe hübscher Mädchen. Nur zwei oder drei Jungs darunter, die verglichen mit den muskulösen, sonnengebräunten Burschen, zu denen er gehörte, bloß blasse, kraftlose Bücherwürmer waren.

Sie kniete unter den mächtigen Bäumen drüben beim Gedenkhain. Streckte die schlanken Arme aus, setzte Stiefmütterchen in die Erde. Hellroter Mund, Sommersprossen auf der kleinen Nase, das lange, blonde Haar mit einem Gummiband zusammengefasst. Beigefarbene Shorts. Weißes T-Shirt. Viel zu große Arbeitshandschuhe. Die dünnen braunen Beine in riesigen Stiefeln.

Als sie fertig war, stand sie auf, zog die Handschuhe aus und warf sie in die Schubkarre, dann drehte sie sich um. Ganz langsam. Als wüsste sie, dass jemand sie ansah, dass er dort stand. Sie drehte sich um und sah ihm direkt in die Augen. Ihr Blick. Blau. Fest. Er war fest damals. Als würde sie geradewegs in ihn hineinsehen, direkt durch ihn hindurch.

Er hatte die Augen niedergeschlagen. War rot geworden. Der große Mann von sechsundzwanzig schrumpfte zu einem linkischen Schuljungen. Er hatte die Hand zu einer Art Gruß erhoben, aber sie wandte das Gesicht ab. Packte die Griffe der Schubkarre und ging weg.

Eine Woche lang beobachtete er sie aus der Ferne. Sah, wie sie die Erde mit der Forke aufbrach, sich hinhockte und Blumen pflanzte, sich wieder über die Schubkarre beugte, neue Blumen holte. Irgendetwas an ihren Bewegungen fesselte seinen Blick. Sie waren langsam, beinahe bedächtig, aber gleichzeitig sehr anmutig. Oft stand sie anschließend noch eine Weile am Grab. Mit leicht gebeugtem Nacken. Beinahe so, als betrauerte sie die Toten. All diese Toten, zu denen sie unmöglich eine Beziehung haben konnte.

Er winkte ihr nicht wieder zu, ertappte sich aber manchmal bei dem Wunsch, er würde in dem Grab liegen, das sie gerade so schön schmückte, auf das sie eine Begonie pflanzte. Er versuchte, sich auszudenken, wie er ihr näherkommen könnte, versuchte, sich vorzustellen, wie er gleichsam zufällig im selben Moment an den Wasserhähnen auftauchte wie sie. Versuchte, sich zurechtzulegen, was er sagen könnte. Aber ihm wollte nichts einfallen, was sich gleichzeitig intelligent und beiläufig anhörte.

Er nahm sein Mittagessen für gewöhnlich zusammen mit den anderen Festangestellten ein, auf der Bank drüben am Geräteschuppen. Von dort aus konnten sie mit etwas Mühe zu den Saisonkräften hinübersehen, die ihre Pause auf dem Rasen hinter den Fliederbüschen verbrachten. Es war ein ziemlich heißer Sommer, und einige der Mädchen hatten ihr T-Shirt ausgezogen und sonnten sich nur im BH. Das war auf dem Friedhof nicht erlaubt. Aber entweder kannten sie die Vorschriften nicht, oder sie kümmerten sich nicht darum. Wie auch immer – der Vorarbeiter schien es nicht zu bemerken, oder vielleicht genoss er auch den Anblick der halbnackten Mädchenkörper, so wie die anderen Männer.

Sie lag etwas abseits von den anderen und las ein Buch. Ihm fiel auf, wie hell sie war. Wie schmal und hell, fast durchscheinend. Die Brüste unter dem Bikinioberteil waren klein und knospig, als wäre sie immer noch in der frühen Pubertät.

Zwei der anderen Kerle hatten sie sich auch ausgeguckt. Als sie über ihren Pausenbroten saßen und über die jugendliche Blumenpracht drüben auf dem Rasen diskutierten, zeigte der eine mit dem Daumen auf sie und sagte mit vollem Mund, zwischen Kauen und Kaffeeschlürfen: «Schau dir die Twiggy da drüben an. Was für 'ne Figur.»

«Hast ihre Augen gesehen?», sagte der andere.

«Hübsch. Viel ist ja nicht an ihr dran, aber ich hätte trotzdem nichts gegen eine Runde oder zwei mit ihr im Heu.»

«Hat bestimmt 'ne schön enge Möse», lachte der zweite.

Da sah er rot. Er sprang auf, ballte die Faust. Stand zitternd vor Wut vor den beiden und wollte ihnen die Fresse polieren. Das dreckige Lachen aus den widerlichen Mäulern prügeln. Es wurde ganz still auf der Bank. Die anderen sahen ihn mit seltsamem Blick an, grinsten. Einer von ihnen stand auf und klopfte ihm auf die Schulter.

«He, Wilhelm – lass gut sein, Junge. Tom hat bloß Spaß gemacht. Der macht über alles Mögliche Witze. Ist doch so, oder, Tom?»

Und dann drehten sie ihm eine Zigarette, brachten ihn dazu, sich wieder hinzusetzen, gossen ihm einen Becher Kaffee ein, dann erhoben sie sich und gingen wieder an die Arbeit. Er blieb allein auf der Bank sitzen, immer noch zitternd. Die anderen warfen sich verstohlene Blicke zu und wechselten murmelnd ein paar Worte. Aber laut genug, dass er es hörte. Was ist denn mit dem los? Glaub, der tickt nicht ganz sauber.

Bald hallte der Friedhof wider von Rasenmähern und Heckenscheren. Und nach einer kleinen Weile schaffte er es endlich, sich so weit zusammenzureißen, dass er aufstehen und so tun konnte, als sei nichts passiert. Aber er war noch nicht fertig damit. Er griff zur Säge und ging auf die Blutbuche los, bei der die toten Äste abgenommen werden sollten. Raste rücksichtslos darüber hinweg und riss Lebendes wie Totes mit.

Da sah er aus den Augenwinkeln, wie sie sich näherte. Sie kam von links. Das Sonnenlicht flutete von hinten über sie. Über ihren Rücken, über die spitzen Schulterblätter in dem dünnen T-Shirt. Ein schimmernder Fluss aus Licht umspülte sie, während sie langsam mit Schubkarre und Spaten die Lindenallee hinunterging.

Sie musste es gemerkt haben, möglicherweise hatte auch einer der Männer das Maul nicht halten können. Denn als er eines Tages mit Sägen beschäftigt war, kam sie zu ihm. Er wusste nicht, wie lange sie da gestanden hatte. Vielleicht hatte sie ihn eine gute Weile beobachtet, wie er auf der Leiter stand, mit dem riesigen gelben Helm, und alles andere als intelligent aussah, während er sich mit der Säge an einer Stange abmühte, um einen toten Ast hoch oben im Baum abzunehmen.

Sie hatte die Hände in die Taille gestemmt und den Kopf schräg gelegt, sah ihn mit ihren großen blauen Augen an, lächelte und sagte: «Ja?»

Sonst nichts. Er konnte nicht antworten. Stand da wie ein Idiot und glotzte. Benommen und mit einem Gefühl von Übelkeit.

Sie machte auf dem Absatz kehrt und ging rasch weg. Ihr Pferdeschwanz schaukelte von einer Seite zur anderen, und der kleine Hintern wackelte. Fast so, als hätte sie sich einen Spaß mit ihm erlaubt. Und dann drehte sie sich noch mal um, sah ihn an und lächelte. Er schaffte es nicht einmal, als Antwort die Hand zu heben.

Hinterher, nachdem er den Ast abgesägt hatte und von der

Leiter geklettert war, schleuderte er den Helm auf den Boden und schlug sich die Hand vor die Stirn. Verdammter Idiot. Was zur Hölle ist los mit dir? Da hatte er die Gelegenheit gehabt, und dann war er unfähig, sie zu nutzen. Wie konnte man nur so blöd sein?

Die Tage vergingen. Er und die Kollegen arbeiteten auf der Ostseite des Friedhofs, wo ein neuer Hain angelegt wurde. Sie fällten Bäume, gruben den Boden um, entfernten Steine, düngten, säten Gras, pflanzten Zierhölzer und maßen Plätze für neue Gräber ab. Die Saisonarbeiter waren auf dem Gelände um das Krematorium beschäftigt. Die Mädchen brachten die Gräber in Ordnung, während die Milchbubis die etwas schwereren Arbeiten verrichteten, alte Gräber aushoben, deren Ruhezeit abgelaufen war und für die niemand mehr bezahlt hatte, und neue Grabstellen über den alten anlegten. Plötzlich gellte ein Schrei von dort herüber und danach lautes Weinen. Die Männer blickten auf, verdrehten die Augen, schüttelten den Kopf.

«Was stellen die denn jetzt schon wieder an?»

Zwei unterbrachen trotzdem ihre Arbeit, um nach dem Rechten zu sehen. Er selbst lief auch hinunter, mit hämmerndem Herzen. Ob *ihr* etwas passiert war?

Sie saß bleich und schluchzend auf der Erde neben einem der Familiengräber. Eine der anderen Saisonarbeiterinnen stand gebückt da und übergab sich, während der blasse Bücherwurm, der den Schaden angerichtet hatte, wie festgenagelt dastand, den Spaten immer noch in der Hand und die Augen auf das offene Grab gerichtet. Wilhelm beugte sich hinunter, sah einen zerstörten Sargdeckel und die halb verweste Leiche eines Kindes. Kein Horrorfilm, den er seitdem gesehen hat, kann sich auch nur entfernt mit dem Anblick messen. Die kleine Leiche war halb von Würmern und Insekten aufgefressen. Was noch an Haut übrig war, war dunkel – lila, grünlich und schwarz, mit Löchern anstelle der Augen, auch der Mund ein klaffend schwarzes Loch. Aber die Zähne waren seltsam weiß, und da war eine Lücke, wo die Vorderzähne fehlten. Zwei Milchzähne waren ausgefallen und keine neuen nachgewachsen, bevor der Tod eintrat. Das blonde Haar war surrealistisch blank und kaum mit Erde beschmutzt. Großer Gott.

Wilhelm merkt, wie ihm schlecht wird. Er zieht die Papiertüte aus dem Netz am Sessel vor ihm, erbricht das beschissene Mittagessen der Fluggesellschaft. Was ist los mit ihm? Damals hat sein Magen nicht rebelliert, vor mehr als dreißig Jahren. Da hat er sich zu ihr umgedreht, zu ihrem mageren Rücken, der unter den Schluchzern bebte, und gedacht – verblüffend kühl und wohlüberlegt –, dass dies seine Chance ist.

Manches verschwindet nach dreißig Jahren, manches vergeht. Vergeht fast. Aber das, was in dem Grab auf dem Friedhof lag, war kaum ein Jahr unter der Erde. Einer der alten Arbeiter schimpfte den Studenten aus, dem das Missgeschick passiert war, und schickte ihn ins Büro der Friedhofsverwaltung, bevor er zum Spaten griff. Wilhelm war nicht erschüttert. Die Leiche im Grab gab ihm das, was er brauchte. Er liebte das Mädchen, das sonst so selbstsicher wirkte, so uneinnehmbar. Jetzt zitterte sie und war völlig aufgelöst. Er ging zu ihr, setzte sich neben sie, legte ihr die Hand auf den Rücken. Sie verbarg das Gesicht an seiner Schulter, weinte an seiner Brust. Er tätschelte sie. Schhh. Schhh. Er nahm ihre Hand. Ihre kleine hellrote Hand in seiner großen Faust, die so beschützend wirkte, als sie sich um ihre Hand schloss. In dem Moment sah sie auf zu ihm, mit ihrem blauen Blick. Die Augen voller Tränen. Sah ihn an mit *diesem* Blick.

Er hustet wieder und würgt die letzten Tropfen Schleim und Magensäure heraus. Wischt sich den Mund ab, Nase und Augen.

Klingelt nach der Stewardess, die ihm die Tüte abnimmt und ihm Papiertücher gibt, damit er sich säubern kann. Elise. Das Kind. Was ist mit dem Kind passiert? Passiert? Nichts ist passiert. Er hat sich geschworen, dass er nie wieder daran denken wird. Nie mehr. Wahrscheinlich war es nicht einmal von ihm.

Nachdem sie ein Paar geworden waren, konnte er sie gar nicht schnell genug vom Friedhof wegholen. Weg von den anderen Männern, die nur ihren Spaß mit ihr wollten. Er hatte nichts dagegen, für sie zu sorgen. Sie hatte wohl auch nichts dagegen. Also zog sie zu ihm in seine kleine Wohnung in der Oslogate. Das war auch besser für sie, denn den Rest des Sommers regnete es. Sie brauchte nicht in dem Mistwetter draußen in der Erde zu wühlen. Stattdessen beschäftigte sie sich mit sich selbst. Meistens zeichnete sie. Skizzen von verschiedenen Dingen in der Wohnung. Manchmal malte sie Aquarelle von Bildern, die sie im Kopf hatte. Große leuchtende Farbfelder, die nichts darstellten. Wenn er nach Hause kam, zeigte sie ihm, was sie gemacht hatte. «Schön», sagte er. «Sehr schön.» Obwohl er merkte, wie ihn diese scheinbar harmlosen Farbflecken beunruhigten. Sie waren nicht zu verstehen. Aber er dachte nicht sonderlich viel darüber nach. Damals nicht. Stattdessen machten sie es sich am Abend gemütlich. Kochten gemeinsam, aßen, sahen fern, liebten sich. Und wie sie sich liebten. Ihr Körper, die schlanken Arme um ihn geschlungen. Ihr Geruch. Er bekam nie genug von ihr.

Sie kam aus einem Ort an der Westküste und war erst vor wenigen Monaten von zu Hause ausgezogen, nach der Beerdigung ihrer Mutter. Sie hatte keine Familie mehr, nur noch einen ewig betrunkenen, grapschenden Stiefvater. Eines Abends, nachdem der Stiefvater sie von hinten angefallen hatte, während sie an der Spüle stand, war sie abgehauen. Sie hatte alles

Geld, das sie finden konnte, und den Schmuck ihrer Mutter mitgenommen und war nach Oslo gefahren. Niemand vermisste sie. Niemand machte sich etwas aus ihr. Nur er. Er *sah* sie, sah sie ganz. Beschützte sie, dieses kleine Küken vom Land. Sie war so jung, erst neunzehn. So zart und dünn. Sie brauchte jemanden in der Großstadt. Er führte sie überall herum. Nahm sie mit in den Frognerpark und nach Bygdøy, zeigte ihr das Folkemuseet, die Fram und Kon-tiki. Er fuhr mit ihr zum Frognerseter, wo sie die Aussicht genossen. Wanderte mit ihr in der Nordmarka und zeigte ihre die Wege zum Ullevålseter und zur Skjennungstua.

Als es Herbst wurde, begann sie an der Kunst- und Handwerksschule. Wie sich herausstellte, hatte sie sich schon vor Monaten um die Aufnahme beworben. Und obwohl er lieber gesehen hätte, dass sie nicht studierte, konnte er es ihr ja schlecht verbieten. Zum Glück konnte er es so einrichten, dass er in der Nähe war. Er bekam eine Stelle als Anlagengärtner im Schlosspark, nur ein Stück die Straße hinunter. Sie trafen sich jeden Tag zum Mittagessen, und weil es warm war, kam sie immer zu ihm in den Park. Nach einer Weile, als es kühler und herbstlicher wurde, ging er zu ihr. Ihm gefiel es nicht in der Schule. Er mochte das imposante Gebäude mit den riesigen Türen nicht, die donnernd hinter ihm zuschlugen, wenn er diesen Parnass der Kunst und des Wissens betrat. Mochte die Bilder an den Wänden nicht – die wechselnden Schülerausstellungen in den Gängen. Mochte die Mensa nicht, den offenen Saal mit dem Strich auf dem Fußboden, den man entlanggehen musste, von allen beobachtet, um zum Tresen am anderen Ende zu kommen und sich eine Tasse Kaffee zu kaufen. Es gab keinen kleinen Tisch, an dem nur sie beide Platz gehabt hätten. Einen Tisch musste man sich mit fünf, sechs anderen teilen. Am wenigsten mochte er die struppigen und aufgeblasenen Kunststudenten, die sich mit Vorliebe neben ihnen niederließen. Prahlerisch und ketterauchend führten sie Gespräche, die weit über seinen Horizont gingen, und lachten über ihre Insiderwitze (über die sogar Elise manchmal schmunzelte), während sie ihn verständnislos ansahen, wenn er versuchte, einen Kommentar einzuschieben. Die Professoren standen ihren Schülern in nichts nach. Alkoholisierte Bohemiens mit langen Haaren, Baskenmütze und eitel um den Hals drapiertem Schal. Endlose Monologe oder säuerliche Kommentare. Außerdem glotzten sie ihren Studentinnen nach. O ja, und wie sie glotzten. Es gab sicher auch einige Mädchen, denen das gefiel. Die sich auf staubigen Diwans in den Dozentenzimmern befummeln ließen und zwischen Papierrollen, Kunststoff-Skeletten und Gipsabdrücken die Beine breit machten.

Die Partys an der Schule waren berüchtigt. Die reinsten Orgien, wurde gemunkelt. Aber er schaffte es, seine Unruhe im Zaum zu halten, vorläufig. Elise hielt sich ja an ihn, und sie beide blieben für sich. Sie ging nicht auf die Partys. Und sie gehörte nicht zu den Studentinnen, die die erstbeste Gelegenheit nutzten, sich als Aktmodell aufs Podium zu stellen, den sabbernden Blicken der Professoren und den erigierten Kohlestiften der Kommilitonen ausgeliefert. Sie gehörte nicht zu diesem Milieu, sagte sie. Hatte keine männlichen Freunde, kaum Freundinnen. Keine engen, beteuerte sie. Ich habe doch nur dich.

Sie fuhren morgens zusammen ins Stadtzentrum und auch zusammen wieder nach Hause, wo sie gemeinsam zu Abend aßen. Nur selten gingen sie aus. Aber nie dorthin, wo die anderen Studenten verkehrten, nie ins laute, verqualmte Chateau Neuf oder den Club 7. Stattdessen machten sie Hand in Hand Abendspaziergänge entlang des Akerselva. Blieben an den Brücken stehen und küssten sich. Sie hatten eine Zukunft.

Er windet sich in seinem Flugsessel. Die Beine sind ihm eingeschlafen. Aber der Kopf ist weit von Schlaf entfernt. Bald muss er aufstehen und pinkeln, muss über den Giganten neben sich steigen, mit dem Risiko, dass der andere wach wird und wieder versucht, ihn in eine Unterhaltung zu verwickeln. Er hätte zu Hause bleiben sollen. Hätte jetzt auf seinem Sofa sitzen können, vor dem Fernseher, mit der Fernbedienung in der Hand und einer ordentlichen Pizza aus dem Take-away-Laden an der Ecke vor sich. Hätte bleiben und nicht mehr daran denken sollen. Sich nicht erschrecken lassen dürfen von dem Gerede der alten Hexe. Hätte davon ausgehen sollen, dass alles gutgeht. Dass keiner zu der Stelle kommt und dort etwas findet. Er hätte zu Hause bleiben sollen, ruhig und gemütlich mit Jack neben sich. Mit einer Hand auf dem hellbraunen Hundekopf. Jack hätte zu ihm aufgesehen mit seinen sanften, aufmerksamen Augen und zwischendurch leise seine Wünsche geäußert. Wuff – ich hab Hunger. Jip – ich muss raus. Jiiep – ich will gestreichelt werden. Jack hätte ihn auf andere Gedanken gebracht. Kraul mir den Nacken, mach schon. Nicht da, sondern da. So, ja. Herrlich. Vielen Dank.

Elender Köter. Was habe ich nur getan?

Im darauffolgenden Frühling hatte er ihr die Hütte im Wald gezeigt. Auf dem Weg dorthin war er besorgt. Dachte, dass es vielleicht zu primitiv für sie sei, bereute, dass er ihr nicht erzählt hatte, wie schlicht alles war, in einem beinahe kümmerlichen Zustand. Nur eine kleine Kate tief im dichten Wald. Aber er hatte sich ganz umsonst Gedanken gemacht. Es gefiel ihr dort sofort. Sie waren noch nicht ganz aus dem Auto gestiegen, als sie auch schon tief Luft holte und jubelte: Fühl nur diese Luft, so frisch! Und wie gut es hier riecht!

Später, als sie den Pfad entlanggingen, sagte sie: Was für ein schöner Wald! So ganz eigenartig. Was für ein geheimnisvoller

Pfad, wie ein Abenteuer! Wie unglaublich phantastisch grün es hier ist!

Die Hütte gefiel ihr auch. Und dass sie so heimlich und versteckt lag. Nur für uns! Nur für dich und mich! Er liebte es, dass sie das sagte, denn genau das hatte er auch gedacht. Niemand konnte sie hier stören. Niemand würde anklopfen, niemand sie besuchen. Und kein Blick außer seinem konnte über ihren Körper gleiten. Die schlanken Arme. Das Haar. Den Hals. Die Brüste. Die Augen. Den Mund. Hier konnten sie die einzigen Menschen auf der Welt sein, zwei, die sich endlich gefunden hatten. Sie konnten sogar zusammen schweigen, ohne dass er unruhig wurde. Hier konnte er sich unbesorgt der Stille hingeben, dem Vogelzwitschern und dem Flüstern des Windes. Und genau wie er es sich vorgestellt hatte, schlug sie vor, dass sie gemeinsam die Hütte instand setzen sollten.

Sie war klein und dünn, aber dennoch stark. Und zäh. Sie konnte Lasten tragen. Sie trugen viele Lasten in jenem Sommer, schweres Material, weit in den Wald hinein. Er sägte, hämmerte und zimmerte, sie half, indem sie ihm zur Hand ging. Sie bauten einen Raum an. Bauten eine Tür, setzten zwei Fenster ein, verkleideten die Wände innen, reparierten das Dach, nagelten Dachpappe auf. Außerdem begann er, in der Senke hinter der Hütte einen Brunnen zu graben, obwohl es genau genommen nicht nötig war. Sie hatten ja sauberes Wasser im Bach. Aber es schadet nicht, genügend Wasser zu haben, sagte er. Und außerdem mussten sie dann nicht so weit gehen. Sie war meist in der Hütte beschäftigt, malerte und tapezierte, nähte Gardinen, besorgte eine neue Matratze, nähte einen Bezug dafür. Sie beschaffte Tassen und Teller, Decken und Kissen, Teppiche und Bettbezüge und alles, was sie sonst noch an Ausstattung benötigten.

Es wurde richtig schön. Klein, aber fein. Fast wie eine Puppenstube, sagte sie. Und es gehört nur uns. Alles war so gemütlich, heimelig und gut. So hätte es weitergehen, so hätte es immer sein können. Wenn nicht ein Mensch hinzugekommen wäre. Jemand mit Bedürfnissen, die dringender waren als seine. Essen, sofort. Windeln. Aufmerksamkeit. Zuneigung. Sieh mich an. Jetzt. Ihr Blick verschwand. Ihr Blick wandte sich ab von ihm, hin zu dem anderen. Und das war der große Fehler. Sie hätten nie ein Kind bekommen dürfen.

10

Evelyn öffnet zögernd die Augen, sie ist sofort hellwach, obwohl es noch immer dunkel ist. Nur ein matter Streifen Dämmerlicht dort, wo sich der Vorhang teilt. Sie packt den Handgriff am Bett, zieht sich hoch. Ach herrje, sie ist immer noch ganz zerschlagen nach dem großen Ausflug gestern. Aber es ist eine schöne Art von Schmerz. Sie ist guten Mutes. Denn heute ist der große Tag! Sie kann sich nicht erinnern, wann sie das letzte Mal an einem Geburtstag so erwartungsvoll aufgewacht ist. Sie knipst die Nachttischlampe an, schaut auf die Uhr. Viertel vor sechs. Höchste Zeit aufzustehen, bei allem, was sie heute noch erledigen muss.

Sie blickt hinüber zur Schranktür, auf die Tracht, die dort hängt. Tracht – ist das nicht ein bisschen übertrieben? Nein, das Beste ist gerade gut genug. Sie will ihnen wirklich Ehre erweisen. Und wie schön es für sie sein wird, etwas echt Norwegisches zu sehen, nach all den Jahren in Amerika! Gott sei Dank hat sie Rock und Schürze noch gebügelt, bevor sie ihre Einkäufe machte. Hauptsache, sie findet die Brosche noch, damit die Tracht komplett ist. Aber eins nach dem anderen, und das Wichtigste zuerst. Evelyn zieht das graubraune Alltagskleid an, quält sich in die Strümpfe. Sie steckt die Füße in die Pantoffeln, schlurft aus dem Zimmer, stützt sich auf dem Weg die Treppe hinunter schwer am Geländer ab. Au, wie das im Rücken und in den Hüften zwickt. Und in den Knien! Die gestrige Einkaufstour war die größte Kraftanstrengung seit vielen Monaten. Solche Schmerzen hat sie nicht mehr gehabt, seit sie vor zwei oder drei Jahren die letzten Tulpenzwiebeln gesetzt hat.

Sie geht ins Bad, sinkt auf die Toilette, pinkelt, dann humpelt sie in die Küche und setzt Kaffee auf. Sie schaltet das Radio ein, erwischt gerade noch die letzten Nachrichten.

«Die Raumsonde Dawn startet heute von Cape Canaveral in Florida mit der Mission, den Asteroiden Vesta und den Zwergplaneten Ceres zu untersuchen …»

Sie schüttelt resigniert den Kopf.

«Nun sage mal, was wollen die denn da draußen?»

«Die dreijährige Madeleine McCann, die im Mai an der portugiesischen Algarve aus dem Hotelzimmer ihrer Eltern entführt wurde, soll in Marokko gesehen worden sein.»

«Gottchen, die arme Kleine.»

«Und noch dies: Der September ist dieses Jahr ungewöhnlich trocken. In den südöstlichen Landesteilen besteht stellenweise hohe Waldbrandgefahr.»

«Wie schön für ihn, dass es nicht regnet, jetzt, wo er endlich kommt!»

Sie schaut durch die Gardine in die graue Morgendämmerung. Die Blätter der Birke auf der anderen Straßenseite sind gelb, und der Ahornbaum des Nachbarn ist unglaublich prachtvoll mit seinen verschiedenen Schattierungen von Orange.

Wie gut, dass er jetzt kommt, zu dieser Jahreszeit, die in Norwegen so schön ist. Wie muss er das vermisst haben. Sein Heimatland, mit der schönen Natur. Den Wald, den er so geliebt hat. Und den reinen, klaren Himmel. So etwas haben sie in Amerika bestimmt nicht. Zu Hause ist es eben doch am schönsten. Er wird sich freuen, wenn er sieht, wie sie hier alles bewahrt hat, nickt sie. Dass noch etwas genauso ist, wie es war. Diese Küche, zum Beispiel. Sie blickt sich um. So hübsch und modern mit ihrer Einrichtung von 1955. Die imitierten Fliesen in Blau und Weiß. Die weiße Spitzengardine, sogar die Tischdecke – alles wie früher. Die Umgebung hingegen hat sich leider ziemlich verändert. Die Nachbarschaft. Gamlebyen. Lodalen. Sie kann sich fast nicht mehr erinnern, wie es damals war. In den letzten

Jahren hat sich hier mächtig viel getan, vor allem unten am Berg. Und nicht zum Besten, nein. All die schrecklichen Wohnblocks, die sie da unten hingebaut haben. Im Ekebergveien, in der Alnagata und der Konows Gate. Aber sie hält die Stellung, wie ein einsamer Regent in der kleinen Holzhaussiedlung. Seit Aslaug weggezogen ist aus dem Nachbarhaus, ist von den Alten nur noch sie hier. Nicht, dass es ihr etwas ausmacht, sie hatte ja sowieso keinen Kontakt zu denen.

Evelyn sieht wieder aus dem Fenster. «Jetzt kommt Aslaug bald», murmelt sie. «Macht ihre Inspektionsrunde.» Na ja. Vielleicht doch nicht so bald. Es kann noch nicht später als halb sieben sein. Halb sieben?! Nein, sie kann nicht hier herumsitzen. Sie öffnet den Besenschrank, greift sich den regenbogenfarbenen Staubwedel und wackelt in die Stube. Sie macht die Deckenleuchte an und seufzt. Wieder eine Birne kaputt. Dabei spart sie so fleißig Strom! Aber es hat auch seine gute Seite, nickt sie vor sich hin. Je dunkler es ist, desto weniger sieht man den Staub. Denn es ist wohl schon ein wenig staubig, ja. Wenn man es genau nimmt. Es ist eine gute Weile her, seit sie zuletzt ordentlich saubergemacht hat. Vielleicht ein Jahr. Vielleicht zwei. Aber wer stört sich denn schon an ein paar Staubflusen? Dem einen oder anderen Fleck hier und da? Ihr gelingt es sehr gut, nicht daran zu denken, so wie es ihr auch gelingt, nicht an den Marmeladenklecks zu denken, der ihr vor zwei Wochen auf den Küchenfußboden getropft ist und den sie nicht wegwischen kann, weil sie sich dazu hinknien müsste (was sie natürlich nicht tut, denn dann kommt sie nicht wieder hoch). Mittlerweile ist er ihr in die Stube gefolgt, wo er immer noch auf sie wartet, an überraschenden Stellen, und sich an ihre Pantoffeln klebt, wenn sie hineintritt.

Sie hebt den Staubwedel, beginnt die Anrichte abzustauben und niest ein paarmal laut. Der Wedel wirbelt bestimmt nur den Staub auf. Aber es ist trotzdem ein gutes Gefühl. O ja. Und es sieht doch aus, als würde es ein bisschen helfen, nicht? Sie beugt sich über Pollys Käfig.

«Stimmt's, mein kleiner Piepmatz?»

Polly nickt, klug, wie sie ist. Wenn weibliche Gäste gekommen wären, hätte man natürlich gründlicher ans Werk gehen müssen. Dann wäre es vielleicht sogar nötig gewesen, feucht durchzuwischen. Aber Männer haben ja kein Auge für so was. Und Wilhelm kümmert das ohnehin nicht. Er war ja als kleiner Junge schon so schmutzig. Sie hat sich wirklich alle Mühe gegeben, damit er immer sauber und ordentlich aussah, aber er hat sich jeden Tag geradezu im Dreck gesuhlt und ist anschließend mit schmutzigen Stiefeln über ihre blankgescheuerten Fußböden gerannt. Oh, da konnte sie aber fuchsig werden! Manchmal war sie so wütend, dass sie ... Aber das tut jetzt nichts zur Sache. Jedenfalls hat sie immer darauf geachtet, dass alles schön sauber ist, und hat das ganze Haus einmal pro Woche mit grüner Seife geschrubbt. Zweimal pro Jahr hat sie das Messing poliert und die Fenster gewienert, dass sie nur so strahlten, obwohl sie schon damals nicht sehr oft Besuch bekam. Aber man *machte* das einfach so. Früher machte man sauber, gründlich sauber. Und das bisschen, was sie an Ehre besaß, denn viel war es nicht, das hütete sie sorgsam. Sie wollte auf keinen Fall schlechter dastehen als die anderen.

Das ist schon eine merkwürdige Sache mit der Zeit, denkt sie, während sie mit dem Wedel über die Fensterrahmen fegt. Wie sich mit der Zeit alles ändert. Inzwischen schämt sie sich nicht einmal wegen der feinen Staubschicht, die in den Falten der Samtvorhänge sitzt, oder dafür, wie grau die Fenster geworden sind, von den Abgasen oder den Pollen oder was für ein Dreck das nun ist, der sich außen auf die Scheiben gelegt hat. Von den Innenseiten ganz zu schweigen.

Ein bisschen ärgerlich ist nur, dass sie nicht mehr richtig sehen kann, wer draußen auf der Straße vorbeigeht. Nicht, dass es noch viel zu sehen gäbe. Sie kennt sie ja nicht, all diese jungen Leute, die in die alten Häuser gezogen sind. Weiß nicht, wie die jungen Frauen heißen, die ihren Kinderwagen vorbeischieben. Meistens sind sie in Grüppchen unterwegs. Genau wie früher, übrigens. Sie tratschen, das kann sie immerhin gut erkennen – über die anderen, die nicht in ihrer Clique sind. Vielleicht reden sie auch über ihre kleinen Schreihälse. Diese grässlichen Gören, die größer und größer werden, während sie ihren Müttern alle Kraft aussaugen. Kleine Tyrannen mit ewig vollen Windeln, ewig leeren Mägen und riesigen, plärrenden Mäulern.

Sie dreht sich zu Polly um.

«Begreifst du, wie man einen solchen Wind darum machen kann?»

Sie schaut wieder aus dem Fenster. Immer noch keine Aslaug zu sehen. Merkwürdig, wo sie ihr doch sonst von früh bis spät die Türen einrennt. Evelyn seufzt und stellt den Staubwedel zurück, schlurft in den dunklen Flur hinaus, tastet nach dem Lichtschalter. Es macht klick, aber nichts passiert. Ach du Schande, hier auch! Sie blickt hoch zur dunklen Lampe an der Decke, spürt für einen Moment Verzweiflung. Nie im Leben kann sie noch einmal die Birne auswechseln. Letztes Mal hätte es sie fast umgebracht. Wenn sie es jetzt wieder versucht, wird sie garantiert von der Trittleiter fallen. Aber wenn sie keine neue Birne eindreht, stolpert sie im Dunkeln womöglich über den Schirmständer, die Stiefeletten oder die Fußmatte. Was soll sie bloß tun?

Wilhelm, natürlich! Er kann für sie auf die Leiter steigen und all die kaputten Glühbirnen auswechseln. Er, der tüchtige Mann, oben auf der Leiter. Sie unten neben ihm. Sie wird ihm ein bisschen zur Hand gehen, ihm was abnehmen, sich auf die Zehenspitzen stellen, ihm eine neue Birne reichen und sagen: Sei bloß vorsichtig, Junge. Vorsicht, dass du nicht runterfällst. Mein Junge. Mein lieber Junge. Großer Gott, wie heimelig das sein wird!

Sie seufzt zufrieden und geht zurück in die Stube. Öffnet das Buffet, nimmt die Damasttischdecke heraus und breitet sie über den Tisch. Dann sucht sie das gute Service mit dem Möwenmotiv zusammen, das Silberbesteck und die hübschen hellblauen Papierservietten, die sie schon vor Jahren gekauft, aber immer für den richtigen Anlass aufbewahrt hat. Jetzt ist dieser Anlass gekommen. Sie deckt den Tisch und tritt einen Schritt zurück. Fehlt nur noch ein Blumenstrauß. Zu dumm, dass sie gestern nicht daran gedacht hat. Na, da kann man nichts machen. Es sieht trotzdem schön aus. Überhaupt ist es ein hübsches Zimmer. Die Esszimmermöbel. Die Couchgarnitur. Die Spiegelvitrine mit den Glasfiguren. Das Buffet mit den Bildern darüber. Gemälde. Gott sei Dank nicht irgendwelche Fotos, wie sie bei anderen Leuten in der Wohnung hängen. Die eigenen Hochzeitsbilder und die von den Kindern. Enkelkinder, Urenkel. All diese merkwürdig steifen Familienporträts, aufgenommen beim Fotografen. Wie zum Beispiel dieses riesige Baby, das an Aslaugs Stubenwand prangt. Nackt, fett und zahnlos lächelnd auf einem Tierfell. Aber wenigstens ist es ein *ordentliches* Bild. Viel schlimmer sind die unscharfen Fotos, die Aslaug selbst geknipst hat und die in unzählige Fotoalben eingeklebt die Regale füllen.

Offenbar wird sie es nie leid, sie anzuschauen, die gute Aslaug. Und sie ihr zu zeigen. Man kann ja nicht mal zum Kaffee zu ihr kommen, ohne von diesen elenden Fotos erschlagen zu werden, von dem Geprahle über die Angehörigen ihrer offenbar so riesigen Familie. Wo sie sind, was sie machen und wie niedlich dieses oder jenes Kind ist. Aber am schlimmsten ist die Neugier, die sie immer an den Tag legt. Dass sie einen nie in Ruhe lassen kann. Dass sie auf Teufel komm raus wissen will, wie es Wilhelm und seiner kleiner Familie geht. Und damit nicht genug, sie will auch Bilder sehen: Hast du wirklich keine Fotos von ihnen, nicht mal ein einziges?

Nein, sagt sie immer. Sie hat keine, weil sie sich für so was nicht interessiert. Du lieber Himmel, Amateurfotos, verblichene Schnappschüsse aus fernen Sommern, grinsende Kinder, die stolz ihren ersten Fisch hochhalten, erste Schwimmversuche, erster Schultag. Nicht *eine* vergilbte Aufnahme aus längst vergangenen Zeiten findet sich bei ihr, kein einziger schwarzweißer Moment, den das Sonnenlicht hat ausbleichen können. Wilhelm hat auch kein Interesse daran, sagt sie. So ist das nun mal.

In ihren Regalen stehen Bücher. Das Beste aus *Reader's Digest*, ausgewählte Weltliteratur in gekürzten und lesbaren Ausgaben. An ihren Wänden hängt Kunst. Richtige Gemälde. Klare, schöne Landschaften, gekauft auf Lanzarote. Ein Motiv mit azurblauem Meer. Eine smaragdgrüne Wiese mit grasenden Kühen. Ein Stillleben mit Früchten in frischen, kräftigen Farben. Und nicht zuletzt – das, was sie selbst gemacht hat: die Bilder mit den gepressten Blumen. Blumen zwischen Pappe und Glas, in runden und ovalen Rahmen. Aslaug mit ihren zwei linken Händen hätte so etwas nie zustande gebracht.

Da macht es gar nichts, dass sie keine Blumen für den Tisch hat, sie hat ja diese. Schöne, kleine Sträuße; Veilchen, Butterblumen, Gänseblümchen, Lieschgras, Himmelsschlüssel. Leberblümchen, Witwenblumen, Storchenschnabel, Goldrute, Wildes Stiefmütterchen. Sie haben natürlich ein wenig Farbe verloren, sind hinter dem Glas herbstlich verblasst. Aber sie sind echt und nicht *ein Abbild* von etwas. Ein wirkliches Stück duftender Sommerwiese, lange vergangen. Hätte sie die Blumen nicht gepflückt und gepresst, wären sie längst zu Erde geworden. Jetzt sind sie konserviert. Und ihre Zartheit wird dadurch beinahe noch betont. Denn man kann sich leicht vorstellen, dass sie – falls jemand auf die Idee käme, den Rahmen zu öffnen – sofort zerbröseln und zu Staub zerfallen würden, zu nichts. So als hätte es sie nie gegeben.

Es waren seltene, glückliche Momente, als sie sie pflückte. Auf Ekebergsletta, auf Hovedøya, auf Bygdøy und einige Male hoch oben in der Nordmarka. Wilhelm war meistens dabei. Das hatten sie wirklich miteinander geteilt. Denn obwohl er sich bei den meisten anderen Dingen ziemlich dumm anstellte, war er gut darin, Blumen zu finden. Sie erinnert sich, wie sie auf den grünen Wiesen standen und nach gelben, violetten und karminroten Flecken Ausschau hielten. Sie zusammen ausfindig machten, darauf zuliefen. Manchmal pflückten sie stundenlang Blumen, bevor sie sich eine Pause gönnten, sich ins Gras setzten und die Butterbrote aßen, die sie eingepackt hatte, und Saft dazu tranken. Es kam vor, dass er versuchte, auf ihren Schoß zu klettern. Und es kam vor, dass sie es zuließ. Sie kann sich nicht mehr genau erinnern, wie er aussah, der kleine Junge. Aber sie weiß noch, dass sie ihm dann manchmal mit der Hand über den Kopf strich. Über das dunkle Haar, das glänzte und warm von der Sonne war.

Sobald sie wieder zu Hause angekommen waren, breitete sie die Blumen auf einer Zeitung auf dem Tisch aus. Sie untersuchte sie genau, eine nach der anderen, und sortierte die aus, die nicht mehr schön waren, die zerdrückte Blüten oder geknickte Stängel hatten. Anschließend schnitt sie weißes Seidenpapier in postkartengroße Stücke und legte die schönsten Exemplare behutsam darauf, arrangierte sie zu kleinen Sträußen, die ihre Zartheit und Anmut betonten, so, wie sie später gerahmt werden sollten. Sie legte ihre Seele da hinein, dachte sie immer. Und vielleicht floss wirklich etwas davon hinein. Wenn es denn so etwas wie Seele gab. Festgepresst. Zuerst zwischen Blättchen aus Seidenpapier, dann im Lexikon. Dort waren sie in Sicherheit, gut bewacht von berühmten Personen, von Fremdwörtern und Wissenswertem über Länder, Kontinente und Tierarten.

Wenn er es schaffte, stillzusitzen und nichts anzufassen, durfte er zusehen, während sie arbeitete. Meistens hielt er es nicht lange aus. Fast immer brachte er etwas durcheinander, machte etwas kaputt. *Darin* lag nicht viel Seele, o nein. Er schien eher von einer Art bösem Geist besessen zu sein. Diese Ungeschicktheit. Dieses Gequengel. Diese Anhänglichkeit. *Weg!* Sie kneift die Augen zusammen, holt Luft und schluckt etwas hinunter, das an aufsteigendes Weinen erinnert. Ist ja gut. Gut. Er kommt ja zurück, endlich. Er kommt heute! Kein Grund, verzweifelt zu sein. Der Tisch ist gedeckt. Und nicht nur für Wilhelm, sondern auch für seinen Sohn! Denn man stelle sich vor, sie hat Robin die Einladung wirklich überreicht, hat sich tatsächlich getraut! Und er sah aus, als würde er sich richtig darüber freuen. Das wäre ja auch noch schöner. Natürlich hat er sich gefreut, seine Oma nach so vielen Jahren wiederzusehen!

Wie sie den Moment herbeisehnt, den richtigen Moment, in dem sie sich unter Kontrolle hat und die richtigen Pausen einlegen kann, die richtige Portion Nachdruck, und es Aslaug erzählt – alles! Wenn das keine Familie ist, dann weiß ich auch nicht!

Sie war lange nicht im Theater gewesen, das hatte sie schnell gemerkt. Denn obwohl das Stück auf der Hauptbühne des ehrwürdigen Nationaltheaters gespielt wurde, war es eine dieser grauenhaften neumodischen Inszenierungen. Dass keiner ordentlich deklamierte, war die eine Sache, alle nuschelten vor sich hin, dass man kaum verstehen konnte, was sie sagten. Aber es gab auch nicht viel zu sehen. Kein Bühnenbild, an dem man sich hätte erfreuen können. Bis auf ein blaues Schwimmbecken in der Mitte war die Bühne vollkommen schwarz. Mit sichtbaren Scheinwerfern, Kabeln und Steckdosen. Und grünen Notausgang-Schildern. Während der endlos langen Vorstellung hatte sie mehr als einmal gedacht, dass sie am liebsten aufstehen, über die Bühne spazieren und durch den Notausgang verschwinden würde.

Die Schauspieler hatten keine Kostüme an, sondern moderne langweilige Kleidung, wie man sie in jedem Laden kaufen kann. Nichts weckte Assoziationen an etwas Majestätisches. Die Königin zog sich kein einziges Mal um, sondern trug die ganze Zeit ein beiges Schneiderkostüm. Ophelia hatte ein dünnes weißes Sommerkleid an und war außerdem barfuß, während Robin in normaler schwarzer Anzughose und weißem Oberhemd auftrat.

Abgesehen davon, dass er manchmal so einen starren Blick hatte, sah er ziemlich gewöhnlich aus. Eine Weile hatte sie fast schon befürchtet, sie hätte sich geirrt. Vielleicht war er es doch nicht? Aber dann fielen die Kleider. In der letzten Szene zogen sie sich aus, die ganze Truppe. Splitternackt. Dass sie anfingen, sich stöhnend auf dem Boden zu wälzen, machte die Sache auch nicht besser. Zwei von ihnen setzten den Fechtkampf fort und stachen wild um sich, dass das Blut nur so spritzte. Und als hätte das noch nicht gereicht, tauchte das brüllende Gesicht des Gespensts in einem Video von riesigen Ausmaßen an der Wand hinter den Nackten auf, die am Ende alle tot auf einem blutigen Haufen lagen.

Erst als er aufstand, um den Applaus entgegenzunehmen, fiel ihr die Ähnlichkeit wieder auf. Er war immer noch nackt, und vielleicht gab genau das den Ausschlag. Sie war rot geworden und hatte begeistert geklatscht.

Dass sie sich wirklich getraut hat, zu ihm hinzugehen! Wenn die nette Garderobiere nicht gewesen wäre, hätte sie es wohl nicht geschafft.

«Ich bin die Großmutter», hatte sie ihr erklärt. «Von Hamlet. Ich möchte gerne zu ihm.»

Die höfliche junge Frau hatte gefragt, ob sie einen Moment warten könne. Und sie hatte geantwortet, dass sie nichts dagegen habe.

«Ich kann so lange warten, wie es sein muss.»

Sie wartete ja schon eine Ewigkeit, hatte schon vor Jahren die Hoffnung aufgegeben. Außerdem hatte sie nichts dagegen, hier zu warten. Es war ein erhebendes Gefühl, im Foyer des Nationaltheaters zu sitzen, auf einem der Plüschsofas unter dem Porträt von Peer Aabel, und die Menschen zu beobachten, die ihre Mäntel abholten und nach draußen gingen. Sie betrachtete die Gemälde von früheren Theatergrößen, bis ihr die Augen langsam zufielen und sie einnickte.

Das Garderobenmädchen hatte sie behutsam geweckt.

«Jetzt sind sie herausgekommen.»

Sie hatte sich verwirrt umgesehen.

«Heraus?»

«Ins Schauspielerfoyer. Dort empfangen sie Gäste.»

Das Mädchen hatte sie hingebracht, hatte mit dem Türsteher gesprochen, der Evelyn skeptisch gemustert hatte, bevor er sie einließ. Da hatte sie die Schultern gestrafft und streng zurückgeblickt, denn sie war ja schließlich eine wichtige Person, die Großmutter des Hauptdarstellers. Wenn sie nicht gewesen wäre, würde es ihn überhaupt nicht geben.

Dort drinnen fand ein Empfang statt, eine Art Cocktailparty, denn niemand saß. Gläser wurden erhoben, Ansprachen gehalten und Blumen überreicht. Die Schauspieler waren zum Glück wieder angezogen. Ihr wurde bewusst, dass sie sehr lange nicht mehr auf einem Fest gewesen war. Aber irgendjemand hatte ihr ein Glas Champagner in die Hand gedrückt. Sie, die seit einer halben Ewigkeit keinen Alkohol mehr getrunken hatte, stürzte es hastig hinunter, bevor der Aufpasser sie zu Robin führte.

Er dachte bestimmt zuerst, sie hätte sich dorthin verirrt. Aber dann schien es, als würde er sie wiedererkennen. Wie auch immer, der Brief wird es erklären, der Brief wird ihm alles ganz deutlich machen. Und wenn er kommt, wird er den Rest erfahren. All das, was ihr am Herzen liegt. Es gibt eine Verbindung zwischen uns. Ich bin mit jemandem verbunden. Diese Karte, diese Hütte. Dort hat alles angefangen. Dein Vater weiß auch nichts davon. Stell dir vor, er weiß nicht, woher er kommt! Aber jetzt werde ich es erzählen, jetzt wird alles wieder gut. Am Ende wird alles gut. Solange es Leben gibt, gibt es Hoffnung!

Nein, sie hat nicht viel gesagt, als sie da so stand. Der Champagner war ihr zu Kopf gestiegen. Es war, als wäre sie an einem anderen Ort, in einer anderen Zeit. Für einen Moment hatte sie das Gefühl, als stünde sie unter den Bäumen im Wald, zusammen mit *ihm*. Er war ihm ja so ähnlich. Es schien, als lebte er wieder, als gäbe es immer noch eine Zukunft, groß und voller Möglichkeiten. Aber dann rempelte ihn jemand an, einer der anderen Schauspieler, er sah sie frech an und sagte etwas Unverschämtes. Sie wurde zum Gespött gemacht, das begriff sie sehr wohl. Und da war es Zeit gewesen zu gehen.

«Aber das macht nichts», zwitschert sie. «Denn heute kommt er. Sie kommen wirklich. Das wird ein wunderbares kleines Fest werden, das allerfeinste!»

Es klingelt an der Tür, und Evelyn zuckt zusammen. Sie ist ja noch nicht einmal angezogen! Hastig wickelt sie den Morgenrock fester um den Leib, geht, so schnell sie kann, hinaus in den Flur, wirft einen Blick in den Spiegel, versucht die Haare zu richten, die nach allen Seiten abstehen.

«Herrje, wie ich aussehe!»

Aber das kann sie jetzt auch nicht mehr ändern, keine Zeit. Sie dreht den Schlüssel herum, macht die Tür auf. Seufzt tief. Aslaug. Natürlich ist es nur Aslaug, dick und außer Atem, mit ihrem Rollator und mit dem hässlichen kleinen Hut auf dem Kopf. Natürlich kommt er *jetzt* noch nicht. Aber nichts ist so schlecht, dass es nicht für etwas gut ist! Dann schafft sie es wenigstens noch, sich zurechtzumachen.

«Jetzt musst du aber bald mal runter in die Konows Gate ziehen», stöhnt Aslaug. «Dieser Berg bringt dich eines Tages um. Von mir ganz zu schweigen.»

«Ja, ja», sagt Evelyn.

«Wie kann es nur angehen, dass du in dieser alten Bruchbude bleiben willst, wenn du da unten eine schöne, praktische Wohnung haben kannst?»

«Mir gefällt es hier oben. Das weißt du doch.»

«Du ahnst ja nicht, wie froh ich bin, dass ich jetzt dort wohne. So modern und pflegeleicht. Und so eine gute Aufteilung!»

Furchtbar, denkt Evelyn und sieht die neue Wohnung ihrer ehemaligen Nachbarin vor sich. Anonym und seelenlos, mit riesigen Fenstern und glatten, schneeweißen Wänden, mit Wohnzimmer und Küche in einem Raum. Da hilft es auch nicht, dass Aslaug sie mit ihren Sachen so vollgestopft hat, dass sie sich kaum noch darin bewegen kann. Die Wohnung sieht trotzdem aus wie ein Hotelzimmer, so als ob niemand *wirklich* darin wohnt.

Nein, sie kann sich nicht vorstellen, hier auszuziehen, sagt sie. Und erklärt es Aslaug noch einmal: Es ist undenkbar, irgendwo anders zu wohnen als in diesem Haus, in dem sie nun seit über sechzig Jahren lebt. Und noch unmöglicher ist die Vorstellung, alles zusammenzupacken. Pflegeleichte Wohnungen mit guter Zimmeraufteilung sind bekanntermaßen viel kleiner als ein Haus. Und obwohl es kein großes Haus ist, stehen Dachboden und Keller voller Zeug. Sie erinnert sich zwar nicht mehr, was da alles ist, aber wenigstens hat sie Platz dafür. Und sie hält Ordnung. Zwischen das Wollzeug und die Mäntel in der Kammer hat sie Mottenkugeln gelegt. Die Knöpfe in den Blechdosen sind nach Größen sortiert, die Stickgarne nach Farben, die Reißverschlüsse liegen in einer hölzernen Keksdose, so einer, wie sie heute nicht mehr hergestellt werden, aber sie hängt sehr daran. Sie hat Baumwollgarn und Seidenspulen. Stopfgarn und Sternzwirn. Stoffe in verschiedenen Farben und

Qualitäten. Sie hat sogar extra Stoff für die Sofakissen und die Vorhänge, falls sie neue nähen will. Die Sachen für den Garten sind dagegen im Keller – die Gartenschere, die Tulpenzwiebeln, die Arbeitshandschuhe und die Blumentöpfe. Dort hat sie auch eine eigene Werkzeugecke mit Schrauben, Hämmern und Schraubenschlüsseln. Und einen Vorratskeller für die Einmachgläser, Plastikdosen, Vasen und Krüge. Alles, was sie braucht oder einmal brauchen könnte. Nicht, dass sie in den letzten Jahren im Keller gewesen wäre. Die steile Treppe macht ihr zu schaffen. Aber wo um Himmels willen sollte sie in einer winzigen Wohnung mit all diesen Sachen hin?

«Dann musst du eben was wegwerfen», sagt Aslaug. «Ich habe übrigens auch Abstellkammern. Habe ich dir meine Abstellkammern nicht gezeigt?»

«Doch, hast du.»

«Ich habe Platz für *alles*.»

«Aber keinen Garten», sagt Evelyn, so spitz sie kann. Aslaug hat ihren Garten doch so geliebt. Hat im Frühling die Tulpen und die Narzissen bewundert. Hat den kleinen Rasen gehätschelt und die knallroten Kletterrosen. Konnte stundenlang die Vögel beobachten, die ein Nest in der Birke bauten, und hat die Vogelküken vor der Nachbarskatze beschützt, als sie auf dem Rasen herumhüpften. Außerdem hat sie immer damit geprahlt, sie hätte die schönste Potentilla in der ganzen Nachbarschaft. Es ist noch keine Woche her, dass sie darüber geschimpft hat, wie die neuen Hausbesitzer den Garten verkommen lassen.

«Garten?», sagt sie jetzt, als hätte sie ihn vergessen. «Ach, der hat doch viel zu viel Arbeit gemacht.»

«Fehlt er dir nicht?»

«Nicht im Geringsten.»

«Wirklich?», sagt Evelyn kalt. «Es gibt nichts Herrlicheres als einen Garten. Ich könnte mich nie davon trennen. Der Flieder, die Rhododendren, der Rhabarber und die Sommerblumen …»

«Pah», sagt Aslaug, und man hört ihr an, dass sie gekränkt ist. «Wer braucht denn einen Garten, wenn man einen Balkon hat? Hast du meine Blumenkästen nicht gesehen?»

«Mehr als einmal.»

«Ich habe Stiefmütterchen, Margeriten und sogar Dahlien.»

«Hab ich gesehen!»

Aslaug holt Luft. «Du bist doch viel zu klapprig, um damit fertigzuwerden», sagt sie und deutet mit einem Kopfnicken auf das Unkraut draußen.

Der Punkt geht an Aslaug.

Denn es stimmt ja, sie schafft es nicht mehr, sich über die Beete zu beugen. Schafft das Jäten oder Pflanzen nicht mehr. Im Herbst bleibt das Laub liegen, die Hecke schneidet sie nicht mehr, und das Unkraut wuchert, wie es will. Der Giersch ist wenigstens schön grün. Und mit dem Löwenzahn hat sie schließlich ihren Frieden geschlossen. Er blüht ja gelb und ist auf seine Art ganz hübsch.

«Und dann die Schnecken», fährt Aslaug fort.

Die Schnecken waren im letzten Sommer, als Aslaug noch nebenan wohnte, ihr großes gemeinsames Thema. Kein Tag verging, an dem sie nicht über verschiedene Methoden diskutierten, wie man sie fangen und umbringen könnte. Jeden Abend zählten sie durch, wie viele Schnecken sie zur Strecke gebracht hatten. Es war ein gemeinsamer Krieg gegen einen gemeinsamen Feind.

Jetzt ist Evelyn allein mit ihnen, den großen braunen Spanischen Wegschnecken, die die wenigen verbliebenen Farbtupfer in dem kleinen Garten in sich hineinschlingen. Sie zwängen sich sogar in die Blumentöpfe und fressen die kostbaren Stiefmütterchen, die sie aus dem Laden hierhergeschleppt hat. Manchmal sieht sie zwanzig Stück am Tag, aber dass sie eine von ihnen erwischt, ist die Ausnahme. Es erfordert eine Menge konzentriertes und umständliches Gefummel mit dem Greifstock, um eins von diesen schleimigen Biestern zu erwischen, und dann macht sie ihnen den Garaus, indem sie sie mit der Gartenschere durchschneidet, sodass die grünbraunen Eingeweide herausquellen. Sie muss sich dafür auf den Plastikhocker setzen, und der letzte Teil – das Durchschneiden – führt meistens dazu, dass Schneckenmatsch auf ihrem Kleid landet. Die andere Methode ist einfacher: Man wirft sie in einen Plastikeimer, dessen Boden mit Salz bedeckt ist. Allerdings lässt sich kaum sagen, wann der Tod eintritt. Durch das Salz kringeln sich die Schnecken zusammen. Danach kommt zischend ein knallgelber Schaum aus ihnen heraus, bevor sie sich aufzulösen scheinen. Trotzdem gibt es auch bei dieser Methode ein Problem: den schleimigen Abfall aus dem Eimer zu bekommen.

«Wer stört sich denn an ein paar Schnecken?», murmelt sie.

«Nein, nein. Vielleicht gibt es ja nicht mehr so viele?»

«Die sind so gut wie ausgerottet, das kann ich dir sagen!»

«Dann ist es ja gut», sagt Aslaug und fährt fort: «Ach herrje, jetzt hätte ich es fast vergessen – herzlichen Glückwunsch zum Geburtstag!»

Sie holt einen eingewickelten Blumenstrauß aus der Einkaufstasche, die an ihrem Rollator hängt.

«Danke», schnarrt Evelyn, reißt die Blumen an sich und schlurft in die Küche.

«Ich darf doch wohl reinkommen?», ruft Aslaug von draußen.

Evelyn seufzt. Warum kann sie sie nicht in Ruhe lassen?

«Ich komme jetzt!»

Evelyn wickelt die Blumen aus. Ranunkeln. Hellrote, gelbe, rot-violette, orangefarbene. Ein richtiges Bouquet. Sie hat sich die Sträuße unten bei Mester Grønn oft angesehen, fand aber immer, dass sie sich die nicht leisten konnte. Der muss mindestens hundertfünfzig Kronen gekostet haben. Evelyn nimmt eine Vase aus dem Schrank, stellt die Blumen hinein.

Aslaug kommt in die Küche.

«Sind die nicht schön!», ruft sie.

«Doch.»

«Kommt er bald?»

«Ja, er kommt tatsächlich», sagt Evelyn.

«Wie aufregend! Du musst ja schrecklich gespannt sein!»

Evelyn dreht sich zur Anrichte um, holt ein Messer und ein Schneidbrett heraus, öffnet den Kühlschrank.

«Ich habe noch einiges zu tun, wie du siehst.»

«Gott ja, das hast du bestimmt. Ich wollte auch nur kurz vorbeischauen und sehen, ob alles in Ordnung ist.»

«Natürlich ist alles in Ordnung.»

«Und dir die Blumen geben.»

«Vielen Dank.»

Evelyn dreht ihr den Rücken zu, während sie herumhantiert.

«Weißt du, wo ich heute hingehe?», fragt Aslaug.

«Woher soll ich das wissen?»

Evelyn nimmt das Roastbeef aus dem Kühlschrank und knallt die beiden Packungen vor Aslaug auf den Tisch.

«Ins Restaurant Palmen. Jostein hat die ganze Bande eingeladen. Wer da alles kommt! Marit. Unni und Endre. Sverre und Hilde. Und sämtliche Kinder! Philipp und Olivia, Iselin, Ingrid und Emma. Natalie und Alexander! Und der kleine Felix. Hab ich noch jemanden vergessen?»

«Andreas?»

«Natürlich. Andreas mit Frau und Kind.»

«So, so. Was ist der Anlass?»

«Die Silberhochzeit von Jostein und Marit.»

«Wird dir das nicht zu viel, meine Liebe?», sagt Evelyn.

«Zu viel? Ich werde doch abgeholt und wieder nach Hause gebracht.»

«Wird dir das nicht zu viel mit all den Leuten, meine ich.»

«Ach, die sind doch alle so nett.»

«Ich finde es ja gemütlicher im kleinen Kreis. Da kann man sich *wirklich* miteinander unterhalten.»

«Wir unterhalten uns ganz ausgezeichnet.»

«Ich finde es nun mal schwierig zu verstehen, was die Leute sagen, wenn alle durcheinanderreden.»

«Nein, es ist wirklich gemütlich, du. Aber für dich wäre das natürlich eine Umstellung. Wo du immer allein bist.»

Evelyn greift wütend zur Vase, marschiert damit in die Stube und knallt sie auf den Tisch, dass das Service scheppert.

Aslaug kommt hinterhergewackelt. Sie bleibt stehen, starrt eine Weile auf den gedeckten Tisch und ruft dann aus: «Du meine Güte, Evelyn! Hast du für mich mit gedeckt?»

«Für dich?»

«Ach, aber ich kann doch nicht kommen! Ich muss doch ins Palmen!»

«Ich habe nicht für dich gedeckt!»

«Du hast für drei Personen gedeckt!»

«Stell dir vor, ich habe *auch* Familie», raunzt Evelyn.

«Dass Wilhelm kommt, weiß ich ja, aber wer ist die dritte Person?»

Aslaug tritt buchstäblich von einem Bein aufs andere. «Willst du es mir nicht sagen?»

Evelyn kehrt ihr den Rücken zu, ordnet die Blumen. Wieso merkt die nicht, dass sie unerwünscht ist? Wieso geht die nicht einfach?

«Ich bin doch deine beste Freundin. Praktisch deine einzige ... Ist es seine Frau?»

«Nein.»

«Nicht, aha», seufzt sie. «Na, du hast wohl noch eine Menge zu tun.»

«Genau.»

Aslaug bewegt sich langsam Richtung Flur, nimmt ihren hässlichen kleinen Hut von der Kommode und setzt ihn auf.

Starrt Evelyn mit kummervollem Blick an, Trauer in den kleinen Schweinsäuglein. Evelyn spürt, wie der zähe Schatten eines Schuldgefühls sie durchläuft.

«Darf ich denn vorbeikommen und guten Tag sagen?»

«Meinetwegen», seufzt Evelyn. «Aber lass sie erst mal ankommen.»

Aslaug lächelt mit ihrem faltigen Gesicht. «Ich kann ja ohnehin nicht kommen, ehe meine eigene Feier vorbei ist!»

«Nein, wohl nicht.»

Aslaug bugsiert den Rollator aus der Tür. Und aus irgendeinem merkwürdigen Grund will Evelyn nun doch nicht, dass sie geht. Sie tritt über die Schwelle, um ihr etwas zu sagen, sie weiß gar nicht genau, was. Steht da und betrachtet Aslaug, den Rücken, den Mantel und den blöden kleinen Hut, wie sie tief über ihren Rollator gebeugt durch die Gartenpforte schlurft.

«Tschüs dann», sagt Evelyn zu ihrem Rücken.

Aber Aslaug hört sie nicht. Evelyn dreht sich um und geht zurück in den Flur. Da fällt ihr Blick auf die Balkonflagge, die zusammengerollt in einer Ecke steht.

«Natürlich!»

Sie greift nach der Flagge und geht wieder nach draußen. Immer noch kann sie Aslaug sehen, die inzwischen ein Stück den Berg hinuntergegangen ist. Aber Evelyn hat sie schon vergessen. Jetzt hat sie Wichtigeres vor. Sie lehnt die Flagge an die Wand, geht zum Schuppen und öffnet die Tür.

«Bingo!», ruft sie, als sie die Trittleiter entdeckt, die zwischen Gartengeräten und Blumentöpfen an der Wand lehnt.

«Da sage noch einer, ich wäre vergesslich!»

Sie packt die Trittleiter mit beiden Händen und schleppt sie mit viel Mühe aus dem Schuppen hinüber zur Flaggenhalterung an der Hausecke. Sie klappt die Leiter auseinander und betrachtet sie. Wie furchtbar hoch und wacklig sie ist. Und die Stufen sind so kurz und schmal. Selbstverständlich traut sie sich. Sie muss! Mit der linken Hand hält sie sich gut an der Leiter fest, in der rechten hat sie die Flagge. Nein, nicht nach unten schauen. Nicht schauen! Nur zwei Stufen, mehr nicht. Sie streckt sich, so weit sie kann, und trifft das Rohr mit dem Flaggenstiel gleich beim ersten Versuch.

«So!»

Sie steigt vorsichtig wieder hinunter, tritt ein paar Schritte zurück und betrachtet ihr Werk.

«Fabelhaft», sagt sie zu sich selbst.

11

Er spürt einen leichten Klaps auf der Stirn. Robert öffnet die Augen und schaut in Lukas' breites Lächeln.

«Guten Morgen, Papa! Der kleine Zeiger steht auf der Elf und der große auf der Sieben. Wie viel Uhr ist es dann?»

Robert gähnt, dass seine Kiefer knacken. «Das weiß ich nicht. Nicht so früh.»

«Es ist nicht früh. Es ist spät!»

«Okay.»

«Fünf nach halb zwölf! Ich habe dir Kaffee gekocht.»

Robert schaudert, aber heimlich, damit Lukas es nicht mitbekommt. Das Gebräu des Jungen ist entweder so stark, dass es die Herzfrequenz um wenigstens fünfzig Prozent erhöht, oder so dünn, dass es kaum noch braun ist.

«Bitte schön, Papa.»

«Danke, Lukas. Das ist sehr lieb von dir.»

«Jetzt musst du ihn auch trinken.»

Robert nimmt einen Probeschluck. Gar nicht so schlecht.

«Du bist ja ein richtiger Profi im Kaffeekochen geworden.»

«Ich bin immer ein Profi.»

Lukas zieht die Gardinen zur Seite. Das Zimmer wird von Sonnenschein durchflutet.

«Schönes Wetter, Papa, guck mal!»

Robert kneift die Augen zusammen. Er kann so nicht weitermachen. Jeden Tag wacht er mit einem Brummschädel auf und verspürt trotzdem schon wieder Lust auf ein Glas. Er wird keinesfalls Alkohol mitnehmen. Der Ausflug in den Wald mit Lukas wird eine klitzekleine Entziehungskur werden.

«Aufstehen!», drängelt Lukas. «Wir haben heute viel zu tun!»

Robert gähnt noch einmal, schwingt die Füße aus dem Bett und wankt ins Bad. Es gibt noch so viel zu erledigen, bevor sie aufbrechen können. Ein langer Tag, der schnell kürzer wird. Die Sonne geht schon wieder früher unter, die Dunkelheit setzt gegen sieben Uhr ein. Oder um sechs? Er darf nicht vergessen, noch einmal in der Zeitung nachzusehen, bevor sie fahren.

«Jetzt packen wir!», ruft Lukas.

«Fang ruhig schon mal an.»

«Wer als Erster den Rucksack fertig hat!»

Er dreht die Dusche an und stellt sich unter das warme Wasser. Bald wird er sich besser fühlen. Es geht doch nichts über einen Ausflug in die Natur. Aber es gibt vieles zu bedenken. Schlafsäcke und Kleidung zum Wechseln. Er muss ein paar Flaschen mit Wasser füllen, einen Einweggrill kaufen, Würstchen und Brot, muss das Zelt suchen und die Isomatten. Wann hat er wohl die Sachen zuletzt benutzt? Das muss Jahre her sein. Er seufzt. Er hat nie gerne im Zelt geschlafen, nie kapiert, was daran so großartig sein soll. Wo man doch in einem Bett so viel besser schläft. Aber für einen guten Vater ist es quasi obligatorisch, mit seinem Sohn zelten zu gehen. Trotzdem, bei der Vorstellung, wie sie beide durch die Wildnis laufen, wird ihm beinahe übel. Es erinnert ihn an die Pfadfinderlager seiner Kindheit. An die langen Märsche zu Orten, die man zuvor nur als Buchstaben und Linien auf einer Karte kannte. Eine Expedition ins Ungewisse. Er war nie darum herumgekommen, auch wenn er das Hätschelkind der Familie war.

Ansonsten hatten sie an ihn nicht so hohe Ansprüche wie an die beiden Geschwister gestellt. Während die beiden Älteren so hart rangenommen wurden, dass sie mit den Ohren schlackerten, ließen die Eltern es ihm durchgehen, wenn er mit schlechten Zensuren nach Hause kam. Als er nicht mehr Klavier spielen wollte, stieß er längst nicht auf denselben Widerstand wie seine Schwester. Aber nur, weil sie es für angeboren hielten. Eine Charakterschwäche, an der man nichts ändern konnte. Beide Eltern waren Mediziner. Ein kühles und analytisches Elternpaar, das eher den Erbanlagen als dem sozialen Umfeld Bedeutung beimaß. Er mochte sie wirklich sehr, dennoch blieb zwischen ihnen immer ein Abstand. Als könnte er nie ganz an sie heranreichen. Die Natur hatte ihn nicht gut genug ausgestattet. Und selbst unter den besten sozialen Voraussetzungen blieb etwas, an dem nicht zu rütteln war: Die Gene, seine DNA – darin stand sein Schicksal geschrieben. Ein Zigeunerkind bringt nichts zustande, weißt du. Zigeuner sind leidenschaftlich und von Gefühlen getrieben, von ihrem wilden, flüchtigen Blut. Zigeuner reisen von Ort zu Ort, von Blume zu Blume.

Ob er sich jemals von dem Gedanken eines angeborenen Charakterfehlers befreien wird, obwohl er weiß, dass es so etwas eigentlich nicht gibt?

«Deinem wahren Ich entkommst du nicht», sagte sein Vater immer. «Dein wahres Ich, das dich im tiefsten Inneren und bis in die kleinste Zelle ausmacht, wird dich immer verfolgen. Es ist das Entscheidende.»

«Aber wer bin ich denn?», hatte er einmal gefragt.

Er hatte auf dem Patientenstuhl in der Praxis seines Vaters gesessen. Der Vater thronte in seinem weißen Arztkittel und mit der silbernen Brille vor den grauen Augen am Schreibtisch.

«Wer bin ich *eigentlich*?»

Sein Vater war dabei, etwas in einer Patientenakte zu notieren. Schließlich sah er mit einem kurzen, kühlen Blick auf.

«Wer weiß? Vielleicht findest du es heraus. Vielleicht nicht. Dein Charakter ist jedenfalls nicht so stark ausgeprägt wie der deiner Geschwister.»

Er konnte es nicht glauben. Aber im Innersten spürte er, dass es stimmte. Er war ein Drückeberger, einer, der sich wegduckte, einer, der lügen konnte. Einer, der auf der Welle seines Charmes, des breiten Lächelns und der glitzernden Augen surfte. Und darunter verborgen lag die tiefe Angst und knurrte, dass sie ihn eines Tages für zu leicht und schwach befinden und keinen Grund mehr sehen würden, ihn zu behalten, und sie würden ihn dorthin zurückschicken, wo er hergekommen war. Und doch gelang es ihm nicht, ausreichend Stärke aufzubauen. Er leistete nie wirklich gute Arbeit, ging mit mittelmäßigen Noten von der Schule ab. Das Einzige, das er beherrschte, war das Theaterspielen. Aber in den Augen der Eltern war das ja nichts *Richtiges*. Hatte nichts mit der Wirklichkeit zu tun. Nur Spiel und Phantasie.

Wenn es aber darum ging, an die frische Luft zu kommen, halfen ihm weder Charme noch ein schwacher Charakter. Obwohl er alle denkbaren Ausreden erfand und Krankheit simulierte, gab es kein Entrinnen. Er musste zu den Pfadfindern. Raus in den Wald bei Wind und Wetter. Und je älter er wurde, umso länger wurden die Touren. Er gehörte nie zur Vorhut, war nie aufgeregt oder eifrig dabei. Normalerweise ließ er sich immer zurückfallen, achtete aber darauf, dass er nicht als Letzter ging, denn er hatte Angst, die anderen zu verlieren. Er marschierte mit schweren Schritten und noch schwererem Herzen, während er sich vor Heimweh nach der großen Wohnung in der Stadt verzehrte. Was hatte er hier draußen im Nirgendwo zu suchen? Versuchten die Eltern, ihn loszuwerden? Würden sie fort sein, an einen unbekannten Ort verreist, wenn er nach Hause kam? Vielleicht war der ganze Wohnblock verschwunden, im Boden versunken oder zusammengefaltet zwischen den anderen Vierteln, als wäre er nie dagewesen.

Das Ziel der Unternehmung, das, worauf sich alle anderen unterwegs am meisten freuten – die Vorbereitungen, dort draußen *zu übernachten*, ein Lager aufzuschlagen, die Zelte aufzubauen, ein Feuer anzuzünden –, mochte er am wenigsten. Und am Ende eines Tages, wenn die Flammen gelöscht waren und die

Dunkelheit sie vollständig umgab, mussten sie alle ins Zelt kriechen und schlafen! Selbst wenn er dicht neben den anderen lag, fühlte er sich nicht sicher. Die Zeltwand war viel zu dünn, sie bot keinen Schutz vor dem, was draußen lauerte.

Dann lag er da und hörte den Wind. Wie er pfiff und heulte, wie eine kranke Stimme. Der Regen trommelte gegen den Stoff, als wollte er herein. Und er drang wirklich herein und durchweichte im Laufe der Nacht den Schlafsack. Äste und Zweige kratzten am Stoff, als drohten sie damit, das Zelt zu zerreißen. Wie es dort draußen in der Dunkelheit rumorte, als wären dort große gefährliche Tiere. Wölfe und Bären, Dachse und Luchse. Die Augen der anderen Jungen begannen immer zu leuchten bei dem Gedanken an die Raubtiere, die dann Gott sei Dank von den Betreuern immer zu Mäusen, Eichhörnchen oder höchstens einem Hasen reduziert wurden.

Wenn er endlich einschlief, war sein Schlaf so dünn wie Pergamentpapier. Er wachte immer im frühen Morgengrauen lange vor den anderen auf. Dann lag er da und lauschte den Vögeln. Beim Sonnenaufgang sangen sie auf eine ganz eigene Art und Weise. So heftig und so laut. Wer konnte schon wissen, was sie wollten? Obwohl er pinkeln musste, traute er sich nicht aufzustehen. Und während er darauf wartete, dass die anderen ebenfalls aufwachten, studierte er das Zeltdach über sich, die perfekten, beweglichen Silhouetten von Laub und Fichtenzweigen, und beobachtete die Insekten, die im Laufe der Nacht hereingekommen waren. Die Schnake, die über seinem Kopf saß, und einen Nachtfalter mit grauen Flügeln. Und er wünschte sich sehnlichst, aufstehen zu dürfen, seine Sachen zusammenzupacken und sich auf den Heimweg zu machen.

Ihr Haus hatte dicke Steinwände und mehrere Stockwerke. Dort hinauf konnte kein Ungeziefer kommen. Die Geräusche von draußen waren gedämpft. Es waren sichere Geräusche – bekannt, kontrolliert und von Menschen gemacht. Klassische

Musik aus der Stereoanlage des Nachbarn. Rauschen in einem Abwasserrohr. Stimmen auf der Straße. Vorüberfahrende Autos. Schritte auf dem Bürgersteig. Sonntags Kirchenglocken und an besonders stillen Tagen der Vogelgesang im Park. Aber überall waren Menschen. Er wusste, dass sie da waren. Frau Sjödén. Familie Ljungquist. Die Ehepaare Lindholm und Hultgren. Menschen mit Antiquitäten, Büchern und Musikinstrumenten.

Und jetzt soll es ihm also wieder an den Kragen gehen. Wiederbelebung des kindlichen Pfadfindertraumas. Raus und in fremden Wäldern herumirren. Unter dünnen Wänden schlafen. Muss er? Nein. Er kann es auch sein lassen. Als verantwortungsbewusster Vater sollte man solchen wahnwitzigen Ideen wie Entdeckungsreisen, für die man nichts als eine Karte von einer schrulligen Alten hat, nicht nachgeben. Sie könnten woanders hinfahren. An einen Ort, an dem er sich auskennt. Die Hauptsache ist doch, dass sie etwas zusammen unternehmen. Und dass sie Spaß haben.

Er holt seine Rasiersachen raus. Der Spiegel ist vom Dampf aus der Dusche beschlagen, er sieht sich nur als undeutlichen Schatten. Mit dem Handgelenk wischt er den Spiegel sauber, begegnet seinem Blick. Doch, heute geht es ihm schon viel besser. Er nimmt die Rasierschaumdose und presst den weißen Schaum in die Hand, verteilt ihn auf Kinn und Wangen wie einen dicken Bart. Ho, ho, ho. Er kommt vom Nordpol, er ist der Weihnachtsmann. Und plötzlich hat er eine Idee. Sie werden das komplette Ausflugsvorbereitungsprogramm abspulen, als würden sie wirklich auf die große Entdeckungsreise gehen. Aber dann – anstatt stundenlang im Wagen zu sitzen – werden sie hoch zum Bogstadvannet fahren, das Auto auf dem Parkplatz abstellen und ein Stückchen in den Wald hinein Richtung Strømmsdammen gehen. Natürlich wird Lukas das eine oder andere wiedererkennen und anfangs sicher darauf reagieren. Aber dann wird er sagen: «Aber nein, wir gehen nicht denselben Weg wie sonst, wir gehen einen anderen Weg. Den Weg auf der Karte, mein Schatz.» Wozu ist er Schauspieler?

Natürlich müssen sie einen Umweg machen, aber sie werden immer in der Nähe des breiten markierten Pfades bleiben und ihn nicht aus den Augen verlieren. Sie werden die Geräusche der Straße hören und in der Nähe anderer Menschen bleiben. Oben bei Voksen Skog sind Wohnblocks. Er wird einen schönen Zeltplatz aussuchen. Eben und trocken. Und dann wird er sagen: «Jetzt sind wir am Ziel, jetzt sind wir da. An dem Ort auf der Karte. Näher geht's nicht.» Und Lukas wird sofort anfangen, nach dem Schatz zu suchen.

Vielleicht sollte er dort sogar einen Schatz verstecken und irgendwo in der Umgebung eine Tüte mit Süßigkeiten oder ein Osterei hinlegen. Ostern im Herbst. Ho, ho, ho. Er wird so tun, als würde er alles für die Übernachtung im Zelt vorbereiten, aber aller Wahrscheinlichkeit nach wird es auch Lukas zu kalt und zu dunkel sein. Und dann kann er ihn leicht überreden. Dann brauchen sie nur zusammenzupacken und den halben Kilometer zurück zum Auto zu gehen und im besten Einverständnis, dass sie einen schönen Ausflug gemacht haben, nach Hause zu fahren. Wenn Lukas im Bett ist, kann er sich ein Glas genehmigen, eine Flasche, während er sich irgendeine einschläfernde DVD ansieht, einen alten James Bond, der am Ende die Welt rettet. Dann kann er sich in sein eigenes, trockenes und warmes Bett legen und, ohne sich zu fürchten, in einen traumlosen Schlaf fallen. Wenn das kein Plan ist!

Er geht ins Schlafzimmer, öffnet den Kleiderschrank und sieht seine Klamotten durch. Die meisten alten Dinger hat er weggeworfen, seit er sich Stück für Stück eine Garderobe zugelegt hat, die einem bekannten Schauspieler zu Gesicht steht. Urbane Kleidung. Italienische Anzüge, Hosen mit Bügelfalte,

Hemden in allen Farben, ebenso Seidenschlipse und eine ansehnliche Wildlederjacke. Gucci. Diverse teure Sonnenbrillen. Aber irgendwo muss doch noch eine alte scheußliche Allwetterjacke rumliegen. Und ganz unten im Schrank, im hintersten Haufen, liegen die beiden Levi's-Jeans, seine Hosen für die Gartenarbeit. Die eine zieht er an und sucht aus einer Schublade einen abgetragenen Collegepullover heraus.

Er geht in Lukas' Zimmer. Der Junge ist gerade dabei, einen Berg Legosteine in seinen Rucksack zu kippen.

«Was machst du denn da?», fragt Robert.

«Ich packe.»

«Willst du Lego mit auf den Ausflug nehmen?»

«Wenn wir eine Pause machen und es langweilig wird.»

Robert nimmt Lukas den Rucksack ab und schaut hinein. Zwischen den Legosteinen blickt ihm der große Kuschelhund entgegen. Er zieht ihn heraus, sodass die Steine auf den Boden fallen.

«Du machst alles kaputt!»

«Du musst Kleider in deinen Rucksack packen.»

«Aber dann ist kein Platz mehr für Wolf.»

«Ganz genau.»

«Ich habe doch Kleider an, Papa. Guck, ich habe alles angezogen.»

«Du brauchst ein paar Sachen zum Wechseln, weißt du? Wenn du nass wirst oder frierst.»

Robert öffnet Lukas' Kommode und nimmt eine Strumpfhose, einen Wollpulli und eine Hose heraus. «Echte Entdecker nehmen nur das Allerwichtigste mit.»

Wie schlau er ist, wie gut darin, die große Expedition auf glaubhafte Weise vorzubereiten.

«Wolf ist wichtig!», schnieft Lukas.

«Wolf muss zu Hause bleiben. Jemand muss doch auf das Haus aufpassen, während wir weg sind.»

«Der kann doch gar nicht auf das Haus aufpassen. Er ist doch nur ein Spielzeughund!»

Robert seufzt. «Hol deine Gummistiefel und die Regensachen und pack sie in den Rucksack.»

Er geht aus dem Zimmer, auf den Dachboden, sucht seinen Rucksack heraus, die Schlafsäcke und das Zelt. Kurz hat er seinen Norwegerpulli in der Hand, legt ihn aber zurück. Für so einen kleinen Ausflug muss man ja wirklich nicht die halbe Welt mitschleppen. Er geht hinunter in die Küche, füllt ein paar große Sprudelflaschen mit Wasser und packt sie in seinen Rucksack, dazu das Brotmesser, das Buttermesser und zwei Plastikbecher.

Mit dem Rucksack in der Hand kommt Lukas die Treppe herunter, wieder strahlend vor Zufriedenheit.

«Jetzt habe ich fertiggepackt», sagt er.

«Super!»

Was für ein Stimmungswandel, denkt Robert. Gott sei Dank. Es ist nicht gerade ein Spaß, ein schlecht gelauntes Kind in den Wald zu schleppen, wenn man selbst, vorsichtig ausgedrückt, nicht gerade heiß auf die Tour ist.

«Kann ich den Rucksack schon mal ins Auto tun?»

«Ja, mach das.»

Lukas bringt den Rucksack ins Auto und kommt wieder herein.

«Papa, denkst du an die Schatzkarte?»

«Na klar.»

«Zeig mal!»

Robert holt die Karte hervor und reicht sie ihm.

«K-r-o-k-s-j-ø-e-n», liest Lukas. «Das ist ein See.»

«Ja, scheint so.»

«Er heißt Kroksjøen. Vielleicht weil er ein bisschen verwinkelt ist? Aber auf der anderen Seite von dem dicken lila Strich, der quer durch den See geht, steht ‹Kroksj›, und dann ist da so ein O mit zwei Pünktchen obendrüber. Was ist das für ein Buchstabe, Papa? Den haben wir in der Schule nicht gehabt.»

«Nein, wohl noch nicht. Das ist ein schwedisches Ö. Wenn wir zurück nach Stockholm ziehen und du auf einer schwedischen Schule anfängst, wirst du richtig lesen lernen.»

«Ich kann *richtig* lesen.»

«Nicht die schwedischen Buchstaben.»

«Ich kann auch Karten lesen.»

«Da bist du früh dran.»

«Ach, jetzt weiß ich», sagt Lukas. «Der dicke lila Strich mitten auf der Karte, der durch den See geht, das ist die Grenze!»

«Soso.»

«Siehst du? Auf dieser Seite, das ist Norwegen. Und das da, das ist Schweden.»

«Gib mir die Karte.»

«Guck mal das Kreuz, Papa. Das ist direkt an der Grenze! Und der kleine See heißt Igletjern. Ob es da Egel gibt?»

«Gib mir jetzt mal die Karte.»

«Ich hab schon mal Egel gesehen, Papa. Im Fernsehen. Die sahen genauso aus wie Schnecken, aber dann haben sie sich am Arm von dem Mann festgesaugt. Sie haben sein Blut ausgesaugt.»

«Pfui Teufel.»

Robert greift sich die Karte, faltet sie zusammen und steckt sie schnell in den Rucksack.

«Wie wird das Wetter, Papa? Bevor wir fahren, müssen wir doch wissen, wie das Wetter wird, oder?»

«Ich kann gleich mal nachsehen.»

Robert setzt sich an den Computer und klickt sich zur Seite von *yr.no*. Das schöne Wetter bleibt. Für Oslo wird klares Wetter mit Sonnenschein und vierzehn Grad vorhergesagt. Am Abend etwas kälter, die Temperaturen gehen runter bis auf fünf Grad. Das passt gut. Dann wird Lukas anfangen zu frieren und nach

Hause in sein Bett wollen. Und damit wäre ihre Expedition beendet. Lukas quetscht sich auf seinen Schoß und zeigt auf den Bildschirm.

«Das ist verkehrt, Papa. Wir brauchen doch nicht die Wettervorhersage für Oslo.»

Robert beißt die Zähne zusammen.

«Wir sind in Oslo. Aber wir fahren in die Hedmark», fährt Lukas fort.

«Oslo ist nicht nur die Stadt. Das ist ein großer Bezirk.»

«Schweden liegt nicht neben Oslo, dann würden wir doch viel öfter hinfahren. Das hast du selbst gesagt. Wäre Schweden nebenan, würden wir Oma andauernd besuchen. Und Mama würde nicht so viel verreisen.»

Robert stöhnt, geht hinüber zum Fenster und starrt hinaus auf das gelbe Laub. Der kleine Garten ist sonnendurchflutet. Warum in aller Welt müssen sie unbedingt einen Ausflug machen, wenn es doch zu Hause so schön ist?

«Versuchst du zu mogeln, Papa?»

«Wie kommst du denn darauf?»

«Gib mir noch mal die Karte, dann zeige ich es dir.»

Verdammt. Robert beugt sich über den Rucksack, zieht die Karte hervor und reicht sie Lukas, der sie ausbreitet. Er zeigt mit dem Finger darauf.

«Guck doch! Genau, wie ich gesagt habe. Ich habe mir die Karte *genau* angesehen, weißt du?»

«Du hast es erwähnt», murmelt Robert.

«Wie gut, dass ich aufgepasst habe, sonst wären wir noch ganz woanders hingekommen. Wir hätten uns verirrt, und dann hätten wir auch keinen Schatz gefunden! Hast du einen Kompass eingepackt?»

«Nein, ich glaube nicht.»

«Wir müssen einen Kompass mitnehmen!»

Robert erhebt sich schwer von seinem Stuhl. Mist. Jetzt müssen sie doch in diese vermaledeite Wildnis. Intelligente Kinder sind ein wahrer Fluch. Er geht in den Flur und öffnet die Krimskramsschublade unter dem Spiegel. Er kramt durch einsame Handschuhe, Skiriemen, Reflektoren und kaputte Fahrradlichter. Kein Kompass. Warum sollte er auch hier liegen? Er hat ihn seit Monaten nicht gesehen. Er geht in den Keller, mustert die Kisten unter der Treppe, hebt sie an. Hobby. Bücher. Schuhe. Papiere. Musik.

Sein Handy klingelt. Er zieht es aus der Tasche. Es ist Anna.

«Hallo, Robert», sagt sie munter. «Wie geht's?»

Er lässt sich schwer auf die Treppe sinken. Wenn es dich so brennend interessiert, warum bist du dann nicht hier?

«Danke, gut.»

Am anderen Ende bleibt es still. Weiß sie nicht, was sie sagen soll? Er wird das Eis jedenfalls nicht brechen. Robert betrachtet seine Fingernägel.

«Und Klein Robert?»

«Auch gut.»

«Was habt ihr am Wochenende vor?»

«Einen Ausflug.»

«Wohin?»

Das wüsstest du wohl gerne, denkt er. Aber du kannst nicht alles kontrollieren, weißt du? Long distance. Wenn du dich wirklich dafür interessieren würdest, wärst du hier, denkt er und weiß im selben Moment, wie kindisch er ist. Aber er will nicht dagegen ankämpfen. Nicht jetzt.

«Mal sehen.»

«Wollt ihr weit weg?»

«Nein, nein.»

«Ach, ich wünschte, ich wäre da.»

«Aber das bist du nicht», sagt er.

«Nein, das bin ich nicht», sagt sie.

Es wird wieder still. Er hört ihren Atem am anderen Ende.

Ein spezielles Geräusch, sehr speziell. Er stellt sie sich schlafend vor. Das Gesicht auf dem Kissen. Ein vorsichtiges Lächeln unter den geschlossenen Augen. Der Prinzessinnenmund in leichtem Schlaf. Küsst er sie, schlägt sie die Augen auf, sieht ihn an und lächelt.

Wie er wohl aussieht, wenn er schläft? Das kann kein wirklich schöner Anblick sein. Wahrscheinlich bewegt sich sein Gesicht auf abstoßende Weise. Verzieht sich zu schiefen Grimassen, der Mund nach unten gezogen, die Stirn gerunzelt. Wie ein beschissenes Bildnis des Dorian Gray.

«Ist alles in Ordnung?», fragt sie.

«Absolut.»

«Was wollt ihr essen?»

«Was wir *essen* wollen?» Seine Stimme wird unsicher.

«Irgendwas müsst ihr doch essen. Ich meine … ihr dürft die Mahlzeiten nicht vergessen. Lukas wird so …»

«Wir grillen Würstchen», unterbricht er sie.

«Denk dran, dass ihr auch was Nahrhaftes esst.»

«Also ehrlich, Anna.»

Sie lacht kurz auf. «Entschuldige. Ich weiß nicht, warum ich mir solche Sorgen mache. Ihr fahrt ja nicht weit weg.»

«So ist es.»

Er legt auf, erhebt sich, sieht sich um. Was wollte er hier unten im Keller? Er seufzt tief und geht wieder nach oben. Er fühlt sich so leer. Er hat einen Kloß im Hals, könnte sich einfach hinsetzen und losheulen. Warum in aller Welt ist er so gemein? Es ist doch nicht ihre Schuld, dass es ihm so schlecht geht, dass er auf dem besten Weg ist, einen beschissenen Nervenzusammenbruch zu erleiden. Es ist nicht ihre Schuld, dass er sich so ausgehöhlt fühlt und versucht, mithilfe von Alkohol besser zu schlafen, sodass am Ende auch noch die Tage im Eimer sind. Es ist nicht ihre Schuld, dass er seinen Regisseur nicht leiden kann und das Gefühl hat, er käme in der Rolle als Hamlet zu kurz.

Und es ist auf keinen Fall Lukas' Schuld. Lukas will einfach nur mit seinem Vater zusammen sein.

Warum also nicht mit ganzem Herzen dabei sein, wenn man die Möglichkeit hat, mit seinem Kind etwas Tolles zu erleben? Natürlich machen sie diesen Ausflug. Er hat *Bedeutung*. Sie machen etwas *gemeinsam*. Auch wenn er momentan vielleicht nicht den besten Ehemann der Welt abgibt, kann er doch ein guter Vater sein. Kann sich auf Lukas' Spiel einlassen und es mit ihm gemeinsam spielen. Die Entdeckungsreise. Er kann sich von dem Enthusiasmus des Jungen anstecken lassen.

Er schaut auf die Uhr. Schon vier. Wie hat er es nur geschafft, den ganzen Tag zu verbummeln? Wenn sie so weit fahren wollen wie auf der Karte eingezeichnet, ist nicht gesagt, dass sie vor Einbruch der Dunkelheit dort sind. Und dann heißt es auf in den Wald. Nein, sie müssen wohl bis morgen warten. Dann haben sie genügend Zeit.

Ich und du. Du und ich. Am Anfang gab es nur uns beide. Wir waren die ganze Zeit zusammen. In der kleinen Wohnung. In dem kleinen Auto, raus aus der Stadt und hinaus in den Wald. Der Wald war groß. Nur wir beide in dem riesengroßen Wald! Wir waren Hänsel und Gretel und verliefen uns. Kamen an ein Häuschen. Pfefferkuchenhäuschen. Wir sahen keine Hexe. Keinen Troll. Aber sie waren wohl trotzdem dort?

Wir hielten zusammen. Hielten einander. Auf dem Pfad. In der Sonne, unter den Bäumen. Im Bett. Du hast mich heiß und fest im Arm gehalten. Du hast mich so fest gehalten. Aber dann wurde es eng in dem schmalen Bett. Eng in dem kleinen Zimmer. So fürchterlich eng, wenn deine Augen mich ansahen. Dein Blick war allgegenwärtig. Du schautest und schautest und schautest. Ich war schon lange weg, bevor ich verschwand. Oder nicht? Ich bin zu Krümeln und nichts zerfallen, wie das Bild in einem Fernseher mit kaputtem Empfänger. Und dennoch vermisse ich dich manchmal, deinen starren Blick. Denn man existiert erst im Blick eines anderen. Es gibt dich erst, wenn du gesehen wirst. Was, wenn du mich jetzt sehen würdest? Kniekehle am Kinn, Schulterblatt am Schlüsselbein, Ellbogen an der Fessel, Rückgrat am Schädel. Zusammengefallen, schief.

12

Wilhelm schiebt den Koffer hinter den Sitz und setzt sich. Einen Moment später steht er wieder auf. Zieht den Koffer hervor, stellt ihn auf den Nachbarsitz. Der Zug fährt an. Leute stehen hinter ihm und wollen vorbei, voller Ungeduld auf der Suche nach einem Platz. Er nimmt sich die Zeit, die er braucht, dann setzt er sich wieder hin. Sie gehen vorbei. Ein leichter Wind folgt ihnen, ein Luftzug, dann nehmen sie ihm gegenüber Platz. Eine junge Frau mit einem kleinen Kind. Sie ist blond und dünn. Dünn auf diese Art. Aber das Kind ist anders. Wilhelm schaut aus dem Fenster, blickt auf die vorbeiziehenden Masten, während der Zug aus dem Bahnhof rollt.

«Mama», sagt das Kind mit heller Stimme. «Sind wir bald da?»

«Nein», sagt die junge Mutter. «Aber es dauert nicht lange. Und dann kommt Papa und holt uns ab.»

«Papa», sagt das Kind.

Wilhelm umklammert die Armlehnen, hält sich fest. Es ist nichts. Er hat nur die Sprache so lange nicht mehr gehört, und das Plappern eines Kindes. Außerdem ist er übermüdet, hat Jetlag und den ganzen Tag noch nichts gegessen. Er wird das gleich nachholen, wenn er in die Stadt kommt. Erst einmal konzentriert er sich auf die Landschaft vor dem Zugfenster. Äcker, auf denen das Getreide geerntet, die Erde gepflügt ist. Rote Scheunen und weiße Wohnhäuser. Blauer Himmel über goldgelbem Laub. Und die klare Luft, die so ganz anders ist als der ewige Dunst in Pennsylvania.

Sieht Oslo noch so aus wie früher? Oder hat sich die Stadt verändert? Er hat sich noch keine Gedanken darüber gemacht.

Norwegen war so weit weg. Eine Konstante in seinem Bewusstsein, aber trotzdem irrelevant. Er wollte ja nicht mehr hierher zurück.

Etwas ist offensichtlich anders. Es gibt einen Airport-Shuttle und einen schicken neuen Flughafen in Gardermoen. Er hatte sich vorgestellt, dass er in Fornebu ankommen würde, aber nun ist er also dort gelandet. Damit hätte er rechnen müssen. Nicht, dass er Fornebu vermisst. Ihm hatte vor dem Wiedersehen mit dem Flughafen gegraust. Vor dem Wiedersehen mit den Hallen, die ihn einmal aus dem Land geführt haben. Durch die er gegangen ist, nur mit einer kleinen Reisetasche, mehr nicht. Eine schwitzende Hand um den Griff. Sein Mund war trocken, als er an die Sperre kam und der Frau in der blauen SAS-Uniform seinen Pass gab. Der Schweiß war ihm von der Stirn getropft. Er hatte gedacht, alle müssten es sehen.

«Sie reisen allein?», hatte sie gefragt.

«Ja.»

Sie hatte gelächelt, als sie ihm Pass und Boardingcard überreichte. «Dann gute Reise.»

«Vielen Dank», hatte er so breit lächelnd erwidert, dass ihm die Lippen an den Zähnen klebten, und war langsam zur Sicherheitskontrolle gegangen.

Schließlich war er am Flugzeug angekommen, an Bord gegangen, hatte seinen Platz eingenommen und gespürt, wie die Maschine abhob. Und er konnte auf die Welt hinabsehen, die er verließ. Auf den Wald, der immer kleiner wurde und immer mehr einer Landkarte glich. Bis kein Wald mehr da war, mit schmalen Pfaden unter hohen Bäumen, engen Schluchten und hellen Lichtungen. Nur noch Meer und Himmel.

Er war noch nie zuvor geflogen. Es reichte nicht, um ihn auf andere Gedanken zu bringen. Aber er versuchte, sich von dem Anblick vor dem Fenster gefangen nehmen zu lassen. Den Wolkenformationen. Dem blauen Meer dort unten. Einer Stadt, die unter dem orangefarbenen Himmel, in dem er sich befand, langsam sichtbar wurde, vom Smog gefärbt.

Der norwegische Wald ist jetzt nah, direkt vor dem Zugfenster. Er kann die Nadeln an den Fichten erkennen. Er lehnt sich im Sitz zurück und fängt zufällig den Blick des Kindes auf.

«Hallo, du Mann!», sagt das Kind und wirft den Kopf von einer Seite zur anderen, dass die blonden Locken wippen.

Er spürt Übelkeit aufsteigen, dreht das Gesicht wieder zum Fenster, starrt in den Wald. Niemand zu sehen dort drinnen. Keine Menschenseele. Nur hohe, dunkle Baumstämme, stumme Zeugen des vorbeirasenden Zuges. Es war wohl noch nicht einmal seins. Obwohl man mit etwas gutem Willen sagen könnte, dass es ihm ähnlich sah. Das Kind ist ja nicht sehr alt geworden.

Der Zug fährt jetzt wieder durch offene Landschaft. Äcker zu beiden Seiten. Er blickt zu den Wolken, die über den knallblauen Herbsthimmel gleiten. Schön und weiß. Aber niemals konstant. Unablässig lösen sie sich auf, wandern, verändern die Form.

Das Glück war nicht von Dauer. Denn das ist es ja nie. Man soll sich nicht so stark, glücklich und frei fühlen. So geliebt, so verliebt. Die Liebe ist nichts Reales, sondern Blendwerk.

Niemand hatte ihn jemals geliebt, also warum sollte sich das jetzt ändern? Liebe macht blind. Man sieht nicht, was wirklich ist. Sie macht einen zum Sklaven. Denn die eigentliche Herrschaft hat der Teufel. Und in allen Frauen steckt ein böses kleines Fotzenmaul, das einen von innen heraus auffressen und mit allen ficken will. Natürlich musste sie ihn eines Tages betrügen. Wie konnte er sich einbilden, es würde anders sein? Ein Gesicht wie eine Sphinx. Schön, ja. Ein leuchtend roter Mund und Sommersprossen auf der kleinen Nase. Sie sagte so wenig, tat so wenig. Machte fast nichts von sich aus. Spielte die Dünne, Ätherische, Schwache. Obwohl sie eigentlich stark war. Das konnte sie nicht verbergen. Die riesigen blauen Augen waren nicht unschuldig. Er hatte es gesehen, wenn sie malte. Mit welchen Farben sie sich umgab. Was sie auf die Leinwand klatschte, und mit welcher Todesverachtung. Wie es vom Pinsel spritzte. Flammend rot. Fegefeuergelb. Kohlschwarz. Orange wie heißeste Glut. Er sah, wie ihr Blick sich veränderte. Wie das erwachte, was wirklich in ihr steckte.

Vielleicht hatte sie ihn noch nicht betrogen, aber es würde passieren. Sie ging immer noch auf diese Schule, war umgeben von all den Kerlen, die andere Sachen beherrschten als er, feinere Sachen, andere Künste. Kunst. Er hatte sehr wohl gesehen, wie sie sie anglotzten. Sie brauchte nur den Gang, die Straße hinunterzugehen, schon zog sie alle Blicke auf sich. Natürlich würde sie mit ihnen schlafen.

Die Bestätigung kam während des gigantischen Open-Air-Konzerts oben am Holmenkollen. Dreißigtausend Jugendliche. Ragnarock mit Sonne, Staub, Pils und Prudence. Savage Rose, Popol Vuh und Pretty Things. Und nicht zuletzt die freizügige Kleidung. Sie war nicht die Einzige, die erhitzt von der Sonne und der Musik einfach ihre Bluse auszog, obwohl sie nichts darunter trug. Viele andere Mädchen taten das auch. Aber es gab keinen Gruppenzwang. Sie tat es aus freiem Willen, und nur um sich zu präsentieren, um zu zeigen, dass ihr egal war, was er davon hielt. Ihre nackten Brüste, weiß und fest, wurden im Nu Allgemeingut. Plötzlich gehörten sie dem Typen neben ihr. Dem braungebrannten, muskulösen Halbstarken, dem sie sich zuwandte, mit dem sie zu den Beats von Skin Alley tanzte. Mit dem Hintern wackelte, sich an ihm rieb. Ein Fotzenmaul, das war sie.

Er hatte es ihr heimgezahlt, kaum dass sie wieder zu Hause waren. Sinnlos, es hinauszuschieben. Er konnte sich auch nicht länger zurückhalten. Sie verstellte sich gut. Tat so, als begriffe sie nicht, warum er sie zu Boden stieß, warum er ihr mit den Fäusten in den flachen Bauch boxte, ihr ein paar saftige Fußtritte in die Seite gab. Sie sah so erschrocken aus. Sie versuchte, ihm zu entkommen, aber sie hatte keine Chance, er war ja viel größer und kräftiger als sie. Kein Problem, ihr den Weg zu versperren. Er zerrte sie ins Schlafzimmer, warf sie aufs Bett. Du willst ficken? Das kannst du haben. Er zerrte an ihren Klamotten, die sie vor allen Leuten so bereitwillig ausgezogen hatte, aber *jetzt* wollte sie nicht. Für *ihn* wollte sie sich nicht ausziehen. Du willst dich also nur den anderen zeigen, wie? Sie versuchte, ihre Kleider festzuhalten, versuchte, sich zu bedecken. Aber er war der Stärkere. Er hatte die Macht, trotz allem. Für ihn war es ein Kinderspiel, ihr die Kleider herunterzuzerren, in Fetzen zu reißen, ihr das T-Shirt in die heulende Fresse zu stopfen, damit er ihr Geschrei nicht mehr hören musste. In sie einzudringen, sie aufzuspießen. Ich spieß dich auf, du Fotze. Jetzt.

Danach war sie ausgezogen. Sie hatte sich eine Wohnung gesucht. Machte nicht auf, wenn er klingelte, ging nicht ans Telefon. Das war das Ende der ersten Runde.

Er sieht ein letztes Fleckchen Himmel, dann fahren sie in den Tunnel. Die junge Mutter liest eine Zeitschrift. Aber das Kind starrt ihn immer noch an, fixiert ihn mit seinen kugelrunden Augen. Wieso kann es ihn nicht in Ruhe lassen? Er schaut aus dem Fenster, begegnet aber nur der bodenlosen Schwärze des Tunnels und seinem eigenen Blick über zusammengepressten Lippen. Jetzt entspann dich. Relax. Kein Grund, sich aufzuregen. Er wird nur eine Kleinigkeit in Ordnung bringen, eine Bagatelle. Im Handumdrehen ist er wieder weg. Das Wichtigste ist, die Nerven zu behalten, die Kontrolle.

Der Zug fährt in den Hauptbahnhof ein. Er nimmt den Koffer vom Sitz, hängt sich die Reisetasche über die Schulter, geht rasch zur Tür, tritt hinunter auf den Bahnsteig. Bleibt stehen und sieht sich in beide Richtungen um. Wieder fliegen Worte an seinen Ohren vorbei. Die Sprache, die ursprüngliche. Nur leere Floskeln, aber trotzdem. Hallo, wie geht's? Hattest du eine gute Reise? Wie schön, dich wiederzusehen. Wie schön. So haben wir gesprochen. So wechselten wir Worte. Nur viel näher, viel intimer. Er hätte in diesen Lauten versinken, den Rest des Tages so verharren können. Einfach dastehen und sie in die Ohren dringen lassen. Die auf- und absteigende Melodie, ein Singen im Kopf. Hätte warten können, bis eine kommt, die ähnlich klingt. Eine ähnliche Stimme. Eine Stimme, die er immer noch zu hören meint.

Er hebt den Koffer an, folgt dem Menschenstrom. Mischt sich bewusst unter die Vorübergehenden, die Pendler aus Østfold und anderen Orten. Sieht sich um, stellt fest, dass sich alles verändert hat. Aus dem alten Ostbahnhof mit seinen Lokomotiven und dem Geruch von Eisenstaub und Teer ist ein Shoppingcenter geworden, mit Rolltreppen, Restaurants und Läden. McDonald's und Burger King.

Er geht hinaus, bleibt auf dem Vorplatz stehen. Die alten Häuser kommen ihm bekannt vor, aber ansonsten ist das meiste neu. Die Skulptur eines Tigers. Ein Uhrenturm. Große Gebäude aus Stahl und Glas, Einkaufszentrum und Hotel. Eine Videowand dominiert die eine Fassade, darauf läuft Werbung für ein Computerspiel. Der muskulöse Held rennt durch einen Dschungel und kämpft gegen alle möglichen Bestien und Monster.

Er versucht sich zu erinnern, was früher an dieser Stelle war, wo jetzt die neuen Gebäude stehen. Aber es will ihm nicht einfallen. Als er die Straßenbahnschienen entdeckt, geht er hinüber zur Haltestelle auf der anderen Seite der Kreuzung. Wenige Minuten später sitzt er in der Straßenbahn. Sie gleitet die Schweigaards Gate hinauf, auch hier sieht es fremd aus. Gesichtslose neue Häuser und ein Stück Brachland, auf dem offenbar gebaut wird, mit Kränen und Planierraupen. Erst als die Straßenbahn in die Oslogate fährt, ist es wieder wie früher. Da liegt der alte Ladegården, und direkt dahinter erkennt er die Schule. An der Station Oslo Hospital steigt er aus, bevor die Straßenbahn weiter hinauf Richtung Ekeberg fährt. Er stellt den Koffer ab und schaut sich um. Neues und Altes wechseln sich ab. Die Straße, die sich an der Mauer der alten Klinik entlangzieht, ist still.

Er erinnert sich an die Ängste, die er als kleiner Junge ausgestanden hat, wenn er an dieser Mauer entlangging. Nicht, dass er die Irren, die Verrückten besonders oft gesehen hätte. Aber er wusste, dass sie da waren, auf der anderen Seite. Alle wussten das. Sie hatten ihre Gedanken nicht unter Kontrolle und hörten Sachen, die kein anderer hören konnte. Stimmen, die zu ihnen sprachen. Wenn du nicht artig bist, wirst du so enden wie sie. Du wirst eingesperrt und kommst nie wieder raus.

Er geht die Konows Gate hinauf, vorbei an der alten Fabrik, in der immer noch die Schädlingsbekämpfung untergebracht ist. Vor denen hatte er wohl auch Angst. Malte sich in seiner kranken Phantasie aus, seine Mutter hätte sie angerufen, damit sie zu ihnen nach Hause kamen und Gift auslegten, das wie Naschwerk aussah, süße Köder, denen er nicht widerstehen könnte. Und dass er unter furchtbaren Schmerzen sterben würde.

Weiter den Berg hinauf stehen überwiegend Neubauten, Wohnblocks und Reihenhäuser. Aber nachdem er all die Fassaden passiert hat, entdeckt er das Haus oben am Hang. Es steht genauso da, wie es immer dagestanden hat. Vielleicht nicht mehr schneeweiß, aber immer noch erhaben. Alt und grau wie eine abgedankte Königin. Ob sie wohl oben am Fenster sitzt und ihn beobachtet, so wie früher?

Er bleibt kurz am Straßenschild stehen. Ribbunggata. Sieht wieder vor sich, was er immer sah, wenn er daran vorbeiging: das gespenstische Gerippe eines kleinen Jungen. Und dieser Junge war er selbst. Als er älter war, fand er heraus, dass der

Name gar nichts mit Rippen und Jungen zu tun hatte, sondern dass die Ribbungen ein aufsässiger Wikingerstamm gewesen waren. Trotzdem ging ihm das Bild nie mehr aus dem Kopf.

Die Straße ist genauso steil, wie er sie in Erinnerung hat. Immer noch gibt es keinen anderen Weg, kein Entrinnen, keine Abkürzung. Der Hang auf der rechten Seite ragt steil in den Himmel. Und die Häuserreihe links liegt still da, mit verschlossenen Türen, verschlossenen Gartenpforten und zugezogenen Vorhängen. Niemand, zu dem man gehen, niemand, bei dem man anklopfen kann. Es blieb einem nichts anderes übrig, als direkt nach Hause zu gehen.

Die beste Zeit des Tages war, wenn er *bergab* ging, morgens. Er wartete immer bis zum letzten Moment, bis die Quälgeister vorüber waren. Dann steckte er vorsichtig die Nase zur Tür hinaus. Und hielt reichlich Abstand, bis er unten angekommen war und den etwas längeren Weg über den Friedhof nehmen konnte, zwischen den alten Gräbern hindurch. Dort war es so still, dass er es riskieren konnte zu träumen. Sich nach der Lehrerin zu sehnen und sich vorzustellen, dass sie ihn von allen am liebsten mochte. Dass sie, wenn sie ihn ansah und lächelte, es deswegen tat, weil sie ihn besonders gern hatte.

Auf den Werkunterricht konnte er sich richtig freuen. Darauf, neben dem weißhaarigen Lehrer mit den großen Händen zu stehen, der nicht viel sprach, aber leise vor sich hin summte, während er ihm half. Geduldig mit der Säge. Geduldig mit dem Schmirgelpapier. Geduldig mit Nägeln und Schraubenzieher. Der ihn nicht zurückgestoßen oder angeschrien hatte, damals, als er viel zu hart mit dem Hammer zuschlug. Als er das Holzstück umbrachte, es zerstörte, dass die Splitter flogen. Dass die Tränen flossen. Er stand einfach neben ihm und wartete, bis er sich beruhigt hatte. Und legte ihm seine große Hand auf die Schulter.

Er geht an dem anderen Schild vorbei, das tatsächlich immer

noch an einem Baum oben auf dem Berg hängt. Das Schild, das einer der Väter aus der Nachbarschaft gemacht hatte. *Spielende Kinder.* Es hängt inzwischen schief, ist an den Rändern ganz morsch. Das sollte auch ihn beschützen. Obwohl er älter geworden war und gelernt hatte, sich zu wehren. Einer geworden war, den niemand mehr quälte. Der aber auch nicht mitspielen durfte. Er wollte es den anderen zeigen, als er mit dem Schlitten den steilen Berg hinabraste, wo man die Autos nicht sehen konnte, die in voller Fahrt zwischen der Häuserreihe herausgeschossen kamen. Wollte es ihnen zeigen, als er den steilen Hang hinaufkletterte, während die Steine unter seinen Füßen wegrutschten, oder als er unten in der Senke über die Bahngleise lief. Hatte er ein Leben, auf das es aufzupassen galt? Gab es etwas zu beschützen? Wenn er eine große Steinlawine losgetreten hätte und sein magerer Körper zerschmettert worden wäre, wenn ein heranrasender Zug ihn auf den Gleisen zerrieben hätte – hätte es irgendjemanden gekümmert?

Er geht noch ein paar Schritte weiter, merkt, wie erschöpft er ist. Spürt, wie der Kopfschmerz wieder bohrt. Nein, er kann nicht. Noch nicht. Er muss sich ausruhen, bevor er sie wiedersieht. Entspannen. Sich ein Hotelzimmer suchen. Schlafen.

13

Sie erwacht steif und halb zusammengekrümmt auf dem Sofa. Die Tracht schnürt sie ein, und die Brosche an der Bluse drückt gegen den Hals. Der Fernseher ist immer noch an, ein flimmernder Lichtfleck in dem dunklen Zimmer. Auf der Mattscheibe läuft eine alte Komödie, eine muntere Abendgesellschaft in Schwarzweiß. Festlich gekleidete Menschen heben die Gläser und trinken sich zu, ehe sie sich vom Tisch erheben und anfangen, hintereinander herzulaufen. Sie tastet nach der Fernbedienung und schaltet den Apparat aus, erwischt die Broschennadel und die Haken des Leibchens und schafft es endlich, beides zu öffnen. Luft.

Sie kann sich nicht erinnern, jemals in ihrem Trachtenkleid geschlafen zu haben. Aber ihr Gedächtnis ist ja auch nicht mehr so gut. Ist es schon Abend? Sie blickt hoch. Das Essen steht immer noch auf dem Tisch. Und das Möwenservice, das sie nur zu ganz besonderen Anlässen benutzt. Auf dem Tablett liegen die Brotzange und Schnittchen mit Krabben, mit Roastbeef und Remoulade, mit Räucherlachs und Rührei. Der Turmkuchen mit den acht Ringen, der Flagge und den Knallbonbons steht schön in der Mitte. Zwischen dem Blumenstrauß und der Flasche Känguruwein.

Evelyn kommt mühsam vom Sofa hoch, schlurft in die Küche und weiter in den Flur. Nein, alles dunkel. Still. Sie ruft die Treppe hinauf: «Hallo?»

Sie geht die Stufen hinauf. Schaut ins Schlafzimmer, dann ins Nähzimmer. Keiner da. Natürlich nicht, denn wenn sie gekommen wären, hätten sie sie geweckt. Die neue Türklingel, die sie letztes Jahr hat einbauen lassen, macht außerdem einen ohrenbetäubenden Lärm. Sie humpelt die Treppe wieder hinunter, bleibt vor dem Spiegel über der Anrichte stehen. Die Ärmel ihrer Trachtenbluse, die am Nachmittag noch so perfekt waren, sind völlig zerknittert.

Sie wackelt in den dunklen Flur, öffnet die Haustür und geht auf den Treppenabsatz hinaus. Draußen ist auch niemand. Kein Mann, der kaum wiederzuerkennen ist und mit seinem Koffer den Berg heraufkommt, während er sich verblüfft umschaut. Das ist ja genau wie früher. Unten in der Stadt ist alles anders, aber hier ist es genau so, wie ich es in Erinnerung habe. Wo bleibt er? Welcher Er? Was bildet sie sich ein? Sie hat ja niemanden. Überhaupt niemanden. Schon seit einem Menschenalter nicht mehr. Natürlich kommt er nicht zurück. Wieso um alles in der Welt sollte er? Sie ist doch niemand, für den sich eine Rückkehr lohnt.

Die Sonne ist untergegangen. Sie atmet die frische Abendluft ein, sieht zum Himmel hinauf, der die dunkelblaue Nachtfärbung hat, die so charakteristisch für den Herbst ist. Bald ist Winter. Bald erstarrt alles und wird hart und spröde. Bald zieht der Eiswind durch die Ritzen des alten Hauses, und es wird kalt sein, ganz gleich, wie viel sie heizt. Bald wird die Straße den Berg hinunter spiegelblank vereist sein, und sie kann nirgends mehr hingehen, ohne ihre Schuhspikes anzulegen. Aber selbst dann ist nicht ausgeschlossen, dass sie stürzt. Hält sie noch einen Winter durch?

Wie schnell es im Frühling grün wurde. Wie rasch der Sommer vorbeiflog. Die Birke war im Nu ausgeschlagen. Im Handumdrehen stand sie in vollem Laub. Die Hecke war kaum weiß, da war sie auch schon wieder verblüht; sie hatte nicht einmal Zeit gehabt, ihren Seifenduft zu genießen. Und die Tulpen waren nur einen Moment lang rot, ehe sie sich neigten und flach hinlegten. Ganz zu schweigen vom Flieder, der kürzer blüht als alles andere und das Schönste ist, was sie sich vorstellen kann. War er in diesem Jahr überhaupt weiß, ehe er braun wurde?

Evelyn dreht sich um und will gerade wieder hineingehen, als sie sieht, dass die Flagge immer noch draußen hängt. Sie schlurft hinaus in die Dunkelheit, hinüber zur Hausecke, starrt zur Wandhalterung hinauf. Wie um alles in der Welt ist es ihr nur gelungen, sie aufzuhängen? Sie muss vorhin größer gewesen sein, sie schrumpft beständig. Sie ist den ganzen Tag über geschrumpft. Wenn sie nicht aufpasst, wird sie noch so klein wie Däumelinchen, und dann sieht sie irgendwann niemand mehr, dann ist sie einfach weg.

Sie wischt eine Träne ab. Aber sie weint nicht. O nein. Sie blickt wieder zur Flagge hinauf. Denkt daran, wie munter sie heute Morgen war. Wie aufgeregt und voller Erwartung. Sie hatte sie dort drinnen vor sich gesehen. Hatte sie am Esstisch sitzen sehen, zusammen mit ihr. Sie unterhielten sich, sprachen wirklich miteinander. Es war eine Wiedervereinigung, etwas ganz Besonderes. Und sie würde ihnen alles erzählen. Wie das Leben gewesen war. Wie sie die beiden vermisst hatte. Und dann würde sie ihnen das große Geheimnis verraten. Es würde wie Weihnachten sein, wie *Vermisst!*, diese Fernsehsendung, die sie immer zum Weinen bringt, ganz gleich, wie sehr sie sich dagegen wehrt. Jetzt werd bloß nicht albern. Schluss! Mach dich nicht lächerlich!

Auf einmal spürt sie etwas, das viel dringender ist, als die Flagge ins Haus zu holen. Sie muss aufs Klo, und zwar sofort. Eilig schlurft sie ins Bad, rafft mit einer Hand den Trachtenrock hoch, stützt sich mit der anderen auf den Klopapierhalter und plumpst auf die Brille. Sie seufzt erleichtert auf – doch zu früh. Der Urin plätschert ihr schon die Beine hinunter. Sie hat vergessen, den Schlüpfer runterzuziehen.

«Ach du Schande!», knurrt sie den großen gelben See zu ihren Füßen an. Sie erhebt sich vom Klo, zieht den bestickten Trachtenrock hoch, bekommt ihn endlich über den Kopf und wirft ihn über die Duschvorhangstange. Dann zieht sie den triefnassen Schlüpfer aus. Aber statt im Waschbecken zu landen, rutscht er ihr aus der Hand und klatscht auf den Fußboden. Sie starrt ihn an und kann es nicht glauben. Wie kann man nur so ungeschickt sein! Unmöglich, ihn aufzuheben. Ohne Greifstock ist das völlig aussichtslos, und den hat sie schon seit Wochen nicht mehr gesehen. Jetzt muss sie alle Zimmer durchsuchen. Muss ihn finden, bevor das ganze Haus nach Pisse stinkt.

Sie wackelt in die Stube, lässt den Blick durchs Zimmer wandern, schaut sorgfältig in den Ecken nach. Geht zum Sofa, hebt die Kissen hoch. Sucht weiter, neben dem Buffet und dem Kamin. Kein Greifstock. Als sie am Esstisch vorbeikommt, fällt ihr Blick auf die Speisen, und sie merkt, wie hungrig sie ist. Sie setzt sich hin, nimmt sich eins der Schnittchen, eins mit Räucherlachs. Schmeckt immer noch gut. Sie isst auch noch eins mit Roastbeef, dann schaut sie aus dem Fenster, die Straße hinunter. Nein. Niemand. Sie hat sich am Telefon wohl verhört. Er hat sicher irgendetwas anderes gesagt. Sie hat sich geirrt, hat etwas missverstanden. Er wollte wohl *nicht* kommen, bestimmt war es das, was er gesagt hat.

Sie geht zurück ins Bad und steigt über den See, putzt sich die Zähne und betrachtet sich dabei im Spiegel. Wer hätte gedacht, dass sie mal so aussehen wird, so klein, weißhaarig und verschrumpelt? Früher, da war sie die Hübscheste, eine weißblonde arische Schönheit, genau wie auf der Titelseite von *Hirdjenta*. Davon ist jetzt nichts mehr übrig, nicht einmal ein Hauch. Aber so geht es ja allen. Allen, die leben. Während die, die in jungen Jahren sterben, so jung bleiben …

Sie zuckt zusammen, als sie das Schrillen der Türklingel hört, wirft sich den Morgenrock über, der an der Badezimmertür hängt, schlurft durch die Stube. Es klingelt wieder, es klopft. Polly zwitschert begeistert in ihrem Bauer.

«Aber selbstverständlich kommt er!», ruft sie. Ein wenig ärgerlich, dass er sie nun nicht im Trachtenkleid gesehen hat, aber das spielt keine Rolle, das ist es ja nicht, was *wirklich* zählt. Hauptsache, er kommt! Sie öffnet die Tür und erblickt – Aslaug, die sich dick und keuchend auf ihren Rollator stützt. Ihre kleinen Augen sind fast verschwunden in all dem roten Gesichtsfleisch. Evelyn schluckt und blinzelt die aufsteigenden Tränen weg.

«Um diese Uhrzeit besucht man ja wohl niemanden mehr», sagt sie.

Aber Aslaug hört nicht zu. Aslaug hört nie zu. Und sagt immer wieder dieselben Sachen. Sie ist schon zur Tür herein, sieht sich in dem dunklen Flur um.

«Was ist mit dem Licht?», fragt sie.

«Die Birne ist kaputt.»

«Dann musst du sie auswechseln. Habe ich dir von meinem Hausmeister erzählt?»

«Mehr als einmal.»

«So ein hübscher junger Mann, sag ich dir, und so hilfsbereit! Willst du mich nicht hereinbitten?»

«Ich wollte gerade zu Bett.»

«Aber was denn, heute ist doch der große Tag! Lass mich guten Abend sagen.»

«Guten Abend sagen?»

Aslaug schiebt sie zur Seite, drängt sich an ihr vorbei, und zu spät begreift Evelyn, was sie vorhat.

«Hallo!», ruft Aslaug.

«Er ist … müde von der Reise», murmelt Evelyn.

«So, na», sagt Aslaug, die sich schon bis zur Stube vorgearbeitet hat und nun den Tisch mit den Schnittchen und dem unberührten Kuchen entdeckt. Sinnlos, irgendetwas vor ihr geheim halten zu wollen.

«Ist er doch nicht gekommen?»

«Das Flugzeug hat … Verspätung.»

«Ah ja. Hat er denn angerufen und Bescheid gesagt?»

«Natürlich», flunkert Evelyn und überlegt fieberhaft, wie sie die Aufmerksamkeit von dem Thema ablenken könnte. Aber ihr fällt nichts anderes ein als Aslaugs Familienfeier, und davon will sie auf gar keinen Fall etwas hören. Trotzdem sagt sie: «Wie war es im Palmen?»

«Ganz wunderbar, du! Alle waren da! Ich habe Fotos gemacht, willst du sie sehen?»

«Danke, jetzt nicht.»

«So viel gutes Essen, sag ich dir! Ich bin immer noch pappsatt.»

Aslaug starrt auf den Tisch, auf den Turmkuchen, der wie ein Gipfel in der Mitte thront, überreich geschmückt.

«Das ist ja schade, dass er nicht rechtzeitig gekommen ist. Und dann der schöne Turmkuchen.»

Aslaug glotzt den Kuchen an. Am liebsten würdest du ihn in dich reinstopfen, denkt Evelyn.

«Möchtest du ein Stück?», fragt sie schließlich seufzend.

«Nein danke», sagte Aslaug, überlegt es sich aber sofort anders. Noch ehe Evelyn ihr etwas davon abschneiden kann, hat sie schon die Hand nach dem Kuchen ausgestreckt, den obersten Ring abgebrochen und sich auf Wilhelms Platz niedergelassen.

«Köstlich», murmelt Aslaug mit vollem Mund und nimmt sich noch einen Ring.

Evelyn stellt die Thermoskanne mit einem Knall auf den Tisch, bleibt stehen und starrt Aslaug an, die sich mit Kuchen vollstopft, ehe sie sich endlich auf dem Stuhl zurücklehnt, dick und zufrieden. Sie ist wirklich viel zu dick.

«Was riecht denn hier so?»

Evelyn schnuppert. Du heiliger Bimbam. Die Katastrophe im Bad. Es fängt schon an zu stinken.

«Ach, nichts», sagt sie. «Oder doch, mir ist wohl vorhin was angebrannt.»

«Tatsächlich? Ich finde nicht, dass es angebrannt riecht. Eher wie …»

«Du hast Fotos gemacht?», fällt Evelyn ihr ins Wort.

«Willst du sie wirklich sehen?»

«Gerne», seufzt sie schwer.

Aslaug holt einen Fotoapparat aus ihrer Handtasche, hantiert daran herum.

«Hast du schon mal von Digitalkameras gehört?»

«Natürlich», sagt Evelyn unsicher.

«Die haben mir Jostein und Marit zu Weihnachten geschenkt. Und inzwischen weiß ich auch, wie man damit umgeht. Hoppla, da bin ich ein bisschen zu weit zurückgegangen. Hier, Evelyn, die sind von der Busfahrt mit dem Seniorenzentrum, nach Svinesund!»

Evelyn starrt auf den kleinen Bildschirm.

«Sieh dir Iversen an, wie er grinst! Das macht er, weil er in seinem Rucksack Rum mitgeschmuggelt hat. Und hier, das sind Henry und Olga. Jetzt sind sie doch noch ein Paar geworden. Die haben sich ja schon als Kinder so gern gemocht. Du kannst dir nicht vorstellen, was das für eine lustige Fahrt war!»

«Doch, kann ich.»

«Warum bist du nicht mitgekommen?»

«Auf den Ausflug?»

«Das war so nett! Wieso willst du nie bei irgendwas dabei sein? Warum kommst du nicht runter ins Seniorenzentrum?»

Warum sollte sie? Da herumsitzen, eingequetscht auf einem Sofa, und versuchen, sich an Gesprächen zu beteiligen, die gelinde gesagt nicht der Rede wert sind. Wie die tauben Köpfe aneinander vorbeischreien. Plappern und schreien, in ansteigender Lautstärke. Aber da ist noch etwas anderes. Wenn sie ein seltenes Mal dort aufkreuzt, wird es irgendwie ein bisschen leiser an den Tischen, bevor das Gebrabbel wieder anschwillt. Egal, sie hat Wichtigeres zu tun, als dorthin zu gehen. Wenn sie das Haus verlässt, dann aus gutem Grund. Um einzukaufen, beispielsweise, oder weil sie zum Doktor muss. Oder um an einer Kulturveranstaltung teilzunehmen. Wie neulich, als sie im Theater war. *Davon* will sie erzählen. Ja, jetzt wird sie es ihr erzählen. Aber es scheint unmöglich, zu Wort zu kommen, denn Aslaug hat inzwischen die heutigen Familienfotos auf dem albernen kleinen Bildschirm und bricht in Begeisterungsrufe aus.

«Nun guck dir den kleinen Felix an, ist er nicht goldig? Schau, wie fest er seinen Teddy drückt! Und da, das sind Unni und Endre. Ein sehr beschäftigter Mann, der Endre. Aber er ist trotzdem gekommen. Die Familie geht eben vor, nicht wahr.»

Evelyn seufzt, und plötzlich wird Aslaug auf sie aufmerksam. Sie legt die Kamera weg, tätschelt ihr den Arm.

«Was sitze ich denn hier und rede. Wie fühlst du dich? Du Ärmste, hast den lieben langen Tag hier allein gehockt. Und die ganze Zeit gewartet.»

«Ich hatte es sehr schön.»

Aslaug steht auf.

«Willst du schon los?», fragt Evelyn.

«Ich muss nur kurz ins Bad.»

«Nein, nicht ins Bad, das ist nicht …»

Aber ehe sie noch mehr sagen kann, ist Aslaug schon aufgestanden. Evelyn folgt ihr auf den Fersen.

«Von hier kommt der Geruch also!», ruft Aslaug. «Was liegt denn da auf dem Fußboden?»

«Das ist … du siehst doch wohl selbst, was das ist …»

«Willst du ihn da einfach liegenlassen?»

«Ich kann ihn im Moment nicht aufheben. Der Greifstock ist weg.»

«Evelyn, du Ärmste. Und das ausgerechnet heute!»

«Das macht nichts. Es geht schon.»

Aslaug steigt mit einem großen Schritt über die Pfütze, dann lässt sie sich auf die Klobrille plumpsen. Evelyn macht die Tür hinter ihr zu. Was Aslaug jedoch nicht daran hindert, das Gespräch fortzusetzen.

«So kann es nicht weitergehen, Evelyn! Du brauchst eine Haushaltshilfe.»

«Ich will keine Haushaltshilfe, das habe ich doch gesagt!»

«Du ahnst nicht, wie nett die sind, die jungen Damen. Manchmal kommt auch ein Mann.»

«Ein Mann?»

«Er ist ganz schwarz. Und hübsch ist der, ich kann dir sagen!»

«Ein Neger? Zu dir kommt ein Neger nach Hause?»

«Er kann bestimmt auch zu dir kommen!»

«Ja, das glaub aber mal! Wenn du dir einbildest, ich würde irgendeinen Neger hier haben wollen ...»

«Aber du hast doch niemanden. Keinen, der nach dir sieht!»

«Wilhelm kommt! Er ist unterwegs!»

«Soll er vielleicht hierbleiben und sich um dich kümmern? Er hat doch sein eigenes Leben in Amerika! Bist du übrigens wirklich sicher, dass er kommt?»

Evelyn marschiert in die Stube, die Tränen stehen ihr in den Augen. Sie ballt die Fäuste. Ah, sie hätte sie schlagen können, richtig verprügeln. Aslaug kommt zurück, lässt sich aufs Sofa fallen.

«Wilhelm kommt», sagt Evelyn mit zitternder Stimme. «Was glaubst du denn. Und mein Enkel auch.»

«Dein Enkel?»

«Wilhelms Sohn. Deshalb habe ich für drei gedeckt.»

«Aha?», sagt Aslaug, als würde sie kein Wort glauben.

So, jetzt soll sie mal hören. Jetzt soll sie mal sehen. Evelyn holt das Programmheft von der Theatervorstellung, hält es ihr vor die Nase. Sein Gesicht, als Hamlet, nimmt die ganze Vorderseite ein.

«*Er*», sagt Evelyn.

«Wer, er?»

«Mein Enkelsohn. Siehst du die Ähnlichkeit nicht?»

«Ähnlichkeit mit dir?», fragt Aslaug. Sie begreift anscheinend überhaupt nichts. Aber sie ist ja auch nicht gerade die hellste Birne im Lampenladen.

«Mit Wilhelm! Er ist seinem Vater wie aus dem Gesicht geschnitten.»

«Ist er denn nicht Amerikaner? Dein Enkelsohn ist doch Amerikaner?»

«Er *war* Amerikaner. Aber jetzt ist er Schwede. Die Leute ziehen von einem Ende der Welt zum anderen. Das machen die heutzutage so!»

Aslaug legt das Programmheft auf den Kaffeetisch und sieht sie mitfühlend an.

«Evelyn. Wie kann er mit dir blutsverwandt sein? Er heißt doch ganz anders.»

«Er hat seinen Namen geändert», erwidert Evelyn grimmig.

«Aha», sagt Aslaug.

Evelyn merkt, dass sie Tränen in den Augen hat. «Außerdem habe ich ihn im Fernsehen gesehen», sagt sie und betont jedes Wort.

«Im Fernsehen?»

«In einer Serie vom Krieg! Da habe ich ihn zuerst gesehen. Es war genauso, als würde ich … als wäre er …»

Sie gerät ins Stottern. Unmöglich, es zu erklären. Sie hat keine Beweise, kein einziges Foto, von dem sie mit Sicherheit weiß, dass darauf Robin zu sehen ist. Sie klammert sich nur an eine törichte Hoffnung! Wilhelm hat ja nie Fotos geschickt, und sie selbst hat ihren Enkel ein Jahr bevor sie wegzogen zuletzt gesehen. Damals war er erst zwei. Nein, nicht drüber reden. Wie groß die Entfernung war, wie schrecklich isoliert sie die ganze Zeit von Wilhelm und seiner kleinen Familie gewesen ist. Wie unerfreulich die wenigen Treffen waren, bevor sie wegzogen. Das letzte Mal war dieses katastrophale Sonntagsessen hier bei ihr. Sie erinnert sich gut daran. Viel zu gut. Wie oft ist sie es im Kopf durchgegangen und hat herauszufinden versucht, ob sie etwas falsch gemacht hat.

Zuerst hat Wilhelm sich unverschämt betrunken, um sie dann vor ihrer Schwiegertochter zu demütigen, dieser blassgesichtigen, verzagten Elise, und dann hat er den Jungen zu Tode geängstigt. Schon vor dem Essen hatte er den Kleinen zu schlechtem Benehmen ermuntert. Hatte ihn beinahe angetrieben, als er am Bücherregal hochklettern wollte. Und als sie am Tisch saßen, hatte der Junge den Löffel in seinen Brei gesteckt und wieder hochgerissen, sodass alles an die Wand und über die Tischdecke spritzte. Nicht nur einmal, sondern mehrere Male. Wilhelm hatte nur darüber gelacht, während die Bleichgesichtige halbherzig versuchte, das Kind davon abzuhalten. Später, als sie am Kaffeetisch saßen und Kuchen aßen, war es fast, als forderte er den Jungen auf, an der Tischdecke zu ziehen, um zu sehen, was passierte. Es endete natürlich damit, dass das Service klirrend zu Boden fiel. Große Kaffeeflecken auf dem persischen Teppich. Und zwei der schönsten Porzellantassen zerbrachen in tausend Scherben.

Zu dem Zeitpunkt war sie bereits auf hundertachtzig, und sie hatte das Kind am Arm gepackt, um ihm eine Lektion zu erteilen. Aber da bekam Wilhelm einen ganz irren Blick und setzte ein krankes Lächeln auf, während er eindringlich auf den Jungen einredete. Glaubst du, sie ist eine richtige Großmutter? Schau sie dir an. Sie ist eine Hexe. Ein Trollweib. Siehst du nicht, wie hungrig sie ist? Wenn du nicht artig bist, wird sie dich fressen. Oder dich in einen Stein verwandeln. Der Junge schrie natürlich wie am Spieß.

Danach hatte sie die drei nicht wieder eingeladen. Wilhelm lud sie auch nicht mehr ein. So verging wohl ungefähr ein Jahr, dann zogen sie weg. Und das war's. Kein Kontakt. Nur Ansichtskarten in der Schachtel, aber das ist ja nichts. Er hat auf keinen einzigen Brief geantwortet.

«Du hast ihn in einer Fernsehserie gesehen und glaubst, dass er Wilhelm ähnlich sieht. Ein bekannter schwedischer Schauspieler. Evelyn, meine Liebe, ich bitte dich.»

«Er ist es! Er *wird* kommen! Sie kommen alle beide!»

Evelyn steht das Wasser in den Augen. Sie weiß ja, dass er nicht kommt. Niemand kommt. Alles Unsinn.

«Evelyn, ich wollte dir das schon lange mal sagen.»

Aslaug holt tief Luft, ehe sie weiterspricht.

«Vielleicht solltest du darüber nachdenken, runter ins Heim zu ziehen.»

«Was sagst du da?!», schreit Evelyn.

«Bevor es zu spät ist. Da hast du dein eigenes Zimmer. Jemanden, der für dich aufräumt und wäscht.»

«Ich komme sehr gut allein zurecht!»

«Nein, das tust du nicht mehr, finde ich. Es gibt niemanden, der kommt und nach dir sieht. Außer mir, natürlich.»

«Du brauchst nicht zu kommen. Wirklich nicht!»

«Tja, lange schaffe ich es wohl auch nicht mehr den Berg hinauf.»

«Uns geht es ganz wunderbar, Polly und mir!»

«Dann komm wenigstens ins Seniorenzentrum.»

«Was soll ich denn da? Mich mit Waffeln vollstopfen und genauso dick werden wie du? Mir das ganze Gekakel anhören? Als würdest du mir nicht schon reichen mit deinem Geschwätz und Genörgel!»

Jetzt, wo sie so richtig in Fahrt gekommen ist, will sie nicht mehr aufhören.

«Tatsächlich habe ich dich so gründlich satt, dass du dir keinen Begriff davon machst! Deine ganzen dämlichen Fotos! Als würde mich deine idiotische Familie interessieren! All das Gesabbel, das ich mir über sie anhören muss!»

Aslaug starrt sie entgeistert an, ehe sie sich endlich besinnt und vom Sofa aufsteht.

«Nein, nein», sagt sie und bewegt sich schwerfällig Richtung Haustür. Schwerfällig und traurig. Aber davon lässt Evelyn sich nicht beeindrucken. Endlich kann sie einmal Klartext reden.

«Nein, nein», sagt Aslaug wieder, bevor sie die Hand auf die Türklinke legt und sie mit ihren kleinen Augen anstarrt.

«Was ist?», schnauzt Evelyn.

«Ich dachte schon, es hätte einen anderen Grund, warum du nicht ins Seniorenzentrum kommst.»

«Welcher sollte das wohl sein», bellt Evelyn. Aber sie merkt, dass die Stimme zittert, dass sie ein wenig unsicher klingt.

«Es wird schon manchmal ein wenig geredet da unten. Über dich und deinen Sohn.»

«Klatschweiber!»

«Alle wissen ja, warum er nicht wieder nach Hause kommt.»

«Ach ja? Wissen sie das?»

«Uns war schon klar, dass er von den anderen Kindern verhauen wurde, weil er ein Deutschenkind war. Aber von seiner eigenen Mutter? Na, weißt du. Er hat uns allen immer so leidgetan.»

«Er ist kein Deutschenkind!»

«Nein, das hast du immer gesagt.»

«Er ist keins! Und er hatte es so gut bei mir, wie ein Kind es nur haben kann», schreit sie. «Mein Junge war immer sauber und ordentlich!»

«Sauber und ordentlich, ja. Aber er hatte auch blaue Flecken. Riesige blaue Flecken. Überall. Glaubst du, wir haben das nicht gesehen? Aber die äußerlichen waren nicht das Schlimmste. Er hatte sie auch innerlich.»

«Raus! Hau bloß ab!»

«Ja, ja», sagt Aslaug matt. «Dann mach's mal gut.»

Evelyn knallt die Tür hinter ihr zu. Schließt ab. Schlurft zurück in die Stube.

«Diese Klatschweiber», faucht sie und unterdrückt ein Schluchzen. Lässt sich auf einen Stuhl fallen, betrachtet den hübsch gedeckten Tisch. Die Schnittchen sind an den Rändern angetrocknet. Der Lachs hat einen gelblichen Stich, und das Roastbeef ist ganz braun.

Sie blickt auf ihre Hände hinunter. Knorrig und kantig, Adern und Knochen liegen so dicht unter der Oberfläche. Sie zittern leicht, erschöpft nach dem langen Tag. Nach all den anderen langen Tagen, all der Arbeit. So viel Arbeit in den ganzen Jahren. Um zu überleben, die Kreditraten zu zahlen, die Stromrechnung, das Heizöl. Das Essen für sich und den Jungen. Hände, die Praline für Praline in die Formschalen legten, die auf dem Fließband vorbeiglitten. Die sich bis zum heutigen Tag daran erinnern, wohin die Ananastrüffel in der Halbkiloschachtel gehörten und die Liköreier in der Kiloschachtel. Immer dieselben Bewegungen, tagein, tagaus. Bewegungen, die sie am Leben erhielten. Solche Hände können nichts Böses getan haben. Nie gestoßen oder geschlagen. Nie jemanden eingesperrt. Keine schlimmen Erinnerungen, nichts.

Sie starrt aus dem Fenster. Inzwischen ist es stockdunkel. Nichts zu sehen. Keine Erinnerungen, alles weg, in den Schatten verschwunden. Sie fühlt das Weinen die Kehle hinaufkriechen, steht abrupt auf und stößt versehentlich gegen den Turmkuchen, sodass er umkippt. Die Ringe purzeln über den Tisch, einige zerbrechen in mehrere Stücke. Sie sammelt sie schluchzend auf, versucht den Kuchen wieder zusammenzusetzen. Er wird nicht mehr, wie er war, sondern schief und krumm und wacklig. Alles kaputt. Sie macht kehrt, schwankt aus dem Zimmer, durch das nächste und das dahinter. All diese leeren Räume. Voller Zeug, aber dennoch leer. Warum ist hier nichts, was trösten könnte?

Sie steigt hinauf ins Obergeschoss, öffnet die Tür zu dem Zimmer, das einmal seins war, das frühere Kinderzimmer. Nichts erinnert daran, gar nichts. Das Zimmer ist völlig anders eingerichtet. Bis auf den Verschlag, der immer noch abschließbar ist. Damals waren dort auch schon Kleider drin, so wie jetzt. Keine Kindersachen, nichts dergleichen. Da war nie Spielzeug drin. Nichts Spaßiges in der Strafecke. Aber er hatte doch Spielsachen, oder nicht? Wo sind die hingekommen? Sie öffnet den Verschlag, kramt im Dunkeln. Nein, sie kann nichts finden. Keine Reliquien.

«Hätte den Anblick sowieso nicht ertragen», murmelt sie. Nicht einmal den Anblick von einem kleinen Bauklötzchen oder Schuh, einem einzigen vergessenen Fäustling, immer noch filzig von Tränen. Hätte sie so etwas gehabt, hätte sie es in den Kamin geworfen und zugesehen, wie es in Flammen aufgeht. Nichts verloren und nichts abhandengekommen. Nichts weggeschoben oder zurückgestoßen.

Sie setzt sich an den Arbeitstisch und fährt mit dem Finger über die fettige Staubschicht oben auf der Nähmaschine. Nähmaschinenöl. Ein guter Geruch, so vertraut. Es tat gut, sich hierhin zu setzen, Stich für Stich zu nähen. Eine Konzentrationsarbeit. Den Fuß auf dem Pedal, gerade Linien, gerade Nähte, sich am Stoff orientieren, am Saum, in richtigem Abstand zur Kante. Die Geschwindigkeit steuern und gleichzeitig die Stecknadeln herausziehen, rasch, um sich nicht zu stechen. Alles verschwand dabei, sie konnte alles vergessen, ihr wurde beinahe leicht ums Herz. Nadel auf, Nadel ab, einfach darauf starren, den Rhythmus halten, das Geräusch hören, katak-katak-katak. Sie hat schon eine Ewigkeit nicht mehr genäht, kann die Naht nicht mehr richtig erkennen, den Stoff nicht an seinem Platz halten. Die Naht würde krumm und schief werden, über den Stoff hinausgehen. Der Unterfaden würde sich mit dem Oberfaden verheddern, und sie müsste versuchen, das in Ordnung zu bringen, müsste tief in die Spulenkammer greifen und könnte es mit ihren kraftlosen Fingern doch nicht schaffen. Würde das Fadengewirr nicht erwischen, das dort drinnen fest verwickelt als riesiges Knäuel liegen würde.

Früher, als sie genäht, wirklich genäht hat, auf Bestellung – Bettwäsche, Gardinen und Vorhänge –, das waren noch Zeiten. Da war sie jemand, fast eine wichtige Person. Jedenfalls war sie *anständig* und allein. Obwohl, ganz allein nicht. Wie sie da jetzt so sitzt, fällt es ihr wieder ein. Der kleine Junge mit den dunklen Locken, der auf dem Fußboden herumkrabbelte, der lernte, sich an ihrem Bein aufzurichten, der gehen lernte. Süß war er, oder nicht? Klein und rund und niedlich? Er war doch niedlich? Das Stechen meldet sich wieder, die Schmerzen im Herzmuskel, bohrend, während sie sich an den Drang erinnert, das Kind quer durchs Zimmer zu schleudern. Wie zufällig stieß sie den Fuß mit dem schweren Holzschuh gegen den kleinen Jungen. Hoppla, da habe ich dich wohl aus Versehen getreten, mein Kleiner! Warum musst du dich auch ständig an mich klammern? Und er schrie, und *das* war Grund genug, ihn loszuwerden. Wer kann denn bei so einem ohrenbetäubenden Spektakel arbeiten? Ein Klaps auf den Mund, eine ordentliche Tracht Prügel mit dem Stock und dann ab in die Kammer. Heiseres Gebrüll, das im Geräusch der Nähmaschine unterging. Katak-katak-katak. Nein. Sie hat doch nichts Falsches getan. Niemals!

Sie erhebt sich vom Nähstuhl, stapft die Treppe wieder hinunter. Runter und vergessen. Schlag es dir aus dem Kopf! Aslaug, was weiß die denn, die dumme Kuh? Gar nichts weiß sie. Woher nimmt sie das Recht, hierherzukommen und sie zu verurteilen? Aber damit ist jetzt Schluss!

Sie schaut wieder aus dem Fenster. Niemand da. Aber jetzt ist es ja auch so dunkel, dass man ohnehin nichts mehr erkennen kann. Vielleicht sollte sie ein letztes Mal hinausgehen, bevor sie nach oben geht und sich schlafen legt? Sie öffnet die Tür, tritt auf den Treppenabsatz hinaus, späht in die Dunkelheit. Das Einzige, was sie sehen kann, ist die Flagge. Und die *muss* jetzt hereingeholt werden. Sie schlurft durch den Schotter auf dem dunklen Hof, klappt die Trittleiter auf, die an der Wand gelehnt hat. Gar nicht so einfach, sie sicher aufzustellen, sie kippelt auf den unebenen Steinplatten, stößt gegen die Randsteine, die das Beet einfassen. Sie klettert hinauf, die Leiter wackelt immer noch. Aber sie muss. Hoch hinauf auf die Himmelsleiter muss sie. Wie eine Heldin, eine Pionierin! Seht her – ich komme sehr gut allein zurecht! Sie steigt noch eine Stufe höher, eine kleine Stufe, streckt sich nach der Flagge und spürt für einen Moment und mit einem schrecklichen Sog im Bauch, wie es ist, ins Leere zu treten.

14

Mit Lichtgeschwindigkeit sausen sie davon, angetrieben von den Superkräften der Sonne, die von beiden Seiten hereinscheint. Luke steuert das Raumschiff ruhig und sicher über den Waldplaneten, während er aus dem Seitenfenster schaut. Sie sind so schnell, dass die Bäume nicht zu erkennen sind, nur eine unklare grünbraune Masse. Dagegen bewegt sich alles, was weit entfernt ist, viel langsamer und verändert sich fast nicht. Er sieht immer noch dieselben runden Hügel wie vor einer Weile, als wäre das, was am weitesten entfernt ist, mit einem Seil an ihnen befestigt, sodass sie niemals davon loskommen.

«Wo sind wir, Papa?»

Papa wendet den Blick für einen Moment von der Straße ab, nimmt die Straßenkarte und zeigt darauf.

«Ungefähr hier.»

«Wo sind wir auf der anderen Karte? Auf der Schatzkarte?»

«So weit sind wir noch nicht gekommen.»

«Und wann sind wir da?»

«In einer Stunde vielleicht. Erst müssen wir rechts abbiegen und nach Osten in Richtung Schweden fahren.»

«Kann ich ein Eis haben?»

«Wenn wir an eine Tankstelle kommen, kannst du ein Eis haben. Dann können wir auch noch einkaufen, was wir vorhin im Laden vergessen haben.»

Aber es ist keine Tankstelle in Sicht. Nur der Wald, die Hügel und der breite Fluss, der ruhig neben der Straße fließt. Es sind auch fast keine anderen Autos unterwegs. Und der Abstand zwischen den Häusern ist groß. Die meisten sind alt, viele sehen verlassen aus, als würde dort niemand mehr wohnen. An den Fenstern sind keine Gardinen, hinter den Scheiben herrscht leere Dunkelheit. Sie rasen daran vorüber. Als gäbe es nur sie. Nur Lukas und Papa und die Bäume und die Straße. Sie ganz allein auf der Welt. Lukas öffnet das Fenster. Eine Windbö fegt durch den Wagen, kühl.

«Können wir anhalten und uns eins von den alten Häusern anschauen?»

«Da gibt es doch nichts zu sehen.»

«Das wissen wir doch erst, wenn wir nachgesehen haben. Und wenn wir anhalten, kannst du außerdem rauchen.»

Das funktioniert fast immer.

«Wir halten am nächsten Haus, ja?»

«Okay», sagt Papa schließlich.

Es dauert nicht lange. Schon hinter der nächsten Kurve taucht ein graues altes Haus in einem verwilderten Garten auf.

Papa fährt an die Seite und stellt den Motor aus. Lukas öffnet die Autotür und läuft hinüber zum Haus. Das gelbe Gras steht dicht und ist beinahe ebenso hoch wie er. Im Garten wachsen ein paar alte Beerensträucher und ein großer Apfelbaum. Lukas pflückt einen Apfel vom untersten Ast und schlägt die Zähne hinein.

«Der ist vielleicht lecker, Papa. Probier mal!»

Papa winkt ihm, zündet sich eine Zigarette an, lehnt sich gegen den Wagen und raucht. Lukas läuft eine Runde um das Haus, ehe er sich einem der Fenster nähert. Es ist zu weit oben, er kann nicht hineinsehen.

«Du musst mich hochheben!»

Papa kommt zum ihm herüber und hebt ihn hoch. Sie schauen in eine graue Küche mit einem altmodischen Herd. In der Ecke ist ein einsames Waschbecken, davor stehen ein Tisch und ein paar Stühle, weiter nichts.

«Warum ist hier niemand?», fragt Lukas.

«Wer weiß. Vielleicht hat es hier keine Arbeit gegeben. Oder vielleicht waren sie zu alt.»

«Ihre Kinder könnten doch hier wohnen.»

«Es wohnen nicht mehr viele Leute an Orten wie diesen.»

«Warum nicht?»

«Weil sich alles verändert.»

«Warum muss sich denn alles verändern?»

Papa denkt nach.

«Die Zeit vergeht, und plötzlich ist alles anders. Man wird größer und lernt neue Dinge. Und dann verändert man sich, und so geht die Geschichte weiter.»

«Aber du und Mama, ihr verändert euch nicht.»

Papa seufzt und setzt ihn wieder ab. Sie gehen zurück zum Auto.

«Oder?»

«Steig ein, die Sonne steht schon ziemlich tief.»

«Es ist doch mitten am Tag, Papa.»

«Aber es wird früh dunkel. Wir müssen auch noch etwas einkaufen. Weißt du noch, was?»

«Einweggrill und Würstchen. Und Streichhölzer, weil du nur noch eins hattest. Und das hast du jetzt verbraucht.»

«Du passt gut auf.»

«Ich kriege alles mit, Papa.»

Sie steigen wieder ins Auto, schließen die Türen und gleiten zurück auf die Straße.

«Papa, kannst du mir was über den Weltraum erzählen?»

«Was willst du denn wissen?»

«Erzähl mir was über die Sonne. Warum sie leuchtet.»

«Weil sie brennt. Die ganze Zeit.»

«Verbrennt sie denn nicht?»

«Irgendwann schon.»

«Und wann?»

«In Millionen von Jahren.»

«Dann wird es aber dunkel hier! Aber wir merken das nicht, oder? Wir sind dann ja schon lange tot.»

«Das stimmt.»

«Die Sonne ist ein Stern», sagt Lukas.

«Ja.»

«Und das Licht bewegt sich schnell.»

«Wahnsinnig schnell. Aber die Sterne sind so weit weg, dass ihr Licht eine Ewigkeit braucht, bis es bei uns ankommt. Viele der Sterne, die wir sehen, sind schon längst verloschen.»

«Aber die Sonne nicht.»

«Nein, die nicht.»

«Manchmal explodieren Sterne auch. Und das nennt man dann Supernova, oder, Papa?»

«Genau.»

«Und manchmal werden sie von schwarzen Löchern gefressen.»

«Scheint so.»

Sie schweigen einen Moment.

«Heute Nacht werden wir mehr Sterne sehen als zu Hause», sagt Papa.

«Warum das denn?»

«Im Wald ist es so dunkel, da wird es in der Nacht ganz schwarz. Und dann kann man die Sterne sehr deutlich erkennen.»

«Cool.»

Papas Finger krallen sich so fest um das Lenkrad, dass seine Knöchel weiß werden. Er macht ein angespanntes Gesicht.

«Was ist denn, Papa?»

Papa starrt auf die Straße.

«Hast du Angst?», fragt Lukas.

«Angst? Nein.»

«Wir wissen ja, dass das schwarze Loch nicht in der Nähe ist, auch wenn es dunkel wird.»

«Natürlich.»

«Wenn nämlich das schwarze Loch hierherkommen würde, wüssten wir gar nichts mehr. Dann würden wir verschwinden.»

Lukas schaut in den Wald, an dem sie vorbeifahren. Ob dort wilde Tiere sind? Irgendwelche Menschen? Ob hier der Taschenmann wohnt? Versuch ruhig, uns zu kriegen. Versuch uns einzuholen, du dummer Taschenmann. Wenn du es schaffst, verprügelt Papa dich. Er macht dich platt. Lukas starrt angestrengt hinaus, aber er sieht niemanden.

«Papa, sollen wir spielen, das Auto wäre ein Raumschiff?»

«Okay.»

«Dann bin ich Luke Skywalker.»

«Und ich bin Darth Vader.»

«Das geht nicht, Papa.»

«Warum denn nicht?»

«Weil Luke und Darth Vader nicht das gleiche Raumschiff steuern können. Sie sind Todfeinde. Das weißt du doch. Du musst Han Solo sein.»

Aber Papa kümmert das nicht. Ihn kümmert nie etwas. Er will *unbedingt* Darth Vader sein, und darum atmet und zischt er, verstellt seine Stimme und spricht wie immer tief und lustig.

«Luuuuke, I am your father», sagt er schließlich und stupst Lukas in die Seite.

«Nooooo!», ruft Lukas und lacht so sehr, dass er sich fast in die Hose macht.

Hat der Wald dich dazu gemacht? Waren es die Bäume, die mit ihren langen, verschlungenen Ästen in dich eingedrungen sind? Haben sie sich in deinem Inneren ausgebreitet, sich mit stechenden Stängeln, verwachsenen Wurzeln unter einem Netz aus Zweigen und dichtem Blattwerk verschworen? Gewächse, die sich über die hellen Flecken hergemacht und den letzten Rest Sonne geschluckt haben. Du hast sie abgehackt, weggesperrt, herausgerissen, aber sie kamen immer wieder, sprossen mit neuen scharfen Trieben aus den alten Wurzeln.

Wo die Bäume zu eng beisammen stehen, sind die Stämme dünn. Und wo Steine statt Erde sind, liegen die Wurzeln oberirdisch. Sie liegen da wie Stolperdrähte. Kein Wunder, dass Bäume umfallen. Dass sie im Wind umstürzen. Weißt du noch, wie es war, als sie nur halb fielen? Der tote Baum traf den nächsten Baum, blieb schräg dagegen gelehnt stehen, bis alle Nadeln abgefallen waren und sich aufgelöst hatten. So hätte er dort eine Ewigkeit stehen und im Wind knarren können, ehe er ganz umfiel.

15

Wilhelm öffnet den Koffer, sucht Wanderhose, Bergstiefel und Goretex-Jacke heraus, zieht die dunklen Sachen an. Schlafsack, Wollpullover und Stirnlampe packt er in den Rucksack und nimmt die Brieftasche und seinen Pass aus dem Koffer, steckt beides in die Innentasche seiner Jacke. Greift zum Gürtel mit der Waffe und den Patronen, schnallt ihn sich um. Er geht ins Bad, holt Rasierzeug und Zahnbürste, legt die Sachen in den Koffer, bevor er sich ein letztes Mal im Hotelzimmer umsieht. Bett, Lehnstuhl, Schreibtisch, Fernseher. Er hätte hierbleiben können. Auf dem Bett liegen, fernsehen, eine Flasche Whisky trinken. Hierbleiben, wofür? Er nimmt Koffer und Reisetasche, legt die Hand auf die Türklinke, geht hinaus, bezahlt an der Rezeption, dann fährt er mit dem Lift in die Tiefgarage.

Es dauert eine Weile, sich an die Gangschaltung zu gewöhnen. Aber ansonsten funktioniert der Leihwagen, ein schwarzer Honda Civic, tadellos. Er passiert das neue Opernhaus, folgt der Beschilderung, hält sich an die Geschwindigkeitsbegrenzung im Hafengebiet, das ein fremdes, nicht mehr wiederzuerkennendes Land geworden ist, bis er die Schweigaards Gate und weiter oben die Oslogate erreicht. Im Vorüberfahren wirft er einen Blick auf das baufällige Haus, in dem seine erste eigene Wohnung war. Da hat er gewohnt, als er seinen ersten Job in der Fabrik hatte. Bevor er Elise kennenlernte.

Von der Wohnung hatte man eine gute Aussicht, fast dieselbe wie vom Wohnzimmer zu Hause. Er war nur ein bisschen näher am Geschehen dran. Vom Küchenfenster aus konnte er den Hafen, die Bahngleise und das Autobahnkreuz sehen. Die Dänemarkfähre, die schneeweiß und behäbig jeden Morgen um neun hereinkam und jeden Nachmittag um fünf wieder ablegte. Er sah die Autos über die Schnellstraße strömen, konnte ihnen mit dem Blick den Mosseveien entlang folgen, bis sie in den Lichtschimmer am Grønlikai eintauchten und hinter den Landungsbrücken verschwanden. Er sah die Züge aus dem Ostbahnhof rollen und in den Tunnel unter ihm einfahren. Dann vibrierte es in seiner Wohnung, und der Kaffee in den Tassen auf dem Tisch kräuselte sich ein wenig.

Er arbeitete in derselben Schokoladenfabrik wie seine Mutter, traf sie aber selten. Er holte Waren aus dem Lager und transportierte sie zu den wartenden Lastwagen. Das Beste an dem Job waren die Pausen, besonders im Sommerhalbjahr, wenn der Park geöffnet hatte. Dort blühte alles so schön. Krokusse, Lilien und Tulpen im Frühling, Rosen im Sommer und bis in den Herbst hinein. Goldgelbe, feuerrote, cremeweiße, zartgelbe. Manchmal ging er zum Gärtner und fing ein Gespräch mit ihm an, bevor er wie zufällig eine Blumenzwiebel aus seinem Kasten nahm und sie in die Erde steckte.

Er biegt von der Konows Gate ab, schaltet in den zweiten Gang, zwingt das Auto die Ribbunggata hinauf und parkt vor dem Gartenzaun. Er steigt aus und bleibt einen Moment an der Pforte stehen. Abgesehen von dem verwilderten Garten sieht das Haus unverändert aus. Ein Mini-Schweizerhaus, klein und grauweiß, mit ausgesägten Ornamenten an den Traufbrettern unter den Giebeln, einer spitzenumsäumten Veranda und praktischen Kippfenstern, die längst die Sprossenfenster ersetzt haben, an die er sich aus seiner frühen Kindheit erinnert. Die Fliederbüsche sind lang ausgeschossen und verwildert und lehnen sich schwer gegen den schiefen Zaun. Er weiß noch, wie es war, als sie vor der weißen Holzhausidylle blühten.

Sieh nur, wie schön sie sind, pflegte Mutter zu sagen, mit einer ganz anderen Stimme als sonst. Er stand neben ihr, betrachtete die Blütentrauben und versuchte, das Gleiche zu empfinden wie sie. Aber er spürte nichts anderes als den Wunsch, dass sie lieber *ihn* ansehen sollte. Sie tat es nicht. Und dann welkten die Blüten. Die dicken Rispen wurden hässlich und braun. Er hätte sie am liebsten mit einem Stock abgeschlagen.

In Amerika sieht man Flieder nur selten. Die Amerikaner sind praktisch veranlagte Menschen, sie wollen etwas, das lange blüht. Aber hier ist man zufrieden, wenn etwas sich eine gute Woche lang hält, ebenso wie man auch dankbar für den viel zu kurzen Sommer ist. Er legt die Hand auf die Gartenpforte, holt tief Luft und geht auf das Haus zu. An der Ecke steckt eine Flagge. Daneben liegt eine umgekippte Trittleiter. Er hebt sie auf und klappt sie zusammen, stellt sie an die Wand neben die Flagge.

«Geflaggt, na», murmelt er. Dann muss die Königin wohl Geburtstag haben, oder so was in der Art. Darin war sie schon immer gut, den Majestäten Ehre zu zollen. Er geht zur Haustür und drückt auf den Klingelknopf, lässt ihn aber schnell wieder los. Das Geräusch ist schrill und laut, anders als früher. Er wartet, aber nichts passiert. Klingelt noch mal, diesmal länger. Nichts rührt sich hinter dem schmalen Fenster. Er drückt die Türklinke hinunter, aber es ist abgeschlossen.

Er dreht sich um und betrachtet den kleinen Garten. Halbtote Rosen und ein paar struppige Beerensträucher ertrinken beinahe in einem Meer aus Giersch, Brennnesseln und Löwenzahn. Ein paar Töpfe mit verdorrten Stiefmütterchen liegen achtlos hingeworfen in einer Ecke, während der Rhododendron offenbar außer Kontrolle geraten und ein richtiges Monstrum geworden ist. Hässlich sieht das aus.

Er könnte das in ein paar Tagen in Ordnung bringen. Mit dem Rasenmäher das Unkraut abmähen, an den schlimmsten Stellen die Erde ausheben und neu auffüllen, die alten Sträucher herausreißen und ein paar neue Rosen vor der weißen

Hauswand pflanzen. Red Robin oder Coral Dawn. Er spürt beinahe wieder etwas von dem alten Drang, sie zu überraschen. So wie damals mit zehn, zwölf Jahren, wenn er in den Garten schlich und im Herbst Zwiebeln setzte. Im Frühling Blumen einpflanzte, die er in kleinen Töpfen hinter der Gardine in seinem Zimmer gezogen hatte. Wichtig war, den Moment zu erleben, wenn sie sie entdeckte – die Pflanzen, die aus dem Boden sprossen. Er gab sich alle Mühe, ganz natürlich zu klingen: Hast du schon gesehen, draußen im Garten, Mutter? Ich glaube tatsächlich, da gucken ein paar Schneeglöckchen heraus. Osterglocken sind auch gekommen. Studentenblumen und Astern. Waren die vorher schon da, Mutter? Sie ging hinaus, betrachtete sie und lächelte. Nein, wie hübsch. Sind die schön. Aber sie bedankte sich nicht. Sagte nicht: Mein Junge, hast *du* das alles gemacht? Vielleicht glaubte sie wirklich, der Garten hätte die kleinen Wunderwerke ganz allein hervorgebracht, ein Ergebnis von Bienen und Blumen. Und er dachte – versuchte, sich an den Gedanken zu klammern –, sie freut sich darüber. Hauptsache, sie zeigt, dass sie sich freut.

Er findet den Steinplattenweg, kaum erkennbar unter dem Unkraut und der Quecke, folgt ihm ums Haus herum bis zur Kellertreppe. An dieser Seite, die nicht zur Straße liegt, durfte die Farbe abblättern. Die Wand ist nackt und grau, ganz unten haben sich Feuchtigkeit und Grünbelag festgesetzt. Er probiert es an der Kellertür. Abgeschlossen. Er hebt den Blumentopf an, der daneben steht. Tatsächlich, da liegt der Schlüssel, genau wie früher. Er lässt sich bereitwillig im Schloss drehen. Wilhelm tritt ein, geht durch den feuchten Kellerflur bis zu dem Raum, der einmal das Fernsehzimmer war. Immer noch dieselbe schmutzig gelbe Farbe an den Wänden, und der alte Fernseher steht auch noch an seinem Platz. Aber ansonsten ist der Raum völlig zugemüllt. Stapel von Heftromanen und Zeitschriften, haufenweise alte Kleider, fleckige Bettdecken, kaputte Gartenmöbel, leere Verpackungen. Alles hier unten hingeworfen. Er bahnt sich einen Weg durch das Gerümpel zu der steilen Treppe, die nach oben führt. Die beiden untersten Stufen sind verrottet und unbenutzbar. Sie geht wohl nicht mehr nach unten, denkt er. Für einen alten Menschen ist die Treppe lebensgefährlich. Er steigt hinauf, ruft: «Hallo!» Keine Antwort. Im Haus ist es still. Na, dann ist sie wohl einkaufen gegangen.

Die Küche sieht genauso aus, wie er sie in Erinnerung hat, nur um einiges heruntergekommener. Unglaublich, Herd und Kühlschrank sind immer noch dieselben. Die Tapete, die sich an einigen Stellen gelöst hat, ist auch noch dieselbe: eine halbherzige Imitation von Küchenfliesen in Weiß und Dunkelblau. Er streicht mit den Fingerspitzen darüber und erinnert sich, dass er immer dachte, es sei ein Labyrinth. Nicht das blaue Muster berühren, sonst stirbst du. Dann passiert was. Das geht so schnell, dass du es gar nicht mitkriegst.

Der Tisch mit der Resopalplatte ist derselbe. Und die Stühle mit dem Bezug aus weinrotem Kunstleder. Die Scheibengardinen, in der Mitte geteilt, damit man leicht hinaussehen kann. Aber niemand kann hereinsehen. Niemand konnte sehen, was hier drinnen vorging. Er öffnet die Tür zum Vorflur, dem kleinen Windfang mit den tabakbraunen Wänden. Der Spiegel mit dem schmiedeeisernen Rahmen. Er weiß noch, wie er sich immer in diesem Spiegel betrachtete, bevor er zur Schule ging. Sich die Haare glattstrich. Kontrollierte, dass die Mütze richtig saß, damit er nicht auffiel.

Obwohl er wusste, dass sie kommen würde, zuckte er jedes Mal zusammen, wenn sie plötzlich dastand. Ihr Schatten hinter ihm, die starrenden Augen. Kein Wort, nur der Blick, der an ihm herabglitt, um sicherzugehen, dass die Kleidung sauber und gebügelt und alles ordentlich bedeckt war. Und danach gab sie ihm einen Klaps in den Nacken, zum Zeichen, dass er gehen konnte. Sagte etwas, scharf und laut. Er sah auf die Armbanduhr, warf einen Blick nach draußen, um sich zu vergewissern, dass die Rüpel schon vorbei waren, und wenn er sich nicht sicher war, musste er etwas Zeit schinden. Ein Buch, das er oben in seinem Zimmer vergessen hatte, ein Bleistift, den es noch schnell anzuspitzen galt. Dann flitzte er die Treppe hinauf und wieder hinunter, während sie mit schriller Stimme irgendwas rief. Rannte durch den kleinen Garten. Und war es immer noch zu früh, versteckte er sich im Schuppen und wartete ein paar Minuten, bevor er sich ein Herz fasste, die Pforte öffnete und den Berg hinunterlief.

Als er durch den Flur geht, sticht ihm der Geruch von Urin in die Nase. Er öffnet die Tür zum Badezimmer, schaut hinein. Was für ein atemberaubender Gestank, er weicht zurück, macht die Tür wieder zu. Mein Gott, wie weit ist es nur mit ihr gekommen.

Als er die Stube betritt, begrüßt ihn das Zwitschern eines Wellensittichs in einem Bauer. Er geht zum Käfig, starrt den Vogel hinter dem Gitter an, begegnet seinem Blick. Der Vogel verstummt. Er dreht sich um, hält aber inne, als er den gedeckten Tisch sieht. Das gute Möwenservice, und gedeckt für drei. Übelkeit steigt plötzlich in ihm auf, aber er weiß nicht, ob es wegen der unappetitlichen Schnittchen ist, die zweifellos schon viel zu lange da stehen, oder wegen der Möglichkeit, dass noch ein Gast kommen sollte und wer zum Teufel das sein könnte. Was übrigens auch egal ist, denn das Essen ist nicht angerührt worden, die andere Person ist wohl auch nicht gekommen. Für einen Moment sieht er ihr enttäuschtes Gesicht vor sich. Er nimmt das Tablett mit den Schnitten, trägt es in die Küche, öffnet den Abfalleimer und kippt das Essen weg. Geht zurück in die Stube, räumt das Geschirr zusammen, öffnet das Buffet und stellt es hinein.

Er erinnert sich an ihre kleinen, aber seltenen Damenkränzchen. Schon Tage im Voraus begann sie mit den Vorbereitungen. Putzte in allen Ecken und Winkeln. Deckte den Tisch hübsch, schmückte ihn mit Blumen. Meist waren es Frauen vom Handarbeitsklub. Zwei, drei Damen, die Nähzeug, Stoffe und Schnittmuster mitbrachten. Sie nähten Trachtenkleider. Bestickten Leibchen und Manschetten. Mutter servierte Gebäck und Tee, hektisch und aufgedreht. Früher oder später – es blieb nie aus – rief sie ihn zu sich hinein, mit hoher, unnatürlicher Stimme. Um ihn dann lächelnd zu präsentieren und hemmungslos mit ihm anzugeben. Wie gut er in der Schule war, wie eifrig er seine Hausaufgaben erledigte, dass er in den Rechenaufgaben nie einen Fehler machte und alle norwegischen Geschichtsdaten auswendig konnte. Er sang sogar im Schulchor, hatte er doch so eine schöne, glockenreine Stimme. Er starrte dann immer zu Boden, knallrot im Gesicht. Fixierte den gemusterten Teppich. Es war ja alles gelogen. Er war nicht gut in der Schule und hatte nie im Chor gesungen. Der Teppich liegt noch da. Und an der Wand steht noch immer das moosgrüne Plüschsofa, auf dem er nie sitzen durfte.

Sein Blick gleitet wieder über den Tisch. Er erinnert sich, wie es war, wenn sie Weihnachten feierten. Nur sie beide, Mutter und er. Sie hatte die bestickte Tischdecke aufgelegt, die mit den lachenden Weihnachtsmännern, und die Weihnachtskrippe auf die Anrichte gestellt. Eine Familie, aus Holz geschnitzt, mit Vater und Mutter, Engeln und Königen, alle mit zärtlichen Gesten dem kleinen Jesuskind zugewandt. Besonders dann spürte er den unpassenden Drang, wissen zu wollen, wie alles mit allem zusammenhing. Warum wohnte kein Vater bei ihnen? Wo war er? Wer ist er? Bei seinen ungeschickten Andeutungen bildeten sich weiße Flecken auf ihren Wangen, und ihre Stimme wurde noch schärfer als gewöhnlich. Jetzt, wo wir es gerade so gemütlich hatten. Er machte schnell einen Rückzieher, durfte sie nicht aus der Fassung bringen. Musste sie mit einem Thema locken, über das sie gern sprach. Wie die wunderbaren Weihnachtsfeste in ihrem Elternhaus. Es war nicht schwer, sie zum Erzählen zu bewegen. Die Weihnachtsfeste ihrer Kindheit auf dem großen Gutshof auf dem Land waren wie ein Märchen aus dem Bilderbuch gewesen, mit einem riesigen Weihnachtsbaum, der auf das Herrlichste geschmückt war. Es gab Hunderte phantastische Geschenke, und ein Dutzend Kinder hüpften jubelnd vor Freude herum. Es gab Dienstmädchen, zwölf Sorten Gebäck, Hirschbraten und alle nur denkbaren Delikatessen wie kandierte Früchte, glasiertes Gemüse und einen Fasan in der Mitte der Tafel, noch im Federkleid. Hunderte von Kerzen funkelten mit den Kristallgläsern und dem blankgeputzten Silber um die Wette. Und die Kleider, die sie gehabt hatte, aus echter Seide! Sie war so hübsch gewesen, die Schönste von allen, sie war der eigentliche Mittelpunkt. Aber das würde sie ja nun nie mehr erleben. So, nun musste er aber endlich fertig werden mit Essen und aufhören, so ein Gesicht zu ziehen. Schön aufessen die Kartoffeln. Habe ich dir nicht extra Zucker auf den Blutpudding gestreut? Oder ist es mal wieder Zeit für die Kammer?

Er dreht sich um. Lässt den Blick über die Kitschbilder an der Wand schweifen und weiter zu den kleinen ovalen Rahmen mit den gepressten Blumensträußen. Ihm fällt ein, dass er beim Pflücken geholfen hat. Flüchtige Erinnerungsfetzen, auf einer Blumenwiese, suchen und finden. Suchen und finden. Nur die allerschönsten Blumen für sie. Wie sie sich anschließend damit beschäftigte, die Blumen sortierte, zu anmutigen kleinen Sträußchen arrangierte, sie in Büchern presste. Ihre Finger bewegten sich so behutsam. Dann erlaubte er sich, sie zu bewundern, nahm sich heraus, danebenzustehen und ihr zuzusehen, bis sie den Kopf hob und ihn ansah und sagte: Was glotzt du so?

Sein Blick wandert weiter zu der Glasvitrine mit den kleinen Kristallfiguren. Einmal hatte er einen Stuhl an die Wand geschoben, war hinaufgeklettert und hatte die Vitrine geöffnet. Er hatte eins der Figürchen herausgeholt, ein Schwan war es wohl. Hatte ihn in Richtung Fenster gehalten und probiert, ob er das Sonnenlicht einfangen, es in die Stube hereinholen könnte. Wie hatte sie geschrien, als sie ins Zimmer kam. Er war so zusammengezuckt, dass er die kleine Figur fallen ließ, und der Hals brach in der Mitte durch. Der jähe Schlag in den Nacken war so hart, dass er vom Stuhl fiel. Er versuchte nicht, sich vor den Schlägen zu schützen, lag einfach nur da und starrte den Kopf der kleinen Kristallfigur an. Der war noch heil, obwohl er nicht mehr mit dem Körper verbunden war.

16

Hier endet der Schotterweg. Eine von hohem gelbem Gras überwachsene Sackgasse, die in einen ebenso zugewachsenen Wendeplatz mündet. Robert lehnt sich über das Lenkrad, schaut hinaus. Rund um den Wendeplatz ist dichter Wald, so dicht, dass er undurchdringlich erscheint. Das ist die Wildnis, keine Frage. Er schluckt.

«Sind wir da, Papa?»

Er sieht in den Rückspiegel und begegnet Lukas' aufgeregtem Gesicht. «Sieht fast so aus», sagt Robert und stellt den Motor ab.

«So viel Wald!»

«Das kann man wohl sagen. Komm, steig aus.»

Lukas löst den Sicherheitsgurt und hüpft in das welke Gras. Robert öffnet den Kofferraum, nimmt den Rucksack heraus und überprüft den Inhalt. Sie sind gut ausgerüstet. Der Einweggrill, ebenso ein Päckchen Würstchen, Kartoffelpfannkuchen, eine Rolle Klopapier, eine Tafel Schokolade, Brot, Tubenkäse, Marmelade und ein paar Äpfel. Saft und Wasser. Zelt und Schlafsäcke. Taschenlampe.

Er nimmt den Umschlag aus der Tasche und zieht die alte Karte heraus. Bis zum Kreuz – oder Lukas' Schatz – scheint es ungefähr sechs Kilometer weit zu sein. Wenn es ihnen gelingt, gleich den Pfad zu finden und sich unterwegs nicht zu verlaufen, stehen die Chancen nicht schlecht, dass sie es bis dorthin und wieder zurück zum Auto schaffen, ehe es dunkel wird. Und dann ist die Expedition überstanden, und sie können weiterfahren, einen Abstecher über die Grenze machen und sich in Dalarna etwas Nettes zum Übernachten suchen.

«Ich hab Hunger», sagt Lukas.

«Hast du nichts mehr in deiner Brotdose?»

«Alles schon aufgegessen.»

«Was hältst du von einem Apfel? Und dann machen wir uns was Richtiges, wenn wir da sind.»

Es ist immer gut, noch etwas in der Hinterhand zu haben, um den Jungen weiterzulocken. Bei dem Gedanken an ein paar Grillwürstchen legt er sicher einen Zahn zu.

«Dann setz mal den Rucksack auf.»

Lukas zerrt den Rucksack von der Rückbank und hält ihn Robert hin, damit er ihm hilft.

«Der ist aber leicht», sagt Robert und macht ihn auf.

Die braunen Glasaugen von Lukas' Kuschelhund schauen ihn an.

«Wo sind deine Anziehsachen geblieben? Das Regenzeug? Die Gummistiefel?»

Lukas glotzt ihn stumm an.

«Wo ist das alles?»

«Ich hab doch gesagt, dass Wolf mitmuss. Hab ich gesagt.»

«Und was willst du machen, wenn du frierst?»

«Ich friere nicht! Es ist total heiß.»

«*Jetzt*, ja. Aber nachher kühlt es ab.»

«Ich friere nie!»

«Dann nicht», seufzt Robert, schlägt den Kofferraumdeckel zu und setzt den Rucksack auf. Aber das hat auch sein Gutes. Die fehlenden Kleider sind ein noch besserer Grund, dass sie vor Einbruch der Dunkelheit und möglichem Nachtfrost wieder beim Auto sein müssen.

«Lass mich mal auf die Karte gucken, Papa!»

Er reicht Lukas das Papier.

«Hier müssen wir lang», ruf Lukas und zeigt auf die Karte. «Da!»

Robert sucht mit den Augen den Wegrand ab, er ist dicht bewachsen. Hohe Kiefern, Moos und Gestrüpp. Nirgendwo auch nur die Andeutung eines Steigs. In solchen Fällen ist er sogar ein bisschen dankbar, dass er bei den Pfadfindern gewesen ist. Kein Problem, sich mit Karte und Kompass zu behelfen, wenn man weiß, wo man ist. Kein Problem, aus dem Bach zu trinken, wenn man weiß, welches Wasser sich eignet. Vom Lagerfeuermachen mit nur einem Streichholz oder dem Lesen von Tierfährten ganz zu schweigen. All das wird er Lukas beibringen, der es aufsaugen wird wie ein Schwamm.

«Ist es weit, Papa?»

«Eine Stunde vielleicht, oder zwei.»

«Das ist weit. Aber das macht ja nichts. Wir übernachten ja.»

«Das glaube ich nicht.»

«Ich *will* aber übernachten!»

«Das ist mir schon klar.»

«Und das tun wir auch.»

Robert deutet in den Wald. «Sollen wir es da mal versuchen?»

«Durchs Gebüsch?», fragt Lukas. «Au ja, das sieht lustig aus!»

«Wenn du einen Weg entdeckst, sagst du Bescheid.»

Sie springen über den Graben am Wegrand, zwängen sich durch das Gestrüpp und erklimmen eine kleine Steigung.

«Sind wir so was Ähnliches wie Pfadfinder?»

«Nicht nur so ähnlich. Wir sind Pfadfinder.»

«Dann bin ich Indiana Jones.»

«Und ich muss dann wohl sein alter Vater sein.»

«Und dann kommen die Eingeborenen und schießen mit Giftpfeilen auf uns. Aber mich treffen sie nicht, nur dich.»

«Das ist ja ungerecht.»

«Und dann fällst du tot um. Und ich muss dich retten.»

«Wenn ich tot bin, kannst du mich schlecht retten.»

«Doch! Ich ziehe einfach den Giftpfeil aus deinem Hals und sauge das Gift aus der Wunde. Und dann wachst du wieder auf. Puff. Genau wie Schneewittchen.»

Lukas lässt sich auf ein Graskissen fallen.

«Besser, wir machen noch keine Pause», sagt Robert.

«Das sind Blaubeeren, Papa!»

«Die sehen alt und verschrumpelt aus.»

«Die sind lecker!»

Das Kind stopft sich Beeren in den Mund.

«Komm, steh auf. Wir müssen rechtzeitig ankommen, bevor es dunkel wird.»

«Das ist doch noch ewig hin.»

Er schaut zum Himmel. Ja, vorläufig ist es noch lange hin. Es ist erst zwei Uhr. Aber wann geht die Sonne unter? Verdammt, er hat vergessen, nachzuschauen, bevor sie aufgebrochen sind.

«Nicht so lange, wie du glaubst», sagt Robert. «Komm jetzt.»

Lukas seufzt, steht auf und nimmt Roberts Hand. Sie gehen tiefer in den Wald hinein. Er ist unberührt. Überall liegen umgestürzte Bäume in unterschiedlichen Stadien der Verrottung, teilweise von einem Moosteppich bedeckt. Die Sonne fällt in schrägen funkelnden Säulen durch die hohen Kiefern. Säulen, die in leuchtenden, knallgrünen Flecken auf den Waldboden und das Moos treffen. Es ist doch schön, im Wald zu sein. Es ist so friedlich hier.

«Wie toll das aussieht», sagt Lukas.

Robert füllt seine Lungen mit der weichen Waldluft. «Herrlich.»

«Das ist ein Dschungel, oder, Papa? Ein echter Dschungel.»

«Urwald nennt man das. Manche sagen auch Märchenwald dazu.»

«Dann wohnen hier auch Trolle, oder?»

Er zögert mit einer Antwort, will Lukas nicht mit langweiligen erwachsenen Vernunftsprüchen abspeisen.

«Vielleicht», sagt er.

«Hier wohnen Trolle! Und Hexen und Elfen und Komodowarane!»

«Nein, keine Komodowarane.»

«Aber Elche und Füchse und Hasen. Und vielleicht ein Wolf?»

«Vielleicht.»

Sie gehen weiter, bis der Wald von einer Kluft durchbrochen wird.

«Und was machen wir jetzt, Papa?»

Robert schaut auf die Karte, dreht sie hin und her, kann aber die Kluft nicht finden. Vielleicht liegt sie genau da, wo der Falz das Papier ein wenig verschlissen hat. Er steckt die Finger in die Jackentasche. Befühlt die andere Tasche. Tastet die Hosentaschen und die Seitentaschen des Rucksacks ab. Stellt den Rucksack auf den Boden und durchsucht ihn. Er atmet tief ein, schließt die Augen. Heiliger Himmel, das ist doch nicht wahr.

«Was suchst du?», fragt Lukas.

«Den Kompass.»

«Einen Kompass brauchen wir!»

«Wir haben aber keinen! Verdammt!»

«Sei doch nicht so böse, Papa.»

Robert seufzt tief, setzt sich auf einen Baumstumpf.

«Du findest doch trotzdem den Weg, oder nicht?»

«Vermutlich.»

«Wir haben doch die Karte! Damit kommen wir tief in den Wald. Dahin, wo der Schatz ist. Glaubst du, es ist ein echter Goldschatz, Papa?»

«Nein.»

«Aber es kann sein.»

«Wahrscheinlich nicht.»

«Das wird toll. Auch wenn es kein echter Goldschatz ist.»

«Ja, ja.»

«Sollen wir hier runterklettern, Papa?»

Robert beugt sich vor und starrt hinunter in den Abgrund. Es sieht nicht wirklich gefährlich aus. Aber wenn sie erst einmal unten sind, kann es schwierig werden, wieder raufzukommen, ohne den ganzen Weg zurückzugehen. Andererseits verlaufen Wege oft durch so eine Schlucht, weil sie leicht wiederzufinden ist.

«Bitte, Papa.»

«Okay.»

«Cool!»

Hohe Steinstufen führen sie abwärts. Robert geht vor, Lukas hinter ihm. Auf dem untersten Absatz wartet er auf den Jungen und hebt ihn herunter. Es ist, als wären sie in einem dunklen Raum mit graugrünen, von Moos und Flechten bedeckten Felswänden und einem dicken Moosteppich auf dem Boden. Ganz unten fließt ein goldener Bach. Das Wasser ist klar, es hat einen starken Geruch. Wild und frisch. Sie folgen dem Wasserlauf.

«Guck mal, Papa!», ruft Lukas nach einer Weile.

Dort, wo der Bach sich zu einem kleinen Teich erweitert, hocken viele kleine Frösche.

«Oh, sind die süß!»

«Sehr süß.»

«Glaubst du, das sind Giftfrösche?»

«Nein.»

«Könnten es aber sein.»

Lukas sammelt ein paar ein. Sie krabbeln auf seiner Hand herum. Plötzlich macht einer der Frösche einen großen Satz und landet im Bach, wo er mit seinen winzigen Hinterbeinchen schnell unter ein paar Blätter paddelt. Lukas schließt die Hand um den anderen Frosch.

«Was willst du damit?»

«Ich will ihn als Haustier haben.»

«Sicher fühlt er sich im Bach mit den anderen kleinen Fröschlein am wohlsten.»

«Ich passe gut auf ihn auf.»

«Das glaube ich gerne, aber er wird sterben.»

Lukas hockt sich hin und entlässt den kleinen Frosch vorsichtig wieder ins Wasser. Er sieht zu, wie er davonschwimmt.

«Tschüs, kleines Fröschlein.»

Sie gehen weiter. Die Kluft wird zusehends tiefer. Und wie Robert geahnt hat, sind die Felswände bald zu steil, um hinaufzuklettern. Sie bestehen aus riesenhaften Steinblöcken, manche stehen schief und sehen sehr wackelig aus, denkt er. Drohen damit, sich fallen zu lassen. Ein kleines Erdbeben oder ein kräftiger Regenguss könnte sie zum Absturz bringen. Vielleicht reicht auch schon ein lautes Geräusch aus. Viele große Steine sind bereits heruntergefallen und liegen kreuz und quer am Grund der Schlucht, was das Vorwärtskommen immer schwieriger macht.

«Papa?»

«Ja.»

«Ist das die Tiefe des Waldes?»

«Wenn es so einen Ort gibt, muss er hier sein. Komm jetzt. Wir beeilen uns ein bisschen.»

Schnell und behände klettert er über die Steinblöcke, balanciert, rutscht zu Boden. Er dreht sich um und hilft dem Jungen – hebt ihn hoch und setzt ihn ab. Ruhig und vorsichtig. Nur keinen Stein bewegen, keinen Ast zerbrechen, nicht den Zorn des Waldes wecken, sodass die Wände einstürzen, sich über ihnen schließen und sie erdrücken. Rauf und runter, sie gehen schnell, fast ohne Atem zu holen. Und endlich öffnet sich die Kluft, die hohen Wände weichen zurück, und über ihnen breiten sich große Baumkronen aus, in sanfter Bewegung.

17

Das Zimmer dreht sich leicht, sie klammert sich ans Bett, blinzelt. Wie hell es ist, so schrecklich hell. Alle Birnen müssen ausgewechselt, alle Fenster geputzt worden sein.

Evelyn dreht den Kopf, sieht sich um. Nein, das sieht nicht nach ihrem Zimmer aus. Die Tür ist an der falschen Stelle. Das Bett. Die Sonne auf der Wand. Wo ist sie? Ein plötzlicher Schreck. Die Fenstersprossen sind ein Kreuz, von dem die Sonne herabscheint. Ist das die Beerdigung? Ist das das Grab? Wo sind die Blumen? Sind keine Blumen gekommen? Sie erkennt einen Schrank in der Ecke, einen Stuhl an der Wand, darüber ein gerahmtes Bild. Was soll das darstellen? Sie kann es nicht sehen. Wo ist ihre Brille? Wo sind die Sachen? Der Raum dreht sich, das Bett schaukelt, ihr wird übel, sie schließt die Augen.

Sie ist natürlich auf dem Meer. Segelt auf glatten Wellen, treibt auf ein anderes Land zu. Sie ist auf dem Atlantik, auf dem Weg in die Vereinigten Staaten. Sie kennt dort jemanden. Sie wird ihren Sohn treffen. Auf einer Avenue, einem Boulevard, unter den Wolkenkratzern. Sie werden zusammen durch die Straßen gehen. Nicht allein. Niemals mehr. Allein? Hier ist jemand, mehrere, sie flattern herum, huschen an ihr vorbei. Hallo? Sie kann sie nicht richtig erkennen, sie sieht noch schlechter als vorher. Meine Brille? Hallo!

Sie antworten nicht, hören nicht. Sie sind Schmetterlinge, groß und schneeweiß. Oder vielleicht sind es Engel? Dann muss dies der Himmel sein. Die Sonne ist näher als sonst, und das Bett ist weiß und weich wie eine Wolke. Der Bettbezug duftet nach Seife. Nichts stinkt oder muffelt, ist ranzig oder schimmlig. Alles ist sauber im Himmel. Unbesudelt und in schönster

Ordnung. Wer hätte gedacht, dass es nun doch so gekommen ist? Irgendwo muss es Gnade geben. Vergebung. Sie blickt hoch. An einem Gestell über dem Bett hängt ein Beutel mit schimmernder Flüssigkeit. Ein Schlauch ist an ihrem Arm befestigt. Was soll denn das nun bedeuten? Eigentlich müsste sie es wissen. Aber ihr Kopf ist immer noch vollkommen leer.

Jetzt sprechen sie wieder, die Engel. Sie hört die goldenen Stimmen, sieht die Flügel hinter ihrem Rücken flattern. Aber sie kann die Worte nicht unterscheiden. Ihre Ohren sind so faltig, die Haut ist so verschrumpelt. Und die Augen sind von diesem Nebel eingehüllt. Sie zwinkern. Gehen auf, gehen zu, richten sich auf die Weißgekleideten. Ihr da drüben, ihr Engel – hallo? Könnt ihr hierherkommen? Sie will sprechen, rufen. Will die Hand heben, ihnen winken, aber die rührt sich nicht. Hallo? Einer von ihnen kommt herüber, ein Schatten, eine Gestalt. Er wird größer und größer. Eine riesengroße Figur. Ein dunkles Gesicht, undeutlich. Eine enorme Hand, die nach ihr greift, ihr Handgelenk umschließt. Lass mich los. Loslassen! Ein Blick, der sich über sie beugt, sie mit großen Augen anstarrt. Ist dies das Jüngste Gericht?

«Wird Zeit, Bescheid zu geben», sagt er. «Verständigt die Angehörigen.»

Angehörigen? Sie hat doch keine Angehörigen. Sie hat überhaupt niemanden. Sie ist ganz allein. Mit den Möbeln, den Gardinen und der Altersrente. Allein mit ihren Bildern. Stückchen von Sommerwiesen vor sehr langer Zeit. Blumen, die zu Erde geworden wären, wenn sie sie nicht eingefangen und unter Glas bewahrt hätte. Schöne Sträuße, echte. Keine verblichenen Fotografien von Leuten. Hörst du? Leute verschwinden nur!

Aber sie ist im Himmel. Denn sie war gut, immer so gut. Sie hat ihr Bestes getan, hat hart gearbeitet. Für einen Hungerlohn geschuftet, fernab der feinen Gesellschaft. Aus der einen verjagt, in die andere nicht aufgenommen. Ich habe nie bekommen, was ich mir wünschte, will sie sagen. Bin ich deshalb hier? Habe nicht bekommen, was hätte sein können.

Sie schließt die Augen und stellt sich vor, was sie so oft in Gedanken vor sich gesehen hat. Das große Haus mit der Halle, der Treppe und den Säulen. Badezimmer mit blanken Waschbecken unter schimmerndem Chrom. Ein Dutzend Schlafzimmer, Salons wie Perlen an der Schnur, glitzernde Kronleuchter, Polstermöbel. Dienstmädchen und dicke Teppiche. Vor den Fenstern heulte der Winterwind, und es war dunkel draußen in den Wäldern. Vaters riesige Wälder, die niemals endeten. Sie durfte nicht dort hinaus in den Wald, sondern musste hier im Salon bleiben, im Ballsaal, bei den jungen Männern. Offiziere, Leutnants. Siehst du nicht – sie beten dich doch an! Du hast die freie Wahl, denn du bist die Schönste, Blondeste. Du bist das leibhaftige Ideal, und dazu im Seidenkleid. Du hast Perlen um den Hals, perlenden Wein im Glas und ein glücklich perlendes Lachen. Du trägst Diamanten an den Ohren, leuchtende Steinchen aus den schwärzesten Bergen, herausgekratzt von dunklen Fingern, schokoladenbraunen Untermenschenhänden. Dieselbe Farbe wie das verdammte Konfekt, das du herumreichst, ohne die geringste Ahnung zu haben, wie es in die Schachtel gekommen ist. Du weißt nichts, noch nicht. Und du bekommst ständig etwas Neues, neue Dinge, die allerdings schon in Gebrauch waren. Aber das macht nichts. Denn sie sind schön und wertvoll, sie sind aus Gold und Edelstein, Pelz und Seide.

Sie kommen von denen, die sie nicht mehr brauchen, sagt Vater und lächelt. In diesem Haus herrscht keine Not. Keine Knappheit, keine Rationierung. Du kannst alles haben, was du willst, und nur das Beste. Denn Vater ist auf der richtigen Seite, er tut das Richtige. Er liefert Holz und Fleisch, Milch und Kartoffeln sowie treue Mitglieder für die Partei, gute Helfer für das Dritte Reich. Im Gegenzug bekommt er so viele Arbeiter, wie er will, immer neue Kolonnen von Männern, die in den Wäldern schuften. Wenn der eine Haufen erschöpft zu Boden sinkt, kommt die nächste Ladung. König Vater wird immer reicher. Er ist der mächtigste Mann im ganzen Distrikt. Und du bist seine schöne Prinzessin.

Vater lächelt breit und schlägt seinen Gästen jovial auf die Schulter. Er ist sehr freigiebig und großherzig, ein wirklich angenehmer Mann. Aber er ist nicht dumm, o nein. Ihm entgeht nicht die kleinste Andeutung von Widerstand, von Verrat. Er schlägt zu, wenn man am wenigsten damit rechnet, immer zum Schlag bereit. Denn Vater sieht alles und hört alles und sorgt dafür, dass bestraft wird, wer sich nicht fügt. Die Verräter, diejenigen, die auf der falschen Seite stehen oder versuchen, sich davonzumachen. Vater bestraft auch seine Prinzessin, wenn sie am Mittagstisch nicht gerade sitzt, wenn sie zu spät heimkommt, frech oder ausweichend antwortet. Vater straft mit dem Knüppel, mit dem Rohrstock, mit der flachen Hand und mit dem Gürtel. Manchmal mit der Gürtelschnalle. Vater straft Mama, wenn sie den kleinen Bruder nicht bestrafen will. Vater straft die, die Lebensmittelpakete unter dem Lagerzaun durchschieben. Er weiß immer, wer es getan hat. Vater weiß alles. Er weiß, wer den Krieg gewinnen wird. Das ergibt sich aus der Gesetzmäßigkeit der Natur, dem Recht des Stärkeren, der Überlegenheit der reinen Rasse. Vater hat große Pläne. Wenn wir gesiegt haben, wenn all die Schwachen, Unwerten und Erbärmlichen niedergekämpft sind, wird er eine Schlüsselperson sein, einer, der Mut bewiesen und Heldentaten vollbracht und kein einziges Mal gezweifelt hat, ehe er einen armseligen Feind abschlachtete. Eines Tages wird er vielleicht an der Seite des Führers sitzen. Aber vorläufig genießt er hohes Ansehen in der Partei und reist nach Oslo, sooft er kann.

Er findet, dass du schön bist, der König Vater. Du siehst aus wie das Mädchen auf der Titelseite von *Hirdjenta*. Vater betrachtet dich, wie du dort stehst, umschwärmt und vom Licht angestrahlt. Einen von diesen jungen Männern kannst du nehmen, einen der deutschen Offiziere. Flott sehen sie aus, nicht? Oder wie wäre es mit einem meiner norwegischen Helfer? Sieh dir zum Beispiel ihn an – Kommandant des Lagers. Ein kerniger Bursche, ein Kerl durch und durch. Er könnte sich eignen, den Hof mit all seinen Wäldern, Äckern und weiten Wiesen zu führen.

Ihr Blick gleitet über die Männer, die so schneidig aussehen in ihren Uniformen. Aber sie sieht keinen, den sie haben möchte. Sie schleicht sich weg von der Ballgesellschaft, geht hinüber ans Fenster. Stellt sich dicht davor, damit der Ausblick nicht durch spiegelnde Lichter gestört wird. Sie schaut hinaus in die Nacht, in den Wald. Es ist Winter und eisig kalt, die Fichten schwanken im Wind und der Schnee wirbelt vorbei. Und einen Moment lang, ohne zu wissen, warum, sieht sie die Arbeitskolonne vor sich, die schuftet und schleppt, die sägt und hackt, mit nackten, blutigen Händen. Die Körper in Lumpen gehüllt, die Füße mit Lumpen umwickelt. Magere Gesichter mit tief eingesunkenen Augen. Russische Gefangene, die für Vater und für sie arbeiten. Für die ganze Familie. Damit diese ganze Pracht möglich ist. Sie wendet sich vom Fenster ab. Untermenschen, sagt sie laut, öffnet den Mund und lacht und wirbelt hinein in den Tanz. Sie ist die hellblonde Königin der Nacht. Die verheiratet werden soll, gut verheiratet. Mit einem Offizier oder einem Kommandanten. Sie hat die freie Wahl.

Du erinnerst dich doch an den Kleinen? Den süßen, weichen, dunklen, lieben Kleinen. Er war genauso dunkel wie du und genauso hübsch. Es gab ein Band zwischen ihm und mir, ein Herzensband. Ich habe ihn im Arm gehalten und fand es nahezu unglaublich, dass so etwas möglich ist. Dass man für jemanden alles bedeutet. Ich dachte, es würde für immer halten. Aber dann war es vorbei. Niemand zum Festhalten. Niemand, den ich festhalten konnte. Wo ist der kleine Schatz geblieben?

Ruhelose ruhen nicht, sie flattern hin und her. Zwischen Haus und Loch. Dort bin ich gefallen. Dort liege ich. Dort liegt es jetzt. Es gibt keinen Frieden.

Ich suche am Bach, am See und im Unterholz. Zwischen den Bäumen, in der Heide, unter dem Laub, vor der Hütte und in den dunklen Räumen. Ich folge dem Marder zwischen den Steinen entlang, folge dem Dachs, der ein Loch unter einer Wurzel gräbt, folge dem Blick einer Krähe, die auf einem Ast sitzt. Ich finde einen hohlen alten Baumstumpf, krieche hinein und kaure mich zusammen und versuche den Abdruck von demjenigen zu finden, der hier zuletzt gelegen hat.

18

Der Wellensittich im Bauer zwitschert ein lautes, sich wiederholendes Lied. Wilhelm geht durch die Stube, starrt ihn an und spürt den Impuls, die Hand in den Käfig zu stecken und ihm die kleine Kehle zuzudrücken. Aber er tut es nicht.

Er geht aus der Stube und die Treppe hinauf zu den Schlafzimmern. Wirft einen Blick in Mutters Zimmer. Da hat sich nichts verändert, dieselbe dunkelrote Farbe an den Wänden, dieselben orangefarbenen Wandlampen, die so schlechtes Licht geben. Dazwischen der Lehnstuhl, das Bett an der Wand. Aber alles ist heruntergewohnt, und stickig ist es hier drinnen, es riecht süßlich und muffig. Ein großer Haufen Schmutzwäsche liegt auf dem Stuhl. Staub schwebt in der Luft, Wollmäuse tanzen in den Ecken. Er geht weiter, öffnet die Tür zu seinem ehemaligen Zimmer und tritt ein. Nicht wiederzuerkennen. An den früher hellgrünen Wänden klebt jetzt eine kleingeblümte Tapete. Schreibtisch und Bett sind weg, dafür steht ein Arbeitstisch an der Stirnwand. Die blauen Regale, in denen er seine Bücher und Spielsachen aufbewahrte, sind cremeweiß gestrichen. Schachteln stehen darin. Er zieht eine heraus, sie ist voller Stickgarn. Zieht eine andere hervor, sie enthält Knöpfe und Reißverschlüsse.

Er blickt hinauf zur Zimmerdecke und erkennt die Jahresringe im Holz wieder, die er vom Bett aus in allen Details studiert hat. Das Modellflugzeug, das dort oben hing, ist weg. Aber der Haken, an dem es befestigt war, ist noch da. Manchmal hat er sich vorgestellt, er säße in dem kleinen, grau angemalten Flugzeug. Eine winzige Ausgabe seiner selbst, die den Motor startete, sich vom Stahldraht losriss und zum Fenster hinausflog. Er schaut hinaus auf die weiße Wand des Nachbarhauses. Ein Fenster in der Wand. Ein zugezogener grauer Vorhang. Niemand da, der sieht, niemand da, der hört. Er reckt den Hals, sieht das Fleckchen Himmel oben, das klitzekleine Stückchen Blau, an dem er in seinem Modellflugzeug kreiste, zwischen den Wolken, großen weißen Wattebäuschen. Und dann auf und davon.

Einmal hatte er den Schreibtisch verschoben, war hinaufgeklettert und hatte den Stahldraht mit dem Modellflugzeug abgenommen. Da war er vielleicht elf. Er hatte ein Seil im Schuppen gefunden, das befestigte er mit einem Doppelknoten an dem Haken und machte eine Schlinge, so wie in den Cowboyfilmen. Er hatte mit beiden Händen an der Schlinge gezogen, so fest, dass das Seil in seine Handflächen schnitt. Es war stark, es würde ihn in der Schwebe halten, ihm das Gefühl geben, wirklich zu fliegen. Er hatte sich die Schlinge um den Hals gelegt, war aber zu feige, den Tisch wegzustoßen. Hinterher saß er da mit dem Seil in der Hand, streichelte es und spürte, wie ihm die Tränen die Luft abschnürten. Er hütete das Seil gut, hielt es mehrere Jahre unter seinem Bett versteckt. Ab und zu holte er es hervor und prüfte es, aber am Haken befestigte er es nie mehr.

Bis auf den Haken an der Decke erinnert ihn nichts in diesem Zimmer an seine Kindheit. An den, der er einmal war. *Wer war er?* Er zieht an der Tür zur Kammer, aber sie ist abgeschlossen. Der Schlüssel hängt wohl immer noch an ihrem Schlüsselbund. Er muss diesen Verschlag nicht öffnen, um sich zu erinnern, wie es da drinnen war. Wie die Dunkelheit die Phantasie zum Leben erweckte.

Mutter konnte gut erzählen, viele Geschichten wusste sie auswendig. Das hat sie wohl zu Hause gelernt. Sie hatte ein besonderes Talent, ihre Stimme zu verstellen, konnte sie so verändern, dass sie wie ein unschuldiges kleines Mädchen oder eine schreckliche Hexe klang. Wie ein Greis, ein Troll, ein Gespenst oder eine böse Fee. Sie erzählte von dem Mann, der sich im Mondschein schrittweise in einen knurrenden Werwolf verwandelte, der seine Kinder fraß. Von Ausgeburten, den bleichen Gespenstern der toten, ungetauften Kinder, die nach ihren Eltern riefen. Und die zu einem nach Hause kamen und alles Leben auf dem Hof vernichteten, falls man nicht genau das tat, was sie von einem verlangten, da draußen im Wald. Sie erzählte von der Pest, die als Totengerippe mit Besen und Harke von Hof zu Hof ging. Wo sie fegte, mussten alle an der Krankheit mit den schwarzen Beulen sterben, während dort, wo sie harkte, ein paar Leben verschont blieben.

Am allerschlimmsten waren die Geschichten von den Wechselbälgern. Wie kleine Babys leise und unbemerkt aus ihren Wiegen geholt wurden, mitten in der Nacht geraubt von Trollweibern, die stattdessen ihre eigenen hässlichen Kinder hineinlegten. Die armen Mütter waren gezwungen, die Wechselbälger zu füttern, und die waren eine schwere Last. Aber einen Lichtblick gab es, eine Hoffnung, das richtige Kind zurückzubekommen. Wenn man den Wechselbalg nur genug anschrie und quälte, würde das Trollweib schließlich kommen und ihn holen und das richtige, liebe Kind mitbringen.

Nach dieser Geschichte blickte sie ihn manchmal prüfend an: Wer weiß, ob du nicht so einer bist. Hübsch bist du jedenfalls nicht. Und dann stieß sie ihn von ihrem Schoß hinunter. Erst bat er, dann rief er, er wolle wieder hinauf. Aber da war Schluss mit den Geschichten. Das war immer der Schluss. Quengelte er zu sehr, hieß es ab in die Kammer. Und dort hinein kamen sie alle, die Trollweiber, die Ausgeburten, der Werwolf und die Pest. In die Dunkelheit zwischen den Wintersachen und den Mottenkugeln. Viel zu viele Mottenkugeln, die ihn nach Luft ringen ließen zwischen den Schluchzern, nachdem sie den

Schlüssel im Schloss umgedreht hatte. Schrie er zu laut und zu durchdringend, kam als Nächstes der Kohlenkeller. Von dort unten war er nicht zu hören, weder in der Stube noch im Schlafzimmer. Nicht einmal in der Küche.

Er geht die Treppe hinunter, hinaus in den Vorflur, öffnet die Haustür und geht zur Luke, die von außen in den Keller führt. Sie ist unverschlossen, im Gegensatz zum Verschlag. Nicht einmal der Riegel ist vorgeschoben. Wovor hat er Angst? Vor gar nichts. Es ist keiner hier, der ihn einsperren kann. Er zieht an der Außenluke und hebt sie hoch, öffnet die Innentür, geht die kleine Treppe hinunter und steht mitten im Kohlenkeller.

Derselbe alte muffige Geruch. Steinwände und Lehmboden. Kälter als draußen. Aber nicht so wie im Winter. Da war es bitterkalt hier unten. Er war im Handumdrehen blaugefroren. Wenn er endlich hinausdurfte, waren Arme und Beine taub. Dann durfte er manchmal baden. Aber egal, wie lange er im warmen Wasser saß, die Kälte verließ den Körper nie ganz. Selbst wenn Mutter lächelte und wieder freundlich war, blieb er zu Eis gefroren, bis ins Innerste.

Er streicht mit der Handfläche über die raue Wand. Alaunschiefer. Grau. Wenn man an dem Stein kratzt, bröckelt er. Aber das führt zu nichts. Man kann kratzen und kratzen, bis die Finger bluten, aber man findet keinen Ausgang. Man kommt nur immer tiefer in den Berg. Weiter hinein ins Dunkel. Die Zeit verschwand, sobald er hier unten war, sie wurde unendlich. Diese dumpfe Stille um ihn herum. In sie hineinschreien, sich heiser brüllen. War er jetzt verrückt? War er einer von denen geworden? Mama! Mama!

Er hatte nichts außer seinem Kopf. Aber der war so klein, so dünn wie eine Eierschale. Darin war weiches Material, fast flüssig, das schnell anfangen konnte zu verfaulen. Er merkte, wie schwach er war, er verrottete bereits. Er spürte sie, die Dunkelheit, die in ihn hineinsickerte, durch ihn hindurch. Die Dunkelheit, die zu ihm sprach, wenn er aufhörte zu schreien. Versuchte, nicht die Stimme zu hören, die aus der Stille erwuchs. Nicht zu hören, was nicht da war, nicht da sein konnte.

Er merkt, dass sein Mund trocken ist, und fühlt sich schwindlig. Er stolpert die kleine Treppe hoch, hinaus ins Licht. Schlägt die Luke zu, lehnt sich an die Hauswand, atmet schwer. Er hätte nicht hierherfahren sollen, hätte nicht kommen sollen. Höchste Zeit, dass er abhaut und dahin fährt, wo er hinmuss. Er wischt sich den Schweiß von der Stirn, geht auf die Gartenpforte zu.

«Hallo?», ruft eine zittrige Stimme.

Er zuckt zusammen und bemerkt eine alte Frau auf dem Gehweg, die sich auf einen Rollator stützt.

«Nein, ist das nicht der Wilhelm?», ruft sie aus. «Und ich habe geglaubt, sie hat sich das alles nur ausgedacht. So kann man sich irren. Ja, du erkennst mich doch, oder?»

Nein, das ist nicht Mutter. Kann sie nicht sein.

«Lass dich doch mal anschauen.»

Sie schiebt die Pforte mit dem Gehwagen auf, kommt ihm auf dem Schotterweg entgegen. Er weicht ein paar Schritte zurück.

«Oh, du hast dich ja rausgemacht. Ja, du warst schon immer ein hübscher Junge. Und du warst wirklich seit dreißig Jahren nicht mehr hier? Wie gefällt es dir, wieder zu Hause zu sein?»

Sie schlurft auf ihn zu, müht sich ab, starrt ihn mit ihren kleinen Augen an.

«Ich fürchte, Sie irren sich», sagt er.

«Ach, Wilhelm, auch wenn du mich nicht erkennst, aber ich erkenne dich! Ich bin es doch, Aslaug! Die Nachbarin! Weißt du nicht mehr? Wie geht es Elise und dem Kleinen? Na, der ist wohl schon groß und ein erwachsener Mann. Sie hat gesagt, dass ihr gemeinsam kommen würdet.»

Er dreht ihr den Rücken zu. Geht rasch zum Wagen, kramt in seinen Taschen nach dem Autoschlüssel.

Sie folgt ihm, legt eine schwere Hand auf seinen Arm, starrt ihm in die Augen. «Wie schade, dass du nicht früher gekommen bist. Dass du es nicht mehr rechtzeitig geschafft hast.»

«Rechtzeitig?», sagt er heiser.

«Was für eine Wahnsinnsidee von ihr, auf dieses Ding da zu klettern», seufzt sie und zeigt auf die Trittleiter. «Aber sie ist ja so stur. Will unbedingt immer alles selbst machen! Nur gut, dass es draußen passiert ist. Sonst wäre sie nie gefunden worden. Aber zum Glück ist jemand vorbeigekommen!»

Endlich gelingt es ihm, den Schlüssel in das Türschloss zu stecken.

«Die arme kleine Evelyn. Sie sagen, dass sie auch einen Schlaganfall hatte. Sie ist im Lovisenberg-Krankenhaus. Im Lovisenberg, hörst du?! Du fährst doch hin und besuchst sie? Tust du das? Versprich es mir!»

Er öffnet die Autotür, steigt ein, schlägt sie hinter sich zu. Lässt den Motor an, rollt die Straße hinunter. Wirft einen letzten Blick in den Rückspiegel. Die dicke Alte steht immer noch da und winkt.

19

Sie durchqueren eine moosbewachsene Ebene, passieren bei einer umgestürzten Wurzel eine Felskuppe. Auf der anderen Seite liegt ein Moor. Robert nimmt die Karte zur Hand. Es sind mehrere Moore eingezeichnet, aber er ist sich nicht sicher, welches es ist. Es könnte Ulvmyra sein, Smalmyra oder Fadermyra.

Am Rand wachsen Weiden, und auf den kleinen Grasinseln weiter draußen stehen hohe Binsen und Wollgras. Dort wächst auch Sonnentau, bemerkt er, und meint sich an einen Ausflug in ein ähnliches Moor zu erinnern. Er muss noch sehr klein gewesen sein, aber es hat ihn tief beeindruckt. Irgendjemand hat ihm die fleischfressenden Pflanzen gezeigt. Noch heute kann er vor sich sehen, wie eine kleine Fliege in den rötlichen Fängen mit zähem Nektar hängen bleibt, wie sie zuckt, bevor die winzige Pflanze sie verschlingt.

«Gehen wir rüber?», fragt Lukas.

«Nein. Das könnte gefährlich sein.»

«Wieso?»

«Vielleicht ist weiter draußen ein Schwingrasenmoor.»

«Was ist das?»

«Eine Art Schlamm. Schwarz und zäh. Oft kann man es nicht erkennen, weil obendrauf Pflanzen wachsen, aber wenn du dort hineintrittst, versinkst du sofort.»

«Saugt es einen einfach nach unten?»

«Du sinkst ein und findest keinen Halt, um wieder herauszukommen.»

«Wird man zusammengepresst, bis man winzig klein ist?»

«Nein. Es ist wohl eher so, als würdest du lebendig begraben.»

Im selben Moment bereut Robert, was er gesagt hat. Darüber muss der Junge ja nicht unbedingt Bescheid wissen.

«Lebendig begraben?», ruft Lukas begeistert. «Wie ist das? Sag doch mal!»

«Nein.»

«Ich weiß schon ganz viele unheimliche Sachen.»

«Hinterher bekommst du Albträume.»

Lukas zieht an seinem Ärmel. «Los, Papa, erzähl!»

Was ist eigentlich mit den Kindern los? Warum wollen sie immer die ekelhaftesten Details wissen?

«Man ist nicht tot», seufzt Robert, «aber trotzdem begraben.»

«Und was passiert dann?»

«Wenn man nicht wieder aus dem Grab herauskommt, stirbt man.»

«Warum?»

«Man erstickt.»

«Und wie?»

«Der schwarze Schlamm dringt in die Nase und den Mund, glaube ich. Und dann kriegt man keine Luft mehr.»

Nachdem sie das Moor hinter sich gelassen haben, kommen sie in tiefliegendes Terrain, wo nur ein paar krüppelige Birken in dem feuchten Waldboden wachsen. Die Stämme stehen dicht nebeneinander und strecken sich um die Wette nach Sonnenlicht, und doch bekommen sie nicht genug. Unter den Bäumen wachsen duftender Gagel und Farnkraut. Mücken fliegen herum und summen ihnen um die Ohren. Aber bald schon öffnet sich der Wald wieder, und sie stehen auf einer Ebene mit Steinen, Heidekraut und vereinzelten Kiefern. Robert bleibt stehen, dreht und wendet die Karte.

«Wo sind wir?», fragt Lukas.

«Ungefähr hier», sagt Robert.

«Wo ist der See?»

«Sicher finden wir ihn bald.»

«Und wenn wir ihn nicht finden? Haben wir uns dann verlaufen?»

«Nein, wir verlaufen uns doch nicht. Es ist ganz einfach, den Weg zu finden, wenn man eine Karte hat.»

Er klingt nicht überzeugend. Um genau zu sein, spielt er sogar verdammt schlecht. Ein Glück, dass Anna nicht sieht, wie sie sich hier durch den endlosen Wald quälen. Denn wenn sie gesehen hätte, wie er sich am Kopf kratzt, während er die Karte hin und her dreht, wie Lukas immer dicht hinter ihm geht, geduldig und voll Vertrauen und nichts weiter als das Kuscheltier im Gepäck, dann wäre sie vollkommen ausgeflippt.

Er schaut auf sein Handy. Kein Netz. Natürlich. Wenn sie hier verloren gehen, dann sind sie *wirklich* verloren. Niemand würde sie finden. Weil er – Idiot, der er ist – nicht gesagt hat, wohin sie fahren. Man kann hier tagelang durch den Wald laufen, ohne einer Menschenseele zu begegnen. Seit sie von der Hauptstraße abgebogen sind, haben sie kein Haus und keine Hütte gesehen. Er bleibt wieder stehen und horcht. Kein Laut, der auf menschliche Aktivität hindeutet, weder von der Straße noch von Waldarbeitern. Verdammt, wie konnte er nur so schusselig sein und den Kompass vergessen! Er schaut noch einmal auf die Karte, dann hinauf zur Sonne.

«Weißt du, wo wir sind, Papa?»

«Ja, ja.»

«Glaubst du es, oder weißt du es?»

Der Junge fixiert ihn mit seinem Blick. «Du weißt es nicht genau.»

«Na ja.»

Lukas sieht sich um, und dann grinst er breit. «Dann ist es ja fast wie in *Enchanted Forest*, Papa.»

«Wie wo?»

«Kennst du das denn nicht? Das ist ein Spiel im Internet!»

«Aha.»

«Da verirre ich mich oft. Viele Wege hören einfach auf, und irgendwelche Sachen blockieren den Durchgang. Pflanzen, die riesengroß werden! Oder so eine Hecke, die jedes Mal, wenn man sie mit dem Schwert trifft, immer höher wird.»

«Aha.»

«Und dann muss ich Zaubertropfen in einem Sack sammeln, die ich dagegen werfen kann. Oder ich brauche Hilfe von den Elfen.»

Robert lässt den Blick durchs Heidekraut wandern. Lieber Gott, bitte zeige uns einen Weg.

«Und dann muss ich auch noch Schmetterlinge sammeln! Ganz viele in einem großen Netz. Irgendwann finden wir doch den Weg, oder?»

«Natürlich.»

«Kann ich vorgehen?»

«Na klar.»

«Da lang?»

«Ja, versuch es mal dort.»

Lukas läuft mit neuer Energie voran. Er klettert auf einen großen Stein und späht in alle Richtungen.

«Ho, ahoi, bald haben wir den Schatz! Guck mal, Papa, da ist er ja!»

«Was denn?»

«Der Weg!»

Schnell geht Robert hinüber zu Lukas, der in die Heide zeigt, auf einen schmalen Einschnitt im Gelände – ein alter Trampelpfad.

«Sieh an, da ist er ja.»

«Und ich habe ihn gefunden!»

«Ja, du hast ihn gefunden. Das hast du wirklich gut gemacht, Lukas.»

Sie folgen dem Pfad durch die Heide in den wieder dichter

werdenden Wald, und nach einer Weile stoßen sie auf ein paar umgeknickte junge Bäume am Wegesrand. Herausgerissen und zerstört, als ob hier ein Berserker gewütet hätte. Völlig zersplittert. Die Büsche rundherum sind plattgedrückt.

«Papa, guck mal da!», ruft Lukas ein Stück weiter vorne. «Sieh mal!»

Robert geht zu ihm. Im Blaubeergebüsch liegt ein Kadaver. Sie treten dichter heran und starren das malträtierte Tier an. An der Kopfform kann Robert sehen, dass es ein Elchkalb ist, ansonsten ist nicht mehr viel zu erkennen. Die Brust ist aufgerissen, die Beine sind abgespreizt. Eingeweide, Fleisch, Knochen und blutiges Fell liegen durcheinander, der Kopf hängt kaum noch am Hals, ist ganz verdreht, mit aufgerissenen, erstarrten Augen. Robert sieht, dass es noch nicht lange hier liegt, denn es sitzen erst wenige Insekten auf dem Tier. Das Blut ist frisch und rot. Er schluckt, konzentriert sich, um sich nicht übergeben zu müssen. Um Lukas nicht mit seiner Angst anzustecken.

«Was ist denn mit ihm passiert, Papa?»

«Keine Ahnung», sagt er.

Natürlich weiß er es. Genau davon haben die Jungen im Pfadfinderlager immer geträumt. Die *anderen* Jungen. Stundenlang haben sie darüber phantasiert. Aber gefunden haben sie nie etwas. Ein halb aufgefressener Kadaver – der sicherste Hinweis auf ein Raubtier. Luchs, Wolf oder Bär. Den kaputten Bäumen nach zu urteilen, ist das hier wohl das Werk von einem Bären. Nur ein Bär, der auf den Geschmack von Blut gekommen ist, kann so eine Verwüstung anrichten.

«Es ist jedenfalls tot», stellt Lukas fest.

«Ja, das stimmt.»

«Richtig supermausetot. Das Ärmste.»

«Komm jetzt.»

«Sollen wir es nicht begraben?»

«Begraben?!»

«Bitte!»

«Nein.»

«Ist es gefährlich?»

«Nicht gefährlich», sagt Robert und sieht vor seinem inneren Auge schon Meister Petz, der längst die Fährte von zarterem Fleisch, von Menschen aufgenommen hat. Robert zieht Lukas zurück, an den zerstörten Bäumen vorbei.

«Wir müssen aber in die andere Richtung», sagt Lukas.

«Wir gehen zurück zum Auto.»

«Aber wir sind doch noch gar nicht da.»

«Wir gehen jetzt zurück.»

Lukas lässt sich auf die Erde fallen, verschränkt die Arme und beißt die Zähne zusammen.

«Komm schon, Lukas. Auf mit dir.»

«Du bist ein blöder Papa! Erst sagst du, wir machen eine Expedition, und dann doch nicht.»

Robert sieht sich nach allen Richtungen um, lässt den Blick hin und her wandern, lauscht. Kein Anzeichen von einem Bären. Außerdem ist er sicher satt. Ja, ganz bestimmt.

«Dann gehen wir eben noch ein Stück. Aber wenn ich das nächste Mal sage, dass wir umkehren, dann gibt es keine Widerworte.»

Er starrt den Jungen an. Lukas weicht seinem Blick aus.

«Abgemacht? Ist das okay?»

«Okay.»

20

Sie schwimmt auf dem Meer in einem schaukelnden Schiff, sie segelt hinauf gen Himmel. Gott weiß, wo sie hinkommt, aber irgendein Platz wird es schon sein. Der richtige, den sie verdient hat. Sie war ja so gut. Hat alles so gut gemacht. Evelyn hebt den Kopf vom Kissen, wendet alle Kraft auf, die sie hat. Hallo, ihr da drüben! Ist meine Handtasche da? Die Brille? Hallo! Hört ihr mich? Sie hören nicht, sie sind wieder weg. Die Engel sind nur ganz kurz hier, bevor sie davonfliegen. Sie merkt, dass der Raum sich dreht, dann schließt sie die Augen und erinnert sich, wie sie von der Leiter ins Leere trat und fiel.

Sie ist klein und alt und verknittert. Dünnhäutig und zart wie Papier. Sie hat nichts Böses getan. Sie hat geschuftet und sich abgerackert in der Schokoladenfabrik. Weit weg von der feinen Gesellschaft. Es gibt nur uns beide, kleiner Liebling. Nur uns zwei. Du kommst doch, mein Junge? Leckere Schnittchen, leckerer Kuchen. Der Kaffee ist noch heiß!

Sie hebt den Kopf vom Kissen, um Ausschau nach ihm zu halten, und erschrickt, als ihr Blick auf eine steinalte Greisin im Bett nebenan fällt. Ist sie das etwa selbst? Der Kopf umkränzt von schneeweißem Kraushaar, dünn wie die Rispen von Schleierkraut. Ein Mund, der sich öffnet und schließt, kratzende Atemgeräusche dringen aus der Kehle. Halboffene Augen, auf sie gerichtet. Starrst du mich an? Was siehst du? Was versuchst du zu sagen? Andere hätten ihn weggegeben! Ich nicht. Ich ertrug mein Los erhobenen Hauptes!

Sie hatte einmal jemanden. Hatte ein Kind. Weiß den Namen nicht mehr. Erinnert sich an das Weinen. Winselnd, schluchzend. Ein blödes Geräusch. Aus der Kammer, aus dem Keller.

Das Gesicht, wenn sie ihn hinausließ. Dieses kleine Gesicht. Rot und verheult. Verzerrt. Der Mund abwärts gezogen, Tränen in zwei dünnen Streifen, die Augen schmal und immer dunkler werdend.

Sie starrt zu dem schneeweißen Kopf hinüber, auf den Mund, der sich bewegt. Zerrt an der Stange mit dem durchsichtigen Beutel, zerrt so heftig, dass es im Arm ziept, in dem der Schlauch steckt. Jeder kriegt, was er verdient, und er war ein widerliches Kind. Widerlich, hörst du! Ich habe das Richtige getan. Er hatte es verdient. Wie sein Vater. Sie sind einfach verschwunden. Paff! Weg waren sie!

Schhhh. Sie ist ja hier. Ihr wurde vergeben, sie ist befreit, umgeben von Schmetterlingen, von Engeln. Alles auf einem Tablett serviert. Der Lohn für die Mühe, sie hat ihn schließlich bekommen. Ihr seid die Einzigen, die noch fehlen. Wo bleibt ihr denn? Der Kaffee wird kalt! Kommt, ich will euch alles erzählen!

Sie wartet, aber niemand kommt. Sie sind allein im Zimmer, sie und die andere. Evelyn wendet das Gesicht ab, schließt die Augen und ruft sich ihren Lieblingstraum in Erinnerung. Sie ist nicht alt, sondern jung. Sie ist im Wald, sie ist allein und sie singt.

Sie ist weit gegangen, ist seit mindestens zwei Stunden unterwegs, aber sie ist nicht müde. Es ist Mai und der Schnee ist verschwunden. Das Moos ist grün und die Bäume schlagen aus, die Birken tragen einen hellgrünen Schleier. Es dampft aus dem Boden, dampft aus dem Moor. Ein feiner, leichter Nebel, der sich auflöst, wo die Sonnenstrahlen auf ihn treffen. Es riecht gut, nach Erde. Saftig und herb. Sie ist vom Hof weggegangen, hinauf in den Wald, ist gegangen, ohne zu denken. Weiter und immer weiter. Sie hat die letzten Holzeinschläge längst passiert. Hat einen weiten Bogen darum gemacht, aber die

Geräusche trotzdem gehört. Die Säge, die Kommandorufe, die Peitschenhiebe und einen Schrei. Schreie tragen weit im Wald. Sie ist schneller gegangen, ist gelaufen, bis sie außer Atem und schweißnass war, dann blieb sie stehen, und es war wieder still. Nur die ruhigen Geräusche des Waldes. Der Wind in den Bäumen, das Murmeln des Baches. Vogelgesang. Denn die Vögel zwitschern und finden einander. Sie bauen Nester und legen kleine Eier, wie sie es immer schon getan haben. Sie kümmern sich nicht um den Krieg. Ich wünschte, ich wäre eine Amsel, denkt sie. Die ebenso hoch, ebenso schön singt.

Sie geht weiter durch den Wald, trällert vor sich hin. Ist noch nie so weit gegangen. Und sie denkt nicht an die Zeit, wie viel Uhr es ist, dass sie bald nach Hause muss. Heute ist sie frei. Für ein paar Tage, vielleicht Wochen. Denn Vater ist nach Oslo gefahren und wird eine Weile dort bleiben, für wichtige Besprechungen im Reichskommissariat. Ihr droht keine Bestrafung, wenn sie etwas später heimkommt.

Sie geht an einer Baumwurzel vorbei, die an einen Troll erinnert, einem Baumstumpf, der wie ein Zwerg aussieht, einem Stein, der Ähnlichkeit mit einem Schwein hat. Sie ist jung und schön, und sie singt, während sie geht, sie hat keine Angst, kein bisschen, es ist ja niemand hier. Der Pfad wird immer schmaler, und dann hört er auf. Weiter als bis hierhin geht niemand. Hier, bei dieser Anhöhe, ist er zu Ende. Ab hier ist der Wald unberührt, wild. Mit steilen Schluchten, breiten Mooren und undurchdringlichem Dickicht. Und hinter dem nächsten Bergrücken liegt Schweden. Es ist nicht weit. Was, wenn sie hinüberginge, die Grenze überquerte? Sie lacht laut auf. Was für eine phantastische Idee.

Aber natürlich tut sie es nicht. Niemand überquert mehr die Grenze, nicht ohne eine besondere Genehmigung. Obwohl sie vermutlich offen ist. Seit das Militärquartier und das Gefangenenlager da sind und sie den letzten Schleuser geschnappt haben, einen halbwüchsigen Jungen und seine Gruppe – eine schwarzhaarige, dunkelhäutige Judenfamilie –, ist es ganz vorbei.

Mama hatte gefragt, was mit der Familie geschehen war. Das braucht dich nicht zu kümmern, antwortete Vater. Aber du kannst dich darauf verlassen, dass wir sie uns ordentlich vorgenommen haben. Und ohne dass Mama oder irgendjemand nachfragte, hatte Vater trotzdem die ganze Geschichte erzählt, bis ins kleinste Detail. Evelyn schaudert, blickt sich um. Überlegt, ob es wohl hier war, wo sie gefunden wurden, ob das der Baum war, an den sie den Schleuser banden und ihm dann sein Gesicht zerschmetterten, bevor sie ihn erschossen. Das war völlig richtig, ganz zweifellos. Natürlich mussten sie das tun. Mit dem Schleuser und mit dem Judenpack, einer Familie, zu der zwei kleine Kinder gehörten. Wir haben ein Exempel statuiert, sagte Vater. Und das Exempel zeigt Wirkung, wir brauchen nicht einmal Patrouillen in der Gegend. Das traut sich keiner mehr.

Sie geht weiter, immer geradeaus, Richtung Osten. Die Sonne scheint von der Seite, und sie bahnt sich ihren eigenen Pfad durch das dichte Heidekraut. Sie kommt an eine Schlucht, von der sie bisher nichts wusste, sie ist tief und abenteuerlich. Sie klettert hinab, geht weiter, vorsichtig und mit wachen Sinnen. Der Granit ist grau, aber an manchen Stellen glitzert er. Es ist dunkler hier unten, nur vereinzelt fallen Sonnenstrahlen auf das Moos am Boden, das an diesen Stellen leuchtend grün ist. Ein kleiner brauner Bach fließt in der Mitte, und wo die Sonnenstrahlen ihn erreichen, leuchtet er kupfern und golden. Es raschelt in den Bäumen. Sie bleibt stehen, blickt hoch. Ein Vogel fliegt auf, und dann noch einer. Über den Baumkronen ist der Himmel blau mit weißen, dahinziehenden Wolken.

Nach einer Weile steht sie an einem Moor. Sie wagt nicht, es zu überqueren, sondern biegt nach links ab, kommt an ein Dickicht aus Gagel, Wacholder und Kiefern, dicht wie eine Dornröschenhecke. Sie zwängt sich hindurch, will sehen, was auf der anderen Seite ist. Der Wacholder kratzt ihr die Haut auf, aber sie kümmert sich nicht darum. Sie will nur weiter. Denn gleich wird es kommen, das, was immer kommt, wenn sie durch den Wald geht. Das, was geschieht, wenn sie sich in diesem Traum bewegt, und was so wunderbar ist, so herrlich.

Man konnte sie nicht hören, weil der Fluss so rauschte. Aber sie wusste gut, wo sie waren. Alle wussten, wo das Lager war, auf der anderen Seite des Flusses. Man durfte nicht dorthin gehen, durfte nicht hinüberrudern. Das Gebiet war abgesperrt, und diejenigen, die sich ein seltenes Mal mit Lebensmittelpaketen oder Kleidungsstücken dorthin wagten, wurden bestenfalls streng zurechtgewiesen, im schlimmsten Fall der Konspiration verdächtigt und eingesperrt. Aber alle hatten die zerlumpte Arbeitskolonne vorbeigehen sehen, im Morgengrauen und spät am Abend. Die Männer schleppten sich langsam vorwärts, wie um Kräfte zu sparen, die sie längst nicht mehr besaßen. Sie hatte ihre mageren Arme gesehen und ihre knochigen Knie. Einmal war sie hinterhergeschlichen, durch den Wald, hatte gesehen, wie sie schlugen und hackten, sägten und gruben. Wie sie trugen und zogen und zerrten. Sie hatte die Wächter schreien gehört, hatte gesehen, wie sie auf diejenigen eindroschen, die zu Boden fielen.

Sie ist nicht alt, sie ist jung. Eines Tages begegnet sie einem Mann tief im Wald. Und sofort begreift sie, wer er ist. Sie sieht es an dem dunklen Haar, dem dunklen Bart, an der zerlumpten Uniformjacke. Er ist der russische Gefangene, von dem alle reden, der einzige der Geflohenen, den sie Monate zuvor nicht geschnappt haben. Der von dem Transport weiter unten im Tal abgehauen ist. Wochenlang haben sie ihn gejagt. Es war beinahe ein Sport. Sie haben jeden Winkel im Distrikt durchkämmt, jedes Haus und jede Scheune mit ihren Hunden durchsucht. Am Ende nahm man an, dass er erfroren sein musste. Aber hier war er, höchst lebendig, mitten im tiefen Wald.

Sie sieht ihn, bevor er sie sieht. Er hockt am Bach, mit nacktem Oberkörper. Mager, aber stark. Seine Haut ist bronzefarben. Das Haar schwarz. Er wäscht sich, lässt sich Zeit. Trocknet sich schließlich mit einem Lumpen ab, dreht sich um und zieht ein Hemd an, das an einem Ast hängt. Es ist nicht sauber. Aber das macht nichts. Er ist dennoch schön. Erschreckend schön. Sie steht hinter einem Baum, hält den Atem an. Er entdeckt sie trotzdem und macht eine Bewegung, als wollte er sich verstecken. Tut es aber nicht. Es ist ja ohnehin zu spät.

So standen sie eine Weile da, regungslos. Bis ein Vogel direkt über ihnen aufflog, eine Krähe war es wohl. Sie krächzte. Und da lächelte er. Ohne Grund, denn die Krähe war ja nicht lustig. Aber sein Lächeln schimmerte, die Augen blitzten. Er strahlte. Sie standen da und sahen sich an, und die Zeit verlor sich in ihrem Lächeln, bewegte sich nicht vom Fleck. Es gab nichts anderes mehr, keinen Krieg, kein Lager, kein Dorf. Nur sie beide im Wald.

Schließlich schlug sie die Augen nieder, nahm den Rucksack ab, öffnete ihn, wollte ihr Proviantpaket auspacken, es ihm geben. Er winkte sie zu sich, komm-komm. Sollte sie es wagen? Es ist nicht gefährlich, sagte sein Blick, und sie vertraute ihm. Sah, dass sie ihm vertrauen konnte. Er führte sie hinunter an einen kleinen Weiher. Zu einem schönen Sitzplatz in der Sonne, auf ein paar glatten Steinen. Er pflückte einen kleinen Blumenstrauß, legte ihn in ihre Hände. Veilchen, Maiglöckchen, Buschwindröschen und Siebensterne. Wie schön er war, der kleine Strauß. Und gepflückt von so großen Männerhänden.

Von nun an gibt es keine Zeit mehr, denn sie sind sich unsagbar nah. Er ist der, den sie unter allen Männern gesucht hat. Er ist der, von dem sie immer geträumt hat, aber sie hatte die Hoffnung schon aufgegeben, ihn jemals zu finden. Obwohl sie so verschieden sind, er so dunkel und sie so hell, obwohl sie nicht dieselbe Sprache sprechen, sind sie wie zwei Teile, die einst ein Ganzes waren, aber durch einen unglücklichen Zufall getrennt wurden. Jetzt haben sie sich wiedergefunden und wollen sich nicht mehr verlieren. Nie mehr. Davor hatte sie kein Zuhause, sagt sie. Er ist ihr Zuhause, tief im Wald. Sie singt in ihm, sagt er. Einer singt im Herzen des anderen.

Er hieß Aleksej Dimitrov und war ein Bauernsohn aus der Ukraine, bevor er Soldat wurde und während der Schlacht bei Charkow in Gefangenschaft geriet. Auf der letzten Etappe des Gefangenentransports war er zusammen mit vier anderen geflohen. Aber im Gegensatz zu ihnen, die bereits einige Zeit in einem Lager in Deutschland verbracht hatten und wesentlich abgemagerter waren als er, war er noch einigermaßen bei Kräften, da er direkt nach der Schlacht nach Norwegen transportiert worden war. Und man hatte ihm seine Uniform und seine Stiefel noch nicht abgenommen. Auf ihrer Flucht durch den Wald waren die anderen bald im tiefen Schnee zusammengebrochen und von den Hunden eingeholt worden. Aber er hatte sich durch das Schneetreiben gekämpft, hatte es geschafft, den Fluss zu durchqueren, und sich weiter durchgeschlagen. Er wusste nicht, wo er war, aber er lief einfach weiter, bis er keine Anzeichen von Menschen mehr entdecken konnte, und kam schließlich zu einer eingeschneiten Hütte.

Die war früher vielleicht von einem der Waldfinnen gebaut worden, die vor langer Zeit in dieser Gegend gelebt hatten. Später hatte sie vermutlich jemand als Jagdhütte genutzt, denn sie besaß eine einfache, gemauerte Feuerstelle. Aber obwohl offenbar viele Jahre lang niemand mehr hier gewesen war, lagen noch ein paar alte Tierfelle dort drinnen, ein Feuerzeug und ein paar rostige Fallen. Es war ihm gelungen, ein Feuer zu machen und sich aufzuwärmen. Und als das getan war, sah er, dass man hier leben konnte.

Er hatte große Hände und warme, geschickte Finger. Er dichtete das Dach mit Birkenrinde ab, stopfte Moos in die Ritzen der Wand, zimmerte ein paar einfache Möbel, ohne nennenswertes Werkzeug. Er wusste, wie er sich zunutze machen konnte, was die Natur bereithielt. Lebte von dem, was er sammelte und fing. Fische im Weiher, Vögel und Kleinwild in den Fallen. Er hätte dort draußen überlebt, wenn sie nicht gewesen wäre. Aber dieser Teil gehört nicht zum Traum, das passiert noch nicht. Jetzt will sie nur hier sein.

Sooft sie es wagt, unternimmt sie die Wanderung in den Wald. Sie hat Lebensmittel dabei, Decken, Kleidung, Nägel, Hammer und Messer. Spaten und Säge. Eine Axt. Sie wird eine geübte Diebin, sie stiehlt wie ein Rabe. Sie bringt ihm Kleidung. Müht sich ab, eine Jacke für ihn zu stricken, und später wird ihre Mutter sich wundern, wo die geblieben ist. Sie ist seine gute Fee, genau wie er ihr guter Geist ist. Niemand hat sie so geliebt wie er. Sie hat noch nie so geliebt wie jetzt. Er ist so warm. Seine Augen sind so warm. Seine Hände auf ihrem Rücken, seine Hände auf ihren Hüften. Sie sind drinnen stiller als draußen. Still, wenn sie sich in dem schmalen Bett lieben. Als könnte jemand sie hier hören. Niemand konnte sie hören, und niemand hätte ihn je gefunden. Sie hätten so weitermachen können, für den Rest des Krieges. Für den Rest ihres Lebens. Wenigstens hätten sie weggehen können, hätten über den nächsten Bergrücken wandern können und wären in Schweden gewesen. Aleksej ahnte nicht, wie nahe er einer wirklichen Rettung war, als er Zuflucht in der alten Hütte suchte. Und sie erzählte es ihm nicht. Verlor kein Wort darüber, wie nahe die Grenze war. Denn sie waren ja hier, zusammen. Das hier gehörte ihnen, und es ging ihnen gut. Außerdem gab es ihr ein ganz eigenes Gefühl, etwas zu wissen, was er nicht wusste. Ein Gefühl, das sie sehr mochte und nicht hergeben wollte.

Sie will jetzt aufwachen, will dahin zurück, wo sie ist, deshalb schlägt sie die Augen auf. Aber der Raum dreht sich, und die Sonne sticht ihr in die Augen. Und alles andere ist Nebel. Sie kann nicht sehen, was um sie herum ist. Es ist nicht wirklich, denn es gibt keinen Himmel. Auch kein Paradies mit nur zwei Menschen, Mann und Frau. Die Wirklichkeit war das, was kam und die Übermacht gewann. Denn Träume können nicht von Dauer sein, das sind sie nie.

Die Wirklichkeit war ein schwellender Bauch, kaum spürbar zuerst. Aber sie merkte es bald, und sie weinte, während sie über die Möglichkeiten nachdachte. Gab es jemanden, der ihr helfen konnte? Jemanden, der es wegmachen konnte? Aleksej küsste ihren Bauch, streichelte ihn, sagte, es würde alles gut werden. Alles wird gut für die Guten. Am Ende geht alles gut aus. Ich werde unser Kind lieben, du wirst es lieben, wir werden es gemeinsam lieben. Also wuchs es weiter, wurde groß. Und dann war es vorbei, und dann wurde sie böse.

Du Flittchen, sagte Vater, woher hast du die Kugel? Für wen hast du die Beine breitgemacht, du Sau? Sie hätte das Geheimnis bewahren können, hätte sagen können, dass es ein anderer war. Hätte sich eine Lüge zurechtlegen können. Über einen der Kommandanten, einen der Offiziere. Aber sie war nicht gut im Lügen, und schon gar nicht dem Vater gegenüber. Er hatte diesen Blick, der alle Lügen entlarvte, der alles durchschaute und sie dazu brachte, das zu gestehen, was sie sich geschworen hatte, niemals zu verraten. Aber eine Halbwahrheit konnte sie so verkleiden, dass sie wahr klang. Vater würde ihr glauben, wenn sie sagte, dass der geflohene Russenhäftling im Wald über sie hergefallen sei und sie vergewaltigt habe. Er war ja ein Untermensch, trotz allem. Außerdem war ein Kopfgeld auf ihn ausgesetzt. Vater würde es gefallen, die Prämie zu kassieren. Die Halbwahrheit würde es auch ermöglichen, dass sie ihr Leben als Prinzessin des Dorfes weiterführen konnte. Denn das wollte sie, jetzt, da sie sah, wie es ihr abhandenzukommen drohte.

Aber es steckte auch ein Teufel in ihr. Ein höllischer Teufel, der in all das Schöne hineinstechen, es aufschlitzen und zerstören wollte. Es konnte ja ohnehin nicht von Dauer sein. Denn nichts dauert ewig. Und schließlich hatte er ihr das Kind gemacht und sie in diese Situation gebracht. Wäre er nicht gewesen, wäre alles in Ordnung und genauso wie früher. Er war ja bloß ein geflohener Gefangener. Man läuft nicht ungestraft davon. Am Ende holen sie einen immer ein.

Ohne sie hätten die Männer ihn nicht gefunden. Es war ein ganzes Jahr vergangen, seit sie die Suche nach ihm eingestellt hatten. Vater war einer von ihnen, ebenso der Kommandant, den er sich als Schwiegersohn wünschte. Sie führte sie hin, versteckte sich hinter den Bäumen, zeigte auf ihn. Aleksej hackte Holz. Hackte es mit der Axt, die sie ihm geschenkt hatte. Vaters Axt. Sie sahen die Hütte nicht, die er gebaut hatte. Sie sahen nur ihn, und er sah nur sie, seine Liebste. Er sah sie, obwohl sie sich hinter den Bäumen versteckt hatte. Ihre Blicke trafen sich, als er fiel, und er öffnete den Mund. Er konnte gerade noch ihren Namen rufen, ehe sie ihm die Axt entrissen, ausholten und seinen Schädel zertrümmerten. Dieses Geräusch. Es ähnelte keinem anderen. Knirschend, dumpf und irgendwie feucht. Ihr dicker Bauch zog sich zusammen, das Kind darin zog sich zusammen. Sie erbrach sich auf ihre Füße. Stand da an einen Baum gelehnt und erbrach sich, bis der Magen leer war. Sein zerschmettertes Gesicht im Heidekraut. Hirnmasse, Knochensplitter, Blut. Im Moos, auf dem Waldboden. Alle Gedanken, die er jemals gehabt hatte, alle Träume. Das war der Moment, in dem sie starb. Sie ist schon lange tot. Sie ist mit dem Rest davongeflossen. Mit ihren gemeinsamen Träumen, die zerbrochen sind. Zerstört. Weg. Sie floss davon, versickerte in der schwarzen Erde. Kam nicht wieder hoch. Alles ist dort unten geblieben.

Sie schleiften die Leiche durch den Wald bis hinunter ins Gefangenenlager, ein Streifen Blut zog sich den schmalen Pfad entlang. Sie ließen ihn vor dem Zaun liegen, vier Tage lang, dann warfen sie ihn ins Massengrab. Seht her, das ist es, was euch blüht. Glaubt nicht, dass ihr abhauen könnt. Am Ende finden wir euch, immer.

Ich habe den Mann gehasst, sagte sie zu sich selbst und zu Vater. Ich hasse ihn, er hat mich vergewaltigt. Das war eine Vergewaltigung da im Wald. Ich hasse das Kind, sagte sie. Sie hasste es wirklich. Sie krallt die knochigen Finger in die Bettdecke, drückt zu, wie um sich festzuhalten. Vater hat kein Wort von dem geglaubt, was sie sagte. Du verlauste kleine Stalinhure, du dreckiges kleines Flittchen. Du hast uns besudelt. Scher dich aus meinem Haus. Verschwinde! Du hättest alles haben können. Salon, Kronleuchter und unzählige Hektar Wald und Ackerland und Wiesen. Ein Königreich. Du hättest einen Prachtburschen haben können, den Kommandanten oder einen deutschen Offizier mit Goldlitze am Kragen. Aber du hast dich für das da entschieden, für ein Balg von einem zerlumpten Russensatan, einem Verbrecher, einem Untermenschen, einem Bastard! Raus mit dir! Dich will hier niemand mehr sehen. Dich will jetzt niemand mehr.

Sie blinzelt, blickt wieder hinunter auf ihre Hände. Faltig, mager. Haut und Knochen. Beinahe grau, bald Asche. Sie ist so jämmerlich klein und zerbrechlich. Wie ein vergilbtes Stück Papier vor dem Zerfall. Nur ein paar kurze knappe Zeilen, einzelne hingekritzelte Striche. Unleserlich jetzt, als hätte es in Wasser gelegen, in Tränen. Tinte, die ausgeblutet ist und getrocknet zu einem unebenen, verschwommenen Fleck. Kein Andenken, kein Foto. Nichts zu erinnern, nichts zu verdrängen. Alles verschwunden, alles weg. Kein Geräusch mehr. Nur noch Vogelgezwitscher, das Murmeln des Baches und der leise flüsternde Wind.

21

Sie durchqueren eine offene Heidelandschaft, ehe sie einen mit hohen Fichten bestandenen Abhang erreichen. Unten zwischen den Bäumen leuchtet die Ecke einer blanken Fläche hervor. Der sich spiegelnde Himmel.

«Guck mal, Papa! Da ist er ja! Da ist der See!»

«Ja, tatsächlich. Da ist er.»

«Sind wir jetzt da?»

«Bald», sagt er zweifelnd.

Der stille Weiher ist umgeben von dunklen Fichten und vergilbtem Schilf. In der Mitte schwimmt ein einsamer Schwan. Fehl am Platze, denkt Robert. Der Schwan gibt einige heisere Schreie von sich.

«Warum schreit er so, Papa?»

«Vielleicht ruft er nach seinen Freunden.»

«Oder nach seiner Mama und seinem Papa. Du, können wir ihm nicht helfen?»

«Er will nicht uns.»

Unter den Fichten finden sie den Pfad wieder. Sie gehen am Weiher entlang, kommen an einem großen Ameisenhaufen vorbei und erreichen eine Lichtung mit Blaubeersträuchern. Robert lässt den Jungen pflücken. Er muss ja Hunger haben. Währenddessen sieht er sich um, hält Ausschau nach Bären im Gebüsch. Hält Wache.

«Kannst du mir noch die Geschichte erzählen, Papa? Als du klein warst. Als du dich an nichts erinnert hast.»

«Daran erinnere ich mich nicht.»

«Ach, bitte!»

«Nicht jetzt.»

«Du wusstest nicht mal, wer du warst!»

«Jetzt nicht, habe ich gesagt.» Robert wedelt eine Mücke weg.

«Du warst fast wie Mowgli, oder nicht? Erzähl mir doch davon, Papa. Hast du dich verlaufen?»

Robert seufzt, bereut es, Lukas die Legende seiner Herkunft erzählt zu haben. Er hätte sich denken können, dass der Junge die Geschichte mehr als ein Mal hören will, auch wenn ihm nicht danach ist, sie zu wiederholen.

«Du hast dich verlaufen und warst ganz allein im Wald. Du warst noch sehr klein, stimmt's?»

«Das weiß ich nicht mehr.»

«Doch, das weißt du noch. Du hast es mir nämlich erzählt.»

«Ich habe dir nur erzählt, was Opa gesagt hat, Lukas. *Ich* kann mich an nichts von alldem erinnern.»

«Dein Spitzname war Bobo. Das stand auf einem Schild in deinem Pullover. Aber sie haben niemanden gefunden, dem du gehört hast oder der dich vermisst hat, und deine Kleider waren dreckig, und du warst auch sehr dreckig! Und sehr durstig warst du, und wenn du noch ein bisschen länger im Wald geblieben wärst, wärst du gestorben. Weil du nämlich schon total weit gelaufen warst und ganz erschöpft. Und du hattest einen ganz alten Kackhaufen in der Windel. Erzähl mir doch die Geschichte!»

«Du kannst sie doch auswendig. Komm, wir gehen weiter.»

«Aber nicht die über deine Mama und deinen Papa.»

«Du kennst doch Oma und Opa.»

«Nein, deine *anderen* Eltern. Wieso sind die verschwunden?»

Robert stöhnt. «Ich weiß es nicht.»

«Kann man einfach so verschwinden? Sag doch mal, Papa. Wolf will die Geschichte auch hören.»

«Sie waren anscheinend Zigeuner. Sie sind weitergezogen.»

«Fahren Zigeuner einfach ohne ihre Kinder weiter?»

«*Diese* Zigeuner haben es getan.»

«Vielleicht sind sie gestorben, Papa! Oder der Wald hat sie

sich geholt. Vielleicht haben sie die falschen Blumen gepflückt. Und dann ist der Troll mit den vier Köpfen gekommen und hat sie in Steine verwandelt. Oder vielleicht sind sie von einer Steinlawine verschüttet worden.»

«Wer weiß.»

«Und sie sind völlig zu Brei gequetscht worden.»

«Es reicht.»

«Nur Fleisch und Knochen und Haare und gebrochene Arme.»

Robert bleibt mitten auf dem Weg stehen. Jetzt muss der Junge wirklich den Mund halten. Er dreht sich zu Lukas um und sagt mit unheimlicher Stimme: «Vielleicht hat der Finsterling sie geholt.»

«Wer ist der Finsterling?»

«Er kommt ganz leise, macht kein Geräusch.»

«Und was macht er, Papa?»

«Er legt sich um dich herum. Langsam. Erstickt dich.»

«Hör auf, Papa. Hör auf.» Lukas hat Tränen in den Augen.

«Hast du Angst bekommen?»

«Ja.»

«Entschuldige.»

«Gibt es diesen Finsterling?»

«Nein.»

«Ganz sicher?»

«So sicher wie das Amen in der Kirche.»

Der Wald öffnet sich wieder ein wenig zu einer Ebene mit Steinen, Heidekraut und vereinzelten kleinen Kiefern. Robert schaut auf die Karte.

«Hier müsste es ungefähr sein», sagt er und sieht sich um. «Aber hier ist ja nichts.»

«Da, Papa! Eine Schaukel!»

Lukas läuft zu einer kaputten Schaukel, die schief an nur einem Seil hängt.

«Aber nicht schaukeln, Lukas! Bestimmt ist das Seil morsch.»

Aber Lukas ist längst weitergelaufen und hat etwas anderes gefunden. Ein Stück weiter unten schaut eine graubraune Ecke zwischen den dichten Bäumen hervor.

«Was ist das da?» fragt Lukas.

«Das ist wohl das, wonach wir suchen.»

«Und ich habe es gefunden! Kann ich nicht gut Sachen finden?»

«Doch, das kannst du.»

«Eine schöne kleine Hütte.»

Schön ist eine satte Übertreibung. Man kann es kaum Hütte nennen. Bruchbude beschreibt es besser, und selbst das ist noch schmeichelhaft. Kein Wunder, dass er sie nicht sofort gesehen hat. Sie steht an einem Abhang auf halber Höhe und ist von einem Dickicht aus Kiefern und Wacholder verdeckt. Die verwitterten graubraunen Wände haben die gleiche Farbe wie die Steine und die mit Flechten bewachsenen Kiefernstämme ringsherum. Robert schiebt ein paar Zweige zur Seite und versucht in eines der Fenster hineinzuschauen, aber eine zerrissene Gardine verwehrt ihm den Blick, und das Fenster ist grau von Dreck. Es gibt zwei Türen, eine mit einem Haken davor – sicher führt sie zum Klo –, die andere mit einem Vorhängeschloss.

«Willst du nicht aufschließen, Papa?»

«Mal sehen, ob er passt.»

Er zieht den Umschlag aus der Tasche, fischt den Schlüssel heraus und steckt ihn in das Vorhängeschloss. Und tatsächlich – er passt. Aber das Schloss ist rostig und will sich nicht drehen. Er greift nach der Türklinke und zieht daran. Mehr braucht es nicht, um die rostigen Schrauben, die den Beschlag halten, aus dem morschen Holz zu lösen. Die Tür öffnet sich. Er späht in den dunklen Raum, ehe er einen Schritt über die Schwelle macht. Der Boden schwankt unter seinen Füßen, als könnte er jeden Moment durchbrechen.

«Das ist alt hier, oder, Papa?»

«Da kannst du Gift drauf nehmen. Was für ein verdammtes Loch!»

«Das ist aber nicht besonders nett, Papa.»

«Aber es ist die Wahrheit», sagt Robert und sieht sich um. Die grauweiße Tapete hat sich gelöst und hängt in großen Fetzen von der Wand. Die Feuchtigkeit hat sich ihren Weg nach drinnen gebahnt und das Furnier auf der Innenseite angegriffen, sodass es Blasen schlägt. Die Decke ist ebenfalls in einem erbarmungswürdigen Zustand, die Farbe blättert ab. Der braune Linoleumbelag mit Ziegelsteinmuster, der den Fußboden bedeckt, hat überall Risse. Ein starker Modergeruch deutet darauf hin, dass das Haus nicht nur von Feuchtigkeit, sondern auch von Schimmelpilz befallen ist. Der kleine Raum, der Wohnzimmer, Schlafzimmer und Küche in einem zu sein scheint, ist fast wie eine Puppenstube eingerichtet. Als hätte jemand aufrichtig versucht, eine gemütliche Atmosphäre zu schaffen. Allerdings in einem ganz anderen Stil als heute. Das Zimmer kommt ihm vor wie eine Zeitkapsel aus den Siebzigerjahren, eigentümlich unberührt. Sein Blick gleitet über das Stickbild an der Wand, über das Bettsofa mit orange-brauner Häkeldecke und weinroten Cord-Polstern. Alles ist mit einer dünnen schwarzen Staubschicht überzogen. In den brüchigen Fensterrahmen liegen haufenweise tote Insekten. Die zarten Gardinen mit Rautenmuster, anscheinend aus irgendeiner Art Kunstfaser, haben sich teilweise aufgelöst. Neben dem Fenster hängt ein Bild von einem Elch im Sonnenuntergang und über dem Bettsofa eine abstrakte Ölmalerei in Rot, Schwarz und Gelb – der einzige Gegenstand, der nicht so eindeutig zeitlich einzuordnen ist. Eigentlich ganz schön, denkt Robert und beschließt, das Bild mitzunehmen, wenn sie gehen.

In der Ecke, in krassem Kontrast zur verschlissenen Tapete, hängt ein Obstkorb mit künstlichen Äpfeln, Orangen, Trauben und Bananen in unverändert frischen Farben. Robert verspürt den irrationalen Drang, eine der Plastiktrauben abzupflücken und sie in den Mund zu stecken.

«Kann man das Obst essen, Papa?»

«Nein», sagt er, «das ist aus Plastik.»

Auf dem kleinen Tisch liegt eine Decke. In der Mitte steht ein Keramikleuchter. Die Kerze ist von den Temperaturschwankungen verbogen. Zu beiden Seiten des Keramikleuchters stehen verstaubte Biergläser. Ein Korbstuhl ist ordentlich an den Tisch geschoben, der andere liegt umgekippt auf dem Boden, ebenso ein kleiner Topf.

«Glaubst du, die Leute, die hier gewohnt haben, sind schnell abgereist?»

«Genau das habe ich mich auch gerade gefragt. Sie scheinen es ganz schön eilig gehabt zu haben. Und sie sind nie mehr zurückgekehrt.»

Robert hebt den Topf auf und stellt ihn auf den Tisch. Der Boden ist von etwas Graubraunem bedeckt, was einst vielleicht etwas Essbares war. Als er den umgekippten Stuhl aufstellt, spürt er, wie sich Unbehagen in seinem Magen ausbreitet.

«Ich habe Hunger», sagt Lukas.

«Wir essen, wenn wir wieder am Auto sind.»

«Aber du hast doch gesagt, dass wir essen, wenn wir angekommen sind.»

«Wir können hier doch nicht bleiben, Lukas. Hier drinnen ist alles völlig verschimmelt. Es ist ekelig.»

«Also ich finde es toll. Außerdem können wir ja draußen essen! Wir grillen Würstchen und machen ein Lagerfeuer! Genau wie im Kindergarten, als wir zu dem Lavvo-Zelt gegangen sind.»

«Wir können hier im Wald kein Lagerfeuer machen.»

«Warum nicht?»

«Es ist zu trocken. Das stand im Internet. Um ehrlich zu sein, glaube ich, dass selbst der Einweggrill keine besonders gute Idee ist.»

«Warum hast du denn dann einen gekauft?»

Robert seufzt. «Tja. Ich habe wohl nicht richtig nachgedacht.»

Lukas lässt sich auf das Bettsofa fallen, auf die feuchte Decke mit den Schimmelflecken. «Ich habe Hunger!»

Das Kind braucht etwas zu essen, das ist klar. Vielleicht können sie den Einweggrill in den Kamin stellen?

«Wir essen eine Kleinigkeit, und dann machen wir uns auf den Rückweg. Wie wäre das? Abgemacht?»

Er öffnet den Rucksack, packt die Würstchen und den Grill aus und stellt ihn in die Feuerstelle. Bestimmt sind mindestens fünfzehn Vogelnester im Schornstein, aber was soll's? Wenn die Hütte voll Qualm ist, gibt es jedenfalls noch einen weiteren guten Grund aufzubrechen. Er nimmt die Streichholzschachtel und kramt in den Streichhölzern.

«Verdammte Scheiße.»

«Was ist denn?»

«Alle abgebrannt.»

«Hab ich doch gesagt. Du darfst eben nicht so viel rauchen, Papa.»

Denselben Gedanken hatte er wohl auch, als er an der Tankstelle stand und darauf verzichtete, Streichhölzer zu kaufen. Nicht, dass er Kettenraucher wäre, aber während der Proben waren es doch eine ganze Menge Zigaretten geworden. Die Raucherpausen waren die einzigen Unterbrechungen, die der verflixte Regisseur tolerieren konnte. Der Weg in die Hölle ist mit guten Absichten gepflastert. Wenn er jetzt etwas wirklich brauchen könnte, dann eine Kippe. Außerdem Feuer für den verdammten Grill.

«Ist doch egal», sagt Lukas. «Dann essen wir sie eben so.»

«Nein», sagt Robert. «Das geht nicht.»

«Vielleicht gibt es hier ja irgendwo Streichhölzer, Papa?»

Wieder spürt er das Unbehagen in sich aufsteigen, als er zu suchen beginnt. Er holt tief Luft und öffnet den Schrank unter dem Fenster, verschafft sich einen Überblick über den Inhalt. Ein paar klobige alte Küchenwerkzeuge aus Holz. Ein Teeservice verziert mit hellroten Rosen, ein Marmeladenglas mit Salz, ein weiteres mit einer unbestimmbaren Flüssigkeit, die vielleicht einmal Zucker gewesen ist. In einem leeren Plastikbecher liegen ein paar Fliegenkadaver. Er sucht im Regal am Kamin und in dem danebenstehenden Korb mit Holz und Papier zum Anzünden. Keine Streichhölzer. Robert hebt eine vergilbte Zeitung hoch – Dagbladet in großem Format. *Gestern starb der King* steht auf der Titelseite über einem Foto von Elvis Presley. 17. August 1977. Heilige Scheiße.

«Du brauchst nicht weiter zu suchen, Papa. Wir haben doch jede Menge zu essen hier.»

Lukas zieht die Plastiktüte mit Proviant aus Roberts Rucksack.

«Setz dich ruhig hin, Papa, ich mache uns was zu essen.»

Robert lässt sich neben Lukas nieder, schneidet auf dem Schoß Brot ab. Lukas bestreicht die Scheiben großzügig mit Marmelade.

«Es macht Spaß, zusammen zu kochen, oder, Papa?»

«Ja, klar.»

Sie essen.

«Ist es nicht gemütlich hier?»

«Gemütlich?»

«Guck doch mal, das schöne Bild da.»

Über dem Bücherregal hängt ein welliges Poster, das eine rote Gebirgslandschaft mit leuchtend blauem Hintergrund zeigt.

«Wo ist das?», fragt Lukas

«Sieht aus wie der Grand Canyon. Amerika.»

«Das ist aber schön!»

Auf jeden Fall haftet all diesen Dingen etwas sehr Privates an. Sie müssen Ausdruck dessen gewesen sein, was jemand schön und gemütlich gefunden hat. Träume, die zu Erinnerungen geworden sind. Erinnerungen, die sich weiß Gott wohin zerstreut haben. Wenn sie nicht noch immer in den Dingen weiterleben. Es kann einem richtig schlecht werden, wenn man sich vorstellt, dass sich hinter all diesen Sachen einmal ein Leben verbarg. Er denkt an die alte Dame, die im Theater aufgetaucht ist. War das hier ihr Paradies? Sein Blick fällt auf Lukas, der sich neben ihm zusammengerollt hat, und er unterdrückt den Impuls, das Kind von dem verschimmelten Sofa aufzuscheuchen. Lukas fühlt sich schon ganz wie zu Hause und stört sich nicht an dem Verfall. Daran, dass der Ort unbewohnbar ist, seine Auflösung unmittelbar bevorsteht. In absehbarer Zeit werden Feuchtigkeit, Moder und Schimmel in jede Ritze dringen und die Wände und das Dach so brüchig machen, dass alles zusammenkracht und zu einem undefinierbaren Haufen zerfällt, der langsam, aber sicher von der Umgebung verschlungen wird. Insekten werden sich Gänge durch das morsche Holz graben, es aushöhlen und Stück für Stück in Erde umwandeln. Die Pflanzen des Waldes werden Wurzeln schlagen und hindurchwachsen. Weidengestrüpp, kleine Kiefern, Flechten und Heidekraut werden sich durch die letzten Reste fressen, bis sie komplett zerfallen und von Moos, Laub und Gras bedeckt sind. Es kommt ihm vor, als wären sie in eine Zeit eingebrochen, die Bestandteil der Hütte, außerhalb aber schon längst Vergangenheit ist. Sie haben ihre eigene Zeit in die Hütte gebracht und ihren langsamen Verfall gestört.

Robert atmet tief durch. Er fühlt sich, als könnte er fünf Zigaretten auf einmal in den Mund stecken und trotzdem wären es nicht genug. Hätte er jetzt ein Sixpack Bier dabeigehabt, hätte er ohne weiteres eins nach dem andern in sich reingekippt.

«Papa, was ist da hinter der Tür?»

«Das Schlafzimmer, schätze ich.»

«Können wir reingucken?»

«Nein. Lass das sein.»

Aber der Junge ist schon auf den Beinen und drückt die Tür auf. «Oh, wie toll!», ruft Lukas.

Es ist ein winziges Schlafzimmer mit fleckiger Blumentapete, einem Kinderbett, einem Nachttisch und ein paar verschossenen Kuscheltieren. An den Wandhaken hängen Wollpullover, Jacken und Regenzeug. Ein kleiner grüner Anorak. Auf dem Boden stehen drei Paar Gummistiefel. Große, mittlere, kleine. Vater, Mutter, Kind.

«Guck mal, Papa! Regensachen! Gummistiefel!»

«Ja, schau an.»

«Hier hat das Kind geschlafen. Und im Wohnzimmer, auf dem Sofa, haben die Mutter und der Vater geschlafen. Oder was meinst du?»

Robert nimmt die Hand des Jungen. «Komm», sagt er entschieden. «Jetzt gehen wir.»

«Ich will hierbleiben!»

«Wir haben eine Abmachung!»

Lukas windet sich los und greift nach einem der Kuscheltiere. Ein hellblaues Kaninchen. «Guck mal, wie süß!», sagt er und hält es Robert vors Gesicht.

«Tu das Ding weg!», schreit er. «Leg es weg!»

Lukas lässt das Kuscheltier fallen. In seinen Augen stehen Tränen.

Heilige Scheiße, was ist eigentlich mit ihm los? «Entschuldige, Lukas. Ich habe das nicht so gemeint. Aber das Ding ist schimmelig und alt. Komm jetzt.»

Aber Lukas rührt sich nicht vom Fleck, starrt ihn nur zornig an.

«Tja. Dann musst du eben allein hierbleiben!», sagt Robert und geht zur Tür.

«Geh doch! Lass mich ruhig allein!»

Robert seufzt, dreht sich herum. «Natürlich lasse ich dich hier nicht allein.»

«Können wir nicht noch ein bisschen hierbleiben?»

«Okay. Ein *kleines* bisschen.»

«Ich bleibe hier und spiele.»

Lukas öffnet die Nachttischschublade. «Oh! Das sind ja Micky-Maus-Hefte!»

«Jaja. Ich warte draußen auf dich.»

22

Sie war nicht gut, sie war böse. Und das hier ist das Fegefeuer, der weiße Raum mit dem beißenden Licht, dem sauberen Bett, das so viel weicher ist, als sie es verdient hat. Sie liegt auf der Waage. Bald kommt die Strafe.

«Evelyn Ødegaard?»

Sie blinzelt, erkennt schemenhaft eine der weißgekleideten Gestalten drüben an der Tür.

«Sie haben Besuch.»

Sie wollen sie täuschen, die Engel. Niemand wird kommen. Niemand will ihren Kuchen und ihren Kaffee. Sie presst die Lippen zusammen, kneift die Augen zu vor dieser letzten Demütigung. Ich lasse mich nicht mehr täuschen, hört ihr? Haltet mich nicht zum Narren. Aber sie kann nicht anders, sie muss nachsehen. Sie öffnet die Augen einen schmalen Spalt, blinzelt zur Wand dort drüben.

Da ist etwas neben der Tür, oder? Nickt es ihr zu? Nein, da ist doch niemand. Kein lebendiges Wesen. Nur ein Schatten. Vom Schrank, von der Tür. Der Schatten eines flatternden Engels. Man sollte nicht meinen, dass die so etwas hinter sich herziehen. Ihre Augen fallen wieder zu, sie nickt ein. Träumt. Sie ist in einem Ei, klein und zusammengekrümmt. Sie liegt da drin und fragt sich, wie sie herauskommen soll. Denn das Ei ist in einer Ente, und die Ente ist in einem Kästchen, und das Kästchen steht in einem Schrank. Und der Schrank ist mit drei bleischweren Türen verschlossen. Doch die Schlüssel zu den Türen – einer aus Gold, einer aus Silber und einer aus Kupfer – liegen in ihrem Bauch. Sie hat sie selbst verschluckt, ganz ohne Zwang.

Als sie aufwacht, ist der Raum wärmer als vorher. Ein goldenes Licht fließt von irgendwo herein, fällt auf die Wand und den Stuhl dort drüben. Der Schatten ist klarer, anders. Er hat Gewicht, Fülle und Form. Ist da wirklich jemand? Hallo? Warum sitzen Sie hier?

Er erhebt sich vom Stuhl, kommt näher, wird größer. Dunkel und mächtig beugt er sich über sie, spricht. Sie kriecht in sich zusammen und hofft, dass die Bettdecke sich um sie schlingt. Dass sie abhebt und mit ihr in Windeseile davonfliegt. Denn sie sieht, wer es ist. *Er* ist gekommen. Der Mann mit der Sense oder dem Besen oder der Hacke. Er wird sie mitnehmen, sie hinunterziehen in seine tiefe, ewige Dunkelheit. Zum letzten Mal sinken und fallen. Tief unter die Erde. Wo die Würmer herrschen, die Maden, die Fäulnis. All das wird sie in Besitz nehmen. Hat sie das verdient? Doch, sie hat es verdient, und Schlimmeres, und trotzdem ist sie entsetzt. Nein! Ich will nicht! Verschone mich! Ihr Mund ist trocken, und das Herz hämmert. Es schlägt noch, sie spürt es. Er hält mitten in der Bewegung inne. Sie kommt wieder zu Atem, bebend. Das Zittern lässt langsam nach. Er nimmt ihre Hand. Die große Pranke ist warm. Sie legt den Kopf schräg, betrachtet ihn. Er ist jetzt deutlicher zu erkennen, oder nicht? Ist er es, der Mann aus dem Wald? Die kräftigen Arme sind stark genug, sie kleine Person hochzuheben. Stark wie die Äste einer Eiche. Bist du es wirklich? Lebst du noch? Du lebst. Denn es ist nichts geschehen, ist es nicht so? Alles wird gut für die Guten. Das hast du gesagt. Alles gut für die, die reinen Herzens sind. Nichts verloren oder abhandengekommen. Nichts zerstört.

Unsinn, nichts als Unsinn. Selbstverständlich ist er tot. Denn jetzt sieht sie, wer es wirklich ist. Er sieht immer noch verloren aus, der große Mann. Ebenso verloren wie der kleine Junge. Diese Augen, immer noch so dunkel. Die Augen, die immer größer wurden, wenn sie ihn in die Kammer stieß, die kohlschwarz wurden, wenn sie die Kellerluke schloss. Der Blick, der sie noch lange verfolgte, nachdem die Luke verrammelt und verriegelt war. Die Arme, die sich ihr entgegenstreckten, der schreiende, bettelnde Mund. So klein und jämmerlich. Welch einen Abscheu sie empfand. Lass das! Fass mich nicht an! Du bleibst da, bis du wieder brav bist!

Er spricht jetzt zu ihr, sagt etwas. Mutter, sagt er. Mutter, bitte. Mächtig war sie. Allmächtig. Sie herrschte über Leben und Tod. Jetzt ist sie klein und zart, wie ein vergilbtes Stück Papier. Kann sie immer noch herrschen? Er sagt etwas, fragt. Eindringlich. Drängend. Nach einer Hütte. Was für eine Hütte. Eine Hütte dort drinnen. Wo drinnen. Ich weiß von keiner Hütte, und falls doch, werde ich darauf bestimmt nicht antworten. Selbst wenn sie die Lippen nicht mehr zusammenpressen würde, standhaft und eisern, selbst wenn sie den Mund öffnete, würde kein Wort herauskommen. Es gibt keine Worte mehr, hörst du? Ich habe keine Worte. Also lass das! Fass mich nicht an! Hau ab! Verschwinde! Er hält inne, mitten in der Bewegung. Lässt die Arme sinken, steht da, gebeugt. Dann dreht er sich um, geht langsam zur Tür, wird immer undeutlicher. Aber eins sieht sie, als er stehen bleibt und sich ein letztes Mal umdreht: dieses Aufblitzen in seinen Augen. Satansbengel. Du hattest das alles verdient, das wusstest du genau. Was dich nicht umbringt, macht dich stärker. Und du lebst, oder etwa nicht? Die Tür schließt sich hinter ihm. Es wird still. Ganz still. Der Raum ist wieder weiß und rein.

Sie blickt zur Tür. Versucht die Arme nach ihm auszustrecken, versucht seine kleine Hand zu ergreifen. Versucht ihm über den Kopf zu streicheln, ihn fest an sich zu drücken. Ihn zu wärmen, den kleinen Jungen. Aber so ist das nicht. Sie weiß ja, wie es ist. Ich habe ihn ausgelöscht, nicht wahr? Ihn wieder einmal ausgelöscht. Jetzt ist er weggegangen. Mein einziges Licht. Er kommt nie mehr zurück.

Bist du jemals im Winter hier gewesen? Wenn sich auf dem Bach eine Eisschicht gebildet hat, knirschender Harsch. Erstarrte Halme ragen aus dem Boden, auf den der Schnee so leise fällt. Nichts ist frostiger als die weißen Sterne an der winzigen Fensterscheibe, nirgendwo ist es kälter als in unserer Schlafbank. Manchmal habe ich mich hineingelegt, zwischen die steifgefrorenen Decken. Als könnte ich jemals wieder warm werden. Die Hitze ist schon vor vielen Sommern entschwunden. Als wir dort lagen, ineinander verflochten.

23

Es dämmert. Wilhelm setzt sich hinters Steuer, zieht die Tür mit einem Knall zu. Er dreht den Zündschlüssel und fährt vom Parkplatz vor dem Krankenhaus, fährt die Lovisenberggata hinunter Richtung Ringveien. Folgt den Lichtern, den Schildern, dem Auto vor ihm. Starrt auf die Rücklichter, rot und blinkend. Sie verschwinden trotzdem. Zitternd in dem wässrigen Schleier, den die Augen produzieren. Er schluckt, fährt sich mit der Hand übers Gesicht. Verdammte Scheiße.

Die Stationsschwester hatte gelächelt, als er kam: Und wir dachten schon, sie hätte niemanden. Es ist so traurig, wenn sie ganz allein sind. Sie sind der Sohn? Er hatte den Kopf geschüttelt. Die Schwester sagte: Ist nicht so wichtig, wer Sie sind, Hauptsache, es kommt jemand. Jemand? Wir sind immer etwas überfordert bei den Fällen, die keine Angehörigen haben. Was für Fälle? Heute passiert es wohl noch nicht, sagte die Schwester. Das kann Wochen dauern. Sie ist schlimm gestürzt und hatte einen leichten Schlaganfall. Die Hüfte hat sie sich auch gebrochen, und ein paar Rippen. Ein Glück, dass ein Nachbar vorbeigekommen ist und sie so schnell gefunden hat. Aber erfahrungsgemäß halten sie nach so etwas nicht mehr lange durch, wenn sie so alt sind.

Dann wurde er in ihr Zimmer geführt. Ein Stuhl wurde an die Wand gestellt, und man bat ihn zu warten. Sie schlief. Zunächst sah er sie nicht direkt an. Ließ den Blick stattdessen durchs Zimmer schweifen. Die weißen Wände, die sparsame Möblierung, das Fenster. Er saß da und beobachtete, wie die Sonne weiterwanderte, zu einem goldenen Sonnenuntergang wurde, der die Wände aufleuchten ließ. Man hätte sich vielleicht vorstellen können, dass es ein anderer Ort wäre, eine andere Situation. Aber es war, wie es war. Die Schwester kam mit einer Tasse Kaffee und ein paar Keksen. Er trank den Kaffee, während sein Blick zu ihrem Bett glitt. Was dreißig Jahre aus einem Menschen machen. Diese Veränderung. Seine Augen begannen zu tränen. Wie verschrumpelt und dürr sie geworden war. Wie zart und klein. Er war von seinem Stuhl aufgestanden, zu ihr gegangen, hatte sich über sie gebeugt, ihr über das schneeweiße Fusselhaar gestrichen und die kleine, knochige Hand in seine genommen.

Die im Krankenhaus hatten sich geirrt. Sie hatte sich nicht gewünscht, ihn zu sehen. Sie freute sich nicht, dass er kam, die Hexe. Er hatte es nie geschafft, ihr Freude zu machen, warum sollte es jetzt anders sein? Er kam nur, weil er etwas von ihr wollte. Er wollte etwas haben. Deshalb war er gekommen. Was zum Teufel ist los, was zum Teufel hast du am Telefon gemeint, was zum …? Das wollte er sagen. Aber sie wollte nicht hören. Wollte ihn nicht sehen. Denn obwohl eine große Verwandlung eingetreten war und der Zahn der Zeit so gründlich an ihr genagt hatte, war der Kern ganz und gar unverändert. Die Seele, die sich in den Augen offenbarte. Steinhart wie zwei Kiesel, wie zwei glänzend schwarze Stückchen Quarz.

Die roten Lichter des Autos vor ihm sind durch den zitternden Nebel nur verschwommen zu erkennen. Er wischt sich wieder mit der Hand über die Augen. Es gibt nichts, was ihn noch in diesem Land hält, keine Beziehungen oder Wurzeln. Nichts. Sollte er umkehren? Das Auto wenden und zurück in die City fahren, sich noch einmal ein Hotel suchen, den Rückflug auf morgen umbuchen? Verschwinden, als wäre er nie zurückgekommen? Nein. Er muss *dorthin*. Muss es aus der Welt schaffen. Beseitigen. Dem Erdboden gleichmachen. Damit ihm niemand etwas anhängen kann, ihn unter die Lupe nimmt. Ihn schnappen und einbuchten kann. Endlich ein bisschen Ruhe finden. Ein bisschen Stille.

Er konzentriert sich auf den Abstand zu dem vor ihm fahrenden Auto, auf den Tacho, darauf, unter der Höchstgeschwindigkeit und in der Spur zu bleiben. Konzentriert sich darauf, nicht aufzufallen. Wachsamkeit und Vorsicht. Bewegt sich durch die Landschaft und versucht, dabei die Unruhe aus dem Körper nach draußen zu verlagern, bis das, woran er vorbeifährt, das Unruhigere ist. Bis nichts mehr stillsteht, außer ihm dort drinnen in der Kapsel. Der fast unmerkliche Bewegungen ausführt.

Wenn es doch nur so wäre, dass man nichts sieht, während man fährt. Wenn er doch bloß kein Gedächtnis hätte und die Orte, an denen er vorbeikommt, keine Erinnerungen wachrufen würden. Oder wenn die Zeit alles so gründlich verändert hätte, dass er es nicht wiedererkennt. Aber heute sieht die Stadt fast so aus wie früher. Sagene hat sich kaum verändert. Der Carl Berners Plass ist auch noch derselbe. Aber ein Stück den Trondheimsveien hinauf sind neue Wohnungen gebaut worden. Er hofft, dass sich das fortsetzt. Doch das tut es nicht. Oben in Sinsen stehen noch dieselben roten Backsteinblocks. Sogar das Renna gibt es noch, die alte Eckkneipe Rendezvous.

Nachdem Elise ausgezogen war, kam er nicht zur Ruhe. Er dachte fast die ganze Zeit an sie. Sah sie vor sich, wie sie mit dem Rücken zu ihm drüben an der Küchenanrichte stand und Essen machte. Sah sie mit hochgezogenen Knien in der Sofaecke kauern. Sah sie in den Frauen, die vor ihm die Straße entlanggingen, sodass er seine Schritte beschleunigte, sie überholte und ihnen dabei ins Gesicht sah, obwohl er wusste, dass sie es nicht war. Im Schlosspark sah er sie überall. Vor ihm auf dem

Weg. Bei der Hecke, an der er vorüberging. Unter den hohen Bäumen, über ein paar Blumen gebeugt.

Schließlich rang er sich dazu durch, Kontakt zu ihr aufzunehmen. Er ging ins Sekretariat der Kunst- und Handwerksschule, bekam ihre neue Adresse und die Telefonnummer. Zu Hause wählte er die Nummer, hielt den Hörer in den verschwitzten Händen und wartete. Als sie endlich abnahm, sagte sie: Ja?, mit ihrer sanften Stimme. Er sagte: Hallo, ich bin's. Sie antwortete nicht. Er hörte nur das Klicken, als sie auflegte. Die nächsten Male sagte sie nichts. Kein Wort. Sie atmete nicht einmal. Es war, als atmete sie nicht. Er sagte: Hallo, Elise, bist du dran? Ich bin es nur. Und da legte sie auf.

Einmal fuhr er mit der Straßenbahn hinauf nach Sinsen. Ging zu dem Backsteinblock, klingelte. Nach einer Weile öffnete sie, machte die Tür aber sofort wieder zu, als sie ihn erkannte. Sie schloss ab und legte die Kette vor. Er sah ihr Gesicht deutlich vor sich, obwohl die Tür zu war. Die großen verängstigten Augen. Er hatte die Stirn an die Tür gelegt. Hatte geklopft, wieder geklingelt, gewartet. Bitte mach auf, hatte er gesagt. Aber sie tat es nicht noch einmal.

Schließlich war er gegangen. Als er am Renna vorbeikam, dachte er, dass er ein Bier vertragen könnte. Er ging hinein, bestellte ein großes Pils, setzte sich in eine der Nischen und zündete sich eine Zigarette an. Während er in das goldene Getränk starrte, dachte er: Kann man seine Sorgen ertränken, oder ist das nur so ein Spruch?

Er sah aus dem Fenster auf den vorbeirauschenden Verkehr, blickte wieder in sein Bier, dann trank er es aus. Bestellte noch eins und sah sich in dem dunklen Lokal um. Ein paar in die Jahre gekommene Säufer in einer Ecke, ansonsten nur noch er und der Typ hinterm Tresen. Ein massiger Kerl mit mächtigen Armen und Schultern und einer ramponierten Nase.

Wilhelm steckte sich gerade eine neue Zigarette an, als die

Türglocke ging. Er blickte auf und bemerkte verblüfft, dass Elise hereinkam. Und er dachte, sie hätte ihre Meinung geändert, hätte gesehen, dass er hier hineingegangen war. Er hob die Hand, um zu winken. Aber sie drehte nicht den Kopf, blickte sich nicht suchend im Lokal um. Vielmehr begrüßte sie den Kerl hinterm Tresen und begann mit ihm zu plaudern. Sie war genau wie früher, wie vor zwei Monaten, als sie noch zusammen waren. Ihr blondes Haar war zu einem Pferdeschwanz gebunden. Sie trug dieselbe hellblaue Jeans, die er so gut kannte, und dieselbe bestickte Bluse. Wie sie unmerklich ihren Nacken bewegte, die schlanken Arme streckte, als sie ihre Jacke an den Haken hängte. Er sah, wie sie eine Tür öffnete und dahinter verschwand, und dann kam sie in Arbeitskleidung zurück – einer Art Kittelschürze, die an die Uniformen der Saisonarbeiterinnen in der Schokoladenfabrik erinnerte. Immer trugen diese Mädchen zu kurze Röcke. Wenn man hinter ihnen die Treppe hochging, konnte man beinahe ihre Unterhosen sehen. Dieser Kittel war mindestens ebenso kurz, und er spürte, wie die Wut in ihm hochschoss. Du stellst dich also zur Schau. Arbeitest hier, um dich angaffen zu lassen von den Kerlen. Aber er beherrschte sich.

Und jetzt drehte sie sich um und entdeckte ihn. Sie erstarrte. Sah ihn einen Moment lang an, ehe sie sich langsam wieder dem Mann hinter dem Tresen zuwandte und ein paar Worte mit ihm wechselte. Kurz darauf kam der Typ zu ihm herüber, pflanzte seine massigen Arme auf den Tisch. Dick und grob wie zwei Baumstämme. Starrte ihm ins Gesicht.

«Ich muss Sie bitten, das Lokal zu verlassen», sagte er.

«Kann ich mein Bier noch austrinken?», fragte Wilhelm.

«Raus», sagte der Mann. «Sofort.»

Er nahm es hin, erhob sich. Aber als er an ihr vorbeiging, fixierte er sie mit den Augen, hüllte sie mit seinem Blick ein. Sie sah zu Boden, ehe sie sich abwandte. Er blieb noch eine Weile vor dem Lokal stehen, innerlich leer. Dann ging er. Vorbei am

Carl Berners Plass, nach Tøyen und weiter nach Grønland. Ging einfach immer weiter, den ganzen Weg bis zu seiner Wohnung in der Oslogate. Es war aus. Aus und vorbei. Er war ein Stück Dreck. War es immer gewesen.

Ein paar Wochen später kündigte er seine Wohnung, ließ sich von seinem Job im Schlosspark beurlauben und bekam eine Stelle als Vertretungslehrer an der Gärtnerschule in Dømmesmoen bei Grimstad. Er unterrichtete Gartenbau und Gewächshaustechnik mit Schwerpunkt auf Zierpflanzen.

Es war ein schöner alter Park. Weder davor noch danach hat er eine Gartenanlage gesehen, die ihm besser gefallen hätte. Nicht einmal der sagenumwobene Japanese Garden in San Francisco konnte es mit Dømmesmoen aufnehmen. Der Park war perfekt in die Landschaft integriert und über Jahrhunderte kultiviert worden. Ständig gehegt, immer mit der gleichen konsequenten Fürsorge. Die enorme Vielfalt an Gewächsen war in genau dem richtigen Verhältnis arrangiert, sodass die vielen exotischen Pflanzen überhaupt nicht unnatürlich wirkten. Die verschiedenen Bäume und Büsche – exakt beschnitten. Alles ausgeführt mit dem fundierten Wissen, welche Temperaturen und Windverhältnisse die Pflanzen vertragen und wie viel Sonne, Wasser und Wärme sie benötigen. Gute und vorausschauende Planung. An so etwas ist heute keiner mehr interessiert. Seine Kunden sind es jedenfalls nicht. Sie können nicht warten. Sie wollen, dass alles auf der Stelle schön ist. Schnelle Lösungen. Sie lassen große Bäume abholzen und ärgern sich anschließend, dass ihr Garten zu wenig Schatten hat. Wollen dichte Hecken zum Nachbargrundstück, aber sofort. Ohne sich vorstellen zu können, wie die Thuja in zwanzig Jahren aussieht.

Unter seinen Studenten waren mehrere Mädchen, sicherlich hübsche und nette. Aber er sah sie nicht. Elise war immer noch in seinem Kopf, in seinem Körper, wie eine Krankheit, eine

Infektion. Nach einer Weile begann er sich mit ihr zu unterhalten. Und sie antwortete ihm. Später begann sie ganz von selbst zu reden. Manchmal wachte er mitten in der Nacht von ihrer Stimme auf. So wie er sie auch später hörte, als sie nirgends mehr war.

Er stellte sich vor, dass er mit ihr zusammen im Rosengarten war und sie herumführte. Sind die nicht wunderbar?, würde er sagen. Sind die nicht schön? Nicht so schön wie du, natürlich. Er würde sagen: Diese heißt Chloris und diese Celsiana. Und die Pinkfarbene dort heißt Belle Amour. Schöne Liebe, mein Liebling. Und dann würde er bei einer der historischen Rosen stehenbleiben, einer zartrosafarbenen, und sagen: Die ist wie du. Wie ich? Sie hat dieselbe Farbe wie deine Haut. Und diese ist wie deine Lippen. Und dann würde er sich über sie beugen und sie küssen. Sie würde seinen Kuss erwidern.

Im Park stand eine fünfhundert Jahre alte Eiche und darunter eine Bank. Dort setzte er sich hin, um Briefe an sie zu schreiben. Als könnte ihn die uralte Weisheit des Baumes durchdringen und in die Zeilen einfließen und das, was er schrieb, wahr werden lassen.

Was geschehen ist, tut mir so leid. Ich begreife nicht, was in mich gefahren war. Ich liebe dich doch. Denke die ganze Zeit an dich, ich kann nicht anders. Denkst du auch an mich? Kannst du mir vergeben? Kannst du nicht kommen? Bitte. Komm. Ich werde so etwas nie wieder tun. Niemals wieder. Es wird nicht mehr vorkommen.

Er schrieb mehrere Briefe und bekam keine Antwort. Aber nach einem halben Jahr, völlig ohne Vorwarnung, tauchte sie plötzlich bei ihm auf.

Es kam nicht oft vor, dass jemand an die Tür seines möblierten Zimmers klopfte. Aber an diesem Sonntagabend passierte es. Er öffnete und starrte sie verblüfft an.

«Elise?», bekam er schließlich heraus, ehe ihm ein glückliches Lachen entschlüpfte.

Sie lächelte nicht.

«Ich hätte nicht gedacht, dass du ...»

Sie wandte den Blick zur Seite.

«Bist du wirklich den ganzen langen Weg hierhergekommen?»

«Sonst wäre ich ja nicht hier.»

Das war der Moment, als sie den Bauch hervorstreckte. Unglaublich, dass er ihn nicht sofort bemerkt hatte, denn er war so groß wie ein Basketball.

«Es ist von dir.»

«Von mir?»

«Kann ich nicht reinkommen?»

«Natürlich!»

Er nahm ihre Reisetasche, bat sie herein. Sie setzte sich schwerfällig aufs Sofa. Er blieb stehen und betrachtete sie. Lächelte und schaute sie an. Sie ist hier. Sie ist gekommen. Sie sitzt auf meinem Sofa.

Jetzt konnte er ihr den Rosengarten doch noch zeigen. Am nächsten Tag nahm er sie an die Hand, führte sie durch die Reihen, erzählte von den verschiedenen Sorten. Von den alten, historischen Rosen, wie sie hießen und woher sie kamen. Sie hörte nicht zu. Aber er war so berauscht davon, endlich wieder mit ihr zusammen zu sein, dass er sich nichts anmerken ließ.

Sie war überhaupt passiv und willenlos, stark geprägt von der Schwangerschaft. Aber das machte es einfacher für ihn, die wichtigen Entscheidungen zu treffen. Sie mussten natürlich heiraten. Er fragte sie und sie sagte ja. Obwohl sie vielleicht ein klein wenig zögerte. Sie heirateten sofort, nachdem die Aufgebotsfrist um war, und fuhren zurück nach Oslo, wo er seine feste Arbeitsstelle wieder antrat. Fanden eine Wohnung zu einem günstigen Mietpreis, zwei Zimmer in einem der großen

Wohnblocks in Ammerud. Sie schafften es gerade noch einzuziehen, bevor das Kind kam.

Sie war nur wegen des Kindes zurückgekommen. Wäre das Kind nicht gewesen, hätte sie es nicht getan. Sie hatte ja sonst niemanden. Keinen, der sich um sie gekümmert, sie und das Kind versorgt hätte. Aber er liebte sie. Trotz des dicken Bauchs. Er wollte einfach nur glücklich sein. Wollte nicht an ihr zweifeln. Im Zweifel für die Angeklagte. Er wollte nicht, dass sie bereute, zurückgekommen zu sein. Nach einer Weile wirkte sie etwas gelöster. Er meinte zu sehen, dass sie wieder lächelte. Ab und an konnte er den Schatten eines Lächelns erahnen.

24

Robert geht eine Runde durch die Heide vor der Hütte. Von drinnen hört er, wie Lukas spielt. Er macht Schießgeräusche und spricht mit zwei verschiedenen Stimmen, wechselt zwischen der Rolle des Helden und der des Schurken. Ich muss ihm einfach ein bisschen Zeit geben, denkt Robert, bis er fertig ist mit Spielen.

Er tritt ein paar Schritte zurück und nimmt die Hütte genauer in Augenschein. An mehreren Stellen hat sich die Dachpappe gelöst. Die Wände sind schief, und über dem Boden, wo alle möglichen Pflanzen bis dicht ans Haus gewachsen sind, sind die Bretter verfault. Kleine Bäumchen. Büsche. Aus der Giebelwand wächst geradewegs eine kleine Kiefer heraus. An der Längswand hinter der Hausecke liegt ein großer Stapel verrottetes Holz.

Er öffnet die Tür zu einem Verschlag, der Abstellkammer, die Toilette und Holzschuppen in einem zu sein scheint. Einige Werkzeuge mit deutlichen Gebrauchsspuren lehnen an der Wand. Säge, Hammer und Axt. Daneben ein paar Eimer und ein stockfleckiger Sonnenschirm. Mehrere Haken mit verschimmelten Handtüchern und einem Morgenmantel. Ganz hinten sieht er einen Toiletteneimer aus orangefarbenem Plastik und einen Hocker, auf dem eine Waschschüssel und eine Kanne stehen. Alles ist von einer grauschwarzen Dreckschicht bedeckt. An der Wand hängt ein gesprungener Spiegel mit einer kleinen Ablage, auf der eine Tube Solidox-Zahncreme im Retro-Look liegt, daneben drei Zahnbürsten, schwarz von Staub und Dreck, eine Handseife und eine Haarbürste. Er greift nach der Haarbürste und sieht, dass noch Haare daran sind. Lang.

Blond. Alt. Schnell legt er sie wieder hin, geht rückwärts aus der Tür und schließt sie fest hinter sich. Geht zurück vors Haus. In der Senke an der Vorderseite findet er einen Haufen halb überwachsenes Gerümpel, ein paar durchgerostete Farbeimer und die fast nicht mehr erkennbaren Gestelle von Campingstühlen.

Wieder diese Unruhe. Er hat schweißnasse Hände. Sein Herz schlägt schneller als üblich. Jemand könnte kommen. Irgendjemand. Könnte kommen und ihn mitnehmen. Sie beide mitnehmen. Die Dunkelheit kann sie umfangen. Der Finsterling. Unsinn. Es gibt nichts zu fürchten. Hier ist niemand. Es ist einfach nur still. Der große stille Wald. Beinahe ein Idyll. Die einzige Gefahr könnte vielleicht der Bär sein, aber der ist aller Wahrscheinlichkeit nach pappsatt. Er ist einfach nur müde. Das ist das Problem. Müde, weil er zu wenig geschlafen hat. Und außerdem ist er ja auch noch zwei, drei Stunden Auto gefahren, bevor sie den langen Marsch durch den Wald gemacht haben. Vielleicht ist er auch nicht ganz in Ordnung. Vielleicht brütet er etwas aus, eine Erkältung.

Er schaut zum Himmel und entdeckt, dass die Sonne unbemerkt untergegangen ist. Sie können nicht länger warten, sie müssen jetzt ihre Sachen zusammenpacken und sich auf den Rückweg machen.

Lukas kommt auf ihn zugelaufen.

«Guck mal, Papa!», ruft er und streckt ihm einen Fuß entgegen. Er hat die kleinen Gummistiefel aus dem winzigen Kinderzimmer angezogen.

«Sie sind nur ein ganz bisschen zu eng!»

«So, so. Aber jetzt musst du wieder deine eigenen Schuhe anziehen. Wir müssen aufbrechen, weißt du?»

«Was ist denn das da?», fragt Lukas.

Ein paar Schritte entfernt, gut verborgen hinter Wacholder und Heidekraut, sind eine Betonkante und ein Deckel aus grauen Planken zu erkennen.

«Vielleicht ein Brunnen?»

«Ich hab ihn zuerst entdeckt! Sollen wir ihn aufmachen?», fragt Lukas.

«Nein», sagt Robert. Wieder spürt er dieses Unbehagen. Mit ihm stimmt wirklich etwas nicht.

Lukas packt den Deckel, zerrt daran. «Der ist aber schwer! Hilf mir mal, Papa.»

«Wir lassen das lieber, Lukas.»

«Aber ich will wissen, was drinnen ist.»

«Nein», sagt Robert und schiebt den Jungen weg.

Lukas fällt rückwärts. «Mann, Papa!»

«Entschuldige, Lukas. Das war keine Absicht. Aber solche alten Brunnen können ganz schön gefährlich sein. Wo hast du denn deine Schuhe gelassen?»

«Drinnen.»

«Setz dich hierhin», sagt er und zeigt auf einen alten Baumstamm. «Zieh die Gummistiefel aus, ich hole deine Schuhe.»

«Ich kriege sie nicht aus.»

«Sind sie so eng?»

Robert setzt sich neben Lukas und zerrt an den Stiefeln, bis er sie ihm schließlich ausgezogen hat.

«Ich hab keine Lust, zurückzugehen», mault Lukas. «Ich schaffe das überhaupt nicht durch den ganzen Wald.»

«Tut mir leid, mein Schatz, aber du musst.»

Er geht hinauf zur Hütte, packt schnell ihre Sachen zusammen und geht in das Kinderzimmer, um die Schuhe zu holen. Die Micky-Maus-Hefte liegen auf dem Bett verstreut, dazwischen der kleine grüne Anorak. Robert wird es plötzlich schwindelig. Er kneift die Augen zusammen, stützt sich gegen die Wand.

Lukas kommt herein.

«Papa? Was ist denn, Papa? Wieso stehst du so da? Findest du die Schuhe nicht?»

«Die Schuhe.»

«Ich hab sie nämlich versteckt, Papa.»

«Dann hol sie.»

Lukas kriecht unter das Bett. «Hier sind sie! Ui, da ist auch noch was anderes!»

Der Junge rollt eine Flasche unter dem Bett hervor. Robert hebt sie auf. Kyrillische Buchstaben auf einem schimmeligen Etikett. Russischer Wodka. Ungeöffnet. Voll. Genau so voll, wie er wäre, wenn er die Flasche austrinken würde. Was er natürlich nicht tun wird. Er schraubt den Verschluss auf, es knackt. Er hält die Öffnung unter die Nase, schnüffelt und probiert einen winzigen Schluck. Nicht übel. Das ist wohl das Einzige an diesem verflixten Ort, was noch gut erhalten ist. Er schraubt die Flasche wieder zu und stellt sie auf den Boden. Lukas ist wieder unter das Bett gekrochen.

«Komm, Lukas. Wir gehen jetzt.»

«Du kriegst mich nicht!»

«Komm jetzt, raus da mit dir.»

«Wolf und ich bleiben hier.»

«Du kommst jetzt da raus. Sofort!»

Er versucht, den Jungen zu fassen zu kriegen, tastet nach ihm. Lukas tritt nach seiner Hand und trifft seine Finger. Schnell zieht Robert die Hand zurück, das tat weh.

«Verdammt noch mal!»

«Du hast gesagt, wir übernachten hier.»

«Das habe ich nicht gesagt.»

«Hast du doch! Sonst ist es keine Entdeckungsreise.»

«Du verdammter Bengel!», brüllt er. «Verdammter Mistbengel.»

«Das sage ich Mama! Jetzt komme ich erst recht nicht raus.»

Robert steht vom Bett auf, nimmt die Flasche und geht nach draußen.

Erinnerst du dich an den Herbst? An den klaren Himmel, das reifbedeckte Moos? An das goldene Laub an den Bäumen, ehe es heruntergerissen wurde, abgerupft vom Wind? An den Morgennebel, die eiskalten Schwaden, die über das Moor trieben? Sie treiben noch immer, langsam und anmutig, in kleinen Formationen. Weißt du noch, dass du gesagt hast, es sehe aus wie ein Elfentanz?

Es sind wirklich Elfen. Das weiß ich jetzt. Kleine, zitternde Geschöpfe. Ich schmiege mich trotzdem an sie und lasse ihre Feuchtigkeit durch mich hindurchziehen. Manchmal schaudere ich leicht, während ich ein bisschen an ihnen zupfe und mich zu erinnern versuche, wie der Geschmack von Nebel war, von diesem Lebendigen, Kühlen, Frischen und Feuchten.

25

Er lenkt den Wagen durch die sanften Kurven im Groruddalen, gleitet an den Vorstädten vorbei. Bjerke, Veitvet, Linderud, Kalbakken. Abgesehen von ein paar neuen Balkons hier und dort, ein paar neu angestrichenen Häusern sieht es aus wie früher. Er passiert die Wohnsilos in Ammerud. Keine Veränderung. Die riesigen Hochhäuser stehen wie gigantische Bauklötze auf der weiten Ebene. Dicht bevölkert wie Ameisenhaufen. Ein Ort, wo man in Einsamkeit leben kann. Keiner braucht von einem zu wissen, und man selbst braucht sich um niemanden zu kümmern. Keiner würde merken, wenn man verschwindet.

Er hatte sie über die Schwelle getragen, hatte sie vorsichtig hochgehoben und wieder abgesetzt. Wie behutsam er gewesen war. Sie hatte leise gelacht, oder nicht? Auf jeden Fall hatte sie gelächelt. Es würde alles wieder gut werden, alles ganz wunderbar.

Das Kind kam im Krankenhaus Aker zur Welt. Es hatte dichtes, schwarzes Haar, war klein und leicht. Den Jungen im Arm zu halten war, als hielte man nichts im Arm. Wenn man sich vorstellte, dass dies ein Mensch war. Dass er einmal ein erwachsener Mann sein würde. So dachte er damals. Ein großer, erwachsener Mann. Und er betrachtete die Finger, die Füße, die so winzig klein waren, die Nase und den Mund und die Augen. Seine Mutter sagte, er sehe ihm ähnlich. Aber alle Neugeborenen sehen gleich aus. Das weiß jeder. Man kann unmöglich sagen, dass sie irgendwem ähnlich sehen. Es hätte genauso gut das Kind eines anderen sein können.

Elise mochte nicht, dass er ihn hielt. Er merkte es an ihrem

Blick. Daran, wie sie die Arme nach dem Kind ausstreckte und sagte, dass es gefüttert oder gewickelt werden müsse. Irgendwann nahm er es nicht mehr auf den Arm. Überließ es ihr, sich damit zu beschäftigen. Ihm war es egal. Er mochte den kleinen Jungen mit den kurzen, krummen Beinchen nicht einmal, der schließlich in den Wald hineinlief. Vor ihm davonlief, voller Angst. Wie er ihn ansah, bevor er wegrannte. Glotzte wie eine verdammte Ausgeburt. Was zur Hölle hast du getan?

Er schwitzt. Er muss seine Jacke ausziehen. Er fährt an den Straßenrand, steigt aus, atmet tief durch. Ein Stück weit entfernt, im blauen Halbdunkel, steht ein einsames Haus. Aus einem Fenster, vielleicht dem Küchenfenster, fällt orangegelbes Licht. Gestalten bewegen sich dort drinnen. Eine Familie am Abendbrottisch. Er fährt sich wieder mit der Hand über die Augen und setzt sich ans Steuer.

Elise kam zurück, sie heirateten und bekamen ein Kind. Er war den ganzen Tag auf der Arbeit, während sie zu Hause auf das Kind aufpasste. Es gab nicht viel zu tun in der kleinen Wohnung. Deshalb fand er es in Ordnung, dass sie daheim mit ihren Bildern weitermachte. Es gefiel ihm zwar nicht, aber es war immer noch besser, als wenn sie weiter zu dieser Kunstschule gegangen wäre. Solange sie nur die Leinwände mit den wütenden rot glühenden Farbklecksen umdrehte, bevor er nach Hause kam. Trotzdem – er fühlte sich nie ganz sicher.

Er wollte wissen: «Wo warst du heute?» Sie sagte: «Hier.» Er sagte: «Nein, das stimmt wohl nicht ganz.» – «Wieso?», entgegnete sie. «Du hast doch fürs Abendessen eingekauft», betonte er. «Kann ich denn nicht einkaufen gehen?» – «Doch. Aber dann solltest du es sagen. Dass du im Supermarkt warst.» – «Ich war im Supermarkt.» – «Wo noch?» – «Wo noch, mal sehen. Ich war auf dem Spielplatz.» – «Spielplatz?» – «Ja. Er hat geschaukelt, war auf der Rutsche. Du hättest sehen sollen, wie er sich da gefreut hat.» – «So, aha.» – «Und dann war ich im Waschkeller.» – «Im Waschkeller?» – «Ich hatte Wäsche!»

Natürlich musste sie in den Waschkeller. Die Kleidung, die sie trugen, war sauber. Aber er würde niemals sicher sein können, ob sie *nur* Wäsche gewaschen oder sich da unten mit jemandem getroffen hatte. Oder was, wenn jemand in der Wohnung gewesen war? Der Postbote, der Müllmann oder der Klempner? «Der Klempner? Wovon redest du? Alles funktioniert bestens.» – «Und was ist mit den Nachbarn? Dem von gegenüber, oder dem ein Stockwerk unter uns?» – «Was soll mit ihnen sein?» – «War der hier?» – «Ich kenne keinen von denen. Wir kennen ja niemanden von unseren Nachbarn.» – «Was ist mit den bärtigen Studenten in der Schule?» – «Ich habe keinen Kontakt mehr zu irgendwem von der Schule. Eigentlich könnte ich mir vorstellen, dort wieder anzufangen.» – «Das kann ich mir denken. Und wer soll dann auf das Kind aufpassen?»

Als Robin zwei Jahre alt war, begann sie darauf zu drängen, dass er in den Kindergarten solle. Sie wollte zurück auf die Schule, ihre Diplomarbeit beenden. Er schob es auf die lange Bank, zögerte es hinaus, indem er sagte, das Kind hätte es bei ihr daheim so viel besser. Sie könne das doch von zu Hause aus machen. Das Wohnzimmer war ja praktisch schon ein Atelier. Und so kam es dann auch – sie erhielt eine Ausnahmegenehmigung und durfte zu Hause arbeiten. Ein paarmal im Monat musste sie allerdings zum Examenskolloquium hinunter in die Stadt. Dann machte er sich Sorgen. Besonders, weil sie hinterher so aufgedreht wirkte, viel fröhlicher als sonst. Und dann war da diese Studienreise. Sie *musste* nach Moskau, wie sie behauptete. Das sei obligatorisch. Sie fuhr tatsächlich, und er passte auf das Kind auf. Er und der Junge volle fünf Tage allein zu Haus, während sie unterwegs war. Er übernahm den ganzen Mama-Kram. Machte Essen für den Jungen, ging mit ihm auf den Spielplatz.

Nahm ihn hoch, wechselte Windeln, trug ihn herum. Das Kind jammerte die ganze Zeit, wollte zu seiner Mama. Quengelte und schrie. Er gab ihm ab und zu einen kleinen Klaps. Aber nachts war es ruhig. Und wenn er nach ihm schaute, spürte er etwas in sich aufkeimen und wachsen. Das hatte nichts mit *ihr* zu tun. Der Anblick des kleinen Köpfchens auf dem Kissen, die dunklen Locken. Die Ärmchen um das Schmusekaninchen. Das friedvolle kleine Gesicht. Das war so schön.

Er nähert sich Jessheim und fährt eine Weile parallel zu den Gleisen des Airport-Shuttles, bis er die Abfahrt zum Flughafen passiert. Er hätte hier abbiegen, den Leihwagen zurückgeben und auf den nächsten Flieger warten können. Zurück nach Pittsburgh. Oder vielleicht am besten nach New Mexico. Zu den kahlen, weiten Landstrichen, wo es keine Bäume gibt, nur Kakteen und rote Berge am Horizont. Er hätte einen Ausflug nach White Sands machen können, die schneeweiße Wüste in the middle of nowhere. Als er dort unten lebte, ist er manchmal nachts dorthin gefahren. Wenn keine anderen Besucher da waren. Sie sah aus wie ein Schauplatz in einem Fünfziger-Jahre-Film, aufgenommen am Tag, im Sonnenschein, aber durch einen dunkelblauen Filter verfremdet, um den Eindruck zu erwecken, es sei Nacht. Nirgends schien der Mond so hell. Er pflegte dorthin zu fahren, wenn er nicht schlafen konnte. Dann legte er sich in den Sand, wartete darauf, dass die Nacht ihrer Bahn folgte und die Sterne sich weiterbewegten. Wartete auf Sternschnuppen, um sich etwas zu wünschen. Dass er im Sand versinkt, dass der Sand ihn in sich hineinzieht. Ihn begräbt. Alles mitnimmt. Dass es damit erledigt wäre. Aber das passierte nicht. Der Schmerz war das Einzige, was konstant blieb. Der Sandboden wollte ihn nicht haben. Und so stand er nach einer Weile wieder auf.

Er friert am Rücken. Überprüft das linke Seitenfenster, aber das ist zu. Drückt die Fernbedienung für die anderen Fenster. Sie sind alle geschlossen, und die Heizung läuft. Er fährt an den Straßenrand, zieht die Jacke wieder an.

Wald zu beiden Seiten. Dunkel und dicht. Die Straße ist schmaler geworden, statt vier Spuren nur noch zwei. Bald wird sie noch enger. Die Fichten werden näher kommen, die Kiefern werden sich über die Straße beugen, bis sie ganz nah sind und ihre Zweige gegen die Karosserie schlagen. Dann ist der Weg zu Ende. Dann beginnt der Pfad. In einen Wald, der um einen Punkt da drinnen dicht herumgewachsen ist. Um einen bestimmten Punkt.

Es ist jetzt vollkommen dunkel, aber er wird die Stelle trotzdem finden. Selbst blind würde er die Hütte finden. So viele Male, wie er den Pfad gegangen ist, seit er dieses Land verlassen hat.

Als sie ein paar Jahre in Ammerud gewohnt hatten, wurde ihm klar, was zu tun war. Sie würden die Stadt für immer verlassen und in den Wald ziehen. Die Hütte ausbauen. Sie isolieren und winterfest machen. Den Schornstein ausbessern, Holz fällen. Sie würden eine Art Pionierleben führen, in vollkommener Einheit mit der Natur. Die Lebenshaltungskosten würden niedrig sein. Keine Miete, kein Kredit. Ihr Verbrauch war ja bereits gering, sie wussten, wie man sparte. Die Ausbauarbeiten konnte er selbst machen. Verwenden, was der Wald hergab. Sie mussten natürlich auch auf fertige Materialien zurückgreifen. Aber er hatte einige Ersparnisse, damit würden sie durch den ersten Winter kommen.

Nach einer Weile würden sie selbstverständlich Geld verdienen müssen. Aber er bekam sicher einen Job im Sägewerk unten im Tal, das der jüngste Bruder seiner Mutter immer noch bewirtschaftete. Nicht, dass er sich bei seinen Verwandten anbiedern wollte, im Gegenteil. Er würde ihnen zunächst nicht sagen, dass sie dort wohnten. Sie würden es niemandem erzählen, sondern für sich bleiben. Denn das war das Entscheidende: dass sie ihre Ruhe hatten. Nur sie drei draußen im Wald. Keiner, der stören konnte.

Linker Hand wird der Mjøsa-See sichtbar. Düster, schwarz und einsam. Er blickt auf die Lichtkegel, die die Autoscheinwerfer auf die Straße vor ihm werfen, und sieht, wie der Asphalt ihm entgegenkommt, unter ihm verschwindet, in rasenden Streifen aus Licht und Dunkelheit. Sieht aus wie ein Fluss, denkt er. Ein reißender Fluss. Als würde er gegen den Strom schwimmen.

Er fährt ein bisschen zu schnell, er merkt es in den Kurven. Dabei hat er es nicht eilig, ihm ist ja niemand auf den Fersen. Er friert immer noch. Ihm ist, als würde jemand neben ihm sitzen. Er schaut zum Beifahrersitz. Leer, natürlich. Er wirft im Spiegel einen Blick zur Rückbank, dreht sich nach hinten, um sich zu vergewissern. Der Wagen zieht nach links, und Wilhelm wird von den starken Frontscheinwerfern eines Fernlasters geblendet, der ohrenbetäubend hupt. Er reißt das Steuer herum und bringt sich gerade noch in Sicherheit. Hält an, macht zitternd den Motor aus. Er legt den Kopf aufs Steuer und schließt die Augen. Es ist ganz still, bis auf den Puls, der in seinem Hals hämmert.

Er biegt ab unter das leuchtende Dach einer Tankstelle. Füllt Benzin in den Tank und den Kanister, geht hinein, nickt dem Jungen hinter der Kasse zu. Holt sich eine Cola, lässt sich Zigaretten und Streichhölzer geben, bezahlt. Als er wieder hinter dem Steuer sitzt, stürzt er die Cola hinunter, reißt die Packung Marlboro auf und steckt sich eine Zigarette zwischen die Lippen. Er fummelt ein Streichholz aus der Schachtel, rollt es zwischen den Fingern.

Dass sie sie hierzulande immer noch aus Holz machen. Wie

viele Streichhölzer ergibt eine Fichte? Eine Million? Zwei? So viele, wie dieses eine kleine Streichholz an Bäumen niederbrennen könnte, unter den richtigen Bedingungen. Er startet den Motor, rollt von der Tankstelle. Zündet die Zigarette an. Hebt wie üblich reflexartig die Hand, fasst sich an den Gürtel. Doch, er ist abgesichert, wie immer. Sie ist da, wo sie sein soll. Der Wald steht jetzt dichter.

26

Luke sitzt in seinem kleinen Raumschiff, dem Speedracer. Wolf und ihn umgibt nur eine Kapsel. Sie sausen durch die Nacht. Um sie herum ist das Universum, die bodenlose Finsternis. Aber Luke hat ein Laserlicht, damit kann er die Sterne anleuchten, nach schwarzen Löchern Ausschau halten und Meteoriten ausweichen, die ihnen entgegenkommen. Es ist natürlich trotzdem gefährlich, denn durch das Licht sind sie vom Todesstern aus, wo der Fürst der Finsternis, Darth Vader und die Sturmtruppen wohnen, leichter zu entdecken. Sie können den Lichtstrahl durch ihr Fernglas sehen und die Verfolgung aufnehmen. Und dann muss er mit ihnen kämpfen. Wenn Yoda hier wäre, würde alles glattgehen, ganz bestimmt. Oder Spiderman, auch wenn er eigentlich in eine andere Welt gehört.

Von draußen, aus der nächsten Galaxie, sind Geräusche zu hören. Schritte. Gepolter. Der Fürst der Finsternis – jetzt schon? Oder ist es vielleicht Green Goblin? Lukas kauert sich im Bett zusammen, zieht die Decken vom Boden hoch und über den Kopf, obwohl Papa gesagt hat, dass er sie nicht anfassen soll. Sie sind so eklig und schimmelig. Aber das ist ein Notfall, er muss sich schnellstens den Tarnmantel überwerfen! Neben ihm zittert Wolf. Er fürchtet sich so sehr, dass er beinahe losheult.

«Psst, Wolf. Sei leise. Oder sie kommen und sprengen uns mit ihren Bazookas in tausend Stücke, kawumm.»

Mucksmäuschenstill warten sie darauf, dass sich der Polterer entfernt, aber das tut er nicht. Im Gegenteil, er kommt immer näher. Schwere Schritte. Es knarzt.

«Hui, Wolf. Jetzt ist es aus mit uns!»

Ein Laserstrahl trifft ihn direkt ins Gesicht.

«Wolltest du nicht schlafen?», fragt Papa.

«Ich kann nicht. Darf ich noch ein bisschen bei dir im Wohnzimmer sitzen?»

«Okay.»

Lukas krabbelt aus dem Bett und geht ins Nebenzimmer. Hier ist es fast noch kälter als im Kinderzimmer. Kalt und klamm. Papa legt seine Taschenlampe auf den Tisch, breitet ein T-Shirt darüber. Es sieht fast wie eine Lampe aus.

«Das ist schön», sagt Lukas und setzt sich aufs Bettsofa. «Kann ich was trinken?»

Papa nimmt die Wasserflasche, gießt etwas in einen Becher und reicht ihn Lukas. Er greift nach der anderen Flasche, die Lukas unter dem Bett gefunden hat, und schenkt sich ebenfalls einen Becher voll.

«Was ist da in der Flasche, Papa?»

«Wodka. Ein schöner alter Jahrgang.»

«Schnaps?»

«Tja, so nennt man das wohl.»

«Du hast doch gesagt, du willst nichts trinken.»

«Es ist doch nur ein Glas. Ein kleines Gläschen.»

Er hebt den Becher und trinkt.

«Du trinkst nicht, wenn du mit mir unterwegs bist. Das hast du zu Mama gesagt. Du darfst nicht betrunken werden.»

«Aber ich werde doch gar nicht betrunken. Prost Lukas.»

«Prost.»

Lukas leert seinen Becher mit Wasser.

«Vor langer Zeit ist hier schon mal ein kleiner Junge gewesen, oder?»

«Ja, vielleicht.»

«Hier war ein kleiner Junge. Ihm haben die Kleider gehört. Und die Micky-Maus-Hefte. Was er wohl gemacht hat? Und was hat er gespielt?»

«Ich weiß nicht.»

«Wie hieß er wohl?»

«Woher zum Teufel soll ich das wissen!»

«Bist du böse?»

«Nein. Aber du fragst zu viel. Und Papa ist müde und kaputt.»

Er schaut Papa an, der weitertrinkt. Betrachtet die Wand hinter ihnen. Die Tapete hat sich gelöst und hängt von der Wand. Die Fetzen werfen dunkle Schatten, die nach unten hin ganz spitz werden. Das sieht sehr unheimlich aus. Und dann ist da noch Papas großer Schatten an der Wand. Als säße ein riesiger Troll hinter ihnen.

«Guck mal, dein Schatten, Papa.»

«Hui.»

«Sieht aus wie ein Troll.»

«Vielleicht ist es ja einer.»

«Nein, Papa, jetzt machst du aber Spaß.»

«Oder der Finsterling.»

Papa hebt die Arme in die Luft, und der Schatten bekommt unheimliche Greifer mit Klauen am Ende, die nach ihm fassen.

«Es gibt gar keinen Finsterling», sagt Lukas.

«Bist du sicher?», fragt Papa und macht geisterhafte Geräusche. «Uahh!»

«Willst du mich erschrecken?»

Papa sieht ihn an, lacht ein wenig.

«Das ist gemein. Außerdem muss ich mal Pipi.»

«Geh einfach nach draußen.»

«Kommst du nicht mit?»

«Das kriegst du bestimmt auch allein hin. Du kannst dich gleich neben die Tür stellen.»

Langsam geht Lukas in die Dunkelheit. Es ist jetzt viel kälter, und alles sieht ganz anders aus als vorhin, als sie ankamen. Die Bäume und Büsche sind zu seltsamen Figuren geworden. Monster und Ungeheuer mit gespreizten Fingern und krummem Rücken. Er knipst seine Taschenlampe an. Sie wirft einen weißen Schimmer über Bäume und Äste, und er sieht, dass es keine Ungeheuer sind. Aber er kann nicht erkennen, was dahinter ist, sieht nur Schatten, die sich bewegen, wenn das Licht vorüberstreift. Mit Licht ist es noch viel unheimlicher als ohne. Lukas schaltet die Lampe wieder aus, zieht die Hose runter und pinkelt.

Noch nie ist er an einem dunkleren Ort gewesen. Da ist er sich sicher. Und niemand weiß, wer da unten in der Senke sitzt oder was sich hinter den Ästen verbirgt. Schnell wieder zurück in die Hütte. Er kriecht neben Papa auf das Bettsofa, betrachtet die T-Shirt-Lampe und das gelbweiße Licht, das geradeaus nach oben zeigt.

«Glaubst du, hier ist jemand? Glaubst du, sie können uns durch das kleine Fenster sehen?»

«Hier ist außer uns niemand, mein Schatz. Niemand kann uns sehen.»

«Wie groß ist der Wald, Papa?»

«So groß, dass man durch ganz Schweden, Finnland und bis nach Russland kommt, wenn man immer weitergeht. Vielleicht sogar noch weiter.»

Sie schweigen eine Weile. Horchen auf die Geräusche von draußen, auf den Wind, der in den Bäumen rauscht, die Äste, die an der Hüttenwand kratzen, und das Krächzen einiger Vögel. Lukas friert.

«Können wir ein Feuer im Kamin machen?»

«Wir haben doch keine Streichhölzer, hast du das vergessen? Aber das macht auch nichts, denn ich bin nicht mal sicher, ob der Abzug frei ist. Dann ist die Hütte nachher verqualmt. Und dann müssten wir schnell raus. Ins Dunkle.»

«Und da stirbt man.»

«Nein, das tut man nicht.»

«Aber man kann sich verlaufen», sagt Lukas.

«Das stimmt.»

«Aber man geht nie ganz verloren. Oder, Papa? Sogar wenn man tot ist, ist man noch irgendwo. So wie der Elch. Wir hätten ihn begraben sollen.»

«Wir wären am besten gar nicht hiergeblieben», sagt Papa und gießt sich noch einen Schnaps ein.

«Kannst du meinen Schlafsack holen? Ich möchte lieber hier bei dir auf dem Sofa liegen und die T-Shirt-Lampe angucken.»

Papa steht auf, geht ins Schlafzimmer und kommt mit Wolf und dem Schlafsack zurück. Lukas kriecht hinein, nimmt Wolf in den Arm und schmiegt sich an Papa.

«Papa, weißt du, wie ein schwarzes Loch aussieht?»

«Nein.»

«Wie ein Auge. Das nur glotzt, so. Das Dunkle in der Mitte, das ist das Loch. Und alles, was außerhalb vom Loch ist, dreht sich immer im Kreis, bevor es hineingesaugt wird. Das habe ich auf YouTube gesehen.»

Papa trinkt einen Schluck.

«Hast du Angst, Papa?»

«Angst? Nein.»

Papa sitzt still da und starrt vor sich hin.

«Du siehst aber aus, als ob du Angst hast, Papa. Fast ein bisschen unheimlich. Aber du bist nicht unheimlich.»

«Jetzt ist es zu spät, um zurückzugehen. Viel zu spät. Wir würden den Weg gar nicht finden.»

«Aber morgen finden wir ihn», sagt Lukas. Er tätschelt Papas Hand.

Papa sieht ihn an und lächelt. Jetzt ist er wieder normal.

«Kann ich auf deinem Schoß schlafen?», fragt Lukas.

«Leg dich ruhig hin.»

«Dü brauchst keine Angst haben, Papa. Ich passe auf dich auf.»

«Das ist gut, mein Schatz.»

«Und Wolf passt auf uns beide auf. Er zeigt einfach seine Zähne und verjagt alle Bösewichter. Stimmt's, Wolf?»

Wolf schaut zu Lukas auf und nickt.

«Nacht, Papa.»

«Gute Nacht, schlaf schön.»

Lukas fallen die Augen zu. Im Traum schwebt er mit seinem kleinen Raumschiff hoch oben im Weltraum. Die Sterne um ihn herum leuchten weiß. Weit unten kann er die Erde sehen. Sie ist grün und blau und sieht aus wie seine allerschönste Murmel. Er legt den Kopf zurück, schiebt den Astronautenhelm ein Stück nach oben, damit er besser sehen kann. Über ihm ist etwas, das Ähnlichkeit mit einem Auge hat. Es ist riesig groß mit einer schwarzen Pupille in der Mitte und einer gelben und orangefarbenen Iris darum herum. Das Gelb bewegt sich und sieht aus, als bestünde es aus Flammen. Es ist sehr schön. Luke spürt, wie das Auge ihn anzieht, fühlt die Kraft der Pupille, wie unglaublich stark sie ist. Mit aller Macht reißt er die Steuerhebel nach hinten und versucht, mit dem Raumschiff umzukehren. Aber der Sog des Loches ist stärker als er. Er weiß nicht, wie lange er noch dagegenhalten kann.

27

Sein Blick gleitet unruhig über die Schatten an der Wand, über das Bild vom Grand Canyon, die abgeblätterte Tapete und das Fenster mit den zerlöcherten Gardinen und der schwarzen Dunkelheit dahinter.

Sein Körper ist steif, weil er zu lange in derselben Stellung gesessen hat. Der Rücken ist starr vor Kälte, die Füße eisig. Aber sein Schoß, wo der schlafende Junge liegt, ist völlig verschwitzt. Robert streckt die linke Hand aus und nimmt einen Schluck aus dem Glas, obwohl er weiß, dass er schon zu viel intus hat. Er hätte die Flasche nicht anrühren dürfen. Hätte sofort umkehren und Lukas zwingen sollen, mitzukommen. Ihn den Weg entlangschleifen, allem Geschrei zum Trotz. Hätte erst ihn und dann sich selbst den Gurt anlegen und von hier wegfahren sollen.

Würde der Angstkiller doch bloß wirken! Doch der hat überhaupt nichts genutzt. Er ist noch genauso gestresst wie vorher. Der Mund ist trocken, der Magen nervös, und das Herz schlägt spürbar in der Brust. Er muss sich zusammenreißen, sich festhalten. Alles wird gut, wenn er sich nur konzentriert. Aber worauf? Hätte er seinen iPod mitgenommen, könnte er jetzt die Augen zumachen, sich zurücklehnen und die baufällige Hütte im stockdunklen Wald einfach vergessen. Könnte einer beruhigenden und wohltuenden Stimme lauschen. Bob Dylan oder Cornelis Vreeswijk. Tracy Chapman. Stattdessen sitzt er hier, vollkommen verkrampft, und betrachtet die Dinge um sich herum. Starrt sie an. Das Stickbild, den Elch im Sonnenuntergang, das Plastikobst, die orangefarbene Kaffeekanne, die Tischdecke. Warum bildet er sich ein, dass ihm all das bekannt vorkommt? Das ist doch Unsinn. Er muss versuchen, das Komische an der Situation zu sehen. Da unternimmt er einmal einen richtigen Ausflug mit Lukas, und dann landen sie ausgerechnet hier. Nachdem sie knapp drei Stunden an haufenweise schönen Plätzen vorbeigefahren sind, ist das Ziel der Expedition ein schimmeliger Schuppen. Ausgerechnet hierher bringt er sein Kind, lässt den Jungen ausgerechnet hier schlafen. Das ist doch absurd.

Ebenso absurd ist es, denkt er, dass die Hütte, obwohl sie offensichtlich jahrelang völlig unberührt hier gestanden hat, trotzdem verfallen ist. Als ob die Zeit an den Dingen zieht und zerrt, sie aufreibt und in Stücke reißt. Ob es mit Menschen auch so ist? Endet man, wenn einen niemand anrührt, wenn man unberührt bleibt, wie eine verfallene Zeitkapsel? Wie ein Segelschiff, das auf ein Riff gelaufen und vor einer Ewigkeit gesunken ist. Von allen vergessen, außer von der Zeit, die an den Segeln zerrt. Ebbe und Flut, die Tag für Tag hinein- und wieder herausströmen.

Er schaut hinüber zur Tür und fragt sich, ob man sie fester schließen kann. Immerhin ist es möglich, dass Meister Petz sich in der Nähe herumtreibt. Was, wenn er jetzt auftaucht und die Hütte plattmacht, wie den kleinen Wald da draußen? Wenn er an den Wänden kratzen und die Tür aufstoßen würde? Kleines Schweinchen, kleines Schweinchen, lass mich rein, lass mich rein. Sie hätten keine Chance. Für ein Tier mit *solchen* Kräften stellt es kein Problem dar, die morsche Tür aus den Angeln zu heben oder sich mit seinem ganzen Gewicht gegen eine der altersschwachen Wände zu lehnen und sie umzuwerfen. Kein Problem, sie beide mit seinen riesigen Tatzen umzuhauen, sie bewusstlos zu schlagen und zu zerfleischen, sie mit seinen Krallen aufzureißen und ihre Gedärme auf dem Boden zu verteilen. Still jetzt, da ist kein Bär. Aber er kann ja sicherheitshalber eine Runde drehen und nachsehen, ob alles in Ordnung ist, ehe er schlafen geht. Soweit das an diesem gottverlassenen Flecken Erde überhaupt möglich ist.

Er schiebt den schlafenden Jungen vorsichtig von seinem Schoß, bewegt sich zur Tür. Bei jedem Schritt gibt der Boden nach und knarrt schrecklich. Er öffnet die Tür, bleibt schwankend auf der Schwelle stehen, lauscht. Nur leichtes Blätterrascheln vom Wind. Nur das Flattern eines Vogels. Und dann ist es still. Er saugt die kühle Waldluft ein und sagt sich, dass er sie genießen sollte, so rein und würzig. Heide und Moos, Kiefern und Gagel, all die Gewächse hier draußen. All das lebt und wächst.

Es ist so dunkel, dass er die schwarzen Silhouetten der Bäume vor einem etwas weniger schwarzen Himmel nur erahnen kann. Es ist fast sternenklar, der Mond hinter eine Wolke. Aber die Augen können sich an die Dunkelheit gewöhnen. Dann wird er keine Angst haben.

Er öffnet den Hosenschlitz und pinkelt von der Treppe aus in einem langen Strahl ins Heidekraut. Ich bepiss mich gleich vor Angst, denkt er und versucht, über seinen eigenen Witz zu lachen. Nicht laut werden. Allein der Gedanke an die eigene Stimme reicht aus, um ihn beinahe zu lähmen. Wie einsam sie klingen würde. Allein und gellend, wie die eines Verrückten. Wie in dem Film, den er vor langer Zeit einmal gesehen hat, über einen Mann, der verrückt wird und seine Familie in Angst und Schrecken versetzt. Und dann wird sein Sohn ebenfalls verrückt. Heilige Scheiße. Stopp. Die Dunkelheit ist lediglich eine banale Konsequenz der Tatsache, dass die Erde eine Kugel ist, die sich dreht, und dass die Sonne sich in diesem Moment zufällig gerade auf der Rückseite befindet. Trotzdem. Da ist noch etwas anderes. Es liegt an der Stimmung hier, dem Luftzug. Ein Hauch von Ödnis. Hoffnungslos und verlassen.

«Allein», murmelt er. So ist es, vollkommen allein zu sein. Und wieder spürt er das Unbehagen. Muss sich beherrschen, darf jetzt keine Angstattacke kriegen. Er horcht noch einmal, starrt in die Finsternis.

«Hallo?», sagt er leise.

Als ob er eine Antwort erhalten würde. Als ob die steifen Bäume etwas erwidern, mit den Kronen nicken würden. Aus den Augenwinkeln sieht er einen Schatten. Einen Schatten? Unsinn. In der Nacht ist alles nur Schatten, es wird nicht dunkler.

«Natürlich nicht», sagt er ein wenig lauter. Alles nur Einbildung, Phantasie. Die Fähigkeit, so gut zu lügen, dass man es selbst glaubt. Die Fähigkeit des Schauspielers zur Autosuggestion ist ein Berufsleiden, ohne Frage.

Das Unwirkliche, das Unsichtbare, das, was in seiner Vorstellung, seiner Phantasie vor sich geht, hat er immer am meisten gefürchtet. Als ob dort drinnen irgendetwas schlummern würde. Noch ungeboren, aber dabei, sich zu entwickeln. Das Ei eines Aliens. Der Keim von etwas Schrecklichem, das das Vermögen hat, zu wachsen, lebendig zu werden. Die Albträume, die sich immer wiederholen und sich ihm doch nie offenbaren und sagen, was es mit ihnen auf sich hat. Weil sie nicht von *Bedeutung* sind, sagt er sich. Nur Hirngespinste. Der gesammelte Müll des Tages. Sie sind nicht gefährlich. Kein Problem.

Er geht wieder in die Hütte, zieht die morsche Tür hinter sich zu und überlegt, ob er trotzdem ein paar Möbel davor aufstapeln soll. Er entscheidet sich dagegen. Die Ausgeburten seiner Phantasie können so eine jämmerliche Barriere wie die Tür ohnehin mit Leichtigkeit überwinden. Versperrte Türen halten die Leute nicht davon ab, überzuschnappen, geschlossene Räume kurieren sie nicht. Wohl eher im Gegenteil. Er setzt sich wieder auf das Bettsofa, neben das schlafende Kind.

Die schwarze Probebühne war ein solcher Raum, und der Regisseur war der Erwecker dieses Raums. Er hat herumgeschnüffelt und in den Schauspielern nach ihrem «wahren» Charakter gegraben. Er hat nicht lockergelassen. Hat sie sich einen nach dem anderen vorgenommen. Wie soll man diese privaten Séancen eigentlich nennen? Eine Art umgekehrte Therapie? Die krude Behandlungsmethode eines Psychiaters, der den Wahnsinn lieber wecken als heilen will, indem er den Patienten, einen an sich gesunden Menschen, dazu bringt, sich einzubilden, dass er in Wirklichkeit große psychische Probleme hat, die auf verdrängte traumatische Erlebnisse zurückzuführen sind und jetzt um jeden Preis ans Tageslicht geholt werden sollen. Eine Behandlungsmethode, deren Ziel die «Befreiung» des sogenannten Gedächtnisses ist. Der Regisseur hat es «die versiegelten Erinnerungen des Körpers» genannt. Sie sollten so stimuliert werden, dass sie nicht in ihren Dämmerzustand zurückfallen konnten, sondern sich öffneten wie riesige, abscheuliche Blumen, die anschließend auf der Bühne zur Schau gestellt würden.

Dass Robert Widerstand leistete, ist sicher bloß ein zusätzlicher Ansporn gewesen. Es hatte sogar den Anschein, als sei gerade das der größte Spaß an seinem Regieverbrechen. Er war wie ein Bluthund, absolut überzeugt, dass es auf dem Grund des «oberflächlichen» Robert eine schmerzerfüllte Tiefe gab, die er freischaufeln könnte. Das hat er auch geschafft, und wie. Auch wenn Robert nicht benennen kann, *was* dort eigentlich ist. Aber eines ist sicher: Es ist der Grund dafür, dass er kurz vor einem Zusammenbruch steht. Der Mensch, der er bislang gewesen ist, mit all seinen Handlungsmustern, sowohl auf der Bühne als auch im wirklichen Leben, wurde auseinandergepflückt, bis ins kleinste Detail auseinandergenommen. Er fühlt sich nicht mehr wie der Mensch, den er kannte, die Figur, die er war, sondern wie ein Haufen zerrissener Lumpen.

Er kann sich gut an den Tag erinnern, als es sich «löste». Oder war es vielleicht am Abend gewesen? Die Probebühne hat keine Fenster, sodass man nicht weiß, welche Tageszeit es ist. In der intensivsten Zeit der Proben gingen Tag und Nacht nahtlos ineinander über. Aber dem Regisseur ging der Atem nie aus. An diesem Abend – oder Tag – war seine sonst oft höhnische oder herablassende Stimme weich und beruhigend, beinahe liebevoll. Und Robert fühlte es, er brauchte eine solche Stimme. Er konnte keinen Widerstand mehr leisten. Schaffte es nicht mehr, diesen Mann auf Abstand zu halten, indem er sich immer wieder sagte, dass er nur auf einem geisteskranken Egotrip war. Nein, schließlich ließ Robert sich von der Illusion einlullen, dass er ihm Gutes tun wollte. Es war ja auch sonst niemand da, mit dem er sich trösten konnte. Anna war in Stockholm. Und es war völlig zwecklos, mit den Kollegen darüber zu diskutieren. Sie waren einhellig der Meinung, der Typ sei genial, näher könne man Gottes Stellvertreter auf Erden kaum kommen. Seine Verteidigung war zusammengebrochen, und er hatte keine Lust mehr, so einsam zu sein. Etwas in der Aufmerksamkeit und der beruhigenden Stimme des Regisseurs war echter Freundschaft zum Verwechseln ähnlich. Und als er diesen Punkt erst einmal erreicht hatte, konnte er nicht mehr widerstehen.

Er hat es noch vor Augen, er weiß noch jedes Wort. Er lag auf dem Boden, und der Regisseur umkreiste ihn langsam. Kreiste ihn ein.

«Mein lieber Robert, du bist so angespannt. Schließ die Augen. Entspann dich. Lass dich im Boden versinken. Versinke. Lass los. So, ja.»

Er hatte düstere klassische Musik angestellt. Gustav Mahler.

«Denk an einen Raum.»

«Einen Raum?»

«Einen Raum, den du kennst. Vier Wände. Ein dunkler Raum.»

«Dunkel?»

«Es geschieht meistens im Dunkeln. Aber daran denken wir jetzt nicht. Jetzt begeben wir uns in dich hinein. In dein Gedächtnis. Es ist Abend. Vielleicht ist es Nacht? Die Wände sind grau.»

«Ich kenne keinen solchen Raum.»

«Entspanne dich. Atme ruhig. In diesem Raum ist etwas. Ein Schmerz.»

«Der Zahnarzt. Haha.»

«Ich meine echten Schmerz. Psychischen Schmerz. Wir suchen den Schmerz.»

«Ich habe doch gesagt, dass ich einen solchen Raum nicht kenne. Ich erinnere mich an keinen Schmerz.»

Er hatte sich aufgesetzt.

«Leg dich wieder hin, Robert. Wir haben Zeit. Atme in den Bauch. Ein. Aus. Fang mit dem Geruch an.»

«Welchem Geruch?»

«Du musst dich öffnen, Robert. Lass los, werde schwer. Atme ruhig. So, ja. Vielleicht bist du noch ganz klein? Ja. Du bist klein. In diesem Raum herrscht ein ganz spezieller Geruch. Vielleicht magst du diesen Geruch? Öffne dich. Atme. Hör auf die Musik. Gut, Robert. Ich sehe, dass du dich entspannst. Du betrittst den Raum. Du nimmst diesen Geruch wahr. Ist es der Geruch von Essen? Ist er süß? Wie Kekse? Oder eher angebrannt? Vielleicht Fleisch?»

«Vielleicht.»

«Du brauchst nicht zu antworten. Stell dir das Licht in diesem Raum vor. Da ist doch Licht, obwohl es schon Abend ist, oder? Es ist nicht *vollkommen* dunkel?»

«Nein.»

«Eine Lichtquelle. In dem Licht siehst du etwas. Was siehst du?»

«Ein schräges Licht. Drumherum ist es dunkel.»

«Keine Farben? Stell dir die Farben vor, Robert. Die Farben liegen weit hinter deinen Augen. Aber jetzt kommen sie wieder hervor. Welche Farben siehst du?»

«Schwarz. Weiß. Rot. Viel Rot.»

Er wand sich auf dem Boden. Kauerte sich zusammen.

«So viel Rot habe ich noch nie gesehen.»

«Du weinst. Das ist gut.»

Er lief zur Toilette, kotzte. Weinte, konnte gar nicht mehr aufhören. Es gab keinen Grund, zu kotzen oder zu weinen. Es waren doch nur Farben. Er wusch sich das Gesicht mit kaltem Wasser, ging wieder hinein, legte sich auf den Boden.

«Atme tief ein und aus. In den Bauch. Schön. Können wir das Gefühl wieder einfangen, das Gefühl, das du hattest, kurz bevor du rausgegangen bist? Den Raum. Den Lichteinfall. Schwarz, weiß, das viele Rot. Die Farben. Siehst du sie jetzt?»

«Ja.»

«Gut. Ich kann sehen, dass du sie siehst. Und jetzt sprich den Monolog. Erster Akt, zweite Szene.»

O schmölze doch dies allzu feste Fleisch,
zerging' und löst' in einen Tau sich auf!
Oder hätte nicht der Ewge sein Gebot
gerichtet gegen Selbstmord! O Gott! O Gott!
wie ekel, schal und flach und unersprießlich
scheint mir das ganze Treiben dieser Welt!
Pfui, pfui darüber! 's ist ein wüster Garten,
der auf in Samen schießt; verworfnes Unkraut
erfüllt ihn gänzlich. Dazu musst es kommen!
Zwei Mond erst tot! – Nein, nicht so viel, nicht zwei!
Solch trefflicher Monarch, verglichen diesem,
Apoll bei einem Satyr! So meine Mutter liebend,
dass er des Himmels Winde nicht zu rau
ihr Antlitz ließ berühren. Himmel und Erde!
Muss ich gedenken?

Er hatte sich durch den gesamten Monolog geschluchzt. Aber der Regisseur lächelte zufrieden. Endlich *hatte* er es. Er hatte es gefunden. Danach kam es wie von selbst. Er brauchte nur die

Worte zu sagen, und das Gefühl war da. Aber Robert hatte es nicht unter Kontrolle.

Der Zwischenfall auf der Premiere war unwesentlich. Aber auf einer der Proben war er wirklich nicht mehr Herr seiner Sinne gewesen. Es hätte ihn sogar den Job kosten können. Wenn die anderen gewusst hätten, wie es in diesem Moment um ihn stand, hätte man ihn eingewiesen. Er war der *tatsächlich* wahnsinnige Hamlet, der das sah, was sonst niemand wahrnahm. Keinen Geist, wie in der Szene, aber Bilder und Ahnungen, die schlichtweg beunruhigend waren. Und deshalb hatte er den Text nicht weitergesprochen, wie die Rolle es vorsah, sondern ihn Königin Gertrude unzusammenhängend ins Gesicht gebrüllt. Er hatte sie viel zu heftig geschüttelt und von sich geschleudert. Sie war hart gegen einen Tisch gefallen und schmerzgekrümmt liegen geblieben. Aber er störte sich nicht daran. Der Wahnsinnige fuhr fort, riss eine Kulisse nach der anderen um, zerschlug einen der Stühle und schmetterte den Kerzenleuchter an die Wand, sodass er Polonius um ein Haar wirklich erledigt hätte.

Danach war er auf dem Boden zusammengesunken und unkontrolliert schluchzend liegen geblieben, bis schließlich irgendjemand den Schock überwand, zu ihm herüberkam und sich über ihn beugte. Ist alles in Ordnung? Unsicher rappelte er sich auf und war wieder zurück. Er begegnete den Blicken, den erschrockenen Gesichtern. Er war wieder in der Gegenwart, öffnete den Mund und stieß sein warmes Lachen hervor, sein breites Lächeln und war wieder der charmante Sunnyboy, dem alle zu Füßen lagen. Er lachte, als sei alles Absicht gewesen. Hab nur ein bisschen übertrieben, um zu checken, wie weit ich gehen kann. Es tut mir leid, dass du dir wehgetan hast, das wollte ich nicht. Hatte die ganze Zeit alles unter Kontrolle. Alles unter Kontrolle. Die verschreckt aufgerissenen Augen der anderen blickten schon kurz darauf wieder völlig normal. Irgendwer hatte ihm sogar auf den Rücken geklopft und gelacht. Da hast du uns echt drangekriegt. Sie wirkten überzeugt. Abgesehen vom Regisseur natürlich, der dasaß und krank grinste, als hätte er endlich erreicht, was er wollte – nämlich zu sehen, wie Robert Wonderboy endlich zusammenbrach und in authentische mentale Schieflage geriet.

Er konnte nicht sagen, was in ihn gefahren war, nur dass er einen nahezu unerträglichen Schmerz verspürt hatte. Als er versuchte, sich an den Vorfall zu erinnern, waren die Bilder in seinem Kopf undeutlich. Er wusste, dass er den Kerzenleuchter geworfen und die Königin weggestoßen hatte. Trotzdem kam es ihm vor, als wäre er bewusstlos, in einem Traum gewesen. An einem Ort, an dem wirklich das Licht flackerte und die Dunkelheit undurchdringlich war. Mit Seen aus Rot. Einem Meer von Blut.

Still, nein, nicht mehr daran denken. Nicht denken. Er wird ruhig in der kleinen Hütte tief im Wald sitzen, bis diese Nacht vorüber ist. Es wird eine gewöhnliche, stille Nacht. Es werden keine Monster befreit. Nichts zu befürchten. Er blickt hinab auf Lukas. Das Kind schläft so friedlich. Er streicht ihm über den Kopf und singt leise die schöne Melodie aus dem Stück, Ophelias Lied.

Sie trugen ihn auf der Bahre bloß
und manche Trän fiel in Grabes Schoß.
Fahr wohl, meine Taube!
Und kommt er nicht mehr zurück?
Und kommt er nicht mehr zurück?
Er ist tot, o weh!
In dein Todesbett geh,
er kommt ja nimmer zurück.

Er schließt die Augen und sieht das Bühnenbild vor sich. Geniale Szenographie. Es ist unglaublich originell, echtes Wasser einzusetzen. Shakespeares königlicher Fluss wurde zum Luxus-Pool der Gegenwart. Das Wasser war nicht tief, aber es war ein echtes Becken, mit blaugrünem Wasser und Fliesen. Man braucht nicht viel Wasser, um zu ertrinken. Da reicht schon ein Waschzuber. Und es war extrem überzeugend, wie Ophelia dort lag, so überzeugend, dass ihm eine Gänsehaut über den Rücken lief. Im Becken war ein Luftrohr angebracht, damit sie lange mit dem Gesicht nach unten daliegen konnte. Sie sah so unglaublich tot aus, als sie aus dem Wasser gezogen wurde. Schrecklich bleich, beinahe violett in dem nackten Licht. Natürlich lag es nur an der Schminke und der Beleuchtung. Sie stand ja nach jeder Vorstellung wieder auf. Stand immer wieder auf. Nur in der Wirklichkeit fallen die Menschen. Fallen um und bleiben liegen.

Aber hier wird nicht gefallen. Hier wird auch nicht mehr getrunken. Obwohl er sich am liebsten die ganze Flasche hinter die Binde kippen und sinnlos betrinken würde. Er wird wach bleiben, aufmerksam, auf der Hut sein. Wird sich eins nach dem anderen vornehmen. Die kleinen praktischen Aufgaben. Er schraubt den Wodka zu, steht unsicher auf, greift nach dem Wasser und schüttet ein Glas in sich hinein. Er trinkt noch ein weiteres Glas, dann hebt er Lukas vom Bettsofa hoch, trägt ihn in das kleine Schlafzimmer und legt ihn vorsichtig in das Kinderbettchen. Der Junge dreht sich um, murmelt etwas im Schlaf und drückt den Kuschelhund an sich. So schlafen zu können.

Er sammelt die Sachen auf, die Lukas im Laufe des Nachmittags um sich herum verstreut hat. Legt die Micky-Maus-Hefte in die Schublade. Räumt die Klamotten zurück, die Lukas an den Haken und in den Schubladen gefunden, anprobiert und dann auf dem Bett verteilt hat. Regensachen, Gummistiefel, Wollpullover. Den kleinen grünen Anorak, der aussieht wie selbstgenäht.

Er hebt ihn auf und will ihn gerade an den Haken hängen, als er ein Namensschild darin entdeckt, ein kleines verknittertes Namensschild, das als Aufhänger dient. Weiß mit roter Schrift. Er zieht es mit den Fingern glatt. Bobo steht da. *Bobo.*

«Scheiße», sagt er und spürt, dass es ihm kalt den Rücken hinunterläuft. Spürt, dass sein Hals trocken ist. Spürt, wie sein Herz hämmert, sein Atem immer schneller geht. Verdammte Scheiße. Es war hier. Oder nicht? Es. Was, *es*? Er weiß es nicht, kann sich nicht erinnern. Aber er ist schon einmal hier gewesen, vor langer Zeit, oder nicht? Er war schon einmal hier. Damals, als er noch in diesen kleinen Anorak und die winzigen Gummistiefel gepasst hat.

Er greift nach dem hellblauen Stoffkaninchen, dreht es in den Händen. Er kennt es, oder nicht? Doch. Er mochte dieses Stoffkaninchen, liebte es, liebt. Es heißt Petter Kaninchen und ist sein Lieblingskuscheltier. Er betrachtet Petter Kaninchen und seine Hand, die das weiche Spielzeug hält. Sie ist klein, seine Hand. Oder nicht? Klein, weich und rund. Schwankend dreht er sich um, und im selben Moment fällt sein Blick auf den gesprungenen Rahmen und den Spiegel – er ist beschlagen. Er kann sein Gesicht darin nur erahnen, es ist klein und rund, das Gesicht eines Kindes. Er starrt es an und meint plötzlich hinter seinem Gesicht ein anderes zu erkennen. Das Gesicht einer Frau. Jung, schön, blond. Ihm wird schwarz vor Augen. Er hört einen Schrei und taumelt aus dem kleinen Zimmer in die Wohnstube.

Er sieht einen Schaft, ein großes, schweres Ding und eine Gestalt, riesig und dunkel. Augen wie schwarze Löcher, ein geiferndes Maul, darunter ein Fluss von Blut. Ein Mann. Nein – der Finsterling! Er sieht hinunter, und da liegt sie, die er am meisten liebt, die Helle, Schöne, zerschlagen in ihrem Blut. Der Boden ist voller Blut. Mama! Bobo im Schlafanzug drückt sein Kaninchen an sich und schreit. Und dann wird es ihm aus den Händen gerissen. Er weiß, wie das Kuscheltier schmeckt, jetzt erinnert er sich. Staub, Trockenheit und künstliches Fell. Das Kuschelkaninchen vor seiner Nase, vor seinem Mund verhindert, dass er schreit, dass er atmet. Dass er hinsieht. Er hat lila Flecken vor den Augen, bald ist alles zu Ende. Aber der Finsterling lässt von ihm ab. Seltsamerweise lässt er von ihm ab. Bobo windet sich los, ringt nach Atem, läuft zur Tür, aber der Finsterling ist schneller, ist wieder da, jetzt holt er sich ihn. Er versperrt ihm den Weg, groß und massig, greift mit den Armen nach ihm, versucht ihn zu fangen, aber er entwischt, klein, geschmeidig und schnell. Möbel kippen um, ein Glas zerspringt. Er tritt mit nackten Füßen hinein, es tut fürchterlich weh. Mama, hilf mir, Mama. Aber sie liegt bloß mit starrem Blick im roten Meer, blinzelt einmal und bewegt die Lippen, erst kommt nur Blut aus ihrem Mund, dann flüstert sie: Lauf, mein Schatz. Bobo, lauf. Mit aller Kraft drückt er sich gegen die Tür und stürzt hinaus in die Dunkelheit. Er läuft, stolpert, fällt, läuft weiter, der Untergrund ist uneben, und er kann nicht sehen, wohin er tritt, oft ist es tief, Löcher im Boden, Matsch. Er stolpert über Steine, Heidekraut und Wurzeln. Wieder fällt er, schrammt sich auf, aber kommt wieder auf die Beine. Er läuft weiter in den Wald, tiefer und tiefer hinein in die Dunkelheit. Sein Herz schlägt so laut, aber die Rufe hinter ihm entfernen sich, werden schwächer. Ich werde dich schon kriegen, ich finde dich! Irgendwann finde ich dich!

28

Wie weich das Bett ist, so sanft. Aber nicht mehr weiß in der blauschwarzen Nacht. Das Bett ist dunkel wie eine Gewitterwolke. Um sie herum ist ein Abgrund, der Boden Kilometer entfernt. Sieben weite Himmel. Evelyn schwebt. Sie hängt in der Luft. Es gibt nur einen einzigen Punkt in dieser Welt, der fest zu sein scheint – ein kleiner Fleck in der Ferne. Leuchtend und rot. Manche würden sagen, es sei ein Knopf, den man drücken kann. Aber das ist gelogen, es ist ein Himmelskörper. Er heißt Abendstern und ist wunderschön. Sie saust davon in ihrem Bett. Sie reist.

Sie reist zu einem Leben vor langer Zeit. Einem Leben, in dem sie jung und makellos war und es Möglichkeiten gab. Möglichkeiten? Sie liegt in einem Bett mit einem Säugling neben sich. Ein neuer kleiner Mensch im Bett. Sie sieht sich selbst dort liegen, mit dem Kind im Arm. Sie hat ein schönes, aber ausdrucksloses Gesicht. Wer bist du? Was denkst du? Kannst du dir vorstellen, dass du eines Tages in einem ähnlichen Bett liegen und schrumpelig, weißhaarig und verwelkt sein wirst? Dass du in einem Bett liegst und älter als alle Berge bist und zwischen leuchtenden Himmelskörpern schwebst?

Die junge Frau hat ein Kind bekommen. Kein Wunschkind. Aber sie hat es geboren, und es gehört ihr, wie niemand sonst ihr gehört. Nicht einmal sie selbst. Sie ist den Umständen ausgeliefert. Sie war in anderen Umständen. Jetzt sind sie verändert. Das Kind ist herausgekommen, sie und der kleine Junge sind eine Familie. Ihre eigene Familie hat sie verstoßen. Sie ist allein in der Stadt und wurde schon oft schief angesehen. Sie weiß, was die Leute denken, denn sie ist nicht dumm. Ist es das Kind des Feindes? Der Besatzungsmacht? Das Kind eines einfachen Gefreiten oder eines SS-Offiziers in schwarzer Uniform mit Totenschädeln an der Mütze? Das ist es nicht, wird sie sagen. Es ist das Kind eines Opfers. Sie schreibt es auf Papier, füllt ein Formular aus. Name des Vaters. Aleksej Dimitrov, geboren in Borova, Ukraine. Gestorben in … Sie schreibt es hin und denkt nicht mehr an ihn. Wird niemals mehr denken.

Sie ist jung, sie ist hübsch, sie ist Mutter eines Kindes. Sie hat es sich nicht gewünscht, aber das Kind ist ihres, und es ist neu. Es ist ein Anfang. Jetzt gibt es nur uns zwei. Sie drückt es fester an sich. So hält man ein Kind. Sie zeigt vorbildlich, wie ein Säugling gehalten wird. Aber ihre Arme sind steif und verkrampft in einer gestellten, unechten Pose.

Sie blickt auf und schaut aus dem Fenster. Der Himmel ist grau, es schneit. Sie kann ein Hausdach sehen, weiß von Schnee, ein paar schwarze Schornsteine ragen heraus. Neben dem Dach ist ein Baum. Die Äste sind starr, schwarz und knorrig. Wie leere, gespreizte Finger. Es ist keine Bewegung darin. Sie halten nichts, nur Luft. Und vielleicht die eine oder andere Schneeflocke, der es gefällt, sich dort niederzulassen.

Sie sieht wieder hinunter auf den Kleinen. Er ist so deutlich von ihr getrennt. Ein fremdes Ding. Es könnte alles Mögliche sein. Eine Katze. Ein Hund. Ein Huhn. Warum ist ausgerechnet das ihr Kind? Der kleine Kopf ist voller dicker, schwarzer Haare. Die Augen sind schmale Schlitze mit einer dunkelblauen Iris. Die Finger sind ganz klein, aber sie bewegen sich trotzdem, als wollten sie nach etwas greifen. Der winzige Mund wimmert, keucht leise, sucht ihre Brust. Sie spürt den Druck in ihren Brüsten. Spürt, dass sie Milch hat. Aber die Arme, die das Kind halten, sind wie die Äste des Baumes dort draußen. Die Finger sind wie die Zweige. Sie sind steif. Es ist keine Bewegung darin, obwohl sie so jung und glatt sind.

Die Säuglingsschwester kommt ins Zimmer, fragt: Wie geht es Mutter und Kind? Ich fürchte, ich kann ihn nicht stillen, seufzt Evelyn und verzieht den Mund zu einem bedauernden Lächeln. Sie hält das Kind der Schwester entgegen, die es mitnimmt und auf die Säuglingsstation bringt. Dann dreht sie sich mit prallen, schmerzenden Brüsten zur weißen Wand. Sie streicht mit den Fingern darüber. Die Wand ist rau, kühl und fest.

Als sie aufwacht, ist das Krankenhaushemd kalt und klitschnass. Durchtränkt von Milch. Sie wird ihn weggeben. Soll die Schwester ihn doch behalten. Aber sie tut es nicht. Sie weiß nicht genau, wieso. Er ist jemand. Er ist immerhin jemand, in dieser Stadt, in der sie keine Menschenseele kennt, in der es niemanden gibt, zu dem sie gehen kann.

Sie zeigen ihr, wie man eine Mischung aus Kuhmilch, Wasser und Malzextrakt anrührt. Er nimmt alles, was sie ihm anbietet, saugt es gierig in sich hinein. Die Brüste hören auf zu spannen und schrumpfen wieder. Sie legt das Kind in einen Korb und verlässt das Krankenhaus. Geht zurück in das kleine Haus, das sie kürzlich gekauft hat, und darauf ist sie stolz: Das Haus ist schön, schick und modern. Viel schicker als ihr Elternhaus. Was sie wohl sagen würden, wenn sie es sehen könnten? Sie sieht ihre Eltern vor sich, wie sie staunend von einem Zimmer zum anderen gehen. Was für eine entzückende kleine Stube! Was für eine praktische und schöne Küche! Und was für einen hübschen kleinen Garten du hast! Ihr habt es wirklich schön hier.

Aber sie kommen nicht. Obwohl sie sie eingeladen hat, kommen sie nie. Vater will sie nicht mehr sehen, Mama darf sie nicht mehr sehen. Niemand sieht ihr Haus oder ihr Kind. Aber sie hat Geld bekommen. Sie hat sich ihr Erbteil auszahlen lassen und davon das Haus gekauft.

Das Baby wächst heran zu einem kleinen Jungen, der früh

laufen kann. Die Nachbarsfrauen sehen sie schief an. Allein mit einem kleinen Kind. Unehelich. Deutschenliebchen? Nur Aslaug, die nebenan wohnt, ist nett und umgänglich. Aslaug ist freundlich, auch zu einer ledigen Mutter. Und sie glaubt alles, was man ihr erzählt. Sie kennt die anderen Weiber und fürchtet sie nicht. Aslaug nickt mitfühlend, wenn Evelyn erzählt, dass sie Kriegswitwe ist. Dass er für England flog und abgeschossen wurde. Sie nickt mitfühlend, wenn Evelyn erzählt, dass ihre Familie verschollen ist, sie wollten über die Grenze fliehen, und seitdem hat sie niemand mehr gesehen. Und Aslaug erzählt bereitwillig weiter, dass nur Evelyn und das arme vaterlose Kind noch übrig sind.

Dann bricht plötzlich der Frieden aus, und alles gerät durcheinander. Die ganze schöne Ordnung ist dahin. Der Frieden kommt mit Lärm und Jubel und Aufruhr in den Straßen. Wimmelnde Menschen mit wilden, begeistert glühenden Gesichtern. In diesem Trubel lässt sich nichts vorhersehen, alles kann passieren. Evelyn schaut aus dem Küchenfenster. Scharenweise laufen Leute vorbei, die norwegische Flagge schwenkend. Weit dahinter kommt eine Gruppe deutscher Soldaten, die nicht marschieren, sondern langsam und gebeugt die Straße hinunterschleichen, die Augen fest auf den Boden gerichtet. Ach, du lieber Gott, wo soll das nur enden?

Sie nimmt den Jungen, öffnet die Gartenpforte und geht hinunter nach Gamlebyen. In der Senke bei Dyvekes Bro haben Leute einen Scheiterhaufen aus Verdunklungsrollos angezündet. Sie schreien und rufen einander zu, tanzen um die knisternden Flammen. Unten in der Bispegata hört sie Gerüchte. Ein Denunziant soll sich in seiner Wohnung verschanzt haben. Aber sie werden ihn ausräuchern, werden die fette Ratte schon aus ihrem Bau holen. Aus der anderen Richtung kommt eine Schar Männer mit Rucksäcken und strahlenden Gesichtern, Widerstandskämpfer, die in den Wäldern in Deckung gelegen haben. Sie denkt: Was wohl aus Vater wird, und wie viele wird er bei seinem Sturz mitreißen?

Sie dreht sich um, macht sich auf den Heimweg. In der Alnagata sieht sie eine Menschentraube auf der anderen Straßenseite und bleibt stehen. Eine Schere blitzt auf. Skalpieren!, ruft jemand. Die anderen, Männer wie Frauen, rufen: Deutschenhure! Deutschenhure! Nach einer Weile stürzt ein junges Mädchen aus der Gruppe hervor. Sie weint, und auf ihrem Kopf sind nur noch ein paar hässliche Haarbüschel übrig.

Evelyn nimmt den Jungen auf den Arm und läuft heim. Verschließt die Gartenpforte, schließt die Haustür ab und wartet. Aber niemand kommt. Keiner zerrt sie aus dem Haus. Keiner sperrt sie ein, wegen ihrer Familie oder der Rolle, die sie bei dem Tod des Russenhäftlings gespielt hat. Und während die Monate verstreichen, begreift sie, dass zu Hause in ihrem Dorf alles beim Alten ist. Sie haben dichtgehalten, alle zusammen. Diejenigen, die die Wahrheit hätten ans Licht bringen können, sind ja tot. Alle Schuld wird den fliehenden Deutschen gegeben. Die Dorfbevölkerung trifft keine Strafe, es ist, als wäre nie etwas geschehen. Ein Blutweg liegt dort und Hektar um Hektar gerodeter Wald. Aber nur sie hat ihre Strafe bekommen. Die Fessel am Fuß, die Bleikugel. Das verdammte Kind, das sie auf den Grund ziehen oder sie in die Luft sprengen wird wie eine Mine.

Ihre Augenlider flattern. Der rote Stern wird immer kleiner und undeutlicher. Sie sinkt hinab und denkt, heute Nacht werde ich fortgehen. Werde im Dunkel verschwinden. Ich will nicht, flüstert sie und reißt die Augen weit auf. Starrt auf den Stern und sagt sich, dass es nur ein Knopf ist. Am Ende wird sie doch müde und fällt wieder in den Schlaf.

Sie erwacht abrupt von lautem Keuchen. Die Alte im Nachbarbett stöhnt und ringt nach Luft. Evelyn streckt den Arm aus, selbst erstaunt über ihre Tatkraft, und drückt auf den Abendstern. Zuerst kommt nur eine Schwester, kurz darauf kommen noch zwei. Sie schalten das Licht an, laufen rein und raus, während sie alles tun, um das Leben der Frau im Nachbarbett zu retten.

Hast du jemals Erde geschmeckt? Hast du jemals den Mund so weit aufgerissen, wie du kannst, und eine Handvoll Erde hineingesteckt? Schwarzbraune Erde, fett und feucht, schwer und nass. Eine wunderbare Mischung aus organischem und anorganischem Material, aus Sand, Lehm und Torf, Partikeln von kleinen Steinen, Laub und Gras. Aus verrotteten Früchten und den Körpern toter Tiere. Alles in Bewegung, weil Regenwürmer, Käfer und Tausendfüßler sie verzehren und wieder ausscheiden und sich Millionen Mikroorganismen hindurchdrängen, die Reste mit Schimmel und Fäulnis infizieren, sie umwälzen und vermengen. Bis alles so braun wie Scheiße ist. Porös, fruchtbar und weich. Wer sagt, die Erde würde nicht leben?

Sicher habe ich geschrien, als es passierte, als ich mit offenem Mund dalag und schaufelweise Erde abbekam. Ich schaffte es nicht, den Mund zu schließen, der Kiefer war ja gebrochen. Es schmeckte nach Eisen, Rinde und Nüssen. Faulig und gleichzeitig frisch. Manchmal vermisse ich diesen Geschmack. Kannst du dir vorstellen, dass ich sogar das vermisse? Mit der Zunge ein bisschen feuchte Erde von den Fingern zu lecken. Den herben Geruch bis in die Lungen zu spüren.

29

Er lässt den Wagen auf dem Wendeplatz ausrollen und stellt den Motor ab. Schüttelt den Kopf. Genug. Genug jetzt. Die erlöschenden Frontlichter lassen die Dunkelheit herabfallen. Wilhelm öffnet die Tür, steigt aus, sucht die Stirnlampe aus dem Rucksack hervor. Er geht zu dem anderen Auto, das dort parkt, leuchtet hinein. Ein paar leere Limoflaschen, Schokoladenpapier, eine zusammengeknüllte Papiertüte. Sicher nur Wanderer. Vielleicht Jäger auf Elchjagd. Oder ob hier Hütten gebaut worden sind? Eine Anlage mit Freizeithütten genau an der Stelle. Um Gottes willen.

Er geht zurück zu seinem Auto, nimmt den Rucksack heraus und kontrolliert systematisch den Inhalt. Schlafsack, Isomatte, Proviant, Wasser und Benzin. Er fasst in die Brusttasche, da sind die Zigaretten und die Streichhölzer. Macht die Autotür leise zu, schließt ab. Er richtet den Lichtkegel auf die rechte Seite des Wendeplatzes, findet den Hang, findet die Kiefer, wo der Pfad beginnt, und zwängt sich durch das Gestrüpp bergauf. Kein Problem, den Weg zu finden. Er kennt hier jeden Stein, jede Baumwurzel. Die Kiefer stirbt, die Rinde blättert schon ab. Der graue Stamm darunter ist entblößt, knochenweiß im Lichtkegel der Lampe. Er geht weiter aufwärts, zwischen den Bäumen hindurch über das moosbewachsene Gelände.

Sie geht vor ihm auf dem Pfad. Ihr Hinterkopf, das blonde Haar. Als wäre sie eine Fremde. Gott weiß, was du *wirklich* dachtest, *wirklich* fühltest.

Sie waren sonst immer vormittags gekommen. Aber diesmal, das letzte Mal, kamen sie spät am Abend an. Es war stockdunkel, während sie den Pfad hinaufgingen. Vielleicht war das der große Fehler. Vielleicht war das der Grund, warum alles schiefging. Es war von Anfang an eine anstrengende Fahrt gewesen. Und daran war der Junge schuld. Erst hatte er sich heftig gestoßen. Wollte absolut nicht mitfahren. Jetzt, da sie für immer in den Wald zogen.

Sie hatten die meisten ihrer Habseligkeiten eingepackt. Zu Hause in der Wohnung wartete noch eine Ladung. In ein paar Tagen würden sie hinfahren und den Rest holen. Einiges sollte mit hierher, anderes sollte eingelagert werden. Die Wohnung in Ammerud hatten sie gekündigt.

Sie hatten den Jungen ins Auto gesetzt und waren noch mal in die Wohnung gegangen, um die restlichen Sachen zu holen. Aber als sie wieder hinunterkamen, war er spurlos verschwunden. Er hatte sich natürlich versteckt. Der verdammte Bengel hatte eine neue Stelle gefunden, hinter dem Müllverschlag. Sie suchten eine halbe Stunde, bis sie ihn endlich fanden und den brüllenden Jungen zum Auto trugen. Aus dem er sofort wieder entwischte, kaum dass sie ihn hineingesetzt hatten. Diesmal fing er ihn eigenhändig wieder ein und gab ihm einen ordentlichen Klaps, ehe er ihn auf dem Sitz festschnallte. Der Junge heulte immer noch, nicht lauthals wie zuvor, sondern wimmernd. Elise ertrug das nicht. Sie musste ihn unbedingt trösten, obwohl er es verdient hatte, und tröstete ihn noch, lange nachdem er sich beruhigt hatte.

Als sie schon in Gjelleråsen waren, fiel Elise plötzlich ein, dass sie etwas vergessen hatten. «Das Schmusekaninchen», sagte sie. «Ohne das kann er doch nicht schlafen.» – «Petter Kaninchen», brüllte der Junge. Wilhelm schlug mit der Hand aufs Lenkrad. «Verdammt und zugenäht!» Aber ihm blieb nichts anderes übrig, als umzukehren. Der Junge *musste* sein Schmusetier haben. Etwas anderes kam überhaupt nicht in Frage.

Auf dem Rückweg machte sie eine zweideutige Bemerkung.

«Bist du dir auch wirklich ganz sicher? Ich weiß nicht, ob das eine so gute Idee ist.» – «Was zum Teufel meinst du?», hatte er gefragt. Sie hatte gemurmelt: «Da oben im Wald zu wohnen.» – «Menschenskind, darüber waren wir uns doch einig! Sollen wir jetzt etwa alles rückgängig machen, oder was?!» – «Nein, nein.» Sie hatte den Kopf abgewandt und aus dem Fenster gestarrt. Aber er merkte, dass sie mit den Tränen kämpfte. «Fängst du jetzt auch noch an zu heulen?», rief er. «Nein, nein. Reg dich ab.»

Das war leichter gesagt als getan. Er war bereits auf hundertachtzig. Und es sollte noch schlimmer kommen. Als sie Kløfta erreichten, machte das Auto Schwierigkeiten. Wie sich herausstellte, brauchte es frisches Öl. Zum Glück fand er eine offene Tankstelle, und das Problem war relativ schnell gelöst. Aber es dauerte natürlich trotzdem seine Zeit. Und als sie die Karre endlich wieder in Gang gebracht hatten, fing der Junge erneut an zu bocken, und Elise schaffte es wie üblich nicht, konsequent zu sein. Also mussten sie wieder anhalten, auf einem Rastplatz. Sie ging mit ihm hinaus, ließ ihn spielen, ein bisschen herumlaufen. Während er im Auto saß, mit den Fingern auf das Lenkrad trommelte und zusah, wie die Sonne hinter den dunkelblauen Bergkämmen unterging.

Der Rest der Fahrt verlief schweigend. Der Junge war schließlich auf der Rückbank eingeschlafen. Er selbst war immer noch ziemlich angespannt. Aber es tat gut, endlich anzukommen. Die Autotür zu öffnen, die Beine auszustrecken, die Waldluft tief in die Lungen zu saugen. Sie hob den Jungen vorsichtig aus dem Wagen und trug ihn auf dem Arm, während er sich mit dem Gepäck abmühte. Das war der Moment, als er ihren blonden Hinterkopf betrachtete. Und ihm klar wurde, dass die Frau, die vor ihm den Pfad entlangging, weiter denn je von ihm entfernt war. Dass er eigentlich nichts von ihr wusste, sie vielleicht nie richtig gekannt hatte. Außerdem strahlte sie eine Zärtlichkeit aus, während sie den Jungen trug, die sie ihm gegenüber nie gezeigt hatte. Er konnte es sogar von hinten sehen, wie sie sich liebevoll über das Kind beugte und ihm etwas in die kleinen Ohren flüsterte.

Sie drehte sich kein einziges Mal zu ihm um. Wartete nicht, fragte nicht, ob es der richtige Weg sei, obwohl es schon so dunkel war. Als würdest du ihn besser kennen als ich, dachte er. Als wärst du schon öfter hier gewesen. Einfach hergefahren, ohne mir etwas zu sagen. Mit einem anderen Mann, einem dieser arroganten Künstlertypen. Hast ihm die Hütte gezeigt, unser Geheimnis, das nur uns gehört – bevor du seinen Schwanz gelutscht und auf dem Bettsofa die Beine für ihn breitgemacht hast. Vielleicht bist du in Wirklichkeit hierhergefahren, als du angeblich auf Studienreise warst.

Er war auf dem Pfad stehengeblieben, hatte sich an einen Baum gelehnt und gemerkt, dass sein Mund ganz trocken war. Bist du wirklich mit einem anderen hier gewesen? Aber dann fielen ihm die Geschenke ein, die sie gekauft hatte, die authentischen Moskau-Souvenirs. Die Matrjoschka für den Jungen, das Bolschoi-Plakat für sich und eine Flasche echten russischen Wodka für ihn. Die, die er jetzt in seinem Rucksack trug. Und dann erinnerte er sich, wie begeistert sie vom Lenin-Mausoleum erzählt hatte. Dass sie stundenlang auf dem Roten Platz in der Schlange stehen musste, bis sie endlich eingelassen wurde und ihn dort liegen sah, so, wie er schon in den letzten fünfzig, sechzig Jahren dort gelegen hatte, und dass er so lebendig ausgesehen hatte. Als wäre er überhaupt nicht tot.

Aber vielleicht hatte sie sich das alles nur ausgedacht, vielleicht hatte sie das über Lenin nur gelesen und sich Fotos angesehen, um ihm eine glaubwürdige Geschichte auftischen zu können. Vielleicht hatte sie einen der anderen Studenten gebeten, ihr die Flasche mitzubringen, damit es so aussah, als wäre sie dort gewesen. Für ihn. Jetzt hör aber auf, du Idiot, hatte er gemurmelt. Wirst du jetzt langsam paranoid, oder was zum Teufel ist los mit dir? Sie hatte gefragt: Was hast du gesagt? Immer noch ohne sich umzudrehen, und er hatte geantwortet: Nichts. Und sie waren weiter durch die Dunkelheit gewandert. Er war dem blonden Hinterkopf gefolgt, den rhythmischen Schritten und dem pummeligen Arm des Jungen, der unter ihrem dünnen Arm hervorschaute.

Als sie bei der Hütte angekommen waren und das Kind im Bett war, hatten sie getan, was sie immer taten, wenn sie vormittags ankamen, obwohl es jetzt dunkel war. Sie hatte die Steppdecken vom Bettsofa genommen und sie auf die Leine gehängt, um sie zu lüften. Er hatte die Fenster geöffnet und die Mückengitter eingesetzt, ehe er einen Eimer aus dem Schuppen nahm und zum Bach hinunterging, um Wasser zu holen. Der Brunnen gab nicht genug Wasser, und außerdem war es viel zu braun zum Trinken. Er hatte den Wassereimer hineingetragen, und sie hatte die Petroleumlampe angezündet, die Rucksäcke ausgepackt, die Lebensmittel und die Kühlakkus in die Kühltasche umgepackt, die mit halb geöffnetem Deckel auf der Anrichte stand, damit es darin nicht schimmelte. Er hatte die beiden Flaschen Bier herausgenommen, und dann saßen sie auf der Haustürschwelle, und er hatte ihr den Arm um die Schultern gelegt.

Alles war wie immer gewesen, bis auf ein paar Kleinigkeiten. Normalerweise hätten sie in der Sonne gesessen, und jetzt war es stockdunkel. Und sie lehnte sich nicht an ihn, wie sie es sonst immer tat, wenn sie hier saßen. Sie hockte irgendwie steif da, wirkte immer noch so fern. Sie hatten in den schwarzen Wald gestarrt und nur wenig gesprochen, bis er vorschlug, die Flasche aufzumachen. Aber da sagte sie: Können wir nicht lieber zu Bett gehen? Also legten sie sich stattdessen schlafen, auf dem Bettsofa. Er wollte Sex. Sie wollte nicht, aber sie taten es trotzdem.

30

Luke Skywalker Indiana Jones ist mit Wolf im Dschungel. Sie haben die Höhle gefunden, und sie wissen, dass es die richtige ist. Hier liegt der Schatz – der phosphoreszierende Diamantenschädel mit seinen enormen kosmischen Kräften, die einem so viel Stärke verleihen, dass man das gesamte Universum lenken kann. Er ist hier drin! Aber sie sind noch nicht da, sie stehen vor dem ersten Portal, zwischen zwei großen Steinstatuen, und bevor sie das Portal passieren dürfen, müssen sie ein Rätsel lösen. Gelingt es ihnen nicht, werden die Statuen lebendig, schlagen mit ihren Steinschwertern nach ihnen und lassen den Berg einstürzen. Luke nimmt die Karte aus der Tasche, dreht sie – vielleicht liegt die Lösung des Rätsels hier?

Wolf jault nervös, und Luke flüstert, dass er ruhig sein soll. Da hören sie ein Dröhnen und Donnern. Sind die Steinstatuen schon lebendig geworden und brechen jetzt aus ihrer starren Haltung aus? Doch bevor er gegen sie kämpfen kann, ist er schon wach.

Lukas kneift die Augen zusammen, aber er findet nicht in den Traum zurück. Und als er sie öffnet, ist es genauso dunkel wie mit geschlossenen Augen. Er setzt sich auf und weiß nicht, wo er ist. Bei Oma und Opa in Stockholm? Es riecht nicht wie bei ihnen. Hat jemand ihn weggezaubert? Wo ist er? Er fängt an zu weinen, schnieft und nimmt Wolf, drückt ihn an sich. Und dann erinnert er sich wieder. Er erinnert sich an den Pfad, den sie gesucht haben, er und Papa. Erinnert sich an die Schlucht, in die sie hinabgestiegen sind, und an die kleinen Frösche. Er erinnert sich an die gemütliche kleine Hütte und weiß wieder, dass er dort ist, im Bett von einem noch kleineren Kind. Denn seine Füße stoßen an der Unterkante an, und die Oberkante drückt gegen seinen Kopf. Aber es macht nichts, dass das Bett zu klein ist, denn es ist schön hier. Und dann fallen ihm die Micky-Maus-Hefte wieder ein und das tolle Spiel mit Wolf, in dem das Bett ein Raumschiff und außerdem noch ein U-Boot war, und er erinnert sich, dass dieses Spiel genauso toll war wie sein Traum. Sie waren Entdecker und fuhren unter Wasser und konnten alles sehen, was dort unten war. Clownfische und Papageienfische und einen giftigen Tiefseefisch mit scharfen Zähnen. Und einen supergroßen Hai, der sie auffressen wollte. Aber sie waren sicher in ihrem U-Boot und drehten den unheimlichen Fischen eine lange Nase, bis die mit trotziger Unterlippe davonschwammen. Als er daran denkt, muss Lukas lachen.

Er starrt wieder in die Nacht. Wie still es ist. Er klemmt Wolf unter den Arm und klettert aus dem Bett. Außerhalb des Schlafsacks ist es klamm und frisch, und er friert, obwohl er alle Kleider anhat. Durch die dünnen Socken spürt er den kalten Boden. Er versucht, seine Turnschuhe zu finden, aber sie sind in der Dunkelheit verschwunden. Er tastet sich vor zur Tür, schaut in das andere Zimmer. Dort ist es auch dunkel. Stockfinster. Die T-Shirt-Lampe ist ausgegangen.

«Papa?»

Er wartet einen Augenblick.

«Papa!»

Keine Antwort.

«Das ist, weil er schläft», flüstert Lukas Wolf zu. Er tapst durch den Raum, stolpert aber über irgendetwas. Scheint ein umgekippter Stuhl zu sein. Lukas stellt ihn wieder auf, dann beugt er sich über das Bettsofa.

«Papa?», sagt er vorsichtig und streckt die Hand aus, um ihm über den Kopf zu streichen. Und da fühlt er, dass dort nur die Kissen und der Schlafsack liegen und kein Papa, und dann sieht er, dass die Tür einen Spalt offen steht. Er schiebt sie ganz auf und schaut hinaus in den Wald. Seine Augen haben sich langsam an die Dunkelheit gewöhnt, er kann ein paar Einzelheiten ausmachen. Er kann die Bäume und das Heidekraut erkennen, einen morschen Baumstumpf, einige Steine und den umgefallenen Baum.

Aber Papa sieht er nicht.

«Papa!», ruft er.

Lukas drückt Wolf an sich. Drückt ihn und streichelt seinen Kopf.

«Du brauchst keine Angst zu haben», sagt er zu Wolf. «Papa macht bestimmt nur einen kleinen Spaziergang. Aber wir werden ihn schon finden.»

Lukas stapft in die Nacht hinaus. Die Heide steht hoch, sie reicht ihm bis zu den Knien. Es ist eklig, ohne Schuhe hindurchzugehen. Er weiß ja nicht, was darunter ist – es könnten Ameisen oder Kreuzottern sein. Das Heidekraut und die Fichtennadeln stechen durch seine dünnen Socken. Aber er wird sich nicht fürchten. Er geht am Baumstumpf vorbei. Von dieser Seite sieht er aus wie ein Monster, aber er bewegt sich nicht. Deshalb kann er ihn nicht fangen. Sie gehen zur Senke hinter der Hütte und weiter zwischen den Bäumen hindurch, wo der Wald dicht und tief wird. Die Bäume sind groß, und die Zweige berühren ihn, aber die Stämme sind stark und vertrauenerweckend. Lukas geht unter einen Baum und umarmt ihn kurz. Er kann die Hütte noch immer sehen. Aber wenn sie ein Stückchen weitergehen, wird sie unsichtbar.

«Papa?»

Keine Antwort, nur das leise Echo seiner Stimme. Lukas geht tiefer in den Wald hinein, späht um sich.

«Siehst du ihn, Wolf?»

«Nein.»

«Ich auch nicht. Wo ist er denn?»

«Ich weiß es nicht, Lukas.»

Lukas dreht sich wieder um, und jetzt kann er die Hütte nicht mehr sehen. Er stapft durch die Heide und sieht sich nach allen Seiten um. Aber die Hütte ist weg, in der Finsternis verschwunden. Nicht weinen. Jetzt nicht weinen. Er steht unter den Bäumen und hält Wolf im Arm. Er hört Flügelschlagen und das Rauschen des Windes und das leise Knarren der Äste. Im Gebüsch raschelt es, vielleicht ist es ein Fuchs oder vielleicht ein Elch. Hoffentlich ist es kein Dachs, denn dann wäre es besser, er hätte Gummistiefel an, die mit Grillkohle gefüllt sind. Weil Dachse nämlich die Leute in die Beine beißen, und sie hören nicht auf, bevor es knackt. Aber sie begegnen keinem Dachs, sie sehen nur Steine und Wurzeln und den umgefallenen Baum. Er sieht aus wie alle möglichen unheimlichen Sachen – Hexen, Trolle und Monster –, die vielleicht jetzt, in der Nacht, Wirklichkeit sind.

«Das ist nicht schlimm», sagt Lukas zu Wolf, obwohl er nicht weiß, ob es stimmt. Aber er merkt, dass Wolf sich langsam ziemlich fürchtet, und es ist wichtig, dass er nicht totale Angst bekommt. Denn dann läuft er womöglich weg, und dann ist Lukas ganz allein.

Plötzlich stoßen seine Zehen gegen etwas Hartes. Eine gerade Kante. Er erkennt sie wieder. Es ist die Betonkante neben dem Holzdeckel. Der Brunnen. Dann weiß er, wo er ist! Er ist in der Senke hinter der Hütte.

«Komm», sagt Lukas zu Wolf. «Hier lang.»

Sie gehen wieder hinauf zur Hütte. Lukas schließt die Tür fest hinter sich, läuft schnell in die Schlafkammer und springt in das kleine Bett.

Er verkriecht sich im Schlafsack, zieht den Reißverschluss bis oben hin und zieht die Schnur so fest zu, dass nur noch seine Nase und die von Wolf rausgucken und sie Wange an Wange liegen.

«Jetzt musst du brav sein, Wolf», sagt er, «richtig schön brav. Es ist ja nicht so schlimm. Papa kommt bald zurück.»

Er liegt im Schlafsack, starr und kerzengerade und denkt, dass er den Rest der Nacht die Augen weit offenhalten wird. Er wird ein großer Junge sein und auf Wolf aufpassen, denn Wolf ist ja so klein und fürchtet sich ganz schrecklich. Wolf glaubt, dass Papa für immer weg ist und nie mehr wiederkommt, und jetzt sind sie allein im Wald, und niemand wird sie finden, auch nicht Mama. Lukas liegt mit offenen Augen und stocksteif da und versucht sich zu erinnern, was in Papas Rucksack noch zu essen drin ist. Es muss noch lange reichen. Bestimmt tut es das, denn sie haben auf jeden Fall noch fast ein ganzes Brot, ein bisschen Marmelade und eine Packung Würstchen und ein paar Kartoffelpfannkuchen. Eine Orange und einen Apfel und vielleicht noch irgendetwas anderes in der Blechdose. Das ist ziemlich viel, denkt er, es wird schon gutgehen.

Während er nachdenkt, schaut er an die Decke. Da oben ist ein kleiner Spalt, durch den er einen Streifen vom Himmel sehen kann. Er ist unglaublich schön, dunkelblau. Von draußen hört er jetzt Vögel. Sie singen. Und dann hört er den Kuckuck. Es muss ja ein Kuckuck sein, denn er sagt Ku-kuck, genau wie in dem Lied. Er versucht sich den Kuckuck auf dem Baum vorzustellen, versucht, darauf zu kommen, was so Besonderes an einem Kuckuck ist. Und dann fällt ihm ein, dass sie allein sind. Er ist auch allein, denn Wolf ist nur ein dummer kleiner Kuschelhund, der nicht auf ihn aufpassen kann. Und er kann nicht auf Wolf aufpassen. Er kann ja nicht mal auf sich selbst achtgeben. Der Wald ist schließlich unendlich groß, er geht bis Schweden und Finnland und Russland. Und wenn Papa ihn nun nicht wiederfindet und ganz bis nach Russland geht, während er hier im Bett liegt und wartet und wartet? Jetzt spitzt er die Ohren besonders gut, lauscht auf den Kuckuck und versucht an nichts anderes zu denken. Er wartet auf das nächste Ku-kuck, und dann singt er *Der Kuckuck und der Esel,* und da breitet sich ein Schleier über seine Augen, und es fühlt sich an, als ob ein sanfter Wind über sein Gesicht streicht. Seine Augen fallen zu, und kurz darauf schläft er.

31

Inmitten der Dunkelheit bleibt Robert stehen, stützt sich gegen einen Kiefernstamm und ringt nach Luft. Tropfnass von Schweiß. Er kneift die Augen zusammen, beugt sich vornüber und übergibt sich. Es dauert lange, bis er sich ausgekotzt hat, dann richtet er sich wieder auf und schwankt leicht, während sich sein Herz Schlag für Schlag beruhigt. Erst jetzt spürt er, dass sein rechter Knöchel weh tut. Er muss beim Laufen gestolpert sein, umgeknickt.

Erschöpft setzt er sich hin. Langsam gewinnt er die Fassung wieder. Die Angst ist erstaunlicherweise nicht mehr da. Er fühlt sich klar im Kopf. Überraschend klar. Alle Bilder sind zusammengefügt, die Teile passen. Was ihn vorher so unsagbar erschreckte, hat in einer Erinnerung Gestalt angenommen. Das Ursprüngliche. Die Ursprünglichen. Mutter und Vater. Sie – leichenblass auf dem Fußboden – in ihrem eigenen Blut badend. Er – groß und dunkelhaarig und bedrohlich. Und mit einem Blick, der sich nicht beschreiben lässt. In der Hand hielt er einen Gegenstand, die Waffe, die er gegen sie erhob. *Das* hatte er gesehen. Bevor er auf seinen kurzen Beinen ums nackte Überleben lief. Und der Wald wuchs hinter ihm zusammen, die Äste verknoteten sich, die Büsche schlossen sich zusammen und versiegelten das Schreckliche. Der Pfad war weg, und der Weg in die Erinnerung verschwand.

Das Laufen und Speien hat ihn geschwächt. Aber er ist klar im Kopf, als er das kleine Kind – sich selbst – vor Augen hat, wie es zwischen den Bäumen entlangwackelte. Halb bewusstlos vom Schock und dem Schrecklichen, für das es keine Worte gibt. Damit es nicht mehr möglich ist, dergleichen zu benennen, muss die Sprache verschwinden. Nur ein paar kleine, abscheuliche Fetzen sind übriggeblieben. Sie verwachsen und versinken im entlegenen Wald. Während er darum kämpft, sein Leben aufrechtzuerhalten. Ich bin weg gewesen.

Wie lange ist er hier durch die Gegend gelaufen? Wie lange hat er Durst und Hunger gehabt und phantasiert? Wann fing er an, Trolle und Hexen zu sehen? Sind ihm Tiere begegnet? Gab es hier damals auch einen Bären? Einen Fuchs, eine Eule, einen Star oder einen Elch, dort drüben, bei der Baumgruppe? Hat er versucht, mit ihnen zu sprechen? Zu sprechen, zu rufen? Während sein Mund viel zu trocken und seine Augen ganz geschwollen waren. Er muss sich leer geweint haben. Er muss hingefallen und die ganze Nacht liegengeblieben sein. Hin- und hergeglitten zwischen Wachen und verzweifeltem Schlaf, bis der Morgen graute. Mit dieser Ruhe, über die nur ein Kind verfügt, das weiß, dass es bald vorüber ist, muss er Nachtfalter und Schmetterlinge gesehen und ihnen zugeflüstert haben.

Dann war das Wunder geschehen. Jemand hatte ihn gefunden und ihn hochgehoben. Jemand, der im Wald spazieren ging. Er wachte in einem Bett auf, in einem hellen Zimmer. An der Decke hing eine große und runde Lampe. Hier begann sein Leben. Hier wurde er geboren.

In der Dunkelheit hört er Wasser plätschern. Er humpelt durchs Unterholz, bis er an einen Bach kommt, wäscht sich das Gesicht, spült sich den Mund aus und trinkt. Herrlich, dieses Wasser, was für ein Geschmack. Nie hat Wasser besser geschmeckt. Nie frischer. Er zieht den Schuh und den Strumpf aus und hält den schmerzenden Fuß hinein. Es ist eiskalt, aber er hält aus in dieser vollkommenen Erfahrung von Klarheit und Ruhe, die für ihn so ungewöhnlich ist. Er kann sich nicht entsinnen, sich jemals so gefühlt zu haben.

«Anna», sagt er. «Es wird sich alles finden. Alles wird gut werden. Für dich, und mich, wir werden uns gut verstehen, viel besser, und Lukas ...»

Er ist ganz atemlos, obwohl er sich nicht bewegt hat. Lukas. O Gott! Zurück zur Hütte, er muss schnell dorthin zurückfinden, bevor der Kleine aufwacht und Angst bekommt. Er zieht den Strumpf und den Schuh wieder an, dreht sich, sieht sich in alle Richtungen um. Natürlich findet er sie wieder, er muss sie wiederfinden. Humpelnd rennt er durch den nachtschwarzen Wald.

Weißt du, welche Geräusche am lautesten sind? Was am meisten Lärm verursacht? Das, was man fast nicht hört und trotzdem immer da ist. Nennt man es Bass, dieses Geräusch, wenn das Blut durch die Adern schießt, wenn sich die Lungen mit Luft füllen? Luft und Blut. Sie sprudeln, zischen, klopfen und brausen. Erst wenn diese Geräusche verstummt sind, weiß man, wie still es sein kann. Es ist so schrecklich still. Ich schmiege mich an den Wind. Lasse mich von ihm tragen, während er für mich atmet. Keucht, seufzt, heult und miaut. Er hält mich oben, trägt mich davon.

Still! Wer ist da? Dort zwischen den Zweigen, im Dunkel unter den Bäumen, wo der Berg sich teilt? Komm her, hier entlang. Hierhin, hier, durch das Gebüsch. Ich kenne diesen Weg. Den Weg dorthin, wo uns niemand erreichen kann. Wo uns niemand finden konnte. Niemand sollte etwas finden.

Ich kenne jeden einzelnen Stein.

32

Wilhelm stolpert über eine Wurzel und fällt vornüber, schlägt auf den Boden. Er flucht und rappelt sich auf, keuchend und steif. Klammert sich an einen Baumstumpf, zieht sich daran hoch. Reißt einen Zweig vom nächsten Busch, wedelt damit um den Kopf herum, um die Mücken zu vertreiben, aber vor allem die Stimmen. Die Phantasie muss man mit dem Willen bezwingen. Aber die Furcht ist die Großmutter der Phantasie, und die Mühle im Kopf, von der er dachte, sie würde leiser werden, wenn er erst hier war, mahlt lauter denn je.

Er richtet sich auf. Die Stirnlampe taucht alles vor ihm in eisiges Licht, es flutet über ein paar dünne weiße Baumstämme, dicht wie Flechtwerk und bleich vor dem stockdunklen Hintergrund. Er dreht sich um, der Lichtfluss folgt seinen Bewegungen als flackernde Reflexion. Alles andere ist im Dunkel verborgen, als existierte es nicht. Trotzdem hat er ein Gefühl, als sei jemand hinter ihm, der ihn verfolgt. Er arbeitet sich weiter durch das Dickicht, hält ab und zu inne, um sich umzudrehen, nachzusehen. Das bleiche Licht dreht sich mit. Er ist ein Leuchtturm, und er schwankt. Der Pfad ist weg. Er hält in alle Richtungen Ausschau, aber die alten Wegmarken sind nicht mehr da. Gerade er sollte doch wissen, dass Bäume und Büsche wachsen, Baumstümpfe verrotten, Steine unter Moos und Flechten verschwinden. Wilhelm macht das Licht aus. Die Augen gewöhnen sich langsam an die Dunkelheit.

Er bewegt sich keuchend vorwärts. Versucht, nicht über die Baumwurzeln zu stolpern, die vor ihm liegen. Sie schimmern weiß im Mondlicht, das zaghaft durch die Wolken bricht, sehen aus wie Knochen. Ein runder Stein hat dieselbe Farbe. Dieselbe Form und Größe wie der Schädel eines Kindes. Das Kind, das immer tiefer in den Wald läuft und schließlich nicht mehr kann, sondern umfällt und vom Wald verschlungen wird. Er merkt, wie sein Puls rast, kneift die Augen zusammen, tastet nach den Zigaretten und zündet sich eine an. Macht ein paar tiefe Lungenzüge, ehe er weitergeht, Schritt für Schritt.

Doch, er ist auf dem richtigen Weg. Er ist an dem Abhang angekommen, wo die Schlucht beginnt. Schwerfällig klettert er die hohen Stufen hinunter und stützt sich mit den Fingern an den bemoosten Wänden ab. Hier unten ist es noch dunkler, die Geräusche sind dumpf. Das schwache Echo seiner Schritte. Das Rieseln des Baches. Er geht weiter und meint direkt neben sich jemanden atmen zu hören. Bleibt stehen und lauscht, und das Geräusch verschwindet. Aber sobald er sich in Bewegung setzt, ist es wieder da. Angst wallt in ihm auf, wie etwas Zähes, Schweres, das vom Magen in den Hals hinaufdrängt. Er bleibt wieder stehen, und plötzlich begreift er, dass das Geräusch von der Kapuze seiner Jacke herrührt, die an den Schultern reibt.

Wilhelm kämpft sich weiter durch die Klamm voran. Stößt einen Fluch aus, als er in ein Loch tritt und sich nasse Füße holt. Wenn er jetzt nur den Hund dabeihätte. Der Hund ist ein guter Begleiter. Mit ihm fühlt er sich sicherer. Der Hund wäre schnüffelnd vorangelaufen, hätte den Weg gefunden. Wäre zu ihm zurückgelaufen, immer vor und zurück, und hätte dafür gesorgt, dass er Schritt hält. Der hätte ihn auf den richtigen Weg gebracht, auf die richtigen Gedanken. Aber es war unmöglich, ihn mitzunehmen. Man kann mit einem Köter nicht einfach von den USA nach Norwegen fliegen, er muss vorher monatelang in Quarantäne. Aber das, was er getan hat, hätte er nicht tun müssen. Er hätte ihn ins Tierheim bringen oder einen der Jungen bitten können, auf ihn aufzupassen. John hätte das gerne gemacht. Man darf sein Herz an nichts zu sehr hängen. Nichts liebgewinnen. Dann geht es.

Er ist sicher noch nicht tot. Das dauert bestimmt länger. Aber er wird wohl ziemlich winseln, da in der Garage. Wie immer, wenn er rauswill. Aber langgezogener und mit dem beißenden Unterton von Enttäuschung, von Trauer. Heartbroken. Mit der Zeit wird das Winseln nach Not klingen. Er wird nicht sehr lange durchhalten. Ohne Futter wäre es eine Weile gegangen, aber nicht ohne Wasser. Er wird wohl zuerst das Bewusstsein verlieren. Im Fieber dahindämmern und seltsame Hundeträume haben. Träume, in denen *er* vorkommt. Der Besitzer, dem er so treu ergeben war. Herr, mein Gott, warum hast du mich verlassen? Wird schnell nur noch Haut und Knochen sein. In einer seltsam hingegossenen Stellung daliegen, zwischen Kisten, Gartengeräten, Werkzeug und anderem Gerümpel. Auf der Seite, mit halb geöffnetem Maul. Bald wird die Zunge heraushängen, die Augen werden nach hinten verdreht sein, sodass nur noch das Weiße zu sehen ist. Die Fliegen finden ihren Weg dorthin, das geht schnell bei der Hitze. Beginnen ihr Werk, noch bevor der Tod eintritt. Man wird für seine Liebe bestraft. Er wird bestraft. Er wird mit den Details gequält werden, dem Bild der Maden, die sich in das weiche Fell fressen, durch den Nacken, der sich so gerne streicheln ließ. Das Fell, das er so gerne gestreichelt hat. Die Maden fressen sich quer durch den wedelnden Schweif, sodass er bricht, legen das Fleisch frei, bis immer mehr von der Knochenstruktur sichtbar wird. Rot, bevor es verfault. Leise und jämmerlich, heulend vor Schmerz.

Ob er vorher noch die Garage vollscheißt? Ein dünner, gelblicher Durchfallkot, in Streifen. Schöne Schweinerei, das wegzumachen. Stinkender Hundekadaver, stinkende Scheiße. Kehrt er noch einmal dorthin zurück? Immer weg, immer weiter. Neu anfangen, ein unbeschriebenes Blatt. Kopf waschen, Hände waschen, um nichts trauern, nichts vermissen.

Warum ist man trotzdem so schwer, warum muss man das

mit sich herumschleppen, wohin man auch geht? Man wird es nie los. Weiß der Himmel, sie ist sicher immer noch dort.

Sie verbrachten einen einzigen Tag zusammen. Einen ganz gewöhnlichen Tag, wenn man von seinem Ende absieht. Sie erwachten vom Licht, das durch die dünnen Gardinen auf ihre Gesichter fiel. Er war aus dem Bett aufgestanden, hatte die Füße auf den kühlen Fußboden gestellt. Hatte dem Morgen die Tür geöffnet. Die Luft war klar und frisch. Ein knallblauer Herbsthimmel, strahlender Sonnenschein zwischen den Bäumen. Im Laufe des Tages würde es wärmer werden. Das wurde es ja immer.

Der Junge schlief noch. Sie verhielten sich leise, damit er nicht aufwachte. Wilhelm öffnete den Schuppen, holte die Campingstühle und stellte sie auf, holte den Hocker, den sie als Tisch benutzten, während Elise Kaffee kochte. Es roch gut. Der Kaffee schmeckte hier immer am besten. Sie hockte draußen mit der Kanne und dem Primuskocher, nur in T-Shirt und Shorts, obwohl es nicht besonders warm war. Gänsehaut an Armen und Beinen.

«Frierst du nicht?»

«Nein», sagte sie.

Er strich ihr übers Haar, ließ die Hand Richtung Nacken gleiten. Der Hals. Der schöne weiße Hals. Sie rührte sich nicht. Trotzdem war es, als wiche sie ihm aus, bevor sie kurz zu ihm aufsah, mit diesem fast furchtsamen Blick. Ahnte sie, was später passieren würde? Wie sollte sie, er wusste es ja selbst nicht. Hatte keine Vorausahnungen, abgesehen von dem Impuls, der ihn manchmal durchzuckte. Doch. Vielleicht spürte er ihn in dem Moment. Aber er unterdrückte ihn. Den Impuls, sie umzustoßen, sie mit Fußtritten zu traktieren, ihr Gesicht in den Erdboden zu drücken, ihr die blonden Haare in großen Büscheln auszureißen. Während seine Augen sich mit Rot füllten und er in den Keller hineinsah. Die blutroten Augen, lodernd. Die Stille vor dem Gebrüll. Ein Wechselbalg, eine Missgeburt. Glaub ja nicht, dass es anders wird, nichts wird anders. Ich wollte dich nicht. Du bist abscheulich.

Es war schön im Wald. Sonnenschein und Frieden. Vogelzwitschern und das Murmeln des Baches. Sie tranken den besonders guten Kaffee. Die Sonne wärmte schon. Sie aßen ein paar Scheiben von dem selbstgebackenen Brot. Und danach erhob er sich, ging wieder in den Schuppen und holte die Axt. Begann auf dem großen Baumstumpf Holz zu hacken. Wohl ungefähr zu dieser Zeit wachte der Junge auf und fing an zu greinen. Sie war wie üblich sofort bei ihm. Hob ihn aus dem Bett und trug ihn hinaus. Stand da in der Sonne mit ihm, während er sich die Augen rieb. Trug ihn auf dem Arm, so als könnte er nicht selbst gehen. Er war immerhin drei Jahre alt, konnte in Comic-Heften blättern und schon ein wenig davon verstehen. Hatte einen Wortschatz wie ein Fünfjähriger, war jedoch noch nicht ganz aus den Windeln. Aber das war sicher eine Art Taktik, um mehr Aufmerksamkeit zu bekommen. Er hatte seine Mutter jedenfalls genau dort, wo er sie haben wollte, mit seinen großen dunkelbraunen Augen. Sie setzte ihn auf der Haustürschwelle ab, gab ihm eine Scheibe Brot, von der die Marmelade heruntertropfte, strich ihm mit der Hand durchs Haar, drückte ihn an sich. Er selbst hackte weiter Holz, schlug kraftvoll zu. Krick. Krack. Krick. Krack.

Ein schönes Material, Holz. Es hat genau die richtige Festigkeit. Stein ist zu hart, da braucht man Spezialmaschinen. Glas ist zu spröde, das gibt zu viele Scherben. Und Fleisch ist zu weich, zu leicht durchzuschneiden, aufzureißen. Er hätte bei Holz bleiben sollen. Hätte diesen Tag verstreichen lassen sollen wie einen ganz gewöhnlichen Tag. So machen es die Leute ja, leben ein Leben voller gewöhnlicher Tage. Leben als

Familie. Leben auch getrennt, jeder woanders. Andere Leute schaffen das.

Sie machten einen Spaziergang in den Wald. Ein paar Kilometer die Anhöhe hinauf, von wo aus man den nächsten und den übernächsten Bergrücken sehen konnte, und wie weit es bis zu anderen Leuten war. Man konnte Schweden sehen. Nichts zu entdecken, kein Haus, kein Bauernhof. Nur ihre Hütte. Die einzige Hütte weit und breit, dort unten auf einer Lichtung. Sie gingen noch ein Stück tiefer in den Wald, nachdem sie zu Mittag ihren Proviant verzehrt hatten. Aber dann fing der Junge an zu quengeln, er sei so müde. Elise nahm ihn auf den Rücken, trug ihn den ganzen restlichen Weg. Später muss er länger durchgehalten haben. Er war ja nirgends zu sehen. Wie weit ist er gelaufen, bevor er im Heidekraut zusammenbrach? Wie lange hat es gedauert, bis das kleine Herz aufhörte zu schlagen? Wo ist der kleine runde Körper geblieben? Ist er zu einer verfluchten Ausgeburt geworden, mit riesigen Glotzaugen?

Wilhelm zuckt zusammen, als es im Gebüsch hinter ihm knackt. Er öffnet die Jacke, zieht die Waffe hervor und lauscht, mit hämmerndem Herzen und dem Finger am Abzug. Eine Krähe fliegt krächzend auf. Er wartet. Nichts zu hören, nur die Krähe. Er steckt die Waffe zurück an ihren Platz, macht die Stirnlampe wieder an, leuchtet in den Wald hinein. Niemand da. Keine Menschenseele.

Er hat den Jungen nie gemocht. Konnte ihn nicht ausstehen. Die braunen Augen, die dicken Arme, die dunklen Locken. Das weiche Lächeln. Ihn hat er nie angelächelt. Sah nur verängstigt aus, wenn er ihn hochnahm. Schrie. Und wie der Bengel schreien konnte. Manchmal die ganze Nacht durch, besonders im ersten Jahr. Er hat das Paradies in Scherben geschrien. Es war nur eine Frage der Zeit, bis alles kaputtgehen musste.

Er riecht den säuerlichen Duft von Gagel. Kurz darauf steht

er unten am Sumpf, und jetzt ist es nicht mehr weit. Er wird jeden Augenblick dort sein. Schhh, macht er. Die Stimme im Kopf. Das Herz im Hals. Mein kleiner Junge, was für einen Vater du hattest. Was für einen schrecklichen Vater. Warum musste er hierher, warum ist er zurückgekommen? Der Verbrecher muss immer zurück. Muss Spuren beseitigen, dass es aussieht, als wäre nichts geschehen. Erst dann ist man sicher.

Da ist die große Kiefer, noch größer jetzt. Wie dick der Stamm geworden ist. Hier ist der Bach, der den Pfad schneidet. Die großen Steine, zwei runde und ein flacher. Hier ist das Gestrüpp auf der linken Seite. Noch ein paar Wegbiegungen, dann ist er da. Er geht weiter, geht die letzten zwanzig Meter und bleibt stehen. Wo ist die Hütte geblieben? Er geht noch ein paar Schritte. Ein unheimliches Gefühl überfällt ihn. Angst. Wenn sie eingestürzt wäre, müsste da ein Bretterhaufen liegen. Aber da ist nichts.

Plötzlich huscht der Lichtstrahl über das Fenster, und es blitzt kurz auf, ehe die Dunkelheit sich wieder um ihn schließt. Er geht ein paar Schritte näher heran, und jetzt erkennt er es. Der Anstrich ist abgeblättert und hat eine melierte Tarnfarbe aus Braun und Graugrün hinterlassen. Die Wände verschmelzen vollkommen mit dem Wald. Die Hütte steht noch genau so da, wie er sie verlassen hat. Er geht zur Tür, legt die Hand auf die Klinke, will sie herunterdrücken, aber da wird ihm schwindlig vor Augen. Nein, nicht hinein. Das ist nicht notwendig. Er hat heute schon genug Flashbacks gehabt, das reicht für ein ganzes Leben. Ihm steht noch deutlich vor Augen, wie es dort drinnen war. Der kleine Raum mit dem Kinderbett, der etwas größere Raum mit dem Bettsofa. Der Fußboden, auf dem sie zusammengesunken ist. Wilhelm zieht den Benzinkanister aus dem Rucksack.

33

Lukas wacht auf. Von einem Geräusch. Einem Geruch. Es riecht anders als vorhin, aber er weiß, wo er ist. Er weiß es sofort! Er ist in der kleinen Hütte im Wald. Es ist noch nicht ganz Morgen. Es ist nämlich noch nicht hell, nur grau. Aber er kann die Dinge um sich herum erkennen. Die Kleider am Haken. Die Kommode neben dem Bett. Die viel zu kleinen Gummistiefel. Alles ist wie vorher. Nur der Geruch nicht. Es riecht merkwürdig. Intensiv. Und kein bisschen wie Wald. Er kennt den Geruch, aber er weiß nicht, woher. Er setzt sich im Bett auf, hält nach Wolf Ausschau, findet ihn aber nicht. Das hellblaue Kuschelkaninchen liegt drüben bei der Kommode. Er streckt den Arm aus, nimmt es und drückt es an sich.

«Papa?», sagt er, ziemlich leise.

Keine Antwort. Er will nicht noch einmal fragen, will nicht rufen. Will nicht wissen, dass Papa nicht zurückgekommen ist. Er legt sich wieder hin. Schaut an die Decke, hinauf zu dem Spalt, dem schmalen Riss, durch den man einen Streifen des Himmels sehen kann. Er ist nicht mehr dunkel, mehr eine Art graues Orange. Während er daliegt und die Linien an der Decke zählt, versucht er, nicht an den Geruch zu denken. Aber es geht nicht. Der Geruch gehört hier nicht her. Er ist fremd. Aber was soll er dagegen tun? Er kann nichts tun. Nichts. Er kann nur liegen bleiben. Das ist am sichersten. Daliegen, auf Papa warten und sich nicht im Wald verlaufen.

Jetzt hört er draußen ein Rascheln. Er hält die Luft an. Da ist jemand. Papa? Warum kommt er nicht rein? Es hört sich gar nicht an wie er. Ob es die Außerirdischen sind? Vielleicht kommt der Geruch ja von ihrem Raumschiff. Vielleicht ist

Darth Vader mit seinen Sturmtruppen in weißen Plastikuniformen gekommen, mit Laserpistolen und Bomben mit Wärmesensoren. Und jetzt merken sie, dass er in der Nähe ist. Sie wissen, dass er Luke ist, nicht Lukas, und dass *er* sein Vater ist.

Wenn sie nun reinkommen und ihn aus dem Bett zerren, ihn fesseln und in ihrem Raumschiff auf den Todesstern mitnehmen? Oder sie operieren ihm lauter Sachen ins Gehirn und machen ihn zu einem dunklen Jedi, mit fiesen gelben Augen und roten Rändern drumherum. Er kneift die Augen zusammen, und wieder raschelt es. Er hört Schritte, ganz deutlich. Und eine leise murmelnde Stimme, die sich überhaupt nicht anhört wie die von Papa. Er schluckt, spürt sein Herz in der Brust wummern. Es schlägt so laut, dass er beinahe sicher ist, dass man es bis draußen hört.

«Das ist nur Papa», flüstert er dem hellblauen Kaninchen atemlos zu. «Da draußen ist bloß Papa. Wir schlafen jetzt. Du und ich schlafen noch ein bisschen. Und morgen fahren wir nach Hause.»

Erst wartete ich in Weiß, kreidebleich. Danach wurde es gelblich, dann so eine Art grünliches Grau, und dann lila mit schwarzen Flecken. Ich wartete, aufgedunsen und durchscheinend wie ein Apfel aus Glas, wartete ein ganzes Schimmelstadium lang. Dick, gelbweiß und noch abzuschaben, ehe das entsprechende Kleingetier den Weg fand und die mühsame Arbeit verrichtete, mich vollständig auszukleiden.

Weißt du noch, wie es war einzuschlafen? Natürlich erinnerst du dich. Du tust es ja noch immer! Du treibst langsam in den Schlaf, sodass du nicht weißt, wann du verschwindest. Deine Umgebung lässt dich los. Du fällst in die Dunkelheit und kommst an andere Orte, aber wenn die Dämmerung kommt, wenn der Himmel sich von der Erde hebt und blau wird, kehrst du zurück. Die Vögel singen, bis dir die Träume entgleiten. Bin ich noch in deinen Träumen? Komm her, schau mich heute an. Hilf mir, in Schlaf zu fallen, tiefer denn je.

34

Wilhelm steht in der Senke, blickt hinauf zur Hütte im ersten Grauschimmer des Morgens. Er sieht, wie die Zeit ihr zugesetzt hat. Jetzt wird die Arbeit vollendet, innerhalb weniger Sekunden. Nur ein Streichholz, und sie geht in Flammen auf, wird zu Asche. Stille wird einkehren. Alles wird vergessen sein.

Sie waren noch nicht schlafen gegangen, obwohl draußen schon schwarze Nacht war. Aber der Junge lag im Bett und schlief. Sie stand an der Anrichte, als er hereinkam, um zu essen. Ein normaler Abend nach einem normalen Tag. Er hatte Holz gemacht. Hatte mehrere kleine Baumstämme geschlagen und zersägt. Anschließend hatte er die großen Kloben mit der Axt auf dem Hauklotz in Scheite gespalten. Die Holzscheite hatte er an der einen Wand aufgestapelt und gedacht, dass er eine Art Dach darüber bauen müsste. Sie war die meiste Zeit des Tages drinnen beschäftigt gewesen, er wusste gar nicht recht, womit. Aber als er hineinging, merkte er, dass frisch geputzt war. Es roch nach grüner Seife.

Am Nachmittag hatte sie mit dem Jungen gespielt. Hatte ihn auf die kleine Schaukel gesetzt, die er an der Kiefer angebracht hatte, und ihn angeschubst. Der Junge lachte vor Vergnügen, er konnte ewig so dasitzen, vor und zurück schaukeln. Und sie wurde es offenbar auch nicht leid, ihn anzuschubsen.

Übrigens war es kein normaler Tag. Er hatte länger gearbeitet als sonst. Er wusste, dass sie viel Holz für den Winter brauchen würden. Sehr viel Holz. Sie mussten einen ausreichenden Vorrat anlegen. Er hatte durchgearbeitet, bis es dunkel wurde. Bis die Dämmerung kam und er kaum noch sehen konnte, wohin die Axt traf. Als es Zeit fürs Abendessen war, hatte er die Axt mit hineingenommen. Warum nahm er die Axt mit? Er hätte sie in den kleinen Schuppen bringen können. Aber er wollte ihr wohl zeigen, wie hart er gearbeitet hatte. Als hätte sie nicht gesehen und gehört, wie er den ganzen Tag geschuftet hatte.

Er setzte sich aufs Sofa und wartete. Er war sehr hungrig. Sie stand an der Anrichte und kochte etwas auf dem Gaskocher. Es roch angebrannt. Sie stellte es in einer Schüssel auf den Tisch, irgend so ein Dosenfraß, und sie hatte es fertiggebracht, ihn in dem kleinen Topf anbrennen zu lassen. Sie stellte es ihm hin wie einen Hundenapf. Einfach so. Es roch widerlich und schmeckte nicht. Er machte eine Bemerkung. Sagte irgendwas darüber. Nicht laut, er schrie auch nicht, sondern sagte es in einem sachlichen Ton. Trotzdem krümmte sich ihr Rücken. Sie drehte sich wieder zu ihm um und sah ihn an, mit *dem* Blick. Und dann seufzte sie, fast unhörbar. Aber nur fast. Er fand sich ja damit ab, er aß es ja. Wenigstens das meiste. Es hatte im Übrigen nichts mit dem Essen zu tun. Es wäre nicht passiert, wenn sie nicht hinterher damit angekommen wäre. Wenn sie sich neben ihn gesetzt hätte, so wie sie es sonst auch tat, und nicht ihm gegenüber. Auf den Stuhl. Aber nicht, um zu essen. Sie aß nichts. Hatte wohl keine Lust auf den widerlichen Dosenfraß. Vielleicht hatte sie schon etwas Anständiges gegessen, zusammen mit dem Jungen, während er sich draußen mit dem Holz abmühte?

Er trank ein Bier oder zwei. Vielleicht drei. Brauchte Bier, um den Fraß runterzukriegen. Sie trank auch ein kleines Glas. Sie hatte ihn nicht angesehen, nicht direkt. Hatte zur Seite geblickt, war sich mit der Hand durchs lange Haar gefahren. Hatte gesagt: Ich muss mit dir reden. Als wäre es so einfach. Darüber reden und fertig. Reden, und das war's. Mit uns. Mit ihr und mir. Du und ich. Wir beide gehören zusammen. Nur wir beide, so sollte es sein. Sie sprach sehr leise.

«Ich kann das nicht», sagte sie.

«Das?»

«Es geht nicht mehr.»

«Was geht nicht?»

«Das. Das hier.»

«Was meinst du damit?»

«Ich kann nicht mehr.»

«Was du damit meinst!», schrie er sie an.

«Verstehst du nicht?»

«Hast du einen anderen?»

«Nein.»

Sie log ihm ins Gesicht. Selbstverständlich tat sie das. Er sah, dass sie log.

«Du lügst.»

«Tu ich nicht.»

Rot vor den Augen, ein rasendes Flimmern. *Fotzenmaul. Fotze.* Natürlich hatte sie einen anderen. Er hob die Hand, schlug ihr ins Gesicht.

«Du lügst!»

Er schlug sie noch einmal.

«Es gibt keinen anderen, wenn ich es dir doch sage!»

Sie lag schon auf dem Fußboden.

«Wer ist es?»

Sie hielt sich die Hände vors Gesicht.

«Sag es!»

Sie weinte. Zitterte. Murmelte.

«Es geht nicht mehr, Wilhelm. Ich kann nicht bei dir bleiben.»

«Was hast du gesagt?»

«Du bist nicht gesund.»

«Was zum Teufel redest du da?!»

«Ich meine – sieh dich doch an!»

Sie setzte sich auf, fasste Mut. So verdammt viel Mut, dass sie laut wurde.

«Du bist nicht gesund, verstehst du!»

«Was bin ich?»

«Du bist verrückt», schrie sie. «Krank im Kopf!»

«Ich werde dir zeigen, wie gesund ich bin. Pass nur auf.»

Und dann nahm er die Axt. Die stand ja da. Wieso musste die da stehen. Und dann schlug er zu.

Holz steht still auf dem Hauklotz. Wenn man den Kloben ins Visier nimmt, trifft man ihn dort, wo man will, sofern man eine ruhige Hand hat. Er zielte auf ihren Oberkopf, auf die Mitte, und hätte er sie an der richtigen Stelle getroffen, hätte der Hieb den Schädel gespalten. Aber weil sie sich wegduckte, nach rechts, traf er sie vom Ohr abwärts in den Unterkiefer. Ein schräger glatter Schnitt. Es war ein dumpfes Geräusch, vermischt mit einem Krachen. Sie schrie. Schrie so entsetzlich. Dann zielte er auf ihre Halsschlagader, traf aber auch diesmal nicht richtig, da sie nach links wegknickte. Er traf sie in die Schulter. Es blutete trotzdem heftig. Das Blut spritzte und sie schrie. Dieser Schrei. Dann fiel sie einfach um und lag da. Mehr oder weniger bewusstlos. In dem Moment tauchte der Junge auf. Er stand in der Tür mit seinen riesigen Glotzaugen und sah, was sein Vater getan hatte.

Nicht getan. Getan. Nichts ungetan. Konnte nicht wieder heil gemacht werden. Nicht ungeschehen. Er braucht nicht hineinzugehen, um die Stelle zu sehen. Braucht den Brunnen nicht zu öffnen, um zu sehen, was dort liegt. Er wird es beseitigen. Alles wegmachen. Die Streichhölzer liegen in seiner Tasche. Die Waffe ist an ihrem Platz. Beretta bereit. Allzeit bereit. Er holt die Schachtel Marlboro heraus. Denkt, dass er noch eine rauchen wird, bevor er alles wegmacht, draußen und drinnen. Bevor alles in Rauch aufgeht und es ganz still wird.

35

Robert hastet humpelnd durch den Wald. Hinkt durch Heidekraut, Unterholz, vorbei an Blaubeerhecken und verwachsenen Bäumen. Über kleine Felsen und moosbewachsene Steine. Stolpert über Wurzeln und Baumstümpfe. Klitschnass geschwitzt, fix und fertig. Er beugt sich vor, macht den Turnschuh auf, um dem schmerzenden Gelenk ein bisschen Erleichterung zu verschaffen, und sieht, dass es schon angeschwollen ist. Es tut zum Schreien weh. Aber er darf nicht schreien, nicht daran denken, nur weiterrennen, weiter. Lukas allein in der Hütte. Lukas, der aufwacht und Angst bekommt. Lukas, der ihn nicht findet und in den Wald läuft, um ihn zu suchen. Dann ist alles zu spät.

«Es ist zu spät», murmelt Robert und schluckt die Tränen hinunter. Er quält sich eine steile Böschung hinauf, auf eine Hügelkuppe zu. Vielleicht hat er von dort oben eine bessere Übersicht. Vielleicht kann er die Hütte sehen.

Als er fast oben ist, bleibt er stehen. Dreht sich um, schaut hinunter. Der Blick ist eigentlich gut, aber die Sicht ist schlecht. Denn es ist inzwischen zwar heller geworden, aber es ist diesig. Morgengrauen. Und dann sind da noch seine Augen. Die zunehmende Kurzsichtigkeit. Sie ist ihm noch nie so deutlich aufgefallen. Die Bäume da unten sind teils golden, teils immergrün – Kiefern und Fichten –, aber er kann sie nicht unterscheiden, sie sind eher eine Art Masse, und die Hütte ist ohnehin schon ein Teil der Umgebung, die umstehenden Bäume sind hoch. Er verflucht seine Eitelkeit. Dass er seine Brille nicht aufgesetzt hat! Als ob ihn hier jemand sehen und sich Gedanken über sein Aussehen machen würde.

Vielleicht ist das die gerechte Strafe für seinen Egoismus.

Dafür, dass er nicht in der Lage war, Anna das zu geben, was sie braucht, und genauso für sie da zu sein, wie sie in all den Jahren für ihn da war. Verliert er Lukas hier im Wald, verliert er sie gleich mit.

«Blödmann, Dummkopf, verdammter halbblinder Idiot», faucht er. Wenn alles gutgeht, und es *muss* gutgehen, wird er seine Brille mit Stolz tragen und sich nie wieder für jemanden verstellen, schwört er sich. Nie wieder wird er durch die Stadt flanieren und dabei das Bewusstsein, eben noch zu Schwedens ‹Sexiest Man› gekürt worden zu sein, vor sich hertragen. Nie wieder wird er sich selbst googeln, geschmeichelt von der idiotischen Klatschpresse oder von dem Geschmiere aufgeregter Schulmädchen, die ihn in der Kneipe angesprochen haben und hinterher in ihrem Blog damit angeben. Boah, ist der heiß! Wie der wohl im Bett ist? Schluss! Er darf sich nicht länger wie ein bescheuerter ichbezogener Blödmann benehmen. Er will treu sein, und nicht nur körperlich. Das ist er ja immer gewesen. Sondern auch mental, mit Herz und Verstand.

«Entschuldige! Anna! Verzeih. Lass mich diese verfluchte Hütte finden, sie muss doch dort unten irgendwo sein. Lukas, ich will dich nicht verlieren. Mein kleiner Schatz. Mein Liebling. Bitte!»

Da entdeckt er etwas, das sich abhebt. Etwas bewegt sich da unten. Etwas Dunkles. Ein Elch? Oder ein Hund? Er blinzelt. O Gott – der Bär! Die Gestalt verschwindet zwischen den Bäumen, dann taucht sie wieder auf. Sie streckt eine Tatze aus, hält etwas Rotes darin, und dann erkennt er, dass es ein Mann ist. Er will schon rufen, hält aber inne. Etwas an der Art, wie er sich bewegt, ist merkwürdig. Er bückt sich irgendwie, bevor er sich langsam weiterbewegt. Was macht er denn da?

Sicher ist das nur ein Jäger, sagt er sich. Sicher hat es irgendetwas mit der Jagd zu tun. Aber dann kennt er sich hier bestimmt aus und weiß, wo die Hütte ist. Bergab ist das Terrain unübersichtlich, es könnte schwierig werden, die Richtung zu halten. Aber Robert orientiert sich am Horizont und sieht, wie die Sonne über den Hügelkamm steigt. Wenn er geradewegs darauf zugeht und der Mann dort bleibt, wo er jetzt ist, wird er ihn schon finden.

36

Lukas presst die Augen zusammen, kann aber nicht wieder einschlafen. Es stinkt jetzt noch schlimmer als eben. Er bleibt liegen und lauscht auf das Gemurmel und das Geraschel da draußen, das überhaupt nicht klingt wie Papa. Aber wenn es nicht Papa ist, wer ist es dann? Es muss Papa sein. Hier im Wald ist ja sonst niemand.

Jetzt hört er, wie sich die Schritte entfernen. Sie werden leiser. Verschwindet Papa jetzt wieder? Er darf nicht gehen. Papa darf nicht gehen. Lukas bleibt nichts anderes übrig, als sich nach draußen zu wagen. Es gibt ja keinen Darth Vader. Keine Space-Soldaten oder Green Goblins. Es gibt keinen Todesstern. Das weiß er. Er klemmt das Kuschelkaninchen unter den Arm und krabbelt aus dem Bett, dann schleicht er durch die Stube, schiebt vorsichtig die Tür auf und schaut hinaus. Da ist er! Unten in der Senke, beim Brunnen. Das ist *sein* Rücken, auch wenn er heute etwas anderes anhat. Eine schwarze Jacke und eine Mütze. Er ist beschäftigt, steht von ihm abgewandt. Mit einer roten Kanne kippt er Wasser auf den Deckel des Brunnens. Wie komisch, dass er Wasser in den Brunnen schüttet.

«Papa? Papa!»

Das ist nicht Papa, sondern ein viel älterer Mann, der herumfährt und etwas aus der Jacke zieht – eine Knarre! Lukas bleibt bewegungslos stehen, aber er spürt, dass er zittert. Will der Mann schießen? Nein, er zielt ja nicht einmal, er steht nur mit offenem Mund da, und dann lässt er die Hand mit dem Revolver sinken.

Und obwohl der Mann nicht Papa ist, sieht Lukas, dass er Papa ziemlich ähnlich sieht, und er denkt, dass er vielleicht doch Papa ist, nur älter. Papa ist über Nacht alt geworden, wie in diesem einen Indiana-Jones-Film, wo ein Mann – der Bösewicht – aus einer Tasse getrunken hat, aus der er nicht trinken durfte, und dann ist er superschnell älter geworden, und die Haut ist verrunzelt, geschrumpelt, und dann ist sie abgegangen und schließlich von ihm abgefallen, und nur seine Augen sind wie ein paar eklige starrende Kugeln übriggeblieben, und der Mund mit den Zähnen öffnete sich, und die Lippen fielen ab, und dann hatte er keine Lippen mehr, nur noch so einen hohlen Skelettmund, wie von einem total unheimlichen Zombieskelett. Und vielleicht war das nicht bloß ein Filmtrick, vielleicht passiert so etwas ja auch in Wirklichkeit. Die Leute werden schließlich immerzu älter, und jetzt ist das auch mit Papa passiert. Er hat aus der roten Kanne getrunken, und das durfte er nicht, und auch wenn er kein Bösewicht ist, funktioniert es in der Wirklichkeit nicht wie im Film. Sie ist nicht genauso gerecht. In der Wirklichkeit können auch den Guten schlimme Dinge passieren.

«Papa? Bist du das? Bist du wieder da?»

Der Mann, der möglicherweise Papa ist, bleibt regungslos stehen. Nur sein Mund bewegt sich, geht auf und wieder zu. Jetzt ist ihm sicher schlecht, denkt Lukas und sieht, wie der Mann rückwärts auf die kaputte Schaukel zustolpert. Er ist schrecklich blass. So bleich werden die Leute normalerweise nicht.

«Da bist du also», murmelt der Mann schließlich. «Du bist immer noch hier.»

Lukas geht ein paar Schritte auf den Mann zu, und jetzt sieht er, dass es nicht Papa ist. Ganz sicher. Natürlich ist er es nicht.

Wir hatten ein Kind, hatten es gemeinsam, es war allein unseres. Ich war nie untreu, nicht einmal in Gedanken. Bin bis heute niemals untreu gewesen. Bis ich jetzt eins werde mit der herausgeschaufelten Erde, so feucht und voller sprießendem Leben. Sie nimmt alles in sich auf, was ihr begegnet und sich vorbehaltlos bestäuben, befruchten lässt. Ohne das eine dem anderen vorzuziehen, ist sie bereit, jeden Samen zu empfangen, die gelbe Wolke aus Pollen. Falls du den Wunsch verspürst, mich zu umarmen, musst du dich flach auf die Erde legen.

37

Ihm wird schwindlig. Er zittert, taumelt zurück. Versucht sich irgendwo festzuhalten, erwischt aber nur die Schaukel, die an einem morschen Seil hängt. Er fällt und bleibt liegen. Noch nie hatte er solche Kopfschmerzen. Noch nie hat er ihre Stimme lauter gehört. Es ist, als würde sie sein Hirn mit einer Stricknadel aufspießen. Mein Kind. Das Kind. Du sollst sterben für das, was du getan hast. Sterben vor Kummer.

Das ist unmöglich. Das muss eine verdammte Halluzination sein. Aber das Gespensterkind sieht real aus. Die Kreatur sieht genau wie der Bengel aus. Mit dem Schmusekaninchen im Arm. Seinem geliebten Petter Kaninchen. Die Ausgeburt zwinkert mit den Augen, starrt ihn an.

«Wer bist du?», fragt die Kreatur.

Er zittert. Die Zunge fühlt sich an wie Schmirgelpapier.

«Du siehst doch, wer ich bin», flüstert er und kriecht rückwärts über den Boden, stößt mit dem Hinterkopf an den Brunnenrand. Ausgerechnet. Die Strafe nimmt ihren Anfang. Wer er ist? Er weiß es jetzt. Hat es nie mit solcher Deutlichkeit gewusst. Er ist niemand. Ein Gesichtsloser. Wer nicht geliebt wird, hat nie existiert. Wer nie geliebt hat, existiert nicht. Aber ich habe sie geliebt, will er sagen. Elise, ich habe dich geliebt. Das zählt nicht, gilt nicht. Wenn man sie getötet hat. Zweimal getötet. Erst mit der Axt, dann im Brunnen. Dreimal getötet. Er hat den Jungen auch umgebracht, als er ihn im Wald zurückließ.

«Wie heißt du?», fragt das Gespensterkind weiter und kommt ein wenig näher.

Er will die Waffe heben, aber sein Arm gehorcht ihm nicht. Die Beretta in seiner Hand ist seltsam schwer geworden. Die

Kreatur geht still auf ihn zu, starrt ihn aus diesen riesigen Augen an. Wer längst durch die Hölle gegangen ist, hat nichts mehr zu fürchten. Er hat sich in die Hose gepisst, es läuft warm an seinen Beinen herab. Verschone mich. Aber er schafft es nicht, die Lippen zu bewegen, die Worte bleiben stecken. Es wird ihn nicht verschonen, wieso sollte es auch?

Er rollt sich auf die Seite, fasst die Waffe mit der anderen Hand, in der noch etwas Gefühl ist, hebt sie hoch, um dem Ganzen ein Ende zu machen. Mund, Kopf, Schläfe – was ist am besten? Aber er kriegt es nicht hin, schafft es nicht, dem Zeigefinger zu befehlen, den Abzug zu drücken. Und die Waffe sinkt ins Heidekraut, entgleitet ihm. Weg. Jetzt hat er nur noch die Streichhölzer. Kann das Ganze nur noch anstecken, sich selbst, sie, die Hütte. Das Ungeheuer da vor ihm. Das jetzt nur noch ein paar Schritte entfernt ist. Sein Herz rast, Kälteschauer jagen über den Rücken, der dröhnende Kopfschmerz, die Stimme im Kopf. Oder ist es die Kreatur, die spricht?

«Bist du krank? Tut dir was weh?»

Weh? Du weißt nicht, was Schmerzen sind.

Der Junge glotzt mit seinen großen Augen. Er muss antworten, irgendwas sagen. Muss ihm zeigen, dass er sich nicht einschüchtern lässt.

«Lange nicht gesehen, Robin», stammelt er. «Christopher Robin und Kaninchen.»

Er muss beinahe lächeln. Der Junge war so vernarrt in dieses Kaninchen, es musste überallhin mit. Und dann hat er es mit in den Tod genommen. Was für eine Ironie. Es hätte ihn ja beinahe umgebracht. Er hätte es getan, wenn ihn nicht der Mut verlassen hätte. Oder irgendwas anderes. Und was? Mein kleiner Junge. Mein Junge. Die Mutter auf dem Fußboden, der Junge, der zwischen seinen Händen zappelte, mit dem Kuscheltier vor dem Gesicht, auf Nase und Mund gepresst. Hier, hier hast du dein verdammtes Karnickel. Er hatte in das tiefste Schwarz hineingesehen. Hatte gehört, wie er brüllte, und den Jungen losgelassen, hatte die Hand gehoben und die Finger durch sein Haar gleiten lassen, vorsichtig. Das weiche Kinderhaar, ein letztes Mal. Der kleine Kopf, der sich schluchzend über die Mutter beugte, damit sie ihn umarmen, ihn trösten sollte. Aber das konnte sie ja nicht. Konnte nur flüstern, ganz schwach. Was hat sie dem Jungen zugeflüstert? Wieder sieht er rot. Was zur Hölle habt ihr Geheimnisvolles zu tuscheln, hört das denn nie auf? Aber etwas anderes war stärker, die Trauer war stärker, und er tat nichts weiter. Und der Junge lief in den Wald hinein und kam nie mehr zurück.

Er hatte sich aufs Sofa fallen lassen. Hatte dagesessen und zugesehen, wie das Blut aus ihren großen Wunden schoss, wie es blutete und blutete. Und er konnte nicht fassen, was er getan hatte. Aber *getan* hatte er es, und er war sich dessen bewusst gewesen. Er erinnerte sich an den Anblick seiner Hand um die Axt, als er sie ihr auf den Kopf schlug, erinnerte sich an das Geräusch, das knirschende Krachen. Die Axt lag jetzt auf dem Boden, und sie war immer noch voller Blut. Er blickte auf seine Hände, sie waren blutüberströmt. Aus ihrem Mund rann Blut, floss in den Blutsee auf dem Fußboden, der immer größer wurde. Sie bewegte die blauweißen Lippen. Ihre Augenlider hoben sich, und sie sah ihn an, flüsterte etwas. War das ein Geheimnis, das sie ihm zuflüsterte, auch ihm?

Er spürte eine unverdiente Zärtlichkeit und beugte sich über sie, konnte aber nicht verstehen, was sie sagte, zuerst. Ihr Blick wurde immer starrer. Intensiver. Sie bat um Wasser. Er konnte sich nicht bewegen, sah nur diesen starren Blick und den flüsternden Mund, Wasser Wasser Wasser. Bis er den Blick nicht mehr aushielt, er war unerträglich. Sie schloss die Augen nicht, schloss verdammt noch mal die riesigen blauen Augen nicht, sondern verdrehte sie immer wieder nach hinten, sodass nur das Weiße zu sehen war. Sie brauchte lange, um zu sterben, brauchte elendig lange, aber lebendig bleiben konnte sie ja nicht. Lebendig und ohne das große Loch im Kopf, ohne die klaffende Wunde in der Schulter. Ohne das Wissen, was er getan hatte.

Irgendwer würde es herausfinden, und dann würde man ihn festnehmen und einsperren. Für immer im Dunkeln, innerhalb von vier geschlossenen Wänden und ohne Himmel über dem Kopf, dafür mit einem Dach aus Beton. Er musste sie verschwinden lassen. Er wollte sie auch nicht mehr sehen. Sie war jetzt so anders, beinahe eklig, und je länger er sie ansah, desto ekliger kam sie ihm vor. Die abstoßende grünbleiche Hautfarbe. Die blauen Lippen, der Schaum, der austrat, und das gerinnende Blut, das ihre Haare verklebte. Die verdrehten Augen.

«Du bist widerlich», sagte er laut und stand auf. «Jetzt sehe ich erst, wie abscheulich du bist.» Er ging hinaus und nahm den Deckel vom Brunnen, und dann trug er sie hinaus, ihren warmen Körper, der heißer war als sonst. Zitternd in seinen Armen, der Kopf hing schief zur Seite. Ihm war zum Heulen zumute, aber das würde er nicht tun. Es war gekommen, wie es kommen musste, es war ihre Schuld. Es war deine eigene Schuld. In dir war etwas, das immer etwas anderes wollte, das wegwollte. Du wirst nie weggehen, verstehst du?

Während er sie trug, schloss sie endlich die Augen. Aber sie atmete noch, und auf ihren Lippen erschien ein Ausdruck, der fast einem Lächeln glich. Beinahe zärtlich. Es verschwand, als er sie fallen ließ und sie ihm ein letztes Mal direkt in die Augen sah, mit diesem blauen Blick. So, hier hast du dein Wasser, sagte er. Er hörte ein Klatschen dort unten in dem elenden Brunnen. Es war ja nur Matsch auf dem Grund. Und dann holte er den Spaten. Grub die Erde rundherum auf, warf ein paar Schaufeln voll hinunter, ohne hinzusehen. Es gab ja nichts zu sehen. Er würde den Brunnen zuschaufeln, als wäre nie etwas gewesen. Da war kein Brunnen. Und dann legte er den schweren Brunnendeckel auf. Holte einen Eimer und ging hinunter zum Bach, zu dem sauberen, rieselnden Wasser, wusch sich die Arme und das Gesicht und trug Wasser hinauf zur Hütte und scheuerte den Fußboden mit Seife. Scheuerte, bis alles weg war. Wusch die Axt ab, ehe er sie zurück in den Schuppen trug. Nichts ist geschehen. Ich war allein hier. Bin immer allein gewesen. Er nahm seinen Rucksack und schloss ab, bevor er ging. Er hörte ein Geräusch aus dem Brunnen, als er den Pfad hinunterging. Ein ganz schwaches Heulen. Hörte das Heulen noch einmal. Aber er ging nicht zurück. Er ging in den Wald hinein. Suchte und rief. Robin? Robin! Glaub nur nicht, du kannst vor mir weglaufen. Ich finde dich doch, mein Kleiner.

Aber bald hörte er auf zu rufen, denn es hätte ja jemand in der Nähe sein können. Bald hörte er auch auf zu suchen, denn was sollte er mit dem Jungen anfangen, falls er ihn tatsächlich fand? Konnte er ihn nach allem, was er gesehen hatte, am Leben lassen? Konnten sie zusammenleben? Oder musste er tun, was er in der Hütte nicht fertiggebracht hatte? Würde er es jetzt fertigbringen? Einfach weggehen war das einzig Richtige. Denn kein Kind kann in dieser Wildnis überleben, und die Wahrscheinlichkeit, dass ihn jemand fand, war minimal. Der Wald würde ihm die Arbeit abnehmen, die er nicht hatte vollenden können. Es würde auf ganz natürliche Weise passieren. Das war am besten so. Er hatte keine Mutter mehr, und sein Vater – pfui Teufel, was für ein Vater.

Er kehrte auf dem Pfad um, sah nach vorn und nicht zurück, ging hinunter zum Auto, fuhr in die Stadt. Räumte die Wohnung auf, packte die letzten Sachen zusammen. Er weinte, obwohl er es nicht verdiente. Weinte, als er die Bilder und das Fotoalbum wegwarf, das Kinderbett und die Spielsachen, die kleinen Kleidungsstücke. Und ihm kamen Zweifel, sollte er vielleicht wieder zurückfahren und nach ihm suchen, den Wald durchkämmen, den Jungen finden und auf den Arm nehmen, ihn an sich drücken, ein solcher Vater sein, wie er nie gewesen war? Aber das, was das Kind gesehen und er getan hatte, konnte niemand ungeschehen machen. Er sagte sich, dass er den Jungen nicht mochte. Nie gemocht hatte, denn es war vermutlich nicht einmal sein eigenes Kind. Und der Junge mochte ihn auch nicht. Besser, dem jetzt ein Ende zu machen. Schluss, für immer. Weg.

Er verbiss sich das Weinen, als er ihre Kleider in den schwarzen Müllsack stopfte. Der hellblaue Angorapullover wirkte so leer ohne ihre Arme darin, aber in dem geblümten Kleid hing immer noch ihr schwacher Duft, stieg ihm in die Nase, hüllte sein Gesicht ein. Und er sah das Bild vor Augen, wie sie in der Hütte auf dem Fußboden lag, in Stücke zerbrochen. Der Blick über dem Blut. Die Augen. Ein Bild, das er mit einem anderen Bild vertrieb: als sie das Kleid zum letzten Mal anhatte – an einem warmen Sommertag vor langer Zeit. Sie waren im Frognerpark spazieren gegangen, hatten sich in den Herregårdskroen gesetzt. Hatten Weißwein bestellt, obwohl es erst Mittag war. Hatten kichernd die Flasche geleert. Wie sie gelacht hatte. Ihre Augen, ihr Lächeln, der leuchtend rote Mund. Er wünschte, er könnte im Duft des Kleides ertrinken. Wirklich ertrinken. Aber das konnte er nicht, und er dachte, dass er sich einen Gewehrlauf in den Mund stecken sollte, sich eine Kugel durchs Hirn jagen, die ein Loch quer durch die Finsternis dort drinnen bohrte, durch das Kranke, Schwarze. Eine Sprengladung, die ihm den verdammten Schädel wegblies, die dem Ganzen ein Ende machte.

Stattdessen fiel er über ihre Bilder her. Warf sie auf den Boden. Zerbrach die Blindrahmen, riss die buntbemalten Leinwände ab, zerfetzte sie. Bis sie in einem wüsten Haufen auf dem Boden lagen. Ein jämmerlicher, lächerlicher Haufen Lumpen.

Er stopfte die Sachen ins Auto und fuhr im Morgengrauen zur Müllkippe in Grønmo. Dort blieb er eine Weile und beobachtete, wie ihre Sachen mit dem anderen Müll vermischt wurden, dem stinkenden Abfall aus den Mülllastern, die hereinkamen und das, was ihr gemeinsames Leben gewesen war, mit dem Zeug anderer Leute vermengten. Bis nichts mehr übrig war. Hinterher fuhr er den Wagen zum Schrottplatz. Auch hier wartete er und sah zu, wie das Auto flachgedrückt und zerstört wurde, bevor er den Bus zurück in die Stadt nahm. Er ging ins Reisebüro am Nationaltheater und kaufte ein Flugticket nach New York, one way. Anschließend rief er von einer Telefonzelle aus seine Mutter an. Wir fahren weg. Wir fliegen nach Amerika. Sie sagte nichts, zunächst. Also sprach er weiter, in bissigem Ton. Willst du uns nicht wenigstens gute Reise wünschen. Wir werden lange weg sein. Mach's gut. Sie sagte: Warte. Und er wartete ein paar Sekunden, legte dann aber auf, ehe sie noch mehr sagen konnte.

Er leerte sein Bankkonto und packte die letzten Habseligkeiten in eine Reisetasche. Nur ein paar Klamotten, den Pass und Geld, dann checkte er in einem Hotel am Parkveien ein, um die letzte Nacht hier zu schlafen. Schlaf fand er nicht. Ging stattdessen hinaus, setzte sich im Schlosspark auf eine Bank. Aber es war, als wäre sie dort, neben ihm, als würde sie zu ihm sprechen. Er ging weiter zum Rådhusplassen, blickte aufs Meer hinaus, der Mond spiegelte sich im Wasser. Sie war auch hier.

Er wanderte ziellos umher, und als der Morgen heraufdämmerte, ging er zurück ins Hotel, holte seine Tasche und nahm den Bus zum Flughafen. Er dachte, dass jetzt sein neues Leben begann, ein Leben in Amerika. Denn dort war sie ja nicht, war nie dort gewesen. Dort gab es keine Erinnerungen. Er würde alles hinter sich lassen, ein anderer Mann werden. Und dieser Mann hätte nie tun können, was er getan hatte.

Er schlägt die Augen auf, sieht, dass er im Heidekraut liegt. Die Bäume um ihn herum stehen da wie riesige ihm zugewandte

Gestalten. Der Himmel darüber färbt sich langsam blau, mit vereinzelten kleinen Wolken. Wenn der Benzingeruch nicht wäre, hätte es irgendwann vor langer Zeit sein können. Aber es ist hier und jetzt, und das gespenstische Kind ist immer noch da. Es beugt sich über ihn, starrt ihm ins Gesicht, bewegt eine kleine Hand auf seine Stirn zu. Jetzt kommt die Strafe.

«Geht es dir besser? Brauchst du etwas?»

Die Hand der Ausgeburt, die hätte kalt sein sollen, ist wunderbar warm. Die Hand streichelt seinen Kopf. Vorsichtig. Er merkt, wie durstig er ist. Schrecklich durstig.

«Willst du Wasser?», fragt der Gespensterjunge und lächelt auf völlig lebendige Art. Er läuft weg und kommt kurz darauf zurück, reicht ihm einen Becher. Aber seine Arme sind kraftlos, er kann ihn nicht entgegennehmen. Der Junge stützt seinen Kopf mit den Händen und hilft ihm zu trinken.

38

Endlich wieder bei der Hütte. Erschöpft lehnt sich Robert gegen die Wand, ringt nach Luft, räuspert sich.

«Lukas?», keucht er.

Keine Antwort. Auf dem schmerzenden Fuß humpelt er in die Hütte. Niemand in der Stube. Er hinkt weiter in die Schlafkammer. Das Kind ist weg, das Bett leer. Er hastet wieder nach draußen.

«Lukas!», brüllt er.

Da kommt der Junge angelaufen. Robert hebt ihn hoch, kann die Tränen nicht mehr zurückhalten.

«Drück doch nicht so fest, Papa.»

«Ich dachte schon, ich hätte dich verloren.»

«*Du* warst doch plötzlich weg. Nicht weinen, Papa. Du hast ja wieder hergefunden.»

Lukas macht sich aus seiner Umarmung los. Als er vor ihm steht, fuchtelt er mit den Armen.

«Papa, du musst mitkommen, komm mal mit!»

Lukas läuft vor ihm in die Heide.

«Wie das hier stinkt», sagt Robert. «Das ist doch Benzin!»

«Hier ist ein Mann. Ich glaube, er ist ganz doll krank.»

Robert folgt Lukas in die Senke. Ein älterer Mann liegt ausgestreckt im Heidekraut, er ist bleich und atmet schwer. Seine Augen sind geschlossen. Das muss der Jäger sein, den er vom Hügel aus gesehen hat.

Robert beugt sich über ihn. «Hallo?», sagt er. «Hallo?»

Der Mann öffnet die Augen, sieht ihn an. Er starrt ihm ins Gesicht.

«Hören Sie mich?»

Der Mann antwortet nicht. Starrt sie nur an. Ihn, Lukas. Und für den Bruchteil einer Sekunde ist es, als schaute Robert in sein eigenes Spiegelbild. Eine ältere Version seiner selbst.

«Guck mal, Papa, was er dabeihatte!»

Lukas hält plötzlich einen Revolver in der Hand.

«Holla», sagt Robert. «Gib lieber her.»

Lukas reicht ihm die Waffe. «Ich habe nicht damit gespielt.»

Ratlos hält Robert die Waffe vom Körper weg, bis ihm einfällt, dass er ja gelernt hat, wie man damit umgeht, als er in einer Krimiserie den Verbrecher spielte. Er nimmt das Magazin und die Munition heraus.

«Komischer Jäger», sagt Robert. «Was hatte er mit dem Ding vor?»

«Erst dachte ich, er würde auf mich schießen, und dann dachte ich, er würde auf sich selbst schießen. Aber dann hat er ihn einfach fallen lassen.»

Robert beugt sich wieder über den Mann.

«Er ist richtig bleich, oder, Papa?»

«Total bleich.»

Er berührt die Stirn des Mannes. Sie ist feucht. Der Mann starrt ihn an. So einen Blick hat er noch nie gesehen. Wie die Augen eines Ertrinkenden. Robert nimmt seine Hand, hält sie. Und jetzt bewegt der Mann die Lippen. Er versucht etwas zu sagen. Es dauert lange, bis er es endlich ausspricht.

«Robin», flüstert er. «Robin.»

Die Faust des Mannes umklammert seine Hand. So fest, als hinge er über einem Abgrund und Robert müsste ihn wieder hochziehen.

«Weißt du, was er gemacht hat? Er hat Wasser in den Brunnen geschüttet. Hiermit!»

Lukas schwenkt einen Benzinkanister, den er auf der Erde gefunden hat.

«Das ist wohl kein Wasser, mein Schatz.»

Robert wendet sich wieder dem Mann zu. Entwindet ihm seine Hand. «Dann wolltest du den ganzen Scheiß wohl anzünden, was? War das dein Plan?»

Der Mann nickt beinahe unmerklich.

«Wo ist sie geblieben? Was hast du mit ihr gemacht?!»

Das Gesicht des Mannes verzieht sich schmerzvoll, er kneift die Augen zusammen.

«Schrei ihn doch nicht so an, Papa!»

Robert atmet tief ein. «Nein.»

Er beugt sich vor, greift dem Mann unter die Arme und hebt ihn mit aller Kraft hoch, bis er steht. Der Mann ist schwer und nicht imstande, sein Gewicht selbst zu tragen. Er klammert sich an Roberts Arme.

«Los», sagt Robert. «Du musst ins Krankenhaus.»

Der Mann schüttelt den Kopf, den verzweifelten Ausdruck im Blick. «Nein», flüstert der Mann. «Bitte, nein.»

Er hat jetzt Tränen in den Augen.

«Sch, sch», sagt Robert mit tröstender Stimme und spürt, wie ihm ebenfalls die Tränen kommen. «Schh, es wird alles gut.»

«Ich glaube nicht, dass du ihn tragen kannst, Papa. Den ganzen Weg durch den Wald.»

Natürlich hat der Junge recht. Vorsichtig lässt Robert den Mann wieder auf den Boden sinken, rollt ihn behutsam in die stabile Seitenlage. Die Augen des Mannes folgen jeder seiner Bewegungen. Robert legt ihm noch einmal die Hand auf die Stirn.

«Wir holen Hilfe, okay? Bleib einfach ruhig hier liegen, wir sind bald wieder da.»

Robert erhebt sich.

«Komm, Lukas.»

Sie bewegen sich den schmalen Pfad entlang durch das dichte Unterholz. Passieren die Lichtung und folgen dem Weg um den See herum. Lukas läuft voraus, Robert humpelt auf dem schmerzenden Fuß hinter ihm her.

Erinnerst du dich an das Krematorium? Und weißt du noch, als der Mann, der dort gearbeitet hat, uns durch das kleine Fenster schauen ließ, sodass wir in den Ofen sehen konnten? Weißt du noch, wie der Tote zusammenklappte und ein Lachen ausstieß, als die Wärme ihn traf? Der Tote hat gelacht. Erinnerst du dich?

Erinnerst du dich an die Aschebehälter? Und daran, wie wir hinter der Hecke standen und eine Urnenbeisetzung beobachtet haben? Eine trauernde Familie, die zusah, wie die Dose in die Erde hinuntergelassen wurde. Du fandst es komisch, dass sie sich um eine Blechdose mit grauem Staub versammelten. Der Staub würde darin bleiben, bis die Dose sich eines Tages auflöste, und die Asche würde zu einem Dünger für die Erde dort unten.

39

Er folgt ihnen mit dem Blick, sieht sie hinter den Kiefern verschwinden, ins Dickicht hinein. Ein Mann und ein kleiner Junge. Der erwachsene Mann und sein Kind. Sie sprechen miteinander. Er hört sie immer noch, kann die Worte aber nicht mehr verstehen. Leben. Sie werden weiterleben. Lebt wohl.

Wilhelm zählt mit trockenen Lippen. Zählt die Schritte, zählt die Zeit, die sie brauchen, um in Sicherheit zu sein. Sieht sie vor sich, wie sie gehen. Gleich sind sie unten am Weiher, bald darauf werden sie das Moor erreichen und dann die Schlucht. Wo sie am tiefsten ist, wo es sicher ist.

Der zum Tode Verurteilte hat das Recht auf die Erfüllung eines letzten Wunsches. Wilhelm hat einen Wunsch. Er tastet mit der Hand, in der noch ein Rest Kraft ist. Tastet und klopft die Taschen ab. Findet die Streichholzschachtel. Sie fällt ihm drei Mal aus dem lockeren Griff, bevor er es schafft, sie aufzuschieben. Alle Streichhölzer rieseln heraus, liegen in einem Haufen auf der Brust. Er nimmt eins und versucht es an der Schachtel anzureißen, aber es geht nicht. Versucht es wieder. Und wieder.

Er dreht den Kopf zur Seite und sieht, dass ein Stein am Brunnenrand liegt. Er hebt die Streichholzschachtel hoch und konzentriert sich nur auf diese Bewegung, darauf, sie in den Spalt zwischen Stein und Kante zu stecken. Das kostet ihn den letzten Rest an Kraft. Er reißt ein Streichholz an. Eine schöne gelbe Flamme zischt auf. Er wirft das Streichholz ins Heidekraut.

Das Feuer frisst sich durch die trockene Heide, breitet sich rasch nach allen Seiten aus. Er sieht die Flammen auf die Hütte zulaufen, sieht, wie sie die Wände erreichen. Gleich wird die Hütte auflodern. Er sieht, wie das Feuer ihn einkreist und ein

Hosenbein erfasst. Als der Synthetikstoff auf der Haut schmilzt, schreit er kurz auf. Trotzdem weiß er: Die Schmerzen werden nicht stärker, als sie schon sind. Irgendwann kann es nicht noch mehr wehtun. Die Flammen werden das andere Feuer lindern. Es auslöschen. Ihn auslöschen. Er ist eine einzige Wunde, das Zentrum der Schmerzen. Er sieht, wie die Flammen an seinem Körper hinaufkriechen, über Schenkel und Bauch lecken, die behaarten Unterarme erfassen. Das Feuer zischt an seinem Ohr. Es nähert sich der Brust und dem Häufchen Streichhölzer.

Sie gleitet vor ihm herab, im Gegenlicht. Sie steht da wie ein Engel. Ihr goldenes Haar schimmert. Was für eine Sonne du bist, mein Liebling. Es gab nur uns, gibt nur uns. Wir beide zusammen. Er streckt einen brennenden Arm nach ihr aus. Lächelt sie? Er lächelt zurück und schließt die Augen, und dann wird alles schwarz.

40

Sie kommen nicht schnell voran. Jeder Schritt tut weh, und Robert muss achtgeben, wohin er seinen Fuß setzt. Hinkend bleibt er hinter Lukas zurück, der vorausläuft. Die mit Fichten bewachsene Böschung kommt Robert nur mit Mühe und Not hinauf, aber Lukas ist schnell oben und zeigt die Richtung an.

«Nicht da lang, Papa. Hier! Hier liegt der tote Elch.»

Robert überlässt sich dem Orientierungsvermögen des Jungen, das offensichtlich besser ist als seins. Sie überqueren den Heidehügel, gehen weiter durch das Birkenwäldchen, zwischen Weiden und Wacholder hindurch. Dort, wo sich der Blick wieder öffnet, liegt das Moor. Auf einer Anhöhe setzt Robert sich hin.

«Muss mal kurz meinen Fuß ausruhen», sagt er.

Er hebt das Bein, zieht Schuh und Strumpf aus. Das Gelenk ist nicht nur auf das Doppelte angeschwollen, es ist auch blaulila. Robert holt sein Handy hervor, ein prüfender Blick. Immer noch kein Netz.

Lukas schnuppert.

«Was riecht denn hier so komisch, Papa?»

Auch Robert schnuppert. «Es riecht verbrannt.»

«Verbrannt?»

«O Gott», sagt Robert und steht auf. Er bewegt sich in die Richtung, aus der sie gekommen sind.

«Wir müssen nicht dort entlang, Papa! Nicht in die Richtung!»

Sie brauchen nicht weit zu gehen, bis sie den Rauch sehen. Er treibt zwischen den Baumstämmen hindurch. Bald sehen sie auch den ersten Widerschein der Flammen.

«Es brennt, Papa.»

«Ja, Lukas.»

«Ist das gefährlich?»

«Sehr gefährlich.»

«Der Mann ist noch da drinnen, oder?»

«Verdammte Dreckskacke», murmelt Robert.

«Sollen wir zurückgehen? Sollen wir ihn retten?»

«Nein, das können wir nicht. Das schaffen wir nicht.»

Robert steht da und starrt.

«Dann komm», sagt Lukas und nimmt seine Hand. Er zieht ihn zurück über die Heide.

Der Geruch ist jetzt viel stärker geworden. In diesem staubtrockenen Terrain bewegt sich das Feuer schnell. Es faucht über Heide und Reisig, fährt durch die Böschungen, hinein in die Wälder, es erfasst die Stämme, leckt an ihnen hoch, formiert sich blitzschnell und macht aus den grünen Baumkronen orangegelbe Feuer, die von einem Baum zum nächsten springen. Die Vögel singen nicht mehr, sondern sausen schreiend über sie hinweg, an ihnen vorbei. Robert ignoriert die Schmerzen in seinem Fuß. Sie laufen, so schnell sie können, sie laufen um ihr Leben, mit dem Feuer dicht auf den Fersen. Die Flammen huschen leichtfüßig über das trockene Heidekraut hinweg, ergreifen das Unterholz, breiten sich aus. Sie haben den Wind auf ihrer Seite. Lukas und Robert würgen und husten, laufen geduckt, das Gesicht dem Boden zugewandt. Wie eine glühend heiße, rotorange Wand verfolgt sie der Brand mit langen, fauchenden Feuerzungen, die alles, was sie erwischen, in Kohle verwandeln. Das Feuer brüllt. Robert bleibt stehen, dreht sich starr vor Schreck um. Jetzt ist es aus mit uns, denkt er. Sie sind gefangen, werden ersticken und verbrennen, zu Kohle und nichts werden.

«Komm, Papa!», sagt Lukas und zerrt weinend an seinem Arm. «Komm!»

Nur noch ein paar hundert Meter, und sie sehen die Schlucht.

Sie bewegen sich hinein in diesen Raum, der immer tiefer wird. Diesmal hilft Lukas Robert über die Steine. Als sie sich dem tiefsten Punkt nähern, ist das Geräusch des Waldbrandes schwächer. Sie drehen sich um und stellen fest, dass das Feuer ihnen nicht gefolgt ist. Vielleicht ist es hier unten zu feucht, zu wenig Futter für die Flammen. Vielleicht hat der Wind gedreht.

In der Klamm ist es genauso kühl wie tags zuvor. Der Bach murmelt ruhig. Der Kolk ist still. Atemlos sinken sie ins Moos. Robert trinkt aus der Hand, Lukas legt sich auf den Bauch und schlürft das Wasser direkt aus der Quelle.

Nachdem sie die Schlucht verlassen haben, müssen sie nur noch ein paar hundert Meter Urwald durchqueren, dann erreichen sie die Straße. Die Flammen sind noch nicht hier angekommen, aber beim Laufen spüren sie die zunehmende Hitze. Am Wagen sucht Robert mit fliegenden Fingern nach den Schlüsseln und sperrt die Türen auf. Sie steigen ein, er startet den Motor.

41

Wie weich das Bett ist, so sanft und weiß wie eine Wolke. Ihr gegenüber – die hereinflutende Sonne. Wie schön, dass sie das immer noch sieht.

Die Nacht war schwarz, genauso dunkel wie zu Hause. Evelyn hatte geglaubt, sie müsse darin verschwinden. Wollte es beinahe. Hatte es verdient, von der Dunkelheit geholt zu werden. Aber es ist nicht ihr passiert, sondern der Frau im Bett nebenan.

Die Fenstersprossen sind ein Kreuz in der Sonne. Die Frau im Nachbarbett ist bis zum Kinn zugedeckt, und ihr Mund steht halb offen, in erstarrtem Profil. Sie hat keine Farbe. Die Frau ist weiß. Aber auf dem Nachttisch stehen drei Blumensträuße. Evelyn betrachtet sie blinzelnd. Was für eine Farbenpracht, so schön arrangiert. Wenn sie lange genug darauf starrt, kann sie beinahe eine Blumenwiese erkennen. Kann spüren, wie die Sonne auf den roten Wangen brennt, auf den gebräunten Armen. Wie glatt und stark sie sind. Sie kann eine Hummel summen und einen Grashüpfer zirpen hören, kann ein Lachen vernehmen (ihr eigenes!). Sieht die Wolken über einen endlosen blauen Himmel ziehen und dass die Erde rund ist und sich dreht. Der Raum bewegt sich wieder leicht, sie reißt die Augen auf, klammert sich am Bett fest.

Eine Gruppe Menschen kommt ins Zimmer, eine Familie von fünf oder sechs Leuten. Sie gehen langsam und mit gesenkten Köpfen und bilden einen schweigenden Kreis um die Tote. Einige von ihnen weinen, aber nicht laut. Was, wenn ich dort läge?, denkt Evelyn. Ich mit den schönen Blumen über mir. Den trauernden Köpfen. Sie flüstert ihnen zu. Stoßweise. Heiser. Mein

Sohn war auch hier. Er war hier. Wir stehen uns so nahe, mein Sohn und ich.

Eine der Weißgekleideten kommt, rollt sie in ihrem Bett aus dem Zimmer. Der Beutel mit der schimmernden Flüssigkeit schwankt. Sie wird durch einen, dann einen zweiten Korridor geschoben. Wird nahe der Glastür zum Besuchszimmer abgestellt. Hier kann sie Leute kommen und gehen sehen. Angehörige mit Pralinenschachteln, Blumen und betrübten Blicken. Sie sieht sie mit ihren Alten an den Tischen sitzen. Sie trinken Kaffee und essen Kuchen. Unterhalten sich ein wenig. Sie wendet den Kopf ab und entdeckt den großen Bildschirm an der Wand. Sie kann keine Einzelheiten sehen, aber sie erkennt das blaue Anfangsbild der Nachrichten und das rhythmische Geräusch von Trommeln.

Was für ein mächtiges Farbenspektakel heute, ein prasselndes Fegefeuer auf dem Bildschirm. Orange, gelb und rot. Rasende Geräusche, Krach und Geschrei. Und dröhnender Hubschrauberlärm. Was ist da los? Ist wieder Krieg ausgebrochen? Die Weißgekleideten laufen vorbei, lassen Satzfetzen fallen. Wald, ausbreiten, furchtbar trocken.

Die Augen fallen ihr wieder zu. Sie ist im Wald, auf dem Pfad. Die Bäume sind dunkel. Das Moos ist kränklich grün. Weiter vorn gehen zwei Gestalten. Eine gebeugte Frau mit einem kleinen Kind. Sie läuft ihnen nach, will sie einholen, obwohl sie weiß, dass der Anblick, der sie erwartet, sie zu Tode erschrecken wird. Als sie vorbeigeht, blickt sie der Frau ins Gesicht. Und sie sieht, dass sie es selbst ist: Mit dem Gesicht eines Trollweibs, braunen Zähnen, krummer Nase und einem unheimlichen, starren Blick. Sie weicht zurück und sieht hinunter auf das Kind, das richtige Kind. Wie hübsch er ist. Er ist ihr eigener Sohn. Sie wacht auf, trocken im Mund, wischt fahrig mit den Armen über die weiße Bettdecke.

«Evelyn Ødegaard?»

Eine Schwester steht an ihrem Bett.

«Sie haben Besuch.»

Evelyn hebt den Kopf. Hinter dem Rollator, mit dem kleinen Hut auf dem Kopf, kommt Aslaug angewackelt. Sie lächelt, winkt ihr zu.

«Evelyn!», ruft sie.

Am Handgriff hängt ein Blumenstrauß.

42

Sirenengeheul folgt den Feuerwehrautos, die in entgegengesetzter Richtung an ihnen vorbeirasen. Lukas dreht sich um, schaut durch die Heckscheibe, sieht sie hinter der Kurve verschwinden. Der Rauch steht hoch über dem Wald, er reicht bis in den Himmel. Sein Pulli riecht nach Lagerfeuer. Er hustet.

«Glaubst du, sie schaffen es, das Feuer zu löschen, Papa?»

«Mit der Zeit schon.»

«Der Mann hat es angezündet, oder?»

Papa antwortet nicht, sondern starrt auf die Straße. Seine Fäuste umklammern das Lenkrad.

«Er hat Benzin ausgeschüttet, Papa. Das machen Leute nur, wenn sie absichtlich etwas anzünden wollen. Das habe ich im Fernsehen gesehen. Warum hat er das getan?»

Papa seufzt tief. «Er wollte wohl, dass sie verschwindet.»

«Was?»

«Die Hütte.»

«Das hat er geschafft, oder?»

Papa schlägt auf das Lenkrad.

«Verdammt! Warum habe ich ihm nicht die Streichhölzer abgenommen!»

Sie schweigen eine Weile. Lukas schaut aus dem Fenster. Überall Bäume. Dunkler Fichtenwald.

«Wer war der Mann, Papa?»

Papa betrachtet seine Hände, dann schaut er wieder auf die Straße. Nach einer langen Pause sagt er: «Vielleicht war er der Finsterling.»

«Nein, Papa. Den Finsterling gibt es nicht. Er war bloß ein Mann. Und er war ganz, ganz arm dran!»

Lukas fängt an zu weinen. «Und jetzt verbrennt er. Und dann ist er weg. Für immer weg.»

Lukas weint heftig.

«Wir haben alles versucht, was in unserer Macht stand, mein Schatz.»

«Ja», schluchzt Lukas.

Sie fahren an einem alten, verlassenen Haus vorbei. Der Garten ist verwildert, und die Fenster sind vernagelt. Lukas betrachtet Papa im Rückspiegel, und jetzt sieht er, dass Papa ebenfalls weint.

«Wolf ist bei ihm. Es ist gut, dass Wolf da ist und auf ihn aufpasst.»

«Ja», sagt Papa und wischt sich mit der Hand über die Augen.

Die Landschaft öffnet sich. Auf der linken Seite taucht der breite Fluss auf. Er schlängelt sich neben ihnen entlang, gleitet friedlich dahin. Die Hügel sind grün mit orangefarbenen und gelben Flecken. Der Himmel darüber ist sehr blau. Lukas dreht sich noch einmal um und schaut durch die Heckscheibe. Er kann den Rauch noch immer sehen, aber er ist jetzt viel weiter weg. Am Himmel taucht ein Helikopter auf.

«Das werde ich nie vergessen», sagt er.

«Ich auch nicht», sagt Papa. «Aber es ist gut, dass wir uns gemeinsam daran erinnern. Dann wissen wir, wie es gewesen ist.»

«Sollen wir Mama davon erzählen?»

Papa begegnet seinem Blick. Ernst.

«Ja. Wir erzählen Mama alles.»

Erinnerst du dich an den Wald? Wie schön er war. Der Wald war so schön. Der herrliche Wald, herrliche Bäume, spitze Nadeln, schwingende Äste, Laub, das raschelte, bevor es im Herbst von den Bäumen gerissen wurde. Manchmal habe ich ein welkes Birkenblatt gepflückt. Habe es zwischen Daumen und Zeigefinger zerrieben. Es ist sofort zu Staub geworden. Gelber Staub, der vom Wind davongetragen wurde.

Könnte ich wieder malen, würde ich die Leinwände mit den Farben des Waldes füllen. Ich würde nicht eher ruhen, bis ich sie alle gefunden hätte. Wiesenmoosgrün, Schwarzdrosseleiblau, Eichenlaubocker, Torfbeerengelb, Fichtennadelgrün, Ringeltaubengrau, Schneerandweiß, Dezembernachtschwarz und Rot wie die Flügel eines Hornklee-Widderchens.

An manchen Stellen schwelt es nach wie vor. Die Bäume stehen da wie aufrechte Säulen aus Kohle, mit Glut in den Stämmen. Es gibt kein Bett mehr, keine Wände und keine Decke. Kein einziges gesprungenes Fenster, sie zerplatzten und wurden schwarz. Es gibt diesen Ort nicht mehr. Keine Erinnerung. Keine Formen, an denen man sie festmachen könnte. Ich fühle es. Merke es. Vergesse es. Der Schlaf kommt, ich lege mich hin. Alles löst sich auf und verdampft.

Nichts ist so fruchtbar wie Asche. Irgendwann ein anderer werden, eine Blume, eine Glockenblume werden und mit dem Kopf dem Sommer zunicken. Dieser Sommer sein. Die Samen sein, die der Wind sät. Der Wind sein, eine Wolke und ein Regenschauer, der erste kräftige Schauer des Frühsommers. Es wird wieder grün werden. Alles wird grün. Das saftige Gras wird wiederkommen. Das tiefe Moos, das duftende Heidekraut. Gras und Heide decken alles zu.

MIX
Papier aus verantwortungsvollen Quellen
FSC® C083411

Das für dieses Buch verwendete FSC®-zertifizierte Papier
Lux Cream liefert Stora Enso, Finnland.